La escuela de las buenas madres

La escuela de las buenas madres

Jessamine Chan

Traducción de Santiago del Rey

Rocaeditorial

Título original: *The School for Good Mothers*

Edición publicada en acuerdo con DeFiore & Company
Literary Management, Inc.

Primera edición en este formato: octubre de 2022

Av. Marquès de l'Argentera, 17, pral.
08003 Barcelona
actualidad@rocaeditorial.com
www.rocalibros.com

Impreso por Liberdúplex
Printed in Spain – Impreso en España

ISBN: 978-84-19283-05-4
Depósito legal: B 14920-2022

RE83054

A mis padres

Quería encontrar una ley que abarcara a todos los vivos y lo que encontré fue el miedo. Una lista de mis pesadillas es el mapa para salir de aquí.

Plainwater,
ANNE CARSON

1

—Tenemos a su hija.

Es el primer martes de septiembre, la tarde de un día nefasto, y Frida procura no salirse de la calzada. En el buzón de voz, el agente le dice que acuda de inmediato a la comisaría. Pone en pausa el mensaje y deja su teléfono. Son las 14.46. Tenía previsto llegar a casa hace una hora y media. Se mete en la primera travesía lateral de Grays Ferry y aparca en doble fila. Devuelve la llamada y empieza a disculparse, explicando que ha perdido la noción del tiempo.

—¿Ella está bien?

El agente dice que la niña está a salvo.

—Hemos estado tratando de localizarla, señora.

Frida cuelga y llama a Gust, pero él no responde y le deja un mensaje. Tiene que reunirse con ella en la comisaría, en Eleventh y Wharton.

—Hay un problema. Es Harriet. —Se le estrangula la voz. Repite la promesa del agente de que su hija está a salvo.

Mientras empieza a conducir otra vez, se recuerda a sí misma que debe respetar el límite de velocidad, no saltarse semáforos en rojo y respirar. Durante todo el fin de semana del Día del Trabajo, estuvo frenética. El viernes y el sábado sufrió su habitual insomnio y durmió un par de horas cada noche. El domingo, cuando Gust le dejó a la niña para sus tres días y medio de custodia, Harriet estaba en lo peor de una infección de oído. Esa noche, Frida durmió noventa minutos. La última noche, una hora. El llanto de Harriet ha sido incesante, desmesurado para su cuerpecito, demasiado ruidoso para que lo absorban las paredes de su casa diminuta. Ella le cantaba nanas, le restregaba el pecho, le daba más leche. Se tendía junto a la cuna, le sujetaba a través de los barrotes esa mano perfecta, le besaba los nudillos, luego las uñas, notando que tenía que cortar algunas, y rezaba para que sus ojos se cerraran.

El sol de mediodía arde cuando Frida llega a la comisaría, situada a dos manzanas de su casa, en un viejo barrio italiano del sur de Filadelfia. Aparca, corre al mostrador de recepción y pregunta a la recepcionista si ha visto a su hija, una criatura de un año y medio, mitad china, mitad blanca, de grandes ojos marrones y pelo rizado castaño con flequillo.

—Usted debe de ser la madre —dice la recepcionista.

Es una mujer mayor blanca, con un borrón de carmín rosa en los labios. Emerge de detrás del mostrador y mira a Frida de arriba abajo, deteniéndose en los pies, en sus gastadas sandalias Birkenstock.

La comisaría parece casi vacía. La recepcionista camina con paso titubeante, apoyándose en la pierna izquierda. Acompaña a Frida hasta el fondo del pasillo y la deja en una sala de interrogatorio sin ventanas y con paredes de un empalagoso verde menta. Ella toma asiento. En las pelis de misterio que ha visto, las luces siempre parpadean, pero aquí el resplandor es constante. Se le ha puesto la piel de gallina; le gustaría tener una chaqueta o una bufanda. Aunque los días que tiene a Harriet suele estar exhausta, ahora nota una opresión en el pecho, un dolor que se le ha metido en los huesos y la ha entumecido.

Se frota los brazos, medio adormilada. Saca el móvil del fondo del bolso mientras se maldice a sí misma por no haber visto enseguida los mensajes del agente, por haber silenciado el teléfono esta mañana cuando se ha hartado de las incesantes llamadas robotizadas y por haber olvidado volver a activar el sonido. En los últimos veinte minutos, Gust la ha llamado seis veces y le ha enviado un montón de mensajes angustiosos.

«Estoy aquí. Ven pronto», escribe al fin. Debería llamarle, pero tiene miedo. Durante su mitad de la semana, Gust la llama cada noche para preguntar si Harriet ha dicho alguna palabra nueva o ha mejorado en motricidad. Frida no soporta su tono decepcionado cuando ella no puede darle ninguna noticia. Pero Harriet está cambiando en otros aspectos: agarra con más fuerza, descubre un nuevo detalle en un libro, le sostiene la mirada más rato cuando le da el beso de buenas noches.

Apoyando los antebrazos en la mesa metálica, Frida baja la cabeza y se queda dormida durante una décima de segundo. Alza otra vez la cabeza y ve una cámara en un rincón del techo. Sus pensamientos vuelven a Harriet. Comprará un bote de helado de fresa, que es el preferido de la niña. Le leerá más libros a la hora de acostarse. *Soy un conejito. Corduroy.*

Los policías entran sin llamar. El agente Brunner, el que la ha llamado, es un fornido hombre blanco de veintitantos años, con acné en las comisuras de la boca. El agente Harris es un hombre negro de mediana edad con un bigote impecablemente acicalado y unos hombros musculosos.

Ella se levanta y les estrecha la mano a ambos. Ellos le piden el permiso de conducir para confirmar que es Frida Liu.

—¿Dónde está mi hija?

—Siéntese —dice el agente Brunner, echándole un vistazo al pecho. Luego abre su cuaderno por una página en blanco—. ¿A qué hora ha salido de casa, señora?

—Quizá serían las doce, o doce y media. He salido a tomar un café. Y luego he ido a mi oficina. No debería haberlo hecho. Ha sido una estupidez. Estaba exhausta, lo siento. No quería... ¿Puede decirme dónde está la niña?

—No se haga la tonta con nosotros, señora Liu —dice el agente Harris.

—No, no. Puedo explicarlo.

—Ha dejado a su hija en casa. Sola. Los vecinos la han oído llorar.

Frida extiende las palmas sobre la mesa; necesita tocar algo frío y sólido.

—Ha sido un error.

Los agentes han llegado a la casa hacia las dos y han entrado por el pasaje lateral. La cristalera deslizante de la cocina que da al patio trasero estaba abierta, y solamente la delgada puerta mosquitera protegía a la criatura.

—Entonces su hija... se llama Harriet, ¿no? Harriet ha pasado sola dos horas. ¿Es así, señora Liu?

Frida se sienta sobre las manos. Ahora ha abandonado su cuerpo, está flotando muy arriba.

Le dicen que Harriet está siendo examinada en un centro de urgencias infantiles.

—Alguien la traerá...

—¿Cómo que examinándola? Oiga, no es lo que cree. Yo no...

—Espere, señora —dice el agente Brunner—. Parece usted una mujer inteligente. Volvamos atrás. ¿Por qué ha dejado a su hija sola, para empezar?

—Me he tomado un café y luego he ido al trabajo. Necesitaba una carpeta. Una copia impresa. He debido perder la noción del tiempo. Ya iba de vuelta a casa cuando he visto que usted me había llamado. No he dormido desde hace días. Tengo que ir a buscarla. ¿Puedo marcharme ya?

El agente Harris menea la cabeza.

—Aún no hemos terminado. ¿Dónde se suponía que debía estar usted hoy? ¿Quién estaba a cargo de la niña?

—Yo. Como he dicho, he ido a la oficina. Trabajo en Wharton, la Escuela de Negocios de la Universidad de Pensilvania.

Frida explica que produce un boletín de investigación de la facultad, reescribiendo trabajos académicos para convertirlos en artículos breves con conclusiones dirigidas al mundo de los negocios. Es como escribir monografías sobre temas de los que no sabe nada. Trabaja desde casa de lunes a miércoles, que es cuando tiene la custodia de la niña. Un régimen especial. Es su primer empleo a tiempo completo desde que nació Harriet. Solo lleva allí seis meses. Le ha costado mucho encontrar un trabajo decente, o un trabajo cualquiera, en Filadelfia.

Les habla de su exigente jefe, de su plazo de entrega. El profesor con el que está trabajando ahora mismo tiene ochenta y un años y nunca envía sus notas por correo electrónico. A ella se le olvidó llevárselas a casa el pasado viernes y las necesitaba para el artículo que está terminando.

—Pensaba recoger la carpeta y volver de inmediato. Me he liado respondiendo correos. Debería haber…

—¿Así se ha presentado en la oficina? —El agente Harris señala su cara sin maquillar, su camisa de cambray manchada de pasta de dientes y mantequilla de cacahuete. Su larga melena oscura recogida en un moño desordenado. Sus *shorts*. El grano de su mentón.

Frida traga saliva.

—Mi jefe sabe que tengo una niña.

Ellos garabatean en sus cuadernos. Añaden que luego revisarán sus antecedentes, pero que si tiene algún delito anterior, debería decirlo ahora.

—Claro que no tengo antecedentes. —Frida siente una opresión en el pecho. Empieza a llorar—. Ha sido un error. Por favor. Tienen que creerme. ¿Estoy detenida?

Los agentes le dicen que no, pero han llamado al Servicio de Protección Infantil. Una asistente social está en camino.

Otra vez sola en la sala de color verde menta, Frida se mordisquea las uñas. Recuerda haber sacado a Harriet de la cuna y haberle cambiado el pañal. Recuerda haberle dado el biberón de la mañana, luego el yogur y un plátano, y haberle leído un cuento de los osos Berenstain, el de la fiesta de pijamas.

Ambas están en un duermevela desde las cuatro de la mañana. Frida tenía que haber entregado el artículo la semana pasada. Durante toda la mañana, ha ido y venido entre el rincón de juegos de Harriet y el sofá de la sala de estar, donde tenía todas sus notas esparcidas sobre la mesita de café. Ha escrito el mismo párrafo una y otra vez, tratando de explicar la modelización bayesiana con términos sencillos. Harriet no dejaba de gritar. Quería subirse a su regazo. Quería que la cogiera en brazos. Agarraba los papeles de la mesita y los tiraba al suelo. No paraba de tocar el teclado.

Frida debería haberle puesto un programa de la tele para que se entretuviera. Recuerda haber pensado que si no podía terminar el artículo, si no era capaz de mantener el ritmo, su jefe le anularía el privilegio de trabajar desde casa y Harriet tendría que ir a una guardería, cosa que quería evitar. Y recuerda que después ha instalado a Harriet en su silla-ejercitador, un artilugio que ya debería haber retirado hace meses, en cuanto la niña empezó a andar. Más tarde, le ha dado agua y galletitas de animales. Le ha revisado el pañal. La ha besado en la cabeza, que tenía un olor aceitoso. Le ha estrujado sus regordetes bracitos.

Harriet estaría segura en el ejercitador, ha pensado. No podía ir a ninguna parte. ¿Qué iba a pasar dentro de una hora?

Bajo las intensas luces de la sala de interrogatorio, se mordisquea las cutículas, arrancando trocitos de piel. Las lentillas la están matando. Saca un espejito de su bolso y examina los cercos grises que tiene bajo los ojos. Antes la consideraban preciosa. Es menuda y delgada, con una cara redondeada, flequillo y rasgos de muñequita de porcelana. La gente solía dar por supuesto que andaba por los veintitantos. Pero a sus treinta y nueve años, tiene profundas arrugas en el entrecejo y junto a la boca, pliegues que aparecieron tras el parto y que se volvieron más pronunciados después de que Gust la dejara por Susanna, cuando la niña tenía tres meses.

Esta mañana, no se ha duchado ni se ha lavado la cara. La angustiaba que los vecinos se pudieran quejar por los lloros de Harriet. Debería haber dejado cerrada la puerta trasera. Tendría que haber vuelto a casa de inmediato. No debería haber salido. Tendría que haberse acordado de llevarse la carpeta, para empezar. O haber pasado a recogerla durante el fin de semana. Tendría que haber cumplido el plazo original.

Debería haberles dicho a los agentes que no puede perder su trabajo. Que Gust contrató a un mediador para fijar la pensión alimentaria porque no quería malgastar dinero en costas legales. Considerando, por un lado, el puesto gratificante pero mal pagado que él tiene y su deuda por el préstamo estudiantil y, por el otro, el potencial de ingresos de Frida y el hecho de que la custodia era compartida, el mediador sugirió que Gust le pasara quinientos dólares al mes, ni mucho menos lo suficiente para mantenerlas a las dos, sobre todo desde que ella dejó su empleo en Nueva York. Pero Frida no se animó a pedirle más. No iba a pedir limosna. Si se lo pidiera, sus padres la ayudarían. Pero ella no lo hace, se odiaría a sí misma si tuviera que hacerlo. Ya costearon todos sus gastos durante la separación.

Son las cuatro y cuarto. Al oír voces en el pasillo, abre la puerta y ve a Gust y a Susanna hablando con los agentes. Susanna se acerca y la abraza; la sigue abrazando, aunque Frida, envuelta en esa frondosa melena pelirroja y en ese perfume de sándalo, se ponga toda rígida.

Susanna le acaricia la espalda como si fuesen amigas. Esa chica se ha propuesto acabar con ella a base de amabilidad. Una guerra de desgaste. Solo tiene veintiocho años; es antigua bailarina. Antes de que apareciera en su vida, Frida no sabía que la diferencia entre veintiocho y treinta y nueve pudiera ser tan potente y mortífera. Susanna tiene una delicada cara de duende, con unos ojos azules enormes que le confieren un aire frágil, como de personaje de cuento. Incluso cuando no hace nada salvo ocuparse de la niña, lleva los ojos delineados al estilo ojo de gato y va vestida como una adolescente. Se mueve con una seguridad que Frida nunca ha sentido.

Gust les está estrechando la mano a los agentes. Frida baja los ojos al suelo y espera. El antiguo Gust se pondría a gritar, como hacía cuando ella se escondía por la noche en el baño para llorar, en vez de sujetar al bebé. Pero este es el nuevo Gust, el que la abraza con ternura pese a su delito, el que se ha vuelto apacible gracias al amor de Susanna y a un estilo de vida libre de toxinas.

—Lo siento, Gust.

Él le pide a Susanna que espere fuera y luego coge a Frida del brazo y la lleva de nuevo a la sala verde menta, donde se sienta a su lado y le sujeta ambas manos. Han pasado meses desde la última vez que estuvieron solos. Frida se siente avergonzada por desear un beso incluso ahora. Gust es más guapo de lo que ella ha merecido jamás: alto, esbelto, musculoso. A sus cuarenta y dos años, su rostro anguloso está arrugado porque ha tomado demasiado el sol; se ha dejado crecer el pelo, ondulado, de un rubio rojizo ahora encanecido; ahora lo lleva más largo, solo para complacer a Susanna; en conjunto, se parece al surfista que fue en su juventud.

Gust le aprieta las manos con más fuerza, haciéndole daño.

—Obviamente, lo que ha pasado hoy...

—En estos días, no he dormido. No pensaba lo que hacía. Ya sé que no es excusa. He supuesto que ella estaría bien durante una hora. Solo era ir a la oficina y volver enseguida.

—¿Por qué tenías que hacer eso? No está nada bien. Tú no crías a la niña sola, ¿sabes? Podrías haberme llamado. A cualquiera de los dos. Susanna podría haberte ayudado. —Gust la sujeta de las muñecas—. Esta noche se viene a casa con nosotros. Mírame. ¿Me estás escuchando, Frida? Esto es muy serio. Los polis dicen que podrías perder la custodia.

—No. —Ella aparta las manos. La habitación le da vueltas.

—Temporalmente —dice él—. Cielo, no estás respirando. —La sacude por el hombro y le dice que inspire, pero ella no puede. Si lo hace, tal vez vomite.

Oye un llanto al otro lado de la puerta.

—¿Puedo?

Gust asiente.

Ella se levanta a abrir. Susanna tiene a Harriet en brazos. Le ha dado unos trocitos de manzana. Siempre le destroza ver la tranquilidad de Harriet con Susanna; incluso ahora, tras un día de enfermedad, de miedo y extraños. Esta mañana, ella la ha vestido con una camiseta de un dinosaurio morado, unas mallas de rayas y unos mocasines, pero ahora lleva un andrajoso suéter rosa y unos vaqueros demasiado grandes, con calcetines pero sin zapatos.

—Por favor —dice Frida, cogiendo a Harriet de brazos de Susanna.

La niña se aferra a su cuello. Ahora que vuelven a estar juntas, el cuerpo de Frida se afloja.

—¿Tienes hambre? ¿Te han dado de comer?

Harriet moquea. Tiene los ojos hinchados y enrojecidos. Sus ropas prestadas desprenden un olor agrio. Frida se imagina a los empleados del Estado sacándole la ropa y el pañal a la niña, inspeccionando su cuerpo. ¿La habrá tocado alguien de un modo inapropiado? ¿Cómo podrá compensarle esto a su pequeña? ¿Necesitará meses, años, toda la vida?

—Mami. —Harriet tiene la voz ronca.

Frida apoya la sien sobre la suya.

—Mami lo siente mucho. Tienes que quedarte con papi y Sue-Sue un tiempo, ¿vale? Lo siento mucho, peque. La he fastidiado de verdad. —Le da un beso en el oído—. ¿Aún te duele?

Harriet asiente.

—Papi te dará la medicina. ¿Me prometes que serás buena? —Frida empieza a decir que se verán pronto, pero se contiene. Engancha el meñique con el de Harriet.

—Galaxias —susurra. Es su juego favorito, una promesa que se hacen a la hora de acostarse. «Te prometo la luna y las estrellas. Te quiero galaxias enteras.» Se lo dice a Harriet al arroparla, a su hija, que tiene su misma cara redonda, los mismos párpados dobles, idéntica boca de gesto pensativo.

Harriet empieza a dormirse sobre su hombro.

Gust tira del brazo de Frida.

—Tenemos que llevárnosla a casa para cenar.

—Todavía no. —Sujeta a Harriet y la acuna, besando su mejilla salada. Tienen que cambiarle esas ropas asquerosas. Tienen que darle un baño—. Te voy a echar de menos a lo loco. Te quiero, peque. Te quiero, te quiero, te quiero.

Harriet se remueve, pero no responde. Frida le echa una última mirada y cierra los ojos mientras Gust se lleva a su hija.

La asistente social está atrapada en el tráfico de la hora punta. Frida espera en la sala verde menta. Pasa media hora. Llama a Gust.

—Se me olvidaba. Ya sé que vosotros estáis suprimiendo los lácteos, pero dejadle tomar su postre esta noche. Yo iba a dejarle que tomara un poco de helado.

Gust le dice que ya han cenado. Harriet estaba demasiado cansada para comer gran cosa. Ahora Susanna la está bañando. Frida vuelve a disculparse; sabe que esto puede ser el comienzo de años de disculpas, que se ha metido ella sola en un agujero del que quizá nunca consiga salir.

—Mantén la calma cuando hables con ellos —dice Gust—. No te dejes llevar por el pánico. Estoy seguro de que pronto todo habrá terminado.

Ella resiste el impulso de decir «Te quiero», de darle las gracias. Le desea buenas noches y empieza a deambular por la sala. Debería haberles preguntado a los agentes qué vecinos avisaron. Si era la pareja mayor que tiene postales descoloridas del papa Juan Pablo II pegadas en la puerta mosquitera, o tal vez la mujer que vive al otro lado de la cerca trasera y cuyos gatos defecan en su patio, o puede que la pareja del otro lado de la pared de su dormitorio, cuyos exagerados gemidos la hacen sentir más sola de lo que ya está.

Ni siquiera conoce los nombres de esa gente. A veces, ella intenta saludar, pero, cuando lo hace, la ignoran o cruzan la calle. Desde el año pasado, tiene alquilada esa casa adosada de tres habitaciones, cerca de Passyunk Square. Es la única residente no blanca de la manzana, la única que no lleva décadas viviendo allí, la única arrendataria, la única *yuppie*, la única con un bebé. Esa era la vivienda más grande que pudo encontrar con tan poca antelación. Tuvo que hacer que sus padres avalaran el contrato de alquiler; entonces aún no había encontrado el empleo en la Universidad de Pensilvania. El oeste de Filadelfia estaba más cerca del trabajo, pero era demasiado caro. Fishtown, Bella Vista, Queen Village y Graduate Hospital también eran demasiado caros.

Ellos se habían trasladado aquí desde Brooklyn cuando a Gust, arquitecto paisajista, lo reclutó una prestigiosa empresa de techados verdes de Filadelfia. Los proyectos de la empresa se centran en la sostenibilidad: restauración de humedales, sistemas de aguas pluviales. Gust decía que en Filadelfia podrían ahorrar y comprar una casa. Aún estarían lo bastante cerca de Nueva York para ir siempre que quisieran. Sería un lugar mejor para criar hijos. Así que Frida está atrapada en la ciudad más pequeña en la que ha vivido en su vida: una ciudad de juguete donde no tiene una red de apoyo ni amigos propios de verdad. Y ahora, debido a la custodia compartida, tiene que quedarse aquí hasta que Harriet cumpla los dieciocho.

Una de las luces del techo empieza a parpadear. Frida desearía apoyar la cabeza sobre la mesa, pero no puede desprenderse de la sensación de que la están observando. Susanna se lo contará a sus amigos. Gust se lo contará a sus padres. Ella misma debería decírselo a los suyos. Ya se ha arrancado la mayor parte de la cutícula del pulgar izquierdo. Se da cuenta de que le duele la cabeza, de que tiene la boca seca, de que desearía salir de esta sala inmediatamente.

Abre la puerta y pide permiso para utilizar el baño y comprar algo de comer. Saca de la máquina expendedora unas galletas de mantequilla de cacahuete y una barrita de chocolate. No ha tomado nada desde el desayuno. Solo café. Las manos le han temblado durante todo el día.

Al volver a la sala, la está esperando la asistente social. La barrita de chocolate, que ya se ha comido a medias, se le escurre de la mano. La recoge con incomodidad, lo que le permite echar un buen vistazo a las firmes pantorrillas de la asistente social, a sus pantalones pirata negros y sus zapatillas. Es una mujer joven y llamativa, de unos veinticinco tal vez, y evidentemente viene directa del gimnasio. Lleva una chaqueta de licra sobre una camiseta sin mangas. Una cruz de oro cuelga por encima de su escote. Los músculos de sus brazos son visibles a través de la ropa. El pelo, teñido de rubio, lo lleva recogido en una cola tan tensa que le da un aire de reptil a sus ojos, algo separados. Tiene un cutis precioso, pero lleva una cantidad tremenda de base y la cara toda maquillada con contornos y reflejos. Cuando sonríe, Frida ve su reluciente dentadura de estrella de cine.

Se dan la mano. La asistente, la señorita Torres, le señala un trocito de chocolate que se le ha quedado en los labios. Antes de que Frida pueda limpiarse, la asistente empieza a fotografiarla. Repara en sus cutículas arrancadas y le pide que muestre las manos.

—¿Para qué?

—¿Algún problema, señora Liu?

—No. No hay problema.

Ella le saca un primer plano de sus manos y luego de su cara. Estudia las manchas de su camisa. Sujeta su tableta y empieza a teclear.

—Puede sentarse.

—Mi exmarido dice que podrían suspender mi custodia. ¿Es cierto?

—Sí, la niña quedará a cargo de su padre.

—Pero no volverá a suceder. Gust lo sabe.

—Señora Liu, aquí ha habido un traslado de emergencia por peligro inminente. Usted ha dejado a su hija sin vigilancia.

Frida se sonroja. Siempre tiene la sensación de que la está cagando, pero ahora hay pruebas.

—No hemos apreciado signos de maltrato, pero su hija estaba deshidratada. Y hambrienta. Según el informe, tenía el pañal mojado. Llevaba mucho tiempo llorando. Estaba agitada. —La asistente hojea sus notas y arquea una ceja—. Y me dicen que la casa estaba sucia.

—Normalmente no está así. Pensaba limpiar durante el fin de semana. Yo nunca le haría daño a la niña.

La asistente sonríe fríamente.

—Pero se lo ha hecho. Dígame, ¿por qué no se la llevó con usted? ¿Qué madre no habría pensado: «Si quiero o necesito salir de casa, mi hija viene conmigo»?

La mira esperando una respuesta. Frida recuerda la creciente frustración y angustia de esta mañana, el deseo egoísta de disfrutar de un momento de paz. La mayoría de los días consigue dominarse y abandonar esa actitud. Resulta mortificante que le hayan abierto un expediente, como si estuviera pegando a Harriet o la tuviera en medio de la mugre, como si fuera una de esas madres que dejan a su bebé en el asiento trasero del coche en un caluroso día de verano.

—Ha sido un error.

—Sí, eso ya lo ha dicho. Pero me parece que hay algo que no me ha contado. ¿Por qué ha decidido de repente ir a la oficina?

—He salido a tomar un café y luego he ido en coche a la universidad. Había una carpeta que se me olvidó llevar a casa. Solo tenía una copia impresa. Estoy trabajando en un artículo con uno de los profesores más veteranos de la escuela de negocios. En una ocasión, él se quejó de mí al decano porque lo cité de forma incorrecta. Intentó que me despidieran. Luego, al llegar a la oficina, me he puesto a responder correos. Debería haberme dado cuenta del tiempo. Sé que no tendría que haber dejado a la niña en casa. Lo sé. La he cagado.

Frida se estira el pelo, dejándolo suelto.

—Mi hija apenas ha dormido estos días. Se supone que debería dormir dos siestas al día, pero no ha dormido ninguna. Yo he dormido en el suelo de su cuarto, porque ella no se duerme si no le doy la mano. Y si intento salir de la habitación, se despierta en el acto y se pone como loca. Estos últimos días han sido un caos. Me sentía abrumada. ¿Usted no tiene días así? Estaba tan cansada que notaba dolores en el pecho.

—Todos los padres están cansados.

—Pensaba volver enseguida.

—Pero no lo ha hecho. Se ha subido al coche y se ha largado. Eso es abandono, señora Liu. Si quieres salir de casa cuando te apetezca, tienes un perro, no un niño.

Frida parpadea para contener las lágrimas. Quisiera decir que ella no es como esas malas madres que salen en las noticias. Ella no le ha pegado fuego a la casa. No ha dejado a Harriet en un andén del metro. No la ha atado en el asiento trasero y se ha metido con el coche en un lago.

—Sé que la he pifiado seriamente, pero no tenía intención de hacerlo. Comprendo que ha sido una locura.

—Señora Liu, ¿tiene antecedentes de enfermedad mental?

—Me he sentido deprimida alguna vez. Pero yo no pretendía hacer eso. No soy…

—¿Debemos entender que esto ha sido una crisis psicótica? ¿Un episodio maniaco? ¿Estaba bajo la influencia de alguna sustancia?

—No. Desde luego que no. No estoy loca. No voy a fingir que soy una madre perfecta, pero los padres cometen errores. Estoy segura de que usted ha visto cosas mucho peores.

—Pero aquí no estamos hablando de otros padres, sino de usted.

Frida procura dominar su voz.

—Necesito verla. ¿Cuánto tiempo supondrá todo esto? Ella nunca ha estado separada de mí más de cuatro días.

—Estas cosas no se resuelven tan deprisa.

La asistente social le explica el proceso como si estuviera recitando la lista de la compra. Frida será sometida a una evaluación psicológica, igual que Harriet. La niña recibirá terapia. Habrá tres visitas supervisadas a lo largo de los próximos dos meses. El estado recogerá todos los datos. El Servicio de Protección Infantil está implementando un nuevo programa.

—Yo haré mi propuesta —dice la asistente—. Y el juez decidirá qué plan de custodia será mejor para el bienestar de la niña.

Cuando Frida se dispone a hablar, la asistente la interrumpe.

—Alégrese de que el padre entra en la ecuación, señora Liu. Si no tuviéramos la opción del pariente más cercano, nos veríamos obligados a llevarla a un centro de acogida de emergencia.

Esa noche, una vez más, Frida no puede dormir. Tiene que contarle al juez del tribunal de familia que Harriet no ha sido maltratada ni abandonada; que su madre simplemente tuvo un día nefasto. Le preguntará al juez si él no ha tenido nunca un mal día. Ella, en su mal día, necesitaba salir de sí misma, se sentía atrapada en la casa de su cuerpo y en la casa donde Harriet estaba sentada en su ejercitador con un plato de galletitas de animales. Gust solía explicar el mundo entero así: la mente como una casa que vive en la casa del cuerpo, que vive en la casa de una casa, que vive en la gran casa de una ciudad, en la gran casa del Estado, en las casas de Estados Unidos y de la sociedad y del universo. Decía que esas casas encajan unas dentro de otras como las muñecas rusas que le compraron a Harriet.

Lo que no puede explicar, ni quiere admitir, ni está segura de recordar correctamente es el repentino placer que ha sentido al cerrar la puerta y subirse al coche que la ha llevado lejos de su mente y de su cuerpo, de la casa y de la niña.

Se ha apresurado a salir cuando Harriet no estaba mirando. Ahora se pregunta si aquello no ha sido como dispararle a alguien por la espalda, lo más injusto que ha hecho en su vida. Ha comprado un café con leche con hielo en la cafetería que hay más abajo y luego ha ido a buscar el coche. Se ha jurado a sí misma que volvería enseguida. Pero los diez minutos de la escapada para tomarse un café se han convertido en treinta minutos, que se han convertido en una hora, que se han convertido en dos, y luego en dos y media. La impulsaba el placer de conducir. No era el placer del sexo o el amor o los crepúsculos, sino el placer de olvidar su cuerpo, su vida.

Se levanta a la una de la madrugada. No ha limpiado desde hace tres semanas; no soporta la idea de que la policía haya visto la casa así. Recoge los juguetes de Harriet, vacía el cubo de basura, pasa el aspirador por las alfombras, pone una lavadora, limpia el ejercitador manchado, avergonzada por no haberlo hecho antes.

Limpia hasta las cinco y acaba medio mareada por el olor de los desinfectantes y la lejía. Los fregaderos y la bañera están impecables. Los suelos de madera están fregados. La policía no está aquí para apreciar lo limpios que han quedado los fogones. No pueden ver que la taza del váter está impoluta, que sus ropas han sido dobladas y guardadas, que los envases medio vacíos de comida para llevar han acabado en la basura, que ya no hay polvo en ninguna superficie. Pero mientras ella se siga moviendo, no tendrá que irse a dormir sin Harriet, no se quedará esperando a que la niña la llame.

Se sienta a descansar en el suelo limpio, con el pelo y el pijama empapados de sudor, aterida por la brisa que entra por la puerta trasera. Normalmente, si no puede dormir y Harriet está aquí, la saca de la cuna y la sujeta dormida sobre su hombro. Su dulce niña. Echa de menos su peso y su calor.

Frida se despierta a las diez de la mañana con mocos y dolor de garganta. Está deseando contarle a Harriet que mami por fin ha dormido, que hoy podrá llevarla al parque infantil. Y entonces, con un lento temor subiéndole por el pecho, se da cuenta de que Harriet no está en casa.

Se incorpora y mueve sus doloridos hombros, mientras lo recuerda todo: la asistente social, la sala verde menta, que la trataron como a una delincuente. Se imagina a los agentes entrando en esta casa angosta y oscura, encontrando a Harriet asustada en mitad de un gran desbarajuste. Quizá vieron los armarios y la nevera, en gran parte vacíos. Tal vez vieron la encimera llena de migas y toallas de papel estrujadas, las bolsitas de té tiradas en el fregadero.

Frida y Gust se quedaron cada uno con los muebles que habían aportado al matrimonio. Las piezas más bonitas eran las de él. La mayoría de la decoración y los cuadros. Estaban redecorando su antigua casa cuando Gust se fue. Esta casa de ahora la hizo pintar el propietario en tonos pastel: la sala de estar, amarillo claro; la cocina, mandarina; el piso superior, lavanda y azul claro. Los muebles y adornos de Frida desentonan con las paredes: sus marcos negros de fotos, su alfombra persa morada y azul marino, su butaca verde oliva.

No ha conseguido mantener viva ninguna planta. Las paredes de la sala de estar y de la cocina están desnudas. En el pasillo de arriba solo ha colgado unas fotos de sus padres y sus abuelas, para recordarle a Harriet su ascendencia, aunque Frida no sabe suficiente mandarín para enseñarle el idioma como es debido. En la habitación de Harriet, además de una serie de banderas de tela de vistosos colores, ha colgado una foto de Gust de hace ocho años. Ha querido que la niña viera también aquí a su padre, aunque solo fuera su fotografía, a pesar de que sabe que Gust no ha hecho lo mismo. Esa es una de las cosas terribles de la custodia compartida. Una niña debería ver a su madre todos los días.

Revisa su móvil. Se le ha pasado una llamada de su jefe, que quiere saber por qué no ha respondido a sus correos. Le llama y se disculpa; alega que ha sufrido una intoxicación. Pide otra prórroga.

Después de ducharse, llama a la abogada que le ha llevado el divorcio, Renee.

—Necesito que me hagas un hueco hoy. Por favor, es una urgencia.

Esta tarde, la estrecha calle de Frida está desierta, aunque en los días soleados, los vecinos más viejos suelen juntarse en sillas de jardín en la diminuta acera de la manzana. Le gustaría que la vieran ahora. Lleva pantalones a medida, una blusa de seda y unos zapatos con tacones de cuña. Se ha puesto maquillaje y ha ocultado sus párpados hinchados tras unas gafas con gruesa montura de concha. Los policías y la asistente social deberían haberla visto así, con este aire competente, elegante y fiable.

La oficina de Renee está en la quinta planta de un edificio de Chestnut Street, dos manzanas al norte de Rittenhouse Square. El año pasado, esta oficina fue para Frida durante un tiempo un segundo hogar. Y Renee, una hermana mayor.

—Pasa, Frida. ¿Qué ha ocurrido? Estás pálida.

Ella le da las gracias por recibirla con tanta premura. Mira alrededor, recordando cuando Harriet babeaba en el sofá de cuero y arrancaba todas las pelusas de la alfombra. Renee es una mujer morena y rechoncha de cuarenta y tantos que suele llevar jerséis de cuello vuelto y espectaculares joyas azul turquesa. Otra emigrada de Nueva York. Inicialmente congeniaron por el hecho de ser foráneas en una ciudad donde parece que todo el mundo se conoce desde el parvulario.

Mientras Frida le explica lo ocurrido, Renee permanece de pie, apoyada contra el escritorio con los brazos cruzados. Parece más enfadada que Gust y Susanna, más consternada y decepcionada. Frida se siente como si estuviera hablando con sus padres.

—¿Por qué no me llamaste anoche?

—No comprendía lo grave que era la situación. La cagué, eso lo sé. Pero fue un error.

—No puedes llamarlo así —dice Renee—. A esa gente le tienen sin cuidado tus intenciones. El Servicio de Protección Infantil se ha vuelto más agresivo. El año pasado dos niños murieron bajo su vigilancia. El gobernador dijo que no había margen para el error. Están implementando nuevas normas. Hubo un referéndum en la última elección local.

—¿De qué estás hablando? Esto no es un caso de maltrato. Yo no soy como esa gente. Harriet es una bebé. No recordará nada de todo esto.

—Frida, dejar a tu bebé sola en casa no es poca cosa. Eso lo entiendes, ¿no? Ya sé que las madres se estresan y se largan de casa a veces, pero a ti te han pillado.

Frida baja la mirada a sus manos. Tontamente, esperaba que Renee la consolara y le diera ánimos, como hizo durante el divorcio.

—Vamos a catalogar este incidente como un lapsus de juicio —dice Renee—. No vuelvas a llamarlo «un error». Debes asumir la responsabilidad.

Renee cree que recuperar la custodia puede llevar semanas. En el peor de los casos, meses. Ha oído que el SPI se mueve ahora mucho más deprisa. Actualmente, se hace mucho hincapié en la transparencia y en la rendición de cuentas, así como en la recogida de datos, y se da más oportunidades a los padres para demostrar su valía. Están intentando optimizar el proceso en todo el país para que haya menos diferencias entre un estado y otro. Esas diferencias siempre han resultado problemáticas. Aun así, casi todo depende del juez.

—¿Por qué yo no me he enterado de todo esto? —pregunta Frida.

—Seguramente no prestaste atención porque no te afectaba. ¿Por qué te iba a afectar? Tú solo estabas viviendo tu vida.

Frida debería concentrarse en el largo plazo: poder volver a estar con Harriet y conseguir que se cierre el expediente. Incluso cuando recupere la custodia, seguramente habrá un periodo de prueba con más supervisión, quizás un año. El juez tal vez exija que Frida realice un programa completo: inspección del hogar, clases parentales, terapia. Que le permitan llamadas telefónicas y visitas supervisadas es mejor que nada. A algunos padres no se les concede nada. Desgraciadamente, no hay ninguna garantía, aunque realice todos los pasos del programa. Si, en el peor de los casos, Dios no lo quiera, el Estado la considerase no apta y dictaminase en contra de la reagrupación, podrían quitarle sus derechos como madre.

—Pero eso no nos puede pasar a nosotros, ¿no? ¿Por qué me lo dices siquiera?

—Porque a partir de ahora debes andar con mucho cuidado. No pretendo asustarte, Frida, pero estamos hablando del sistema judicial de familia. Quiero que sepas con qué tipo de gente nos las vemos. En serio, no quiero que te apuntes a uno de esos foros sobre derechos de los padres. No es el momento de abogar por ti misma. Te acabarías volviendo loca. Ya no existe la privacidad, debes tenerlo presente. Te estarán vigilando. Y aún no han hecho públicos los detalles del nuevo programa.

Renee se sienta junto a Frida.

—Vamos a recuperarla, te lo prometo. —Le pone la mano en el brazo—. Oye, lo siento mucho, pero he de recibir a mi próxima cita. Te llamo luego, ¿vale? Vamos a resolver esto juntas.

Cuando intenta ponerse de pie, Frida no puede moverse. Se quita las gafas. Las lágrimas surgen repentinamente.

Al final de la jornada de trabajo, Rittenhouse Square está llena de corredores y patinadores, de estudiantes de Medicina y de hombres y mujeres indigentes que viven allí. Es el lugar preferido de Frida de toda la ciudad, un parque diseñado al estilo clásico, con una fuente, esculturas de animales y esmerados parterres de flores, rodeados de tiendas y restaurantes y terrazas en la acera. Es el lugar que le recuerda a Nueva York.

Encuentra un banco libre y llama a Gust, que le pregunta si ha podido dormir. Frida le dice que acaba de ver a Renee y luego le pide que le pase a Harriet. Intenta conectar FaceTime, pero hay poca cobertura. En cuanto oye la voz de Harriet, se pone otra vez a llorar.

—Te echo de menos. ¿Cómo estás, peque?

La niña todavía tiene la voz un poco rasposa. Balbucea una serie de vocales, ninguna de las cuales suena como «mami». En segundo plano, Gust dice que la infección del oído está mejorando.

Susanna la ha llevado esta mañana al Please Touch Museum, un famoso museo para niños del centro de Filadelfia.

Frida empieza a preguntarle a la cría por el museo, pero Gust dice que están a punto de cenar. Ella hace otro intento con el asunto del helado.

—Mira, Frida, ya sé que tienes buena intención, pero nosotros no queremos acostumbrarla a una alimentación emocional. Venga, oso-liebre, ahora dile adiós.

Cuelgan. Frida se limpia los mocos con el dorso de la mano. Aunque la caminata de vuelta le llevará cuarenta minutos y seguro que le saldrán ampollas, no puede llorar en el tren mientras todo el mundo la mira. Considera la idea de llamar a un taxi, pero no quiere ponerse a hablar de naderías con nadie. Se para en Starbucks para sonarse la nariz y limpiarse las gafas. La gente debe pensar que la acaban de plantar o despedir. Nadie se imaginaría su delito. Tiene un aspecto demasiado sofisticado. Demasiado correcto. Demasiado asiático.

Camina hacia el sur, se cruza con parejas de mujeres jóvenes que llevan esterillas de yoga, con padres tatuados que recogen a sus hijos de la guardería. Todavía le parece que lo de ayer le sucedió a otra persona. El juez verá que ella no es una alcohólica, ni una adicta, que no tiene antecedentes. Tiene un buen trabajo y es una madre pacífica y comprometida. Tiene una licenciatura y un máster en Literatura, de las universidades de Brown y Columbia, un plan de jubilación, unos ahorros universitarios para Harriet.

Quiere creer que su hija es demasiado pequeña para que recuerde lo ocurrido, pero quizá sí que haya una borrosa y dolorida sensación que podría calcificarse a medida que crezca. Una sensación-recuerdo de llorar y no recibir respuesta.

A la mañana siguiente, el timbre suena a las ocho en punto. Frida permanece en la cama, pero, al cabo de tres timbrazos, coge la bata y se apresura a bajar.

Los hombres del SPI son blancos, altos y fornidos. Ambos llevan camisa azul claro y pantalones de algodón. Los dos tienen una expresión inescrutable, acento de Filadelfia y el pelo castaño muy corto. Uno con barriga; el otro con barbilla huidiza. Cada uno lleva un maletín metálico.

El de la barbilla huidiza dice:

—Señora, hemos de instalar unas cámaras. —Le enseña unos documentos.

—¿Esto es la inspección del hogar?

—Ahora tenemos una nueva forma de hacer las cosas.

Instalarán cámaras en cada habitación, le dicen, salvo en el baño. También inspeccionarán el lugar del incidente. El hombre de la barbilla huidiza atisba por encima de su cabeza la sala de estar.

—Parece que ha limpiado. ¿Cuándo lo ha hecho?

—Anoche. ¿Esto lo han hablado con mi abogada?

—Su abogada no puede hacer nada, señora.

La mujer que vive enfrente abre las cortinas. Frida se muerde la mejilla por dentro. «No te quejes nunca —le dijo Renee—. Muéstrate respetuosa. Dispuesta a colaborar. No hagas muchas preguntas.» Cada contacto con el SPI será documentado: pueden utilizarlo todo contra ella.

Le explican que el Estado recogerá las grabaciones con una conexión de vídeo en directo. Montarán una cámara en el techo de cada habitación. Pondrán otra cámara en el patio trasero. Rastrearán las llamadas, los mensajes de texto y de voz y el historial de Internet y de las aplicaciones.

Le tienden un formulario para que lo firme. Debe dar su consentimiento a la vigilancia.

La vecina sigue mirando. Frida cierra la puerta principal y se seca las palmas húmedas en la bata. El objetivo es recuperar a Harriet, dijo Renee. Perder es perderlo todo. Este suplicio quizá te parezca insoportable, pero, en el curso de una vida entera, unas semanas o incluso unos meses es poco tiempo. Imagínate el otro suplicio, dijo Renee. Ella no puede imaginárselo siquiera. Si sucediera eso, no querría seguir viviendo.

Va a buscar un bolígrafo y firma el documento. Mientras los hombres entran en la casa y desembalan el equipo de vigilancia, Frida pregunta con cautela qué cosas valorarán.

El hombre de la barriga dice:

—Todo esto nos servirá para conocerla.

Ella pregunta si instalarán algún dispositivo en el coche o en el cubículo de su oficina. Ellos le aseguran que van a centrarse únicamente en su vida doméstica, como si saber que solo la mirarán comer, dormir y respirar vaya a hacer que se sienta mejor. Cuando tengan suficiente material, dicen, utilizarán las grabaciones para «analizar sus sentimientos».

¿Qué significa eso? ¿Cómo es posible tal cosa? En los artículos que ha encontrado *online*, el representante del CPS decía que el nuevo programa suprimirá los errores humanos. Las decisiones se tomarán de forma más eficiente. De este modo, podrán corregir la subjetividad o los prejuicios, e implementar unos estándares universales.

Los hombres fotografían cada habitación, parando de vez en cuando para señalar algo y susurrarse entre sí. Frida llama al trabajo para decir que llegará tarde. Los hombres revisan los aparadores y la nevera, cada cajón, cada armario, el minúsculo patio trasero, el baño, el sótano. Enfocan con linternas el interior de la lavadora y de la secadora.

Examinan las ropas colgadas, levantan la tapa de su joyero. Tocan sus almohadas y las colchas. Sacuden los barrotes de la cuna de Harriet, pasan las manos sobre el colchón y le dan la vuelta. Manosean las mantas y los muñecos de Harriet. Frida aguarda en el umbral mientras ellos inspeccionan cada habitación, resistiendo el impulso de protestar por la intrusión. Parece que en cualquier momento le pedirán permiso para inspeccionar su cuerpo. Quizá le pidan que abra la boca y observen cómo está su dentadura. El Estado tal vez necesite saber si tiene alguna caries.

Los hombres traen una escalera de mano. Limpian las telarañas del techo. Después de instalar la última cámara, llaman a la oficina central y encienden la conexión en directo.

2

Frida tiene la tentación de no volver a casa esta noche; considera la idea de tomar una habitación en el hostal del campus, de encontrar un alquiler de último minuto en Airbnb, de hacer un viaje improvisado para visitar a sus amigos de Brooklyn, desatendidos desde hace mucho. Dormir en el cubículo de la oficina también es una posibilidad, aunque esta tarde su jefe ha reparado en que las fotos de Harriet de su mesa estaban boca abajo y ha empezado a hacer preguntas.

—Estaba intentando concentrarme —ha mentido ella.

Cuando su jefe ha desaparecido, ha vuelto a poner derechas las fotos, las ha acariciado y se ha disculpado: Harriet de recién nacida, envuelta en pañales; Harriet agarrando su primer pastel de cumpleaños; Harriet en la playa con unas gafas en forma de corazón y un mameluco. Esa carita. La única cosa que ha hecho bien en su vida.

Se queda hasta las once, mucho después de que se vacíe el edificio, hasta que el temor a ser asaltada en el campus supera el miedo a lo que le espera en casa. Ha estado hablando con Renee durante todo el día. Se ha alarmado con lo de las cámaras, pero ha dicho con un profundo suspiro que las normas cambian constantemente. Evitar la casa no es una opción. Tampoco lo es armarse de información. Tampoco es que Frida haya encontrado gran cosa en Internet. Solo los típicos artículos de opinión sobre los experimentos con bases de datos, la adicción a las redes sociales y la nefasta relación entre el Gobierno y las compañías tecnológicas. También sobre la transmisión en directo de partos y crímenes violentos. Controversias sobre *influencers* infantiles en YouTube. Si el uso de cámaras secretas para niñeras constituía una violación de los derechos civiles. Calcetines y mantas inteligentes que miden el ritmo cardíaco del bebé, sus niveles de oxígeno y la calidad de su sueño. Un moisés inteligente que enseña a dormir a tu bebé.

Todo el mundo ha sido observado durante años a través de sus dispositivos. Se han instalado cámaras de vigilancia en la mayoría de las ciudades de Estados Unidos: la reducción de los índices de criminalidad en Londres y Pekín ha animado al Gobierno a adoptar esta medida. ¿Y quién no utiliza hoy en día un sistema de reconocimiento facial? Al menos, le ha dicho Renee, esas son cámaras que puedes ver. Frida debería dar por supuesto que están escuchando. Cualquier cosa que haría una persona normal puede ser interpretada como un desafío. No dejes demasiadas huellas, ha dicho Renee. Deja ya las búsquedas en Google. También pueden intervenir el ordenador de su trabajo. No debería hablar de su caso por teléfono.

Renee ha oído rumores de que el SPI está renovando su rama educacional. Han actualizado sus clases para padres. Supuestamente, Silicon Valley ha contribuido con dinero y recursos. El SPI se ha embarcado en una oleada de contrataciones. Ofrecen sueldos mucho más altos que antes. Por desgracia, Frida vive en el estado de prueba, en el condado de prueba.

—Ojalá supiera más detalles —ha continuado Renee—. Si esto hubiera pasado hace un año, incluso hace unos meses, estaría en mejores condiciones de orientarte. —Una pausa—. Hablemos en persona. Procura mantener la calma, Frida, por favor.

Esta noche, la casa, que nunca ha sentido como suya, aún se lo parece menos. Después de comer un plato de microondas y arreglar cada habitación, de limpiar la mugre detectada por el SPI, cerrar los cajones, doblar las sábanas de Harriet y reordenar sus muñecos, Frida se refugia en su pequeño baño, deseando poder comprimir toda su vida en este cuarto, comer y dormir aquí. Se ducha y se lava la cara, se aplica tónicos, cremas hidratantes y sueros antienvejecimiento. Se peina el pelo mojado, se corta y lima las uñas, se tapa con esparadrapo las cutículas desgarradas. Se depila las cejas. Se sienta en el borde de la bañera y hurga en el cubo de los muñecos de baño: la morsa de cuerda, el patito, el pulpo naranja que ha perdido los ojos. Juega con el albornoz de Harriet. Se aplica la loción de la niña en las manos para llevarse ese aroma de coco a la cama.

Aunque la noche es cálida, se pone una sudadera con capucha sobre el camisón. Estremeciéndose al pensar que los hombres han manoseado las almohadas, decide cambiar las sábanas.

Se mete en la cama y se pone la capucha, atándose los cordones bajo la barbilla. Le gustaría tener un sudario. El Estado descubrirá muy pronto que raramente recibe visitas. Perdió el contacto con sus amigos de Nueva York después del divorcio y no ha hecho nuevas amistades; no lo ha intentado, se pasa la mayor parte de sus noches de soledad con la única compañía de su teléfono. A veces toma solo unos cereales para cenar. Cuando no puede dormir, hace abdominales y elevaciones de piernas durante horas. Si el insomnio se vuelve muy agudo, se toma un Unisom y bebe. Cuando Harriet está aquí, solo un chupito de *bourbon*. Cuando está sola, tres o cuatro seguidos. Gracias a Dios, esos hombres no han encontrado ninguna botella vacía. Cada mañana, antes de desayunar, se mide la cintura. Se pellizca en su flácido tríceps y en la parte interna de los muslos. Sonríe ante el espejo para recordarse a sí misma que antes era guapa. Ahora tiene que dejar todos los malos hábitos, no puede parecer vanidosa o egoísta o inestable, como si no pudiera cuidar de sí misma, como si no estuviera preparada, incluso a su edad, para ocuparse de la niña.

Se pone de lado, mirando hacia la ventana. Se lleva la mano a la boca para tapársela, pero se detiene. Alza la mirada hacia la parpadeante luz roja. ¿Les está ofreciendo lo suficiente? ¿Está lo bastante contrita? ¿Lo bastante asustada? A los veintitantos tenía una terapeuta que le hizo redactar una lista de sus miedos, un tedioso proceso que solo sirvió para demostrar que sus miedos eran aleatorios e ilimitados. Quienquiera que la esté observando en estos momentos debería saber que le dan miedo los bosques y las grandes extensiones de agua, los tallos y las algas. Los nadadores que se alejan, la gente que sabe respirar bajo el agua. Le dan miedo las personas que saben bailar. Le dan miedo los nudistas y los muebles escandinavos. Las pelis de la tele que empiezan con una chica muerta. El exceso de sol y la falta de sol. En su momento, tenía miedo del bebé que estaba creciendo en su interior, miedo de que dejara de crecer, miedo de que el bebé muerto tuviera que ser extraído por succión, de que sucediera eso y ya no quisiera volver a intentarlo y Gust la dejara. Tenía miedo de arrepentirse, de ir a una clínica y alegar que la hemorragia se había producido espontáneamente.

Esta noche tiene miedo de las cámaras, de la asistente social, del juez, de la espera. De lo que Gust y Susanna deben estar contando a la gente. De que su hija ya la quiera menos. De lo destrozados que se quedarán sus padres cuando se enteren.

Repite mentalmente estos nuevos temores, tratando de despojar a las palabras de sentido. El corazón le palpita acelerado. Tiene la espalda cubierta de sudor frío. Quizá, en vez de ser vigilada, una mala madre debería ser arrojada por un barranco.

Frida descubrió las fotos el año pasado. Fue a principios de mayo, en mitad de la noche, durante otro ataque de insomnio. Para mirar la hora, cogió el teléfono de Gust de la mesita de noche. Había un mensaje de texto enviado unos minutos después de la tres de la madrugada: «Ven mañana».

Encontró a la chica en una carpeta rotulada «Trabajo». Ahí estaba Susanna en una sala de estar soleada, con un merengue en la mano. Susanna estampando el merengue en la entrepierna de Gust. Susanna lamiendo el merengue de su piel. Las fotos habían sido tomadas aquel mes de febrero, cuando Frida estaba embarazada de nueve meses. No entendía cómo Gust había tenido tiempo de conocer a esa chica ni por qué la había perseguido; pero era cierto que había habido jornadas en la oficina hasta muy tarde y fines de semana con amigos, y ella debía reposar en cama y procuraba no ser ese tipo de esposa que tiene bien agarrado a su marido.

Se quedó durante horas en la cocina, estudiando la sonrisa traviesa de Susanna, su cara embadurnada, sus manos sujetando el pene de Gust, su boca pequeña y húmeda. La chica tenía una tez prerrafaelita y un cuerpo pálido y pecoso, con pechos pesados y caderas de chico. Los brazos y las piernas bien musculados; las clavículas y las costillas protuberantes. Ella creía que Gust aborrecía a las mujeres huesudas. Que a él le encantaba su cuerpo de embarazada.

No le despertó ni se puso a dar gritos, esperó a que amaneciera; entonces se sacó una selfi, pese a la pinta espantosa que tenía, y se la envió a la chica.

Por la mañana, después de darle el pecho a Harriet y de volver a acomodarla en la cuna, se subió encima de Gust y restregó las caderas contra su cuerpo hasta ponérsela dura. Solo habían tenido sexo dos veces desde que el médico le había permitido mantener relaciones de nuevo, y cada vez había resultado sorprendentemente doloroso. Confiaba en que Gust usara condones con la otra y en que esa chica fuese voluble. Tal vez no la arredraran los anillos de boda ni los bebés, pero seguro que se cansaría de él. Frida ya había visto eso muchas veces en amigos suyos de Nueva York que salían con chicas de veintitantos. Una aventura apasionada, un vigor renovado, un repentino compromiso y, a continuación, la chica decidía largarse a las Galápagos. Los viajes de aventura eran la excusa habitual; también las iluminaciones espirituales.

Después de hacer el amor, ella le dijo:

—Deshazte de ella.

Gust lloró y se disculpó, y, durante semanas, pareció que iban a poder salvar su matrimonio. Pero él se negó a dejarla. Decía que estaba enamorado.

—Debo seguir a mi corazón —le dijo.

Empezó a hablar de custodia compartida antes de que Frida estuviera dispuesta a ceder.

—Yo sigo queriéndote —dijo—. Siempre te querré. Siempre seremos una familia.

Frida acabó comprendiendo que Susanna era como una lapa agarrada al buque de Gust, aunque nunca creyó que esa chica fuera a vencer: no lo lograría teniendo ella el bebé. Si al menos, le gusta pensar, hubiera tenido la oportunidad demostrar su valía como madre... Harriet empezaba entonces a sonreír, solo dormía tramos de tres o cuatro horas. Frida se pasaba los días cubierta de babas y vómitos, corriendo para limpiar, cocinar o poner la lavadora entre las tandas de lactancia y los cambios de pañales. No había terminado de perder los kilos del embarazo. La herida en su vientre aún estaba fresca.

Suponía que Susanna era una chica salvaje. Quizá dejaba que Gust se corriera en su cara. Quizá le había ofrecido sexo anal. Frida decía que no en la cara, decía que no al anal, aunque ahora lo lamenta. La idea de que debería haber abierto el culo para Gust la obsesiona, como todas las cosas que debería haber hecho para que se quedara con ella.

Si hubiera estado en mejor forma. Si hubiera sido una persona más fácil con la que convivir. Si hubiera seguido tomando Zoloft y no hubiera recaído en la depresión. Si no hubiera sufrido sus accesos de llanto histéricos, sus espirales de ansiedad. Si nunca le hubiera gritado... Pero esos fármacos no eran seguros al cien por cien, le dijo su médico. ¿Acaso quería correr ese riesgo? La ginecóloga le advirtió que había una relación del uso materno de antidepresivos con la depresión adolescente del niño, incluso con el autismo. El bebé podía salir nervioso. Podía tener problemas de lactancia. Podía presentar bajo peso al nacer, una puntuación Apgar más baja.

Gust estaba orgulloso de ella por haber dejado la medicación. Parecía respetarla más.

—Nuestro bebé tiene que conocer a tu verdadero yo —dijo.

Su necesidad de tomar antidepresivos hizo que sus padres se sintieran siempre como si le hubieran fallado. Frida no habla del asunto con ellos. Incluso en estos momentos, no le ha pedido a su médico una nueva receta; no ha buscado un psiquiatra o un terapeuta, no quiere que nadie sepa lo mal que funciona la casa de su mente por sí sola.

Así que dejó que Gust la persuadiera para acordar un divorcio sin culpables. La convenció de que la existencia de un registro legal de mala conducta marital resultaría perjudicial para Harriet. «Cuando la niña sea mayor —dijo—, le explicarán que papá y mamá decidieron que estarían mejor como amigos.»

Poco después de llevarse a Gust, Susanna empezó a manifestar sus opiniones. Ella había sido monitora de campamento en secundaria. En la universidad, hacía de niñera. Pasaba un montón de tiempo con sus sobrinos y sobrinas. Empezaron a llegar correos electrónicos, luego mensajes de texto. Frida debía eliminar todo el plástico de la casa. La exposición a los plásticos está relacionada con el cáncer. Debía instalar un sistema de filtración de agua para que Harriet no estuviera expuesta al cloro y los metales pesados del agua que bebía del grifo o durante el baño. Debía asegurarse de que toda la ropa de Harriet estuviera confeccionada con algodón orgánico en fábricas que pagaran un salario digno. Debía comprar productos orgánicos para el cuidado de la piel y pañales, baberos y toallitas libres de sustancias químicas. ¿No quería considerar la idea de pasarse a los pañales de tela? Muchas de las amigas madres de la hermana de Susanna usaban ese tipo de pañales. Debería probar el método de comunicación para la eliminación de excrementos, también llamado higiene natural infantil. ¿No era así como se hacían estas cosas en China? Debería tener unos cristales sanadores de conexión a tierra en el cuarto de la niña. Ella le daría con mucho gusto una rosa de cuarzo para que empezara. La cuna de la niña en casa de Frida era de IKEA, ¿y acaso no sabía que el aglomerado estaba hecho de serrín y formaldehído? Cuando Susanna empezó a incordiarla sobre los beneficios de la lactancia prolongada, del portabebés y de la práctica de dormir con el bebé, Frida decidió coger el teléfono y echarle la bronca a Gust, que dijo: «Recuerda que es todo con buena intención».

Ella le hizo prometer que no permitiría que Susanna experimentara con el bebé. Nada de adiestramiento prematuro con orinal, nada de cristales, nada de dormir con la niña, nada de premasticar cada bocado de su comida. El año anterior, Susanna se había sacado el título de nutricionista, con la intención de complementar su trabajo temporal como instructora de pilates. A Frida le preocupa que esté añadiendo clorela y espirulina en la comida de la niña y que la esté tratando con aceites esenciales o baños de arcilla desintoxicantes cuando tiene mocos o una infección de oído. Han mantenido acaloradas discusiones sobre las vacunas y la inmunidad de rebaño. Gust ya se ha hecho sacar los empastes de mercurio; Susanna también lo ha hecho. Pronto tratarán de tener su propio bebé, pero primero van a curarse las caries con hierbas, meditación y buenas intenciones.

Las dos mujeres se vieron por primera vez en junio del año pasado, cuando Frida fue a dejar a Harriet para el fin de semana. Gust se había trasladado al *loft* de Susanna de Fishtown, mientras que Frida vivía aún en la casa que ambos habían compartido en Bella Vista. Solo llevaban unas semanas separados. Frida se quedaba a Harriet por las noches para darle el pecho, pero Gust la tenía los sábados y los domingos por la tarde, de manera que ella tenía que entregar a la bebé junto con unas botellas de leche extraída. Ese día, Susanna abrió la puerta vestida solo con una camisa de Gust. A Frida, al ver su mirada orgullosa y soñolienta, le dieron ganas de arañarla. Ella no quería entregar su niña a aquella mujer recién follada, pero entonces apareció Gust y tomó a Harriet de sus brazos. Su ex parecía feliz, pero no feliz como un hombre que ha encontrado un nuevo amor, sino feliz como un perro.

Cuando Susanna fue a coger la nevera portátil, Frida le soltó con brusquedad que solo los padres podían tocar la leche.

—Por favor, Frida. Sé razonable —dijo Gust.

Cuando se llevaron a Harriet, Frida confió en que no fueran a besarse delante de la niña. Luego, mientras se alejaba de la casa, comprendió que se besarían, se restregarían y sobarían delante de su hija; tal vez incluso harían el amor en la misma habitación mientras ella dormía. En la casa de su padre, Harriet vería florecer y crecer el amor.

Es sábado por la noche. Temprano. La hora de cenar de Harriet. Frida está sentada a la mesa de la cocina mirando cómo pasan los minutos en el reloj digital que hay sobre los fogones. Golpea con el pie la pata de la trona de Harriet. Gust y Susanna quizá no estén alimentando bien a la niña. Seguramente, Susanna se la ha llevado hoy al parque y no ha parado de cotorrear y comentar cada uno de sus movimientos. Ha leído en algún libro que los bebés y niños pequeños tienen que oír diez mil palabras al día, desde su nacimiento hasta los cinco años, para estar preparados para el parvulario.

Aunque al final se dio por vencida, Frida solía encontrar penoso el parloteo de las madres norteamericanas con los bebés. Las demás madres la miraban con desaprobación cuando la veían columpiar a Harriet en silencio, cuando se sentaba en el borde del arenero y trataba de hojear el *New Yorker* mientras la niña jugaba sola. A veces la tomaban por una niñera distraída. En una ocasión, cuando Harriet tenía siete meses, hubo una madre que la regañó abiertamente al ver a Harriet arrastrándose por el parque infantil. ¿Por qué no vigilaba a su bebé? ¿Y si la criatura cogía una piedra, intentaba tragársela y se ahogaba?

Frida no intentó defenderse. Cogió a Harriet y corrió a casa. Nunca volvió a ese parque, a pesar de que era el más cercano y el más limpio.

Las madres de los parques infantiles la intimidaban. Ella no era capaz de emular su fervor o su destreza; no había investigado lo suficiente; interrumpió la lactancia a los cinco meses, cuando esas mujeres seguían dando el pecho alegremente a sus hijos de tres años.

Frida creía que convertirse en madre implicaría unirse a una comunidad, pero las madres que ha conocido son tan mezquinas como las chicas recién incorporadas a una hermandad universitaria: vienen a ser como un autoproclamado grupo de operaciones aferrado a una ortodoxia maternal. Las mujeres que solo hablan de sus hijos le resultan aburridas. Siente poco entusiasmo por el mundo banal y repetitivo de los críos pequeños, pero cree que las cosas mejorarán cuando Harriet vaya al parvulario, cuando puedan conversar. No es que Frida no tuviera ideas sobre educación infantil. A ella le encantó ese libro sobre el estilo de crianza francés; a Gust, en cambio, le horrorizó la idea de enseñar a Harriet a dormirse a los tres meses, la noción de priorizar sus necesidades adultas. El espíritu de ese libro, según él, era egoísta.

—Yo estoy dispuesto a no ser egoísta —dijo—. ¿Tú no?

Hoy no ha salido de casa. Renee le dijo que dejara de llamar a Gust para pedirle que conectara por FaceTime con la niña; debe esperar a hablar con la asistente social. Esta mañana, se ha pasado horas en el cuarto de Harriet, tocando sus mantas y sus muñecos. Hay que lavarlo todo. Tal vez reemplazarlo, cuando pueda permitírselo. Aquellos hombres no dejaron ninguna huella, pero sí mala suerte. Harriet no debe saber nunca que su cuarto fue tratado como el escenario de un crimen.

Sentada en la mecedora, Frida ha sollozado. Le ha dado rabia tener que fingir cuando ya no le quedaban más lágrimas. Pero la falta de lágrimas indicaría carencia de arrepentimiento, y la falta de arrepentimiento indicaría que es una madre aún peor de lo que supone el Estado. Así que ha cogido el conejito rosa de Harriet y lo ha estrechado contra su pecho, imaginándose a su niña sola y asustada. Como amamantando su vergüenza. Sus padres siempre decían que ella necesitaba un público.

Se pone de pie, se acerca a la puerta corredera de cristal, la abre y echa un vistazo al patio del vecino. El vecino del lado norte está construyendo una espaldera. Se ha pasado el día dando martillazos. A Frida le gustaría prender una cerilla y lanzarla por encima de la cerca, solo para ver qué pasaría, le gustaría quemar ese árbol que suelta unos zarcillos marrones rizados sobre su patio, pero no sabe si él fue el buen samaritano que avisó a la policía.

La nevera está más vacía que cuando hicieron la inspección. Hay un recipiente de rodajas de boniato con un poco de moho, un tarro a medias de mantequilla de cacahuete, un cartón de leche que caducaba hace tres días, paquetes de kétchup apilados en el estante de la puerta. Se toma de aperitivo unas tiras de queso de Harriet. Debería preparar una cena nutritiva, mostrarle al Estado que sabe cocinar, pero cuando se plantea la idea de ir al súper y piensa que la cámara registrará la hora de ida y la de vuelta, sus métodos de preparar la comida y sus modales al comer, le entran ganas de irse muy lejos.

Dejará su teléfono móvil aquí para que no puedan rastrearla. Si preguntan, dirá que fue a ver a un amigo, aunque Will es más amigo de Gust que de ella. Es su mejor amigo, de hecho. El padrino de Harriet. No lo ha visto desde hace meses, pero durante el proceso de divorcio le dijo que llamara si alguna vez le necesitaba.

Las cámaras no deben detectar ningún comportamiento sospechoso. No se pone un vestido, no se peina el pelo, ni se maquilla ni se pone pendientes. Tiene algo de vello en las piernas y las axilas. Lleva una camiseta roja holgada con varios agujeros y unos *shorts* vaqueros. Se pone una cazadora impermeable verde y unas sandalias. Da la impresión de una mujer que no se toma ninguna molestia, que tiene poco que ofrecer. La última mujer con la que Will salió era una trapecista de circo. Pero ella no quiere salir con Will, se recuerda a sí misma, y volverá a una hora decente. Solo necesita compañía.

Lo más previsible es que no esté en casa un sábado por la noche. Will tiene treinta y ocho años, está soltero y es un adepto de las citas *online* en una ciudad donde no hay muchos solteros de su edad. Las mujeres adoran su porte elegante, su pelo negro muy rizado, ahora salpicado de hebras grises; su barba tupida; la capa de vello pectoral que, según dice él en broma, es una prueba de su virilidad. Se deja crecer el pelo por detrás, y con sus diminutas gafas metálicas, su larga nariz y sus ojos algo hundidos, parece un científico vienés de principios del siglo XX. No es tan guapo como Gust, tiene menos músculos y una voz aguda, pero a Frida siempre le ha encantado la atención que le presta. Si no lo encuentra en casa, casi se alegrará. No sabe bien si recuerda la calle o el número, queda por la zona de Osage, entre la Cuarenta y Cinco y la Cuarenta y Seis, pero la desesperación es su propio faro y la lleva a la manzana correcta, a un aparcamiento situado a solo unos portales del edificio de Will: una desvencijada casa victoriana del oeste de Filadelfia, en Spruce Hill, cuya primera planta tiene alquilada. Las luces están encendidas.

Antes solían bromear con la idea de que Will estaba colado por ella. Una vez él le dijo delante de Gust: «Si no funciona con este tipo…». Frida recuerda sus cumplidos mientras sube los escalones de la entrada y llama al timbre. Su forma de ponerle la mano al final de la espalda. Su modo de coquetear cuando ella se pintaba los labios. Al oír pasos, siente esperanza y desesperanza a la vez, y también un impulso salvaje tremendo, algo que creía que había desaparecido para siempre. No hay nada atractivo en ella, salvo su tristeza, pero a Will siempre le han gustado las mujeres infelices. Ella y Gust solían reprocharle su pésimo gusto. Sus pajarillos con el ala rota. Una aspirante a directora de servicios fúnebres. Una estríper con un exnovio maltratador. Las poetas con autolesiones y carencias insondables. Ahora está intentando elegir mejor, pero Frida confía en que aún sea capaz de cometer un último error.

Acude a abrir y le sonríe, desconcertado.

—Puedo explicártelo —dice ella.

Antes solían decirle que nunca conseguiría una mujer potable si seguía viviendo como un universitario. Hay una capa visible de pelos de perro en el sofá y la alfombra, y solo una lámpara que funcione en la sala de estar; montones de periódicos y tazas aquí y allá, zapatos tirados junto a la puerta, monedas esparcidas sobre la mesita de café. Will está sacándose su tercer título, un doctorado en Antropología cultural, después de dos másteres de Educación y Sociología, y de una breve temporada en Teach for America, la ONG fundada en 1989 para combatir la desigualdad educativa en Estados Unidos. Lleva nueve años en el programa doctoral de la Universidad de Pensilvania y planea extenderlo hasta diez si consigue dinero para sufragarlo.

—Perdona el desastre —dice—, debería haber…

Frida le dice que no se preocupe. Los criterios de cada cual son distintos, y si ella tuviera criterio o escrúpulos, no estaría allí; no diría que sí a un plato de lentejas o a una copa de vino tinto; no se sentaría frente a la mesa de la cocina y le contaría —a borbotones, desordenadamente— su nefasto día, la comisaría, la pérdida de la custodia, los hombres entrando en su casa, tocándolo todo, instalando cámaras; no le hablaría de cómo en las últimas noches se ha escondido bajo la colcha para poder llorar con un poco de intimidad.

Aguarda a que Will se ponga de su parte con rabia o, si no, a que la juzgue con severidad y le pregunte cómo puedo haber sido tan idiota. Pero él permanece en silencio.

—Ya lo sé, Frida. Gust me lo contó.

—¿Qué te dijo? Debe odiarme.

—Nadie te odia. Está preocupado por ti. Y yo también. O sea, sin duda está cabreado, pero no quiere que esa gente te moleste. Tienes que contarle todo este rollo panóptico de mierda.

—No. Por favor. No se lo puedes contar. No tengo alternativa. Esa gente es como la puta Stasi. Mi abogada dice que todo esto podría llevar meses. Deberías haber oído cómo me hablaban la otra noche.

Will sirve más vino.

—Me alegro de que hayas venido. Quería llamarte.

Frida no había previsto lo bien que le sentaría ver una cara conocida. Will la escucha pensativamente mientras vuelve a contarle la historia. La infección de oído de Harriet y su incontrolable llanto. La carpeta olvidada. La irracional decisión de ir a la oficina. El hecho de que no daba abasto, de que necesitaba terminar el trabajo, de que nunca pretendió poner a la niña en peligro.

—Como si me hiciera falta que me castigaran otras personas —dice—. Me odio a mí misma, joder.

Es un error estar aquí y abrumarlo con sus problemas. Nota que Will se devana los sesos para encontrar algo reconfortante que decir, pero no lo consigue. Lo que hace, en cambio, es llevar la silla a su lado y abrazarla.

Quizá si tuviera a alguien que la abrazara de noche. Todavía echa de menos el olor de Gust. El calor. Una calidez y una sensación más que un aroma. La camisa de Will huele a lentejas y a perro, pero ella desea apoyar la cara en su cuello como hacía con Gust. Debería valorar su amistad y respetarla, pero se está imaginando su cuerpo. Gust le dijo una vez que había visto a Will en los vestuarios: supuestamente tiene un pene enorme, la fuente de su tranquila seguridad. Frida se pregunta si puede tocarlo, si alguno de sus pajarillos heridos le habrá pasado una enfermedad incurable. Ella no había sucumbido a un estado semejante desde los veintitantos, cuando se presentaba en la casa de hombres que había conocido en Internet y salía magullada y desorientada.

Contempla la mata de vello que asoma por el cuello de su camisa, empieza a jugar con él.

—¿Puedo besarte?

Él se echa atrás, sonrojándose.

—No es buena idea, cielo. —Se pasa las manos por el pelo—. Luego te sentirás fatal. Hablo por experiencia.

Ella mantiene la mano sobre su rodilla.

—Gust no se enterará.

—No es que no lo haya pensado nunca. Lo he pensado. Muchas veces. Pero no deberíamos.

Frida no responde, no le mira. No está dispuesta a volverse a casa. Se inclina y le besa, sigue besándole cuando él trata de apartarse.

Ha pasado más de un año desde la última vez que le resultó placentero tocar a un hombre. Después de que Gust se mudara, siguieron follando cuando venía a dejar a Harriet, si la niña estaba dormida. Y Gust siempre le declaraba su amor, diciendo que la echaba de menos, que había cometido un error, que quizá volviera. Se la folló la mañana de la comparecencia en el tribunal de divorcio, recién levantado de la cama de Susanna.

Era agradable ocultarle un secreto a esa chica, robarle, aunque eso implicara que Gust la volviera a dejar una y otra vez. Pensaba que si se quedaba embarazada, él cambiaría de idea. Algunas veces durante aquellos meses trató incluso de verle cuando estaba ovulando. Todavía se maravilla de su propia estupidez. Susanna le enseñará a su hija a ser diferente. A ser valiente y sabia. A tener dignidad. Ese tipo de mierda que no te ama, que ha decidido que no quiere estar contigo, aunque sea el padre de tu hija, no es mejor que una patada en la boca.

Sus terapeutas solían echarle la culpa a su madre; decían que había sido demasiado distante. Frida nunca aceptó esta explicación. Jamás quiso analizar su propio comportamiento. Era algo imposible de explicar, demasiado horrible para decirlo en voz alta. Cuando alguien la deseaba, se sentía más viva. Trasladada a un futuro diferente, mejor. Donde ya no estaría sola. Antes de conocer a Gust, se transformaba en una mujer anónima y aturdida, convencida de que lo único que deseaba era unas horas tocándose. No recuerda muchos nombres, pero sí se acuerda de cuerpos, algún cumplido infrecuente. Recuerda al tipo que la asfixió. Al que ponía porno mientras ella se la chupaba. Al que le ataba las muñecas apretando tanto que al final no sentía las manos. Al que la tildó de tímida cuando se negó a participar en una orgía; ella se sintió orgullosa de sí misma por haber dicho que no esa vez, por poner límites.

Entra en la sala de estar y corre las cortinas. ¿Qué posibilidad hay de ponerse salvaje ahora, una década más tarde, después del divorcio y del bebé?

—Frida, de verdad. Me siento halagado.

Quizá piensa que todavía pertenece a Gust. Tal vez solo la ve como una madre: como una mala madre, además. Está nerviosa y seca mientras se acerca a Will. Él no protesta cuando empieza a desabrocharle la camisa.

Un día le enseñará a Harriet a no comportarse nunca así. A no ofrecer nunca su cuerpo como si fuera el corte de carne más barato. Le enseñará integridad y respeto a sí misma, le dará el amor suficiente para que nunca deba andar mendigándolo. A ella su madre nunca le habló de sexo, de cuerpos y sentimientos. Frida no cometerá ese error.

—No me ves en mi mejor momento —dice Will.

Le sobran diez kilos. Tiene que empezar a hacer ejercicio. Frida toca el rollo de grasa de su cintura y le dice que es hermoso, secretamente complacida al ver que él también tiene estrías en los costados y en la zona lumbar.

Ella se marcharía si Will se lo pidiera, pero no se lo ha pedido, así que se quita el sujetador y las bragas, confiando en que su tristeza resulte radiante. Los pajarillos heridos de Will, chicas huesudas de ojos enormes, siempre emitían su propia luz. Durante las cenas, a ella le entraban ganas de tocarles el cuello, de jugar con sus largas melenas enmarañadas; se preguntaba cómo sería lucir la tristeza tan a flor de piel y ser amada precisamente por eso.

Mientras él la estudia, Frida se mueve nerviosa y cruza los brazos sobre sus pechos caídos, con la sinuosa cicatriz rosada por encima del vello púbico. Mete el estómago para dentro y se mira los muslos, ese pliegue odioso por encima de la rodilla izquierda. No debería verla con las luces encendidas, sin romance ni ceremonia. Cuando era más joven, podía sortear mal que bien esta incomodidad, pero Will ha visto cómo su cuerpo se volvía enorme, ha palpado las patadas de Harriet. «La invasión extraterrestre: la criatura», solía bromear.

Gust y Susanna deben de estar ahora acostando a Harriet. Cuando ella tiene a la niña en casa, primero viene el baño, luego un libro, un achuchón y se apagan las luces y se dan las buenas noches al mundo entero. «Buenas noches, paredes. Buenas noches, ventana. Buenas noches, cortinas. Buenas noches, silla. Buenas noches, corderito. Buenas noches, mantita. Buenas noches, pijamita.» Buenas noches a los ojos, la nariz y la boca de Harriet. Buenas noches a cada muñeco de la cuna. Hasta que finalmente llega el momento de decir «Buenas noches, Harriet» y de hablar de las galaxias.

Frida nota la erección de Will contra su estómago. Tiene que averiguar cómo ha dormido la niña estos días. Engancha un dedo en la trabilla del pantalón de Will, pero no se decide a tocar su pene, supuestamente enorme, ni siquiera por encima de los vaqueros. Si alguien se enterase de que ha venido aquí...

—Soy una persona horrible —susurra. Coge la camisa de Will y se tapa el torso—. Lo siento mucho.

—*Chisssst*. Tranquila, tranquila. —La atrae contra su pecho.

Ella nota en la mejilla la aspereza de los pelos.

—Te he acosado —dice con voz amortiguada—. ¿Qué mierda me pasa?

Frida no sabía que era posible que una mujer adulta acosara a un hombre adulto, pero ella lo ha hecho. ¿Qué le daba derecho a venir aquí y desnudarse?

—No seas tan dura contigo misma.

Frida le dice que se ponga de espaldas mientras recoge sus ropas. Cuando Gust decidió mudarse, ella llamó a sus amigos más íntimos con la esperanza de que alguien le hiciera entrar en razón. Will fue el único que la escuchó mientras lloraba y despotricaba. Por sus silencios, Frida dedujo que conocía la existencia de Susanna, tal vez desde hacía tiempo. Él le dijo que no le parecía bien que Gust se marchara. Le dijo que ella todavía era joven y guapa: una mentira piadosa.

Se recoge el pelo en una cola. Se ha puesto la camiseta del revés. Vuelve a la cocina para recoger el bolso. Son las 20.17.

—Prométeme que no lo contarás.

—Frida, no te fustigues. No has hecho nada malo.

—Sí lo he hecho. Tú pretendías ser amable conmigo. Yo no tenía que llevar las cosas hasta ese punto. Te juro que no soy una especie de buitre.

Desearía quedarse a vivir aquí. Podría instalarse en el sofá o en el trastero. Ojalá pudiera ver una cara amable todos los días.

Ya en la puerta, Will le da un beso en la mejilla y luego le sujeta la barbilla con la mano.

—Me ha gustado verte desnuda.

—No tienes que decir eso para que me sienta mejor.

—En serio —dice él—. Vuelve otro día y quizá me desnude yo. —Riéndose, empuja a Frida contra la puerta y la besa.

La porcelana está fría contra su rabadilla. En el perímetro superior de la bañera hay manchas grises a lo largo del enmasillado, sombras del moho que rascó hace unos días. Frida se quita las gafas y se tumba del todo con las piernas flexionadas y las manos entrelazadas en el pecho, clavándose las uñas en las palmas. Los gritones que viven dos puertas más abajo están fuera fumando hierba y brindando con botellas de cerveza. Estadounidenses blancos, ruidosos, ocupando espacio. Ella nunca ha reivindicado su propio espacio. Gust le decía que dejara de disculparse, que cortara de una vez con esos modales remilgados del Medio Oeste. Aunque quizá se suponía que ciertas personas no debían reivindicar su propio espacio. Ella lo hizo durante dos horas y media y perdió a su bebé.

Coge el camisón, recordando cómo la miraba Will cuando se han despedido. Ella y Gust solían provocarle cuando cenaban juntos, le pedían que adoptara esa mirada. Cómo las pescaba. Esa mirada de fóllame. Frida no era capaz de mirar así a Gust sin que se le escapara la risa. Más bien era Gust el que la cogía por la nuca y la miraba de ese modo. Echa de menos la sensación de ser una esposa, la mitad de algo. Una madre y una hija no es lo mismo, aunque recuerda haber pensado cuando Harriet nació que ya no volvería a estar sola nunca más.

Ha estado a punto de volver dentro con Will. ¿Cuándo fue la última vez, dejando aparte a Gust, que alguien la besó como Dios manda?

Tiene que volver a la habitación, dejar que la observen. Ya ha desaparecido demasiado tiempo. Pero todavía quiere un minuto o dos más. Un minuto para sí misma. Tienes que ir sorteando los obstáculos, le dijo Renee.

Se desliza las manos por el pecho y el estómago. Se baja las bragas, cierra los ojos y frota y frota hasta correrse una y otra vez, hasta quedar aturdida y sin fuerzas. Hasta que su mente se vacía.

3

El psicólogo designado por el tribunal tiene el aspecto de un hombre rico venido a menos. Desaliñado pero distante. Rasgos patricios, sin acento, seguramente de la zona de Main Line. Tiene papada y unas venitas rotas alrededor de la nariz. Un bebedor. Sin alianza. Ha tardado una eternidad en revisar el expediente de Frida. Apenas la ha saludado al llegar; simplemente le ha indicado una silla y ha seguido tecleando en su móvil. Frida esperaba que fuera una mujer; no sabe si es mejor o peor ser evaluada por un hombre blanco cincuentón. No parece que sea padre ni que tenga un interés especial en el bienestar infantil. Claro que tampoco lo parecían la asistente social o los hombres del SPI.

No ha hablado con Harriet desde hace seis días; no la ha visto ni la ha sujetado en brazos en una semana. Ha estado revisando fotos, mirando otra vez cada vídeo, oliendo el osito que todavía lleva su fragancia. Debería haber filmado más vídeos, pero le daba aprensión andar poniéndole el teléfono delante de la cara. Gust decía que sacarle fotos a alguien era robarle el alma, pero aplica un criterio distinto con Susanna, cuyos mil cuatrocientos noventa y ocho seguidores han visto infinidad de imágenes de la niña: Harriet en pañal, Harriet desnuda desde detrás, Harriet en la consulta del médico, Harriet en la bañera, Harriet en el cambiador, Harriet a primera hora de la mañana, todavía grogui y vulnerable. También selfis: Harriet dormida en el hombro de Susanna, *#felicidad*. Esa gente sabe lo que Harriet ha tomado esta mañana para desayunar. Frida se muere de ganas de mirar, pero Renee le hizo cerrar sus cuentas en las redes sociales.

El olor a naftalina le está provocando dolor de cabeza. No se había puesto este traje negro desde la última ronda de entrevistas de trabajo. Lleva colorete y pintalabios rosado, el pelo recogido en un moño bajo y las perlas de su abuela. Es lamentable tener que lucirlas aquí. El mayor deseo de su difunta abuela era que se casara y tuviera un bebé.

Sobre la mesa del psicólogo hay una pequeña cámara de vídeo con trípode colocada precariamente encima de un montón de carpetas marrones.

—Antes de empezar, señora Liu, ¿el inglés es su primera lengua?

Frida se estremece.

—Nací aquí.

—Fallo mío. —El psicólogo manipula la cámara—. Ahí está.

Se enciende una luz roja. El hombre abre un bloc de notas por una página en blanco y quita el tapón de su bolígrafo. Empiezan por la historia familiar de Frida.

Sus padres son profesores de Economía jubilados. Inmigrantes. Su padre de Guangzhou, su madre de Nanjing. Vinieron a Estados Unidos a los veintitantos y se conocieron en la escuela de postgrado. Casados desde hace cuarenta y cuatro años. Frida nació en Ann Arbor y se crio en Evanston, un barrio residencial de Chicago. Es hija única. Actualmente, su familia lleva una vida acomodada, pero salió de la nada. Su padre era pobre de solemnidad. Cuando Frida era niña, todos sus abuelos vivieron con ellos en un momento u otro. Su tía también. Luego otra tía. Primos. Sus padres mantenían a todos los parientes, consiguieron sus visados.

—En aquel entonces era posible —dice.

El psicólogo asiente.

—¿Y qué piensan ellos del incidente?

—Aún no se lo he contado.

Frida baja la vista a sus uñas, pintadas de rosa nacarado, con las cutículas recortadas pulcramente y casi curadas. Lleva días ignorando sus llamadas. Ellos creen que está muy ocupada en el trabajo. Una semana entera sin hablar con Harriet debe parecerles una tortura. Pero Frida no quiere escuchar sus preguntas, ya sea sobre Harriet, ya sea sobre cualquier otra cosa. Cada llamada empieza con las mismas preguntas en mandarín: «¿Ya has comido? ¿Estás llena?». Su manera de decir: «Te quiero». Esta mañana ha tomado café y una barrita de higos. El estómago le ruge. Si sus padres supieran lo que ha ocurrido, tomarían un avión enseguida y se plantarían allí mismo. Para tratar de arreglar las cosas. Pero es mejor que no vean su casa vacía ni todas esas cámaras, no deben descubrir que escaparon del comunismo y que lo único que han conseguido es una hija como ella.

¿El padre de la niña es blanco? ¿Hubo problemas culturales?

—Me parece que, como todos los padres chinos, mis padres querían que estudiara en Stanford y conociera a un agradable neurocirujano, a otro chino nacido norteamericano, quiero decir. Pero Gust les encantó. Se llevaban bien. A ellos les pareció que era un buen marido para mí. Se llevaron un gran disgusto con el divorcio. Como todo el mundo. Teníamos una hija recién nacida.

Solo cuéntales lo imprescindible, dijo Renee. El psicólogo no tiene por qué saber que hasta ella y Gust, solo había habido un divorcio en cada rama de la familia. Que si ya es bastante malo casarse con un hombre blanco, todavía lo es más perderlo, y no digamos perder la custodia de su hija.

Todos los abuelos, dice, sufren mucho con la distancia. Los padres de Gust en Santa Cruz, California; los suyos en Evanston, viendo por FaceTime y Zoom cómo Harriet crece.

—Este país es demasiado grande —dice, recordando su último vuelo a Chicago, cuando tuvo que sentar a Harriet en la mesita abatible, mirando a los demás pasajeros.

Solo de pensar que sus padres lleguen a enterarse de lo sucedido le entran ganas de pegarse un tiro, pero por ahora no necesita decírselo. Las hijas están autorizadas a tener secretos en este nuevo mundo.

Al reparar en la cámara, pregunta cómo se utilizará esa grabación. ¿Para qué están filmando la entrevista si él va a presentar un informe?

—¿Acaso van a analizar mis sentimientos?

—No hace falta ponerse paranoica, señora Liu.

—No estoy paranoica. Solo pretendo comprender... los baremos con los que soy juzgada.

—¿Baremos? —El psicólogo se ríe—. Es usted una chica lista.

Frida encoge los hombros mientras él sigue riéndose.

—Hablemos de por qué está aquí.

Renee le dijo que se mostrara compungida. Es una madre soltera trabajadora, una persona normal, agotada. Es alguien inofensivo.

Enumera la combinación de factores desestabilizadores: su insomnio, la infección de oído de Harriet, las cinco noches sin dormir, sus nervios desquiciados.

—No pretendo buscar excusas. Sé que lo que hice es completamente inaceptable. Créame, no podría sentirme más avergonzada. Soy consciente de que puse a mi hija en peligro. Pero lo que ocurrió la semana pasada, lo que hice, no representa lo que yo soy. El tipo de madre que soy.

El psicólogo mordisquea su bolígrafo.

—La última vez que tuve que funcionar con tan poco sueño fue cuando Harriet acababa de nacer. Ya sabe lo enloquecidos que están los padres al principio. Y yo entonces no trabajaba. Ocuparme de la niña era mi único trabajo. Y mi marido, mi exmarido, estaba aún con nosotras. Se suponía que yo me quedaría en casa con la niña los dos primeros años. Ese era nuestro plan. Todavía estoy tratando de ver cómo compaginarlo todo. Le prometo que esto no volverá a suceder. Fue un terrible lapsus de juicio.

—¿Qué estaba haciendo el día del incidente, antes de salir de casa?

—Trabajar. Escribo y edito una publicación de la facultad. De Wharton.

—O sea, que teletrabaja.

—Solo los días que tengo conmigo a Harriet. Acepté un puesto peor pagado para poder hacerlo, para disponer de un horario más flexible. Quería poder trabajar más tiempo desde casa. ¿Cómo voy a verla, si no? Gran parte de mi trabajo consiste en estúpidas tareas de oficina: correos electrónicos, perseguir a los profesores para que aprueben los borradores. La mayoría de ellos me tratan como a una secretaria. No es ideal, pero Harriet y yo tenemos una rutina. Trabajo un rato, me tomo un descanso para darle de comer y jugar, trabajo otro poco, la pongo a dormir la siesta, aprovecho ese tiempo para hacer algunas tareas. Me quedo trabajando hasta bastante tarde, una vez que la niña se va a la cama. Ella sabe jugar sola. No necesita a otros niños.

—Pero ¿los niños no son demandantes por definición? Al fin y al cabo, dependen completamente de sus cuidadores para sobrevivir. Entiendo que le deja ver la televisión...

Frida descubre que tiene la media desgarrada por detrás de la rodilla derecha.

—Hay un tiempo para la tele, sí. Le dejo ver *Barrio Sésamo* y *Mister Rogers*. O *Daniel Tigree*. Yo preferiría pasarme el día jugando con ella, pero he de trabajar. Eso es mejor que enviarla a una guardería. No quiero que la cuiden extraños. Ya la veo poco como para encima eso. Si fuese a la guardería, quizá solo la vería doce horas de vigilia a la semana. Y no es suficiente.

—¿La deja jugar sola a menudo?

—A menudo, no —dice Frida, procurando que la amargura no asome en su voz—. A veces juega en su lado de la sala de estar; a veces juega a mi lado. Al menos estamos juntas. ¿No es eso lo más importante?

El psicólogo garabatea en silencio. Antes del divorcio, ella discutía con su madre sobre cuándo volvería a trabajar, si haría jornada parcial o completa, si trabajaría como *freelance*. Ellos no la habían mandado a buenas escuelas para que se convirtiera en un ama de casa. La idea de vivir del sueldo de Gust, decía su madre, era una fantasía.

El psicólogo le pregunta si cuidar de su hija le resulta abrumador o estresante. Le pregunta si consume drogas o alcohol, si tiene antecedentes de toxicomanía.

—Las notas de la señora Torres hablan de depresión.

Frida se estira el agujero de la media. ¿Cómo se le había olvidado que tienen esta baza contra ella?

—Me diagnosticaron una depresión en la universidad. —Se agarra la rodilla para que su pierna deje de moverse—. Pero tenía síntomas leves. Tomaba Zoloft, pero lo dejé hace mucho, antes de que empezáramos a intentar concebir. Jamás expondría a mi bebé a esas sustancias químicas.

¿Recayó? ¿Sufrió ansiedad o depresión posparto? ¿Psicosis posparto? ¿Ha considerado alguna vez la idea de dañarse a sí misma o al bebé?

—No. Nunca. Mi hija me sanó.

—¿Era una niña difícil?

—Era perfecta.

Este hombre no sabe lo que es el primer mes, los deprimentes controles de peso en la consulta del pediatra cuando Harriet tardaba demasiado en recuperar su peso de nacimiento, cuando ella no producía suficiente leche. El pediatra hacía que se sacara leche después de cada toma. Con qué desesperación envidiaba a las madres de la sala de espera, con su pelo impecable y sus caras relajadas. Seguro que sus pechos rebosaban leche. Sus bebés se agarraban a la perfección. Ronroneaban de felicidad. Harriet nunca ronroneaba, ni siquiera de recién nacida. A Frida le parecía desolada, como si no fuera de este mundo.

A la pregunta sobre las demostraciones de afecto, Frida reconoce que sus padres rara vez la abrazaban o le decían «Te quiero» con todas las letras, pero se han vuelto más afectuosos al envejecer. Las familias chinas son más reservadas. Ella no se lo reprocha a sus padres. Pero no ha repetido ese comportamiento con Harriet; tal vez la abraza y besa demasiado.

—Parece que sus padres eran poco expresivos…

—No creo que sea justo decir eso. La mayor parte de los cuidados cotidianos recaía en mi abuela materna. Mi *popo*. Murió hace dos años. Aún pienso en ella constantemente. Me gustaría que hubiera conocido a Harriet. Compartimos habitación durante la mayor parte de mi infancia. Mi *popo* era extremadamente cariñosa. Entiéndalo, mis padres tenían profesiones muy exigentes. Estaban bajo mucha presión. Solo porque fueran profesores no quiere decir que todo resultara fácil. Ellos no solo se ocupaban de nosotros tres. Eran responsables de sus padres. De sus hermanos. Ayudaron a todos a establecerse. Algunos parientes tenían deudas. Mi padre sufrió varias úlceras por el estrés. No tenían tiempo para entretenerse conmigo. No se les puede juzgar con el criterio estadounidense.

—Percibo que se pone la defensiva, señora Liu.

—Mis padres me dieron una buena vida. Lo hicieron todo por mí. Soy yo quien la ha pifiado. No quiero que nadie les eche la culpa a ellos.

El psicólogo cambia de tema. Analizan su reacción al llanto de Harriet, si se divierte ocupándose de la niña, si es la que inicia los juegos, cómo utiliza los elogios para alentarla. Frida responde tal como imagina que harían las mujeres del parque infantil, describiendo una vida presidida por la paciencia y la alegría. Su voz se vuelve aguda y aniñada. Si alguna de esas madres se encontrara en su misma situación, está convencida de que se sacaría los ojos o bebería lejía.

—Ha mencionado que su marido la dejó.

Frida se pone rígida. Le dice que ella y Gust estuvieron juntos ocho años, tres de casados, que los presentaron unos amigos comunes en una cena en Crown Heights.

—Gust decía que lo supo enseguida. Yo tardé un poco más.

El matrimonio era satisfactorio. Feliz. Gust era su mejor amigo. Hacía que se sintiera segura. Omite decir que antes tenían más cosas en común, que Gust al principio mostraba sentido del humor, que el deseo de tener un bebé suyo fue lo que la decidió realmente a tener un bebé, que él solía ser una persona razonable que confiaba en la ciencia y la medicina, que más tarde discutieron sobre el plan del parto. Que ella se negó a considerar la idea de dar a luz en casa o con una comadrona. Que la epidural no le importaba.

Explica la cronología de su embarazo y del nacimiento de Harriet, su descubrimiento de la existencia de Susanna, el efímero intento de reconciliación.

—Harriet tenía dos meses cuando descubrí el *affaire*. No tuvimos la oportunidad de ser una familia. Creo que si Gust nos hubiera dado la ocasión… —Mira por la ventana—. Yo me levantaba tres veces cada noche para darle el pecho a la niña. Disculpe, ¿esto es demasiado íntimo?

—Continúe, señora Liu.

—Estábamos en modo supervivencia. La tensión afectaba a mi producción de leche. Me estaba recuperando de la cesárea. Habíamos hecho planes para este bebé. Tener familia fue uno de los principales motivos para mudarnos aquí.

El psicólogo le pasa un pañuelo de papel.

—Yo lo habría recuperado. Quería que intentáramos una terapia, pero él no dejó de verla. Pedir el divorcio fue decisión suya. Gust no luchó por nosotros. Es un buen padre, yo sabía que lo sería, pero ha actuado como si no pudiera controlar esa situación, como si él y Susanna estuvieran destinados a estar juntos.

—Hábleme de su relación con la querida de su marido.

—¿Ese es el término? ¿«Querida»? Bueno, yo diría que la «querida» tiene problemas con los límites. No me respeta. He intentado poner unos límites, pero no ha cambiado nada. Mi hija no es un proyecto. Y Susanna no es su madre. Siempre está metiéndose en medio e imponiendo cosas. Como en su trabajo de nutricionista. No es que sea una persona sana siquiera. Era bailarina. Ya sabe cómo son las bailarinas.

¿Sale ella con alguien? ¿Le ha presentado algún novio a la niña?

—No estoy preparada para salir con nadie. Y no le presentaría un hombre a mi hija a menos que la relación fuera muy seria. A mi modo de ver, Gust le presentó a Susanna demasiado pronto.

Alentada a decir más, Frida se va agitando por momentos.

—Se mudó con ella en cuanto nos dejó, y de repente se suponía que yo tenía que llevar a mi hija recién nacida al apartamento de esa chica y relacionarme con ella constantemente. Verla con mi bebé...

Se pellizca el entrecejo.

—Ni siquiera quería que Harriet viera a Susanna, pero de repente resultaba que la niña tenía que vivir allí la mitad de la semana. Gust dijo que contrataría a una niñera. Yo me ofrecí a buscársela. No debía endosarle el cuidado de la niña a su novia. Nunca estuve de acuerdo con eso. Me da igual que tenga un horario flexible. Me da igual que ella quiera cuidar a la niña. Ahora mi hija pasa más tiempo con esa chica que con cualquiera de sus padres de verdad, lo cual no es justo.

Los zapatos de Will están alineados en pulcras hileras. Frida observa que han pasado el aspirador por la alfombra, recogido las cartas y las monedas, quitado el polvo en todo el apartamento. El perro ha sido desterrado al patio trasero. No debería haber venido aquí con ganas de marcha un viernes por la noche, pero ¿qué más da una decisión equivocada después de tantas?

Will se ha afeitado la barba, parece más joven. Está guapo. Frida nunca lo había visto bien rasurado. Ese hoyuelo es toda una sorpresa. Con tiempo, podría llegar a adorar su cara. Tal vez enamorarse la ayudaría. La asistente social percibiría la ternura en sus ojos. Harriet también la notaría.

Mañana por la mañana es la primera visita supervisada. Sentada junto a Will, Frida le confiesa que tal vez esté perdiendo el juicio. No para de cuestionarse todas sus reacciones. Debería haberse preparado mejor, eludido las preguntas sobre Susanna, haberse centrado en Harriet, en su amor por Harriet.

—Solo tengo una hora con ella.

—Vas a hacerlo de maravilla —dice Will—. Solo tienes que jugar con ella, ¿vale? ¿Y qué importa que te observen? Imagínate las otras madres con las que deben lidiar.

—¿Y si eso no me ayuda?

Ayer se reunió con la asistente social. Su oficina estaba decorada con dibujos infantiles. Ceras, rotuladores y colores pastel. Monigotes y árboles. Algunos perros y gatos. El lugar daba una sensación turbadora, como si hubiera entrado en la guarida de un pedófilo.

Había una cámara empotrada en la pared, por detrás de la mesa de la asistente social. Habían pintado unos pétalos amarillos alrededor de la lente, integrándola en un mural de girasoles, como si un niño no fuera a darse cuenta.

Volvieron de nuevo sobre las mismas preguntas. Los motivos de Frida. Su salud mental. Si comprende las responsabilidades básicas de un padre. Su noción de seguridad. Sus criterios de limpieza. La asistente social le preguntó qué dieta seguía. Su nevera contenía envases de comida para llevar, boniatos, un paquete de apio, dos manzanas, mantequilla de cacahuete, queso en tiras, algunos condimentos y una cantidad de leche suficiente solo para un día. Los aparadores estaban casi vacíos. ¿Por qué no prestaba atención a la nutrición de Harriet?

¿Hasta qué punto es estricta? ¿Cómo impone las normas? ¿Qué clase de límites considera adecuados? ¿Ha amenazado alguna vez a Harriet con un castigo corporal?

¿Está criando a la niña de modo bilingüe? ¿Qué quería decir cuando comentó que su mandarín es solo básico? ¿Que ella habla en *chinglés* con sus padres? ¿Eso no era negarle a Harriet una parte fundamental de su ascendencia?

¿Qué hay de sus juegos favoritos? ¿Juega con otros niños? ¿Con qué frecuencia contrata niñeras y hasta qué punto las examina? ¿En qué medida es estricta sobre la desnudez y la exposición a la sexualidad adulta? ¿Cuál es su actitud sobre interrupciones, modales, pulcritud, limpieza, hora de acostarse, ruido, tiempo de televisión, obediencia, agresión?

Las preguntas eran más detalladas de lo que Renee había previsto. Frida intentó emular de nuevo a las madres del parque, pero vacilaba en exceso, era demasiado incongruente en sus respuestas. No sonaba lo bastante cuidadosa, lo bastante paciente, lo bastante dedicada, lo bastante china, lo bastante norteamericana.

Nadie la habría considerado una madre por naturaleza. En la oficina de la asistente social, su traje negro parecía demasiado serio. No debería haber llevado su mejor bolso ni haberse puesto sus pendientes de rubíes. Era la única madre de la sala de espera que no parecía pobre, que no iba vestida de modo informal.

La asistente social necesita hablar con sus padres. Finalmente, Frida los llamó anoche. Soltó a toda prisa su confesión, pidiéndoles que no hablaran demasiado y explicando que estaban grabando la llamada. Ellos, como todo el mundo, querían saber el porqué. Si estaba cansada, ¿por qué no se echó una siesta? Si se sentía desbordada, ¿por qué no le pidió ayuda a Gust? ¿O a Susanna? Aunque la odie. ¿Por qué no contrató a una niñera?

—Eso no tendría que haber pasado —dijo su padre.

¿Cuándo volverá a ver a Harriet? ¿Cuándo pueden verla ellos? ¿No pueden llamarla? ¿Por qué no? ¿Quién decide estas cosas? ¿Todo esto es legal?

—¿En qué clase de lío estás metida? —gritó su madre—. ¿Por qué no nos lo habías dicho?

Will le pregunta a Frida si tiene hambre. Podrían pedir comida tailandesa... o etíope. Tal vez podrían ver una peli.

—No tienes que darme de comer.

Mañana exhibirá sus mejores cualidades maternales. Será una persona digna de confianza. Todavía es capaz de este tipo de cosas. Si realmente fuera una irresponsable, habría buscado a un extraño. Si realmente fuera una irresponsable, Will no habría limpiado, no se habría afeitado. Si realmente fuera una irresponsable, él se la follaría en el suelo, en lugar de llevarla a su dormitorio, ahora pulcramente ordenado. No le pediría permiso antes de desnudarla.

Will no quiere apagar la luz. «Quiero verte», dice. Ella le pasa los dedos por el vello oscuro del estómago. Su pene es enorme e inquietante. Nunca ha visto en persona un pene de este tamaño. Solo le cabe la punta en la boca.

Una vez que Will encuentra un condón, hacen el primero de muchos intentos para encajar uno con otro. Lo intentan con Frida encima, con Frida de rodillas, con Frida boca arriba, apoyando los pies en los hombros de Will. Ella se siente avergonzada por las limitaciones de su pequeño cuerpo de niña. Hace falta otro puñado de lubricante y varias profundas inspiraciones antes de que él la penetre. Su pene no es una tercera pierna, pero sí un brazo, un brazo entero hundiéndose hasta el codo.

—Me siento como si tuviera la polla dentro de tu cráneo. —Will se maravilla de su suerte—. Por Dios, eres superestrecha.

Con la complexión de una adolescente, solía decir Gust. Más estrecha que Susanna.

Frida envuelve con las piernas la cintura de Will. Recuerda las manos en el hospital. Cinco manos diferentes en treinta y cuatro horas: tres residentes y dos obstetras. Sus torturadores. Sus manos entraban y subían y hurgaban, comprobando la posición de la cabeza del bebé. Contra los deseos de Gust, le pusieron la epidural a las quince horas. A las treinta y dos, ya estaba preparada para empujar. Dos horas más tarde, la cabeza del bebé estaba exactamente en la misma posición. Falta de progreso, decían. El ritmo cardiaco del bebé empezó a descender. Aparecieron más médicos y enfermeras. A toda prisa, llevaron su cuerpo, todavía convulso, al quirófano, donde una docena de caras enmascaradas la saludaron. Uno le ató los brazos. Otro levantó una cortina azul. Su cuerpo se convirtió en un campo yermo.

Las luces eran de una intensidad insoportable. El anestésico hacía que le castañearan los dientes. «¿Nota esto?», un toque en la mejilla. «¿Y esto?» Un toque en el vientre. «¿No? Bien.»

—¿Estás bien, cielo?

—Tú sigue.

Los médicos hablaban de las películas que habían visto. Ella oía el tintineo de sus instrumentos. Gust estaba sentado junto a su cabeza, mudo de agotamiento, sin mirarla. Ella dijo que debería haberse esforzado más. Esperaba que él respondiera que no, que había sido muy valiente. Alguien le puso las manos en los hombros. A Frida le encantó la voz ronca de ese hombre, el peso tranquilo de sus manos. Frida habría hecho cualquier cosa por ese hombre. Él siguió tocándola, alisándole el pelo. Dijo: «Va a sentir cierta presión».

Protegiéndose los ojos, Frida alza la mirada hacia la ventana panorámica de Gust y Susanna. Llega con veinte minutos de antelación. El año pasado se compraron un espacioso apartamento en Fairmont, a unas manzanas del museo de arte, en un tramo gentrificado de Spring Garden. Susanna viene de una familia rica de Virginia. Sus padres pagaron el apartamento en metálico y le asignaron una paga mensual. Cuando Frida viene aquí, no puede evitar hacer comparaciones. Esta casa tiene abundante luz natural y techos altos, alfombras de Marruecos en cada habitación. Un juego de sofás de terciopelo azul oscuro. Plantas en cada alféizar, jarrones de flores frescas en las mesas recicladas de madera. Cuadros de los amigos de Susanna, muebles que han pasado a lo largo de dos generaciones. Antes miraba a altas horas de la noche la cuenta de Instagram de Susanna para atormentarse. Ahí estaba su preciosa y rolliza bebé acurrucada sobre un cubrecamas de vellón o acunada con mantas de diseño, el accesorio perfecto.

La asistente social lleva cuatro minutos de retraso, luego cinco, luego nueve, luego doce. Esta mañana, verá que la casa de Gust y Susanna siempre está impoluta. No sabrá que viene una mujer a limpiar todas las semanas.

Gust le envió un mensaje anoche explicándole que Susanna lamenta estar fuera. Se ha ido a un retiro de silencio en los Berkshires. Le manda su cariño y apoyo. «Tú puedes», le escribió Susanna.

Frida mira su reflejo en la ventanilla de un coche. En el cine ha visto historias de madres que tratan de redimirse. Las malas madres ocultan su perversidad bajo recatadas blusas de seda remetidas en faldas anticuadas. Llevan zapatos de tacón bajo y medias transparentes. Ella lleva su mejor aproximación a ese disfraz: una blusa de seda sin mangas, una chaqueta de punto color lavanda de cuello redondo, una falda negra hasta las rodillas y unos zapatos de tacón bajo. Tiene el flequillo recién cortado, el maquillaje atenuado y el pelo recogido en una cola. Parece una mujer modosita e inofensiva de mediana edad, como una maestra de parvulario o un ama de casa que considera las mamadas un mal necesario.

Interacción cara a cara constante, dijo la asistente social. Una hora de juego y conversación. Frida no puede quedarse sola con Harriet, no puede llevarla afuera, no puede traer regalos. La asistente social se encargará de que Harriet esté a salvo física y emocionalmente.

Nota unos golpecitos en el hombro. «Buenos días, señora Liu.» La asistente social se quita sus gafas de aviador. Tiene un aspecto maravillosamente sano. Su vestido de tubo rosa pálido muestra su piel bronceada, sus brazos torneados y su estrecha cintura. Lleva unos zapatos de charol con tacón de aguja.

Intercambian unas palabras sobre el tiempo, que es soleado y seco, casi treinta grados. La asistente social ha estado dando vueltas una eternidad y al final ha tenido que aparcar a cuatro manzanas.

—No suelo venir a este barrio.

Frida le pregunta si al final podrá pasar un tiempo extra con Harriet, ya que están empezando con retraso.

—Me dijo que tendríamos una hora.

—No puedo cambiar mis otras citas.

Frida no se lo vuelve a decir. Al llegar a la puerta principal, se ofrece a usar su llave, pero la asistente social dice que no y llama al apartamento 3F. Una vez arriba, le dice a Frida que espere en el pasillo mientras ella habla con Gust.

Frida echa un vistazo a su móvil. Llevan dieciocho minutos de retraso. Confía en que Gust haya preparado a Harriet. No es que mami no quiera quedarse más rato. No es que mami no quiera traerle regalos. Todo esto no es decisión suya. Todo esto no tiene sentido para mami. Seguramente tampoco lo tiene para Harriet. Mami está castigada, le han dicho a la niña. La asistente social le pidió a Gust que le explicara la situación a la niña en términos que ella pudiera entender. No importaba, les dijo, que Gust y Susanna no reciban ningún castigo. Harriet captaría lo esencial.

Frida pega el oído a la puerta. Oye que la asistente social adopta un tono infantil. Harriet está gimoteando. Gust trata de calmarla.

—No tienes por qué asustarte. Es solo mamá. La señora Torres y mamá.

Frida no quiere ver vinculados sus nombres. Ella no tendría que estar aquí con una escolta. Cuando Gust abre la puerta, la asistente social se ha situado a su espalda y ya ha empezado a filmar.

Gust le da un abrazo.

—¿Cómo está la niña? —pregunta Frida.

—Un poco pegajosa. Confusa.

—Gust, lo siento mucho.

Confía en que él no note que se la han follado hace poco. Le ha hecho prometer a Will que no dirá nada. Anoche tenía sangre en las bragas. Aún está escocida.

—Empecemos, señora Liu.

Gust dice que estará en su despacho y le da a Frida un casto beso en la mejilla.

Harriet se ha escondido bajo la mesita de café. Frida se vuelve para mirar a la asistente social. No deberían empezar así. La mujer la sigue a la sala de estar, donde ella se arrodilla junto a Harriet, que está boca arriba, y empieza a frotarle la barriga con cautela.

—Estoy aquí, peque. Mamá está aquí.

Frida no tiene el corazón en la garganta, sino en los ojos, en las yemas de los dedos. «Por favor —piensa—. Por favor, bebé.» Harriet asoma la cabeza y sonríe; luego se hace un ovillo, cubriéndose la cara con las manos. No se va a mover de ahí.

—Ven, mami. —La niña le indica que se meta con ella bajo la mesita.

Cuando Frida le tira de las piernas, ella las aparta.

—Le quedan treinta y cinco minutos, señora Liu. ¿Por qué no empiezan a jugar las dos? Tengo que verla jugar con la niña.

Frida le hace cosquillas en los pies. Gust y Susanna la visten con unos colores muy sosos: lleva una blusa gris y unos leotardos marrones, como una criatura del apocalipsis. Ella le comprará pronto vestidos nuevos. Con rayas, con flores. Encontrarán una nueva casa, un nuevo barrio. Se acabarán los malos recuerdos.

—¡Uno, dos y tres! —dice, y tira de Harriet por las piernas.

La cría suelta un gritito alegre.

Frida la coge en brazos.

—Deja que te vea, cuqui.

Harriet sonríe, exhibiendo sus pocos dientes, y da palmadas sobre la chaqueta de punto de Frida con las manos pringosas. Ella la cubre de besos. Le pasa los dedos por las pestañas, le alza la blusa y hace una pedorreta sobre su barriga, arrancándole grandes risas. Este es el único placer que cuenta. Quizá todo dependa de si puede tocar a su hija, de si puede verla.

—Mamá te ha echado mucho de menos.

—Nada de susurros, señora Liu.

La asistente social está a un par de pasos. Frida percibe el olor de su perfume de vainilla.

—Señora Liu, no tape la cara de la niña. ¿Por qué no empiezan a jugar? ¿Tiene algún muñeco por aquí?

Frida protege a Harriet con su cuerpo.

—Denos un minuto, por favor. No nos hemos visto desde hace once días. La niña no es una mascota.

—Nadie la ha comparado con una mascota. Es usted quien utiliza ese lenguaje. Se lo advierto, lo mejor para usted es que empiece cuanto antes.

Gust y Susanna han guardado los muñecos de Harriet en un baúl de madera junto al sofá. Harriet se niega a dar los pocos pasos que hay hasta el baúl. Se agarra de la pierna de Frida y luego pide que la coja en brazos. Con la niña apoyada en la cadera, ella saca muñecos de felpa, animales de peluche y bloques de madera con rimas infantiles. Anima a Harriet a jugar con unas anillas apiladas, con un dinosaurio sobre ruedas.

La niña no quiere que la deje en el suelo. Mira a la asistente social con ojos asustados, alzando las cejas.

Frida conoce esa mirada. Vuelve a dejarla en el suelo.

—Lo siento, peque. Hemos de jugar. ¿Jugamos para que nos vea esta señora tan amable? Por favor, peque. Por favor. Vamos a jugar.

Harriet trata de trepar sobre su regazo y, cuando ella le da solo un rápido achuchón e insiste para que escoja un muñeco, empieza a gimotear. Su lamento se convierte con alarmante velocidad en un estallido en toda regla. Se arroja sobre la alfombra boca abajo, dando golpes con las manos y los pies, y emite un grito agudo, un chillido que resulta desgarrador.

Frida la pone boca arriba y empieza a besarla, suplicándole que se calme.

Harriet tiembla, llena de rabia. Señala a la asistente social.

—¡Vete! —grita.

—Eso no está bien.

Frida la levanta y la sujeta de los hombros.

—Pídele perdón a la señora Torres ahora mismo. Nosotras no hablamos así.

Harriet le pega con los puños, le araña la cara. Frida le sujeta las muñecas.

—Mírame. Esto no me gusta. Nada de pegar a mamá. Aquí no pegamos. Tienes que disculparte.

Harriet patea el suelo y grita. La asistente social se acerca aún más.

—Señora Torres, ¿puede sentarse junto a la mesa, por favor? La está poniendo nerviosa. Usted puede hacer un *zoom* con la cámara, ¿no?

La asistente social no hace caso. Harriet no quiere disculparse. Quiere más achuchones.

—Vamos, peque. Hemos de jugar. La señora Torres tiene que vernos jugar. A mamá no le queda mucho tiempo.

La asistente social baja la cámara y adopta un tono más dulce.

—Harriet, ¿podemos verte jugar? Juega con tu madre, ¿vale?

La niña arquea la espalda, se le escurre de los brazos a Frida y se lanza a la carga, sin darle tiempo a sujetarla. Ella ve con horror cómo Harriet clava los dientes en el antebrazo de la asistente social, que suelta un aullido.

—¡Controle a su hija, señora Liu!

Frida aparta a Harriet.

—Pídele perdón a la señora Torres ahora mismo. Tú nunca muerdes. Aquí no mordemos a nadie.

Harriet suelta una retahíla de violentos balbuceos.

—¡No, no, no, no!

Gust viene a ver cómo van las cosas. La asistente social le informa del feroz ataque de Harriet.

—Estaba nerviosa, Gust —dice Frida.

Él le pide a la asistente social que le muestre el brazo y le pregunta si le duele. Harriet le ha dejado marcas con los dientes. Gust se disculpa profusamente. Harriet jamás se ha comportado de ese modo. «No es de las que muerden», dice.

Coge a la niña y se la lleva al sofá para hablar. Frida va a la cocina a buscar un vaso de agua para la asistente social. Llena de hielo una bolsa hermética y la envuelve en una toalla. Se siente mortificada pero orgullosa. Este es su pequeño demonio. Su aliada. Su protectora.

La asistente social se aplica el hielo en el brazo. De la niña no sale ninguna disculpa, pese a los esfuerzos de sus padres.

—Señora Liu, tiene cinco minutos más. Intentemos terminar.

Frida le suplica a Harriet que jueguen a algún juego, pero la niña ahora quiere estar con su padre. No se suelta de Gust. Dice «papi» cada dos palabras.

Frida se queda parada junto a los dos y mira impotente mientras ellos juegan con el poni de madera. ¿Acaso no eran aliadas hace un momento? ¿Todos los niños son tan volubles como la suya? Todavía quedan dos visitas más. Gust la preparará la próxima vez; le explicará lo importantes que son estas visitas. El juez entenderá que Harriet no tiene siquiera dos años. Verá que Harriet la quiere, que quiere estar con ella, que tiene un corazón indómito.

4

Es un húmedo viernes por la tarde de finales de septiembre; hace seis días que vio a Harriet, casi tres semanas desde aquel nefasto día, y Frida está en el baño de mujeres de la oficina, escuchando el mensaje de voz de la asistente social. La visita de mañana, le dice con una enloquecedora desenvoltura, ha sido suspendida. Sin querer, concertó dos citas a la misma hora.

«Cosas que pasan», dice la señora Torres. Volverá a llamar para darle otra fecha y otra hora cuando haya un hueco.

Frida vuelve a reproducir el mensaje, creyendo que se le ha pasado por alto una disculpa que no aparece por ningún lado. Da un golpe en la puerta del cubículo. Ha tenido esa visita como referencia durante toda la semana para contar los días. Los días desde que vio a Harriet, los días hasta volverla a ver. Una hora menos para recuperar a su bebé.

Debería haberse imaginado que la castigarían. Cuando se despidieron el sábado pasado, ella robó un poco de tiempo para darle una ración extra de besos y abrazos a Harriet. Todavía recuerda cómo la cogía del brazo la asistente social, todavía la oye diciendo: «Ya basta, señora Liu».

Una vez en la calle, aquella mujer la sermoneó sobre los límites. La niña ya estaba preparada para decir adiós, ya no quería más abrazos.

—Tiene que reconocer la diferencia entre lo que quiere usted y lo que quiere ella —dijo la asistente social.

Frida tenía los puños apretados, los dedos de los pies crispados dentro de los zapatos, y mantenía la cabeza baja, mirando el rosario que la asistente social llevaba tatuado en el tobillo. Si la hubiera mirado a los ojos, quizás habría soltado el primer puñetazo de su vida.

La puerta del baño se abre. Dos estudiantes empiezan a cotillear en las pilas. Una de ellas tiene una cita esta noche; conoció a alguien en esa aplicación que empareja a la gente por sus feromonas.

Frida le envía un mensaje a Renee sobre la anulación de la visita. Tiene ganas de llamar sádica a la señora Torres, porque es lo que es, pero debe ser discreta en sus comunicaciones. «Lo de mañana se ha anulado. Segunda visita = ???», escribe.

No puede hablar libremente en ninguna parte. Renee le dijo que no debía comprar un móvil de prepago, que no debía abrir una nueva cuenta de correo electrónico, ni hacer indagaciones en la biblioteca; que debía vigilar lo que les dice a sus padres, a sus amigos o a sus compañeros de trabajo. Cualquiera de ellos podría ser interrogado.

—Tú no tienes nada que ocultar —dijo Renee—. Repítemelo, Frida: «No tengo nada que ocultar».

Oye cómo se abren y cierran polveras y tubos de pintalabios. Las chicas comentan las ventajas de la aplicación que te empareja por la voz, la que te empareja según tu trayecto al trabajo, remedando la probabilidad de conocer en el tren a un desconocido.

A ella le dan ganas de reírse. Esa es la idea de un fin de semana normal. Se seca los ojos con un trozo de papel higiénico y vuelve a su escritorio.

El relativo alivio que ha sentido al venir aquí se ha disipado; su cubículo no es más que un sitio distinto donde echar de menos a Harriet y reflexionar sobre sus errores. Si hubiera sido más solícita con la señora Torres... Si hubieran tenido más horas y no una sola... Si no hubiera ido nunca a casa de Will... Si hubiera sido capaz de convencer a Harriet para que jugara... Si no hubiera habido berrinche ni mordisco... Si hubieran estado ellas dos solas, sin relojes ni cámaras ni esa mujer diciéndoles: «Actúen con normalidad».

Esa mañana, debía devolverle las pruebas de imprenta a su jefe. Extiende las páginas sobre la mesa, buscando comas de sobra y erratas en los nombres de los profesores y los títulos. Ella solía estar orgullosa de sí misma por su ojo para este tipo de tareas, pero ahora apenas entiende las palabras y le traen sin cuidado las prisas por llevar las páginas al impresor. Debe hacer que Gust se disculpe en su nombre. Harriet tiene que saber que su madre piensa en ella a cada segundo. Que todo esto no lo ha decidido mamá. Que no es culpa suya. La señora Torres podría haber anulado la cita de la otra familia.

Después de cenar, Frida se refugia en el cuarto de Harriet, tal como ha hecho cada noche desde la visita. Se sitúa frente a la cámara y se arrodilla en la oscuridad, mientras su mente deambula por el pasado y el futuro, reacia a aceptar el insoportable presente. Renee cree que el Estado debería percibir su arrepentimiento. Tendría que trabajar, o rezar, o hacer ejercicio. Tendría que limpiar. No debería ver la televisión ni perder el tiempo con el ordenador o el teléfono. Tiene que mostrarles que se está debatiendo con la culpa. Cuanto más sufra, cuanto más llore, más la respetarán.

La habitación huele a producto químico. Un aroma artificial a hierbaluisa. Ya no huele a Harriet, y, por eso y por todo lo demás, se siente apenada. Algunos muñecos se han descolorido en la lavadora. El relleno de una colcha se ha echado a perder. Le ha sacado brillo a la cuna y a la mecedora. Ha limpiado los zócalos y el alféizar y ha restregado las paredes. Tiene las manos ásperas de fregar el baño y la cocina dos veces por semana, siempre sin guantes. Sus palmas agrietadas y sus uñas rotas vienen a ser como un pequeño cilicio.

A Renee le preocupa la impresión que producirá el mordisco ante el tribunal. Le preocupa que la asistente social no viera cómo jugaban. Pero ella piensa decir que a Harriet la provocaron, que su reacción fue natural dadas las circunstancias. Llevaban muchos días separadas. La rutina de la niña se había visto alterada. Harriet nunca juega con su madre en casa de Gust y Susanna, y menos a la fuerza o con cronómetro.

Frida nota que se le están durmiendo las piernas. Se pregunta qué posiciones debería adoptar, si es una persona quien la observa o solo una máquina, si buscan determinadas expresiones o posturas. Podría hacerles una reverencia, pegar las palmas y la frente al suelo tres veces, tal como su familia rezaba a Buda para solicitar protección.

¿Quién la va a proteger ahora? Espera que el juez de familia tenga sentimientos; si ese juez o jueza no tiene hijos, al menos que tenga un gato o un perro; que sea un ser con alma y con rostro; ojalá que haya experimentado el amor incondicional, que conozca el dolor de echar de menos a alguien. El SPI debería exigírselo a sus empleados como requisito.

Se mueve hasta quedar de perfil ante la cámara. Le duelen las caderas. Le duele la zona lumbar. Últimamente ha tratado de recordar los comienzos: cuando llevó a Harriet a la ventana de la habitación del hospital y le enseñó la luz del día; la piel rosada de Harriet, ya empezando a descamarse, expuesta al aire libre por primera vez. No podía parar de tocarle la carita, asombrada por sus enormes mejillas y su nariz occidental. ¿Cómo podía haber engendrado a un bebé de ojos azules? Al principio, tenían la sensación de estar cuidando a una extraña criatura benevolente, que todavía no era humana. Crear a un nuevo ser humano parecía algo sobrecogedor.

Frida empieza a llorar. Tiene que hablarle al juez de la casa de su mente en la casa de su cuerpo. Esas casas ahora están más limpias, más libres de miedos. Jamás abandonaría a Harriet de esa manera, nunca más volverá a hacerlo.

La asistente social sigue cambiando la fecha de la próxima visita. Septiembre se convierte en octubre; al llegar el cuarto aplazamiento, Frida ha perdido el peso equivalente a una talla. Duerme cuatro horas por noche, a veces tres, a veces dos. No tiene apetito. Desayuna un café y un puñado de almendras. Almuerza un batido verde. Cena una manzana y dos tostadas con mantequilla y mermelada.

Ha visto a Will en el campus dos veces: en la librería y en la zona de restaurantes. Le pidió que dejara de llamarla; no permitió que la abrazase en público. Trabaja de forma lenta y dispersa. A veces, cuando vuelve a su escritorio, resulta evidente que ha estado llorando en el baño. Ese tipo de accesos incomodan mucho a su jefe. Después de otra remesa de artículos entregados con retraso, le rescinde los días de trabajo desde casa. Lamenta que eso suponga para ella pasar menos tiempo con Harriet, pero la organización debe anteponerse a todo lo demás.

—No quisiera tener que hablar con Recursos Humanos —le dice.

—No volverá a ocurrir. Lo prometo. Ha habido... —«Problemas en casa», le hubiera gustado decir.

Ha pensado en buscar otro puesto, ha considerado la idea de dejar el trabajo, pero necesita el seguro de salud. La Universidad de Pensilvania ofrece buenas prestaciones. Su padre pidió favores para ayudarla a conseguir este empleo.

Ha mentido a todo el mundo en la oficina. Los profesores nunca le hacen preguntas personales, pero el personal auxiliar es en su gran mayoría femenino, mujeres casadas con hijos. La costumbre establece que hablen de sus hijos en cada ocasión. Nunca es «¿Cómo estás?», sino «¿Cómo está Tommy?», «¿Cómo está Sloan?», «¿Cómo está Beverly?».

Ella les ha dicho: «La nueva palabra de Harriet es "burbuja"»; «Harriet no para de pedirme que la lleve al zoo»; «Harriet está obsesionada con las galletas de mantequilla».

No les dice que Harriet está en terapia; que, en el despacho de algún psicólogo nombrado por el tribunal, Harriet está curándose, en teoría. Renee dijo que los psicólogos de niños seguramente usarán una casa de muñecas, que pretenderán que Harriet exprese sus sentimientos con un muñeco-mamá y un muñeco-bebé, que le harán dibujar y mirarán con qué fuerza aprieta los lápices sobre el papel. El psicólogo buscará signos reveladores. Existe una lista de traumas, pero cada niño responde al trauma de forma diferente. A Frida le pareció que todo aquello era mucho adivinar.

No le explica a nadie que sus padres le han enviado diez mil dólares para los gastos legales, que le enviarán más si lo necesita, que se han ofrecido a sacar el dinero de su plan de pensiones.

Su generosidad hace que se sienta aún más culpable, indigna de ser su hija o la madre de Harriet, indigna de levantarse de la cama por la mañana.

Le enviaron el dinero sin que ella se lo pidiera. La entrevista que mantuvieron con la señora Torres resultó tensa. La asistente social solía pedirles que repitieran las cosas, que hablaran más despacio, como si no pudiera entender su acento. Sus padres le dijeron que esa mujer no hablaba como una persona normal. Adoptaba un tono falsamente amistoso, pero era tan fría como un científico. Hacía que la paternidad sonara como arreglar un coche. La parte de la comida, la parte de la seguridad, la parte de la educación, la parte de la disciplina, la parte del amor. Ellos le explicaron que Harriet es la alegría de Frida. Su *bao bei*. Su pequeño tesoro.

Según su madre, ella está tragándose su propia amargura. *Chi ku*, una frase que Frida no había oído desde hace muchos años: soportar las penas. Empleaban esa expresión para describir lo que su abuela paterna, su *ahma*, había sufrido durante la Revolución cultural. A veces, su padre contaba la historia de la noche en la que habían estado a punto de matar a Ahma. Ella era viuda de un propietario de tierras. Los soldados fueron al pueblo a buscarla. Hicieron que se arrodillara. Sus hijos se escondieron bajo la cama de madera de la habitación en la que consistía su casa. Esa noche, los dos niños gritaron hasta desgañitarse. Vieron cómo los soldados ponían una pistola en la cabeza de su madre y amenazaban con disparar.

Frida solía sentirse culpable siempre que oía esta historia. Se sentía malcriada e inútil. Nunca aprendió el dialecto de Ahma, no pasaba de poder decirle «hola» y «buenos días». No podía preguntarle a su querida *ahma* lo que había ocurrido. Pero Frida no tiene una pistola en la cabeza ni la bota de un soldado en el cuello. Esta desgracia se la ha buscado ella sola.

Se supone que la visita empieza a las cinco. Es un martes de finales de octubre, ocho semanas después de que se llevaran a Harriet, casi seis semanas desde que Frida la tuvo en brazos por última vez. La asistente social las ha avisado con solo una hora de antelación.

Frida sortea los charcos del suelo. Las calabazas de Halloween están llenas de agua por la tormenta de anoche. Ahora la temporada de huracanes es más larga. Las falsas telarañas colgadas están caídas. Sus compañeras de la oficina le han estado preguntando por el disfraz de Harriet. A una mujer le dijo que iba de león. A otra, de mariquita.

A las 16.58 ve a la asistente social bajarse de un taxi. Ella se acerca y le da las gracias por la cita. No ha tenido tiempo de volver a casa para cambiarse. Por suerte, su pérdida de peso queda oculta bajo las capas de lana: un vestido suéter de rayas grises y negras y una bufanda morada enrollada hasta bien arriba para disimular su mandíbula ahora afilada.

La asistente social no se disculpa por las repetidas cancelaciones. No se disculpa por alterar la rutina vespertina de Harriet. Hablan del tráfico y de la alerta de tornado de anoche.

El apartamento de Gust y Susanna está iluminado en plan romántico y caldeado por el horno. Huele a canela. Tienen una guirnalda de ramitas y bayas secas en la puerta y un cuenco de calabazas en la mesa del comedor.

Frida ve alarmada que entre Susanna y la asistente social ya hay la confianza suficiente para que se abracen. Por su parte, el abrazo que Susanna le da a la propia Frida es tan estrecho y persistente como siempre. La besa en ambas mejillas y le pregunta cómo lo lleva.

—Sobreviviendo. —Frida mira a la asistente social para comprobar que está prestando atención—. Gracias por llevar a la niña a todas sus citas. Ya sé que los horarios han sido complicados. Quiero que sepas que te agradezco…

—No es nada. Me encanta hacerlo. —Harriet está en su cuarto con Gust, le explica—. Hoy ha estado muy inquieta. Solo ha dormido una siesta de veinte minutos en todo el día. Hemos intentado darle la cena más temprano, pero no ha comido gran cosa. Quizá tengas que darle algo.

Susanna coge sus abrigos y las invita a sentarse. Les ofrece una taza de té y un postre. Ha preparado un pastel de manzana sin gluten.

Frida dice que no tienen tiempo, pero la asistente social acepta alegremente. Pierden diez minutos charlando, comiendo y dando sorbos de té.

El pastel de manzana está delicioso. Frida se lo come a pesar de sí misma. Le sientan mal las miradas amigables que intercambian Susanna y la asistente social, su forma de hablar en clave: la chaqueta que Harriet se olvidó en la oficina de la señora Torres, la idea de Susanna de llevar algo de comer para Harriet en la próxima sesión con la señora Goldberg. La asistente social le elogia el vestido campesino de seda de cachemira que lleva, sus pulseras de oro.

Susanna dice que el jueves llevarán a Harriet a jugar a truco o trato al oeste de Filadelfia. Las casas alrededor de Clark Park son las que tienen las mejores decoraciones. Hay un desfile de niños. Una fiesta en Little Osage. Harriet irá de Dorothy. Se encontrarán allí con Will y con otros amigos.

Ante la mención de Will, Frida se pone rígida. Bebe un trago de té, escaldándose el paladar.

—¿Vas a dejarle tomar azúcar?

La asistente social deja el tenedor y empieza a tomar notas.

—No sé lo del azúcar... Es más por la experiencia en sí. Ojalá pudieras venir con nosotros. —Susanna irá de Hombre de Hojalata; Gust será el Espantapájaros—. Es una pena... —dice—. Tú podrías haber... Disculpe, señora Torres. Voy a ver si ya están.

Frida remueve los restos del pastel por el platito y lame el tenedor. Sus padres llaman a Susanna «huevo malvado», «fantasma blanco». Cuando todo esto haya acabado, les preguntará cómo se dice «puta» en mandarín, y ese será el nombre de Susanna a partir de entonces.

Cuando aparece Harriet, solo quedan treinta y tres minutos. La niña se restriega los ojos. Hay una pausa antes de que vea a Frida, una fracción de segundo en el que esta visualiza todas sus pesadillas. La asistente social empieza a filmar.

—Ven aquí. —Frida abre los brazos.

Harriet parece más grande y, a la vez, más pequeña que la niña con la que ella sueña despierta. Es como si hubiera crecido un año. Ahora tiene más pelo, un pelo más oscuro y rizado, enmarañado. Está descalza y lleva un vestido de algodón beis sin mangas que es demasiado ligero para la estación.

—Qué mayor —dice Frida, con voz alegre y estrangulada—. Te he echado de menos, te he echado de menos. —Besa a la niña, toca las manchas de eczema de sus mejillas—. Hola, preciosa.

Juntan las frentes y las narices. Frida se disculpa por interrumpir su rutina vespertina. Le pregunta si entiende lo que va a pasar ahora, por qué mamá está aquí, qué van a hacer, por qué deben jugar un ratito.

—Visita —dice Harriet, marcando las consonantes.

Frida no quiere que su hija aprenda estas palabras, así no.

—Echado de menos, mami —dice Harriet.

Ella vuelva a abrazarla, pero el momento de ensueño apenas dura. La asistente social pide a Gust y Susanna que las dejen solas un rato, que vuelvan a las seis en punto. Cuando Harriet ve que se dirigen hacia la puerta, sale corriendo y les abraza las piernas.

Sujeta a Susanna por los tobillos. La asistente social les sugiere que salgan deprisa. Entre los gritos de la niña, ellos se zafan de su abrazo, prometiendo volver enseguida y cuidando de no pillarle los dedos con la puerta.

Harriet la aporrea con los puños, pidiendo que vuelvan papi y Sue-Sue. Frida le ruega que colabore. Intenta llevarla otra vez a la sala de estar. Es como si tratara de atrapar a un pez con las manos desnudas.

—Señora Liu, la niña puede andar —dice la asistente social—. Tiene que dejarla andar.

La interacción cara a cara de esta noche consiste en negociaciones y rechazos, en persecuciones y súplicas, en un creciente aumento de la furia de Harriet. El contenido de su baúl de muñecos está esparcido por el suelo. Harriet se porta como una criatura secretamente maltratada, dejándose llevar por un acceso de furor que desemboca en una hemorragia nasal.

—Cálmate, por favor, peque. Por favor. Por favor.

Harriet agita los brazos, se ahoga con las lágrimas. Empieza a limpiarse con las manos, esparciéndose la sangre por la cara, y luego se seca los dedos manchados en la alfombra de color marfil. La nariz todavía le sangra. La asistente social continúa filmando mientras Frida atiende a la niña, estrujando pañuelos de papel y metiéndoselos en las narinas. Le pone una mano en la frente para mantenerle la cabeza hacia atrás. Intenta recordar lo que hacían sus padres y su *popo* en estos casos. Esta es la primera vez que le sangra la nariz a Harriet.

Cuando la hemorragia se detiene por fin, Frida pide permiso para llevar a la niña a la cocina y así darle un poco de agua.

—Siempre y cuando ella camine —dice la asistente social.

Entre el paseo oscilante hasta la cocina y la búsqueda de un vaso con boquilla, más el trabajo de llenarlo, engatusar a Harriet para que beba y secarle la barbilla, se consume aún más tiempo. La niña tiene el vestido empapado y tirita.

Frida se quita la bufanda y le envuelve los hombros con ella.

—No, peque, no hagas eso, por favor. —Harriet está lamiéndose la sangre de los dedos—. Enseguida te irás a la cama. No, no. No llores. Siéntate con mami.

Están sentadas con las piernas cruzadas sobre el suelo de la cocina, con la espalda apoyada en el horno, Frida está sobre un charco de agua derramada. La asistente social les dice que tienen cinco minutos. Tiempo suficiente para un juego.

—Está agotada —dice Frida—. Mírela.

—Si es así como quiere usar su visita…

—Por favor, señora Torres, sea razonable. Estamos haciendo todo lo posible.

Frida le pregunta a Harriet si tiene hambre. La niña menea la cabeza. Balbucea en lugar de emplear las palabras que conoce. Se sube al regazo de Frida. Ella ha soñado con este momento. Harriet convirtiendo sus brazos, todo su cuerpo, en un nido, igual que al principio, madre e hija volviendo atrás en el tiempo. Besa su acalorada frente. Se humedece el dedo de saliva e intenta quitarle los restos de sangre seca. Los ojos de Harriet se cierran.

—Señora Liu, despiértela, por favor. Esto no es apropiado.

Frida ignora la advertencia. Le encanta sentir cómo Harriet se retuerce y acomoda. Harriet confía en ella. Harriet la perdona. No se quedaría dormida en los brazos de su madre si no se sintiera segura allí.

A medida que pasan los días, Frida piensa tanto en la asistente social como pensaría en un nuevo amante. Va a todas partes con su móvil, tiene puesto el volumen al máximo. Cualquier día puede ser el día en que la asistente social llame; y al fin lo hace, y luego cancela la visita.

La mujer alega que está sobrepasada de trabajo. Quizá no haya tiempo para una tercera visita.

—No se preocupe —dice—. La están cuidando bien.

Cada noche, Frida se arrodilla en el cuarto de Harriet a oscuras, pensando en la criatura que le han arrancado de su cuerpo, que debería estar a su lado, pero que no lo ha estado —o no realmente— desde hace ocho semanas. Nueve semanas. Diez. Es el mes de noviembre y Harriet tiene veinte meses.

La mañana de la vista, Frida se despierta helada. La colcha se ha escurrido de la cama, las sábanas están enredadas entre sus piernas. Ha dormido con una ventana abierta, dejando que el frío entrara en la casa de su mente y en la casa de su cuerpo, en la habitación donde ha estado esperando cada noche que le devuelvan a su hija. Son las 5.14. Cierra la ventana, se pone una bata, baja descalza y se fuerza a comer. Un *bagel* entero con queso cremoso. Diez galletitas de pan sin levadura. Una barrita proteínica con chocolate y sal marina. Café y té verde. Ayer llenó la nevera de leche entera orgánica, tiras de queso, manzanas de proximidad, pechugas de pollo orgánicas, arándanos. Compró aguacates, galletitas de dentición y cereales de arroz.

Renee le dijo que mantuviera la esperanza, que el peor escenario serían más visitas supervisadas. Pero es posible que el juez apruebe visitas no supervisadas, visitas de toda la noche... Custodia compartida.

Frida se da una larga ducha y se restriega con una esponja vegetal hasta que le queda toda la piel rosada y tierna. Se seca el pelo cuidadosamente y se ahueca el flequillo con un cepillo redondo. Practica unas sonrisas ante el espejo. Renee le recomendó colores suaves alrededor de la cara, pelo suelto y pendientes pequeños. Frida se ha comprado ropa nueva. Su vestido de tubo a medida es gris, no negro. Su chaqueta de punto no solo es de color marfil, sino además de angora.

Al terminar de vestirse, vomita el desayuno. Se cepilla los dientes, se bebe una botella de agua con gas y vuelve a pintarse los labios. Renee dijo que una vez que el juez toma una decisión, todo va muy deprisa. Harriet se quedará en casa con Susanna mientras Gust asiste a la vista, pero ella quizá pueda ver a la niña esta noche o mañana.

Una buena segunda visita debería haber borrado lo del mordisco, y un mordisco más una hemorragia nasal requerirá un voto de confianza por parte del juez, y los jueces no están muy predispuestos a arriesgarse, pero Renee dijo que aun así pueden ganar. Aunque el comentario pudiera parecer de mal gusto, añadió, el juez probablemente no la vería como una persona de color. Ella no es negra ni marrón. No es vietnamita ni camboyana. No es pobre. La mayoría de los jueces son blancos, y los jueces blancos tienden a dar el beneficio de la duda a las madres blancas, y Frida tiene la piel lo bastante clara.

Toma un taxi hasta el centro. Renee y Gust la están esperando en el vestíbulo del tribunal de familia, un edificio nuevo de cristal y acero que ocupa la mitad de una manzana, justo después del ayuntamiento y de Dilworth Park, enfrente del lujoso hotel Le Méridien.

Pasan los bolsos, las carteras y los móviles por el escáner. Cruzan el detector de metales. Frida habría preferido que Gust no hubiera llevado traje. Ella no le ha visto con traje desde su boda, y hoy su apostura es una distracción para cualquiera.

Sin embargo, parece cansado. Frida le pregunta cómo ha dormido Harriet, cómo se ha portado esta mañana, si le han explicado que hoy es un día importante y que el castigo pronto se habrá terminado.

—Lo habría hecho —dice Gust—. Pero la señora Torres nos dijo que no prometiéramos nada.

Renee le dice a Frida que se mantenga callada. No es seguro hablar aquí. En el ascensor, se apretujan junto a funcionarios cansados y padres afligidos. Gust trata de captar la mirada de Frida. Ella procura recordar dónde está y por qué; no puede pedirle un abrazo por muy desesperadamente que lo necesite. Renee se quedó consternada cuando vio que Gust le cogía la mano en el tribunal de divorcio. Cogerse de la mano servía obviamente para que él se sintiera mejor y Frida se sintiera peor, así que... ¿por qué hacerlo?, preguntó Renee. ¿Por qué absolverlo?

La puerta del ascensor se abre en la cuarta planta. La señora Torres está esperando en el mostrador de recepción. Frida firma con su huella dactilar. Hay cuatro tribunales, cada uno con su sala de espera y varias habitaciones más pequeñas donde los abogados y los clientes pueden reunirse en privado. Hay expositores de plástico con folletos de servicios de orientación, de oficinas de empleo y subsidios, de albergues. Los suelos se parecen a los de un hospital de lujo, brillantes pero mugrientos, con las paredes impregnadas de dolor. La luz de la mañana entra por las ventanas. Hay hileras de sillas envolventes de color naranja atornilladas en el suelo; pantallas de televisión por doquier, todas sintonizadas en la cadena de hogar y jardinería.

Por lo que Frida ve, ella es la única asiática. Gust es el único blanco con traje que no es abogado. En las televisiones emiten un programa sobre la reforma de un baño. Una pareja californiana quiere añadir un *jacuzzi* a su baño principal.

Frida y Gust escogen los asientos de la última fila. La asistente social y Renee se sientan a cada lado de ellos. Frida le da las gracias a Gust por tomarse el día libre. Ella quiere pedir al tribunal un tiempo extra con Harriet. Podrían cambiar las vacaciones. Gust puede dejarle tener a la niña en Acción de Gracias, en vez de hacerlo en Navidades; o quizá, en vista de los dos últimos meses, dejársela en ambas fechas.

En las pantallas montadas en alto, emiten programas sobre un proyecto de jardinería en Nuevo México, sobre un anexo de piscina en una hacienda de Connecticut, así como anuncios de remedios para la disfunción eréctil, de seguros de vivienda, de licuadoras de inmersión, de una serie de analgésicos cuyos efectos secundarios incluyen la muerte.

Frida mira cómo las empleadas del hotel de enfrente cambian las sábanas de las camas. A medida que avanza la mañana, las hileras de sillas se llenan. A los padres les piden que bajen la voz. Aparecen más asistentes sociales, más abogados. Algunos padres dan la impresión de encontrarse con sus abogados por primera vez. Algunos niños trepan por las sillas, hablando primero con la madre y luego con el padre, que se hallan sentados en filas separadas.

A cada hora que pasa, Frida va al baño a lavarse las manos y aplicarse más polvos en la frente. No para de sudar. Está segura de que está desarrollando una úlcera. Renee va a buscarla y le dice que vuelva a la sala de espera. Almuerzan al otro lado de la calle, unos sándwiches grasientos que aún le dejan el estómago peor.

Llega la psicóloga designada por el tribunal. La señora Goldberg es una mujer blanca embarazada de unos cuarenta años, con un pelo rubio estilo paje y una cara serena y perfectamente oval, como un Modigliani. Saluda a Frida calurosamente, diciendo que está encantada de conocerla por fin.

—Harriet es una niña especial —dice.

La señora Goldberg toma asiento en la misma hilera que ellos, al igual que los abogados del estado. Frida lamenta no haber dejado que sus padres vinieran. Renee no quería que asistieran a la vista. Ella pretende explotar el ángulo «madre soltera». El juez no tiene por qué saber que Frida cuenta con recursos, que podría haberles pedido a sus padres que le pagaran una guardería o que la ayudaran con el alquiler para que solo tuviera que trabajar a tiempo parcial.

Pero ellos ya la habían ayudado a pagar la universidad, ya le habían ayudado a pagar el alquiler cuando vivía en Brooklyn. Durante la separación pagaron los honorarios de su abogada, le dieron dinero para el coche, para los muebles. Ella tiene casi cuarenta. A esta edad, sus padres tenían un puesto fijo. Eran propietarios. Se hacían cargo de media docena de parientes.

Ahora están aguardando noticias. Vendrán a ver a Harriet en cuanto esté permitido. Frida ve salir de los tribunales a gente llorando. Oye gritos. A un padre lo sacan esposado. Hay parejas discutiendo. Los guardias son groseros con las asistentes sociales; las asistentes sociales lo son con los padres; los abogados teclean en sus teléfonos.

Afuera está oscureciendo. Frida ve cómo emerge su reflejo en la ventana. La sala de espera se vacía. Renee dice que es posible que tengan que volver mañana por la mañana. A la señora Torres la llaman varias veces para testificar en otros casos. Gust le trae a Frida una botella de agua y un tentempié de la máquina expendedora y le insta a que coma. Envía un mensaje a Susanna, averigua que Harriet no ha dormido siesta. Llama a su jefe y pregunta si también mañana puede tomarse el día libre.

—Sí, la situación de mi hija —dice.

Frida observa las cuatro puertas dobles. Necesita saber qué tribunal le han asignado, ante qué juez tendrá que presentarse, si será estricto o indulgente, qué dirá la señora Torres, qué dirá la psicóloga, qué cree el estado que sabe de ella. Necesita coger en brazos a su hija, necesita besarla y explicarle lo de estos dos meses. Su cuarto está preparado. La casa está limpia. La nevera, llena. Pronto, la niña ya no tendrá que reunirse con más extraños. Mamá no perderá más días, más semanas.

Continúa esperando. Mira el reloj. El edificio cierra a las cinco. A las 16.17 el guardia dice su nombre.

5

Cuando Frida era niña, no tenía sentido de la orientación. Norte quería decir arriba, sur quería decir abajo; el este y el oeste apenas los registraba. Desarrolló una tensa relación con las calles; volvió a aprender a conducir a los treinta y seis tras dos décadas de excusas sobre su falta de coordinación espacial y su miedo paralizante a los cambios de carril. No tener que conducir era uno de los motivos por los que amaba Nueva York. Nunca habría creído que echaría de menos conducir, pero en este viaje en autobús se ha pasado el rato envidiando a los conductores del siguiente carril: la mujer con tres niños berreando, el adolescente tecleando en el móvil, el hombre de la camioneta de reparto. Es un día de finales de noviembre, el lunes antes de Acción de Gracias. Han pasado cuatro semanas desde la última vez que vio a Harriet, doce semanas desde su día nefasto, y Frida está a punto de cambiar de vida.

La jueza del tribunal de familia dijo que tiene que hacerlo.

Las madres han salido antes del amanecer. Se han reunido en el juzgado a las seis, se han despedido de sus amigos y parientes, han entregado todos sus dispositivos. Con la excepción de un solo bolso, les advirtieron que se presentaran con las manos vacías. Sin equipaje, ni ropa, ni artículos de tocador, maquillaje, joyas, libros o fotos. Ni armas, ni alcohol, ni cigarrillos, ni drogas. Les han registrado los bolsos y las han cacheado. Han pasado por un escáner. Una madre tenía una bolsa de marihuana en el estómago. Otra se había tragado una bolsita de pastillas. Esas no han llegado al autobús.

La madre sentada junto a ella le pide mirar por la ventanilla.

—¿Cuánto falta, joder?

Frida no lo sabe. No lleva reloj, pero ahora ya hay luz. No ha prestado atención a los rótulos, está demasiado absorta en el hambre y la sed, en su piel resquebrajada y su nariz goteante. En sus pensamientos sobre Harriet.

Esa madre que tiene a su lado es una mujer blanca de veintitantos, una morena de aire cansado e inquietos ojos azules. Tiene rosas y telarañas tatuadas en las manos. Ha estado quitándose aplicadamente el esmalte de las uñas, dejando un montoncito de escamas rojas en la mesita.

Frida saca del bolso su lista de tareas y la repasa. Encuentra un bolígrafo y empieza a trazar espirales y corazones. Es la primera vez que está quieta desde hace días. Durante la pasada semana, ha dejado su trabajo, ha rescindido el alquiler y ha recogido la casa, llevando sus cosas y las de Harriet a un guardamuebles; ha pagado las facturas, ha congelado sus tarjetas de crédito y sus cuentas, y ha entregado sus joyas y documentos a Will para que los guarde en un lugar seguro; ha prestado su coche a un amigo de este y se ha despedido de sus padres.

Will la ha acompañado esta mañana al juzgado y la ha mantenido abrazada hasta que ha llegado el momento de subir al autobús. Ella ha pasado esta última noche de libertad en su apartamento, instalada en el sofá. Le habría besado o dormido en su cama si hubiera sido capaz de dejar de llorar. No quería que él la desnudara y viese que le había salido una urticaria. Will desearía visitarla, mandarle cartas y paquetes de provisiones, pero ninguna de estas cosas está permitida.

Anoche le preparó un guiso de pescado, la obligó a comer pan con mantequilla, una porción de pastel de chocolate. Como si ella pudiera recuperar en una noche los kilos que ha perdido.

La madre sentada a su lado se quita su chaqueta de pluma y se cubre el torso con ella. Frida se apropia del reposabrazos. Su compañera empieza a roncar. Ella observa los dibujos que tiene tatuados en las manos. Es demasiado pronto para hacer preguntas o crearse una enemiga, pero le gustaría preguntarle por su hijo. Si ha perdido la custodia de uno solo o de más de uno. Quisiera preguntarle la edad del niño, averiguar si lo han mandado a un centro de acogida o con un pariente. Quisiera saber qué hizo ella, si tuvo un día nefasto o una mala semana, o un mal mes, o una mala vida; si es cierto aquello de que la acusan, o si la verdad fue retorcida y exagerada hasta que sonó como una patología.

Quisiera despotricar sobre la vista, hablarle a alguien que la entienda de su señoría Sheila Rogers, que dijo: «Nosotros la vamos a arreglar, señora Liu».

Todavía le sorprende que no se le reventara una arteria, que no se desmayara, que Gust llorara aún más que ella.

—Vamos a darle la oportunidad de participar en un nuevo programa de rehabilitación —dijo la jueza—. Pasará un año de instrucción y adiestramiento. En una residencia. Con otras mujeres como usted.

La jueza dijo que la decisión estaba en sus manos.

Para recuperar a Harriet, Frida debe aprender a ser mejor madre, tiene que demostrar su capacidad para experimentar un genuino sentimiento maternal, perfeccionar sus instintos maternales, mostrar que es una madre de fiar. El próximo mes de noviembre, el Estado decidirá si ha hecho suficientes progresos. De lo contrario, sus derechos parentales serán revocados.

—Tendrá que superar nuestros test —dijo la jueza Rogers.

El pelo gris de la jueza era rizado y estaba recogido detrás con una cinta de plástico. Frida pensó que esa cinta resultaba poco profesional, incluso insultante. Ahora recuerda el lunar que tenía junto a la nariz, su pañuelo de seda azul. Se acuerda de que ella no dejaba de mirar cómo se movía su boca.

La jueza apenas le dejó meter baza a Renee. El abogado del Estado dijo que la negligencia de Frida era pasmosa. Luego estaba el informe condenatorio de la policía, el hecho de que ella hubiera decidido que su trabajo era más importante que la seguridad de su hija. Habría podido pasar cualquier cosa. Alguien podría haberse llevado a Harriet, haber abusado de ella, haberla matado.

Los hombres del SPI presentaron un informe sobre el carácter de Frida. Señalaron que no había tenido visitas en sesenta días. Poco después de que empezara la vigilancia, hubo un descenso radical de sus correos electrónicos no relacionados con el trabajo, de sus mensajes de texto y sus llamadas. Había ocasiones en las que parecía dejarse el móvil en casa deliberadamente.

Mostraron preocupación por su dieta, su pérdida de peso, su falta de sueño. Calificaron su comportamiento de errático. La afirmación original de que estaba sobrepasada de trabajo no era coherente con su conducta tras el incidente, cuando su casa pasó a estar impecable de la noche a la mañana. El análisis de sus expresiones sugería sentimientos de rabia y rencor, una asombrosa falta de remordimientos, una tendencia a la autocompasión. Su estado emocional se hallaba orientado hacia dentro, en lugar de estarlo hacia su hija y hacia la comunidad.

—No valoré positivamente la actitud de la señora Liu —dijo la asistente social—. Conmigo se mostraba difícil. Desagradable. Con Harriet, ansiosa.

La asistente social dijo que Frida replicaba. Que Frida no era capaz de seguir instrucciones. Que Frida no paraba de pedir un trato especial. Que no sabía poner límites. Véase el mordisco, la hemorragia nasal, la regresión de Harriet: reptando en lugar de caminar, perdiendo la capacidad de hablar, pidiendo que la cogieran en brazos, trepando al regazo de su madre, actuando más como un bebé que como una niña de más de un año. Véase también lo siguiente: la madre poniendo a la criatura en una silla-ejercitador, es decir, utilizando un equipo de desarrollo inapropiado para mantenerla atrapada y quitársela de en medio.

—Creo que no podemos descartar por completo el maltrato físico, emocional o verbal —dijo la asistente social—. ¿Cómo sabemos que nunca pegó a Harriet? Quizá no dejaba marcas. Los vecinos me dijeron que oían gritos.

En su informe, el psicólogo designado por el tribunal consideró a Frida insuficientemente arrepentida. Era hostil hacia sus «copadres». Era una narcisista con problemas de gestión de la ira y con un bajo control de los impulsos. Tenían su historial médico: un diagnóstico de depresión clínica a los diecinueve años, más de diecisiete años con antidepresivos. Una historia de ataques de pánico, ansiedad e insomnio. En suma, la madre era inestable. La madre mintió sobre su salud mental. ¿Sobre qué más podría estar mintiendo?

El autobús gira y entra en un puente. Hay mucho tráfico. El conductor se pega al coche de delante. Frida baja la vista al río helado. Ya raramente hace tanto frío. El año pasado los cerezos florecieron en enero.

El próximo mes de noviembre Harriet tendrá treinta y dos meses. Le habrán salido todos los dientes. Hablará con frases completas. Ella se perderá su segundo cumpleaños, su primer día de parvulario. La jueza dijo que dispondrá de una videollamada semanal, diez minutos cada domingo. «Créame, yo soy madre. Tengo dos hijos y cuatro nietos. Comprendo perfectamente lo que está pasando, señora Liu», dijo.

Frida apoya la cabeza en la ventanilla. Susanna debe encargarse de que Harriet lleve hoy un gorro. Ella es demasiado despreocupada a la hora de abrigar a la niña para este tiempo. La cara de Frida se congestiona. Quiere saber a qué hora se ha levantado Harriet esta mañana, qué está haciendo ahora mismo, qué ha tomado para desayunar. También quiere saber si Gust le está transmitiendo sus mensajes cada día, tal como prometió: «Mami te quiere. Mami te echa de menos. Mami siente muchísimo no estar aquí. Mami volverá pronto».

Las madres bajan del autobús. Tiemblan y guiñan los ojos. Estiran las piernas, se secan las lágrimas y se suenan la nariz. Llegan más autobuses al aparcamiento de una casa de campo. ¿Cuántas madres habrá allí? En el tribunal de familia, Frida contó ochenta y seis mujeres. Renee le aseguró que los auténticos criminales —asesinos, secuestradores, violadores, abusadores, traficantes de niños y pornógrafos— siguen yendo a la cárcel. A la mayoría de los padres con los que lidia el SPI, dijo Renee, les habrán acusado de negligencia. Así ha sido desde hace años.

—La vigilancia tal vez sirva para mantenerte a salvo —le dijo Renee—. Todo el mundo tendrá que comportarse, espero.

Frida les ha vendido esta versión a sus angustiados padres.

Unos guardias escoltan a las madres desde el aparcamiento hasta un imponente paseo flanqueado por robles desnudos. Parece como si estuvieran en Francia. Una hacienda en el campo. La caminata dura diez minutos. Frida oye decir a un guardia que van a Pierce Hall. Al fondo hay un edificio de piedra gris con ventanas ribeteadas de blanco, altas columnas y un tejado gris abovedado.

En la entrada, una mujer blanca delgada con una bata rosa aguarda ante una doble puerta, flanqueada por dos guardias.

Renee creía que las mandarían a un lugar apartado, pero las madres han llegado a una antigua universidad de Humanidades, una de las muchas que quebraron en la última década. Frida visitó este campus hace veintidós años, cuando estaba recorriendo facultades con sus padres. Todavía recuerda los detalles, pues sus padres los repetían con frecuencia. Esta era la que ellos preferían para que estudiara. Ciento sesenta hectáreas para seiscientos alumnos, con dos bosques y un estanque. Un anfiteatro al aire libre. Un jardín botánico. Rutas de senderismo. Un riachuelo.

La universidad la fundaron unos cuáqueros. Los portabicicletas todavía están aquí. Papeleras. Tablones de anuncios con chinchetas. Sillas de madera blanca. Luces de emergencia azules y cabinas telefónicas. Frida supone que debería sentirse aliviada. Se había estado imaginando habitaciones sin ventanas, búnkeres subterráneos, confinamientos y palizas. Pero están a unos minutos de una autopista importante. Un campus es un mundo que ella conoce. Los guardas no llevan armas y las madres no están esposadas. Todavía forman parte de la sociedad.

Les dicen que se pongan en fila. La mujer de la bata rosa le pregunta a cada madre su nombre y su delito. Frida se pone de puntillas y escucha.

—Negligencia.

—Negligencia y abandono.

—Negligencia y maltrato verbal.

—Negligencia y desnutrición.

—Castigo corporal.

—Maltrato físico.

—Abandono.

—Abandono.

—Negligencia.

—Negligencia.

—Negligencia.

La fila se mueve deprisa. La mujer de la bata rosa adopta una postura impecable. Debe de tener poco más de treinta años, lleva su pelo castaño rizado cortado al estilo bob. Tiene la piel pecosa, dientes pequeños y una sonrisa con demasiadas encías. Parece opresivamente alegre. Su voz es chillona. Pronuncia exageradamente, tal como quienes trabajan con anglohablantes no nativos o con niños pequeños. Su bata es de ese matiz pálido del rosa que suelen poner a las bebés. Su placa de identificación dice: SRA. GIBSON, DIRECTORA ADJUNTA.

—Quítese las gafas, por favor —le dice la señora Gibson a Frida—. Tengo que examinar sus ojos.

Ella obedece y la señora Gibson la sujeta de la barbilla y utiliza un instrumento con forma de bolígrafo para escanearle la retina.

—Nombre y delito, por favor.

—Frida Liu. Negligencia.

La señora Gibson sonríe.

—Bienvenida, señora Liu. —Consulta su tableta—. De hecho, nosotras la tenemos anotada por negligencia y abandono.

—Tiene que haber un error.

—Ah, no. No es posible. Nosotras no cometemos errores.

La señora Gibson le da un saco de lona, le dice que ponga su nombre en la etiqueta y que meta dentro su ropa una vez que se haya instalado en su dormitorio. El saco lo recogerán más tarde. Todas las madres vivirán en Kemp House. Todas llevarán uniforme a partir de hoy.

«Ya empezamos», piensa Frida. Ella es una mala madre entre otras malas madres. Ha incurrido en negligencia y abandono con su hija. No tiene otra historia ni otra identidad.

Entra en Pierce Hall, cruza un recibidor alfombrado hasta un vestíbulo con una araña dorada y una enorme mesa circular de cristal donde en su día debía haber arreglos florales. Todavía están los rótulos de las oficinas que había aquí: servicios de orientación profesional y ayuda financiera, estudios en el extranjero, oficina del administrador, admisiones.

En el vestíbulo, percibe las cámaras antes de verlas, nota un leve cosquilleo, como si le pasaran los dedos por la nuca. Hay cámaras montadas en el techo. Sabe que habrá cámaras en cada pasillo, en cada habitación, en el exterior de cada edificio.

Encuentra un hueco en la pared y cuenta las cabezas, procurando no mirar las caras. Juguetea con su bufanda, no sabe qué hacer con las manos, no recuerda la última vez que estuvo entre extraños sin su teléfono móvil.

Cataloga a las madres según la edad y la raza, como imagina que hace el Estado, como ella misma suele hacer cuando sospecha que es la única asiática. Gust, cuando se mudaron a Filadelfia, se burlaba de ella por su manía de contar cuántos asiáticos había visto en una semana.

Las madres se miran unas a otras con recelo. Algunas se sientan en las escaleras que llevan a la antigua oficina del rector. Otras agarran el bolso, cruzan los brazos, se sacuden o tocan el pelo y deambulan en pequeños círculos feroces. Frida tiene la sensación de haber vuelto a la secundaria. Examina las nuevas caras, esperando encontrar otra asiática, pero no ve ninguna. Algunas madres latinas se han situado en un lado del vestíbulo, algunas madres negras en el otro. Tres mujeres blancas de mediana edad con abrigos de lana fina se acurrucan en el rincón del fondo, junto a los guardias.

Ese trío de mujeres blancas está atrayendo miradas de odio. Frida se arrepiente de sus vaqueros ajustados y sus botas bajas, de su gorra de lana, de su parka ribeteada de piel y sus gafas de estilo hípster. Todo en ella dice que es una burguesa.

Una vez que las madres han quedado registradas, la mujer de la bata rosa las guía a través de Pierce hasta una salida lateral. Cruzan un patio de piedra, pasan frente a una capilla con campanario y junto a varios edificios de aulas de piedra gris de tres plantas. Hay árboles por todas partes, hectáreas de prados ondulantes ahora rodeados de altas vallas rematadas con alambre de espino.

Los árboles están rotulados con nombres en inglés y en latín. Frida lee los rótulos: TILO AMERICANO. ROBLE BUR. ARCE JAPONÉS. CATALPA NORTEÑA. PINO DEL HIMALAYA. TULÍPERO DE VIRGINIA. TSUGA ORIENTAL.

Si sus padres pudieran ver esto. Si pudiera verlo Gust. Ojalá pudiera contárselo a Will. Pero nunca podrá contárselo a nadie. Las madres han tenido que firmar acuerdos de confidencialidad. No les está permitido hablar de la escuela cuando se vayan, no pueden comentar nada del programa durante las llamadas semanales. Si lo hacen, más allá del desenlace de su caso, serán incluidas en el Registro de Padres Negligentes. Su negligencia aparecerá cuando intenten alquilar o comprar una casa, inscribir a su hijo en un colegio, solicitar tarjetas de crédito o préstamos, pedir un trabajo o un subsidio del Gobierno: siempre que hagan cualquier cosa que requiera su número de la seguridad social. El registro alertará a la comunidad de que un mal padre se ha mudado a su barrio. Sus nombres y fotografías aparecerán *online*. Su día nefasto la perseguirá. Si dice algo. Si la expulsan. Si decide abandonar.

Anoche, Will no paraba de repetir que Harriet no recordará nada de todo esto; sí, este año será horrible, pero un día pasará a ser solo una historia, como si Frida se hubiera ido a la guerra o la hubieran raptado. Will cree que lo mejor es que cuente los días hasta que vuelva a reunirse con Harriet, en lugar de atormentarse contando el tiempo perdido.

—Ella seguirá siendo tu pequeña —dijo—. No te olvidará. Gust y Susanna no lo permitirán.

Llegan a una rotonda que alberga el viejo teatro de la universidad. Las madres rezongan. Están heladas, hambrientas y cansadas, y necesitan ir al lavabo. Los guardias las escoltan al baño de mujeres en grupos de cinco.

Frida encuentra un asiento en la penúltima fila del auditorio. Hay un podio en el centro del escenario y, detrás, una pantalla gigantesca. Oye decir a alguien que seguramente tendrán que llevar tobilleras electrónicas. Otra cree que las identificarán por el número, no por el nombre. La señora Gibson parecía estar pasándoselo muy bien durante la fase de registro.

Frida tiene ganas de mear desde hace una hora, pero esperará. Cruza las piernas y empieza a dar golpecitos con el pie, siguiendo el metrónomo invisible de los recuerdos de Harriet, de los pensamientos sobre el tono condescendiente de la jueza, de la inquietud por la tensión arterial de sus padres, de las visiones de Susanna con la niña.

La madre del autobús reconoce a Frida y decide ocupar un hueco de la misma fila a dos asientos del suyo. Ha perdido el maquillaje a base de lágrimas y ahora parece más joven. Ella le estrecha la mano.

—Perdona, debería haberte saludado antes.

—No importa. Esto no es un campamento.

La mujer se llama April. Tiene unos hombros caídos de adolescente y una boca ancha y elástica. Charlan del clima anormalmente frío, sobre lo idiotas que se sienten por echar tanto de menos sus teléfonos móviles.

La conversación pasa luego a los hijos que han perdido. April es de Manayunk.

—Me pillaron zurrando a mi hijo en el supermercado. Una señora mayor me siguió al aparcamiento y anotó el número de mi matrícula.

Frida asiente. No sabe muy bien qué decir. Quizás haya dispositivos ocultos grabando lo que dicen. Ella no conoce a nadie que zurre a sus hijos, quiere creer que zurrar es peor que largarse, que ella es diferente, mejor. Pero la jueza dijo que había traumatizado a Harriet, y añadió que el cerebro de su hija podría desarrollarse de modo anómalo por esas «dos horas y pico» que pasó sola.

La señora Gibson entra en el auditorio y sube al escenario. Da unos golpecitos en el micrófono.

—Probando, probando —dice.

Ahora conocen a la directora ejecutiva del programa, la señora Knight, una mujer rubia y altísima que viste un traje chaqueta beis y que está inusualmente bronceada para el mes de noviembre. Se quita la chaqueta, dejando a la vista un cuerpo que ha sido reducido a hueso y cartílago a fuerza de inhibición. El pelo lo lleva suelto y esponjado, como una esposa-trofeo avejentada.

Las madres se remueven. El anillo de diamantes de la señora Knight destella bajo las luces. Ella empieza a mostrarles unos gráficos que prueban la relación entre mala crianza y delincuencia juvenil, entre mala crianza y ataques con armas en los colegios, entre mala crianza y embarazo juvenil, entre mala crianza y terrorismo; por no hablar de los índices de graduación en la secundaria y la universidad, por no hablar del nivel de ingresos previsible.

—Si arreglas el hogar —dice—, arreglas la sociedad.

Se están creando centros de adiestramiento por todo el país, las informa la señora Knight, pero estos dos son los primeros en estar operativos. Se refiere a este para madres y a otro para padres que está al otro lado del río. El gobernador Warren obtuvo la primera licitación. El año que viene habrá periodos en los cuales los padres se adiestrarán juntos. Todavía están estudiando los detalles de las clases mixtas.

—Ustedes han tenido suerte —dice.

Hace solo unos meses, las habrían enviado a clases de paternidad. Habrían estudiado un manual anticuado. Pero ¿de qué sirve aprender sobre la paternidad en abstracto? Los malos padres deben ser transformados por dentro para sacar lo mejor de sí mismos. Los instintos correctos, los sentimientos adecuados, la capacidad para tomar en una fracción de segundo decisiones seguras, enriquecedoras, impregnadas de amor.

—Ahora, repitan conmigo: «Soy una mala madre, pero estoy aprendiendo a ser buena».

Aparece una diapositiva con la frase en mayúsculas. Letras de color rosa claro sobre fondo negro. Frida se agazapa en su asiento. April hace el gesto de dispararse en la cabeza.

La señora Knight se lleva la mano al oído.

—No las oigo, señoras. Quiero oír cómo lo dicen. Es importante que estemos todas en la misma sintonía. —Habla despacio, subrayando cada palabra—. «Soy una mala madre, pero estoy aprendiendo a ser buena.»

Frida mira alrededor para ver si las demás siguen la corriente. Todo este año quizá consista en seguir la corriente. Renee dijo que adoptara una actitud a corto y no a largo plazo. Día a día, semana a semana. Cada vez más cerca de Harriet.

Alguien a su espalda dice que aquello debe de ser una broma. Llama a la señora Knight «dictadora Barbie».

La señora Knight les dice que coreen con más fuerza. Frida se estremece, pero finalmente pronuncia también ella las palabras.

Por fin satisfecha, la señora Knight explica las normas de conducta.

—Esperamos de ustedes que traten esta propiedad del Estado con cuidado. Habrán de pagar cualquier desperfecto en los equipos. Las habitaciones deben mantenerse limpias. Tratarán a sus compañeras de habitación y de clase con el máximo respeto y consideración. Con empatía. La empatía es una de las piedras angulares de nuestro programa.

Hace una pausa y prosigue.

—La posesión y el consumo de drogas, alcohol o tabaco provocará la expulsión inmediata y, por ende, la revocación de sus derechos parentales. Habrá sesiones de control semanales con una terapeuta, que supervisará sus progresos y les ayudará a procesar sus sentimientos. Estamos aquí a su disposición, señoras. Los grupos de apoyo de drogadicción y alcoholismo se reunirán cada tarde después de cenar. Tendrán también ciertas prerrogativas de cuidados personales. Sabemos que aún necesitan sentirse como ustedes mismas.

Naturalmente, dice la señora Knight, no debe haber peleas, ni robos ni manipulación emocional.

—Sé que las mujeres podemos ser competitivas. Hay miles de jueguecitos mentales a los que sabemos jugar. Pero ustedes deben desear que sus compañeras tengan éxito.

Tienen que considerar la escuela, dice, como una hermandad de mujeres, involucrarse unas con otras.

—No quiero oír historias de acoso o chismorreo. Si ven a una de sus hermanas practicando alguna forma de autolesión, informarán de ello inmediatamente. Tenemos disponibles profesionales de salud mental durante las veinticuatro horas de los siete días de la semana. Hay una línea de emergencia y un teléfono en cada planta de Kemp House. Quizá se sientan desanimadas en algún momento. Pero no pueden quedarse en esa posición de desesperanza. Recuerden, hay luz al final del túnel, y esa luz es su hijo.

Se adiestrarán con una cohorte de madres basada en el sexo y edad del hijo. No tendría sentido que madres de adolescentes se adiestraran con madres de niños pequeños. El tamaño de las clases será reducido por el momento. A cada madre se le asignará una cohorte de acuerdo con la edad de su hijo. Las madres de niños y las madres de niñas se adiestrarán en diferentes edificios. «Las niñas y los niños tienen necesidades muy diferentes», dice la señora Knight. Las madres de niños de ambos sexos asistirán a sesiones extra tres noches a la semana y un fin de semana cada quince días. Las madres que tengan múltiples hijos, así como problemas de adicción, estarán extremadamente ocupadas.

El trabajo será arduo, pero las madres deben rechazar cualquier idea de abandonar. El Estado está invirtiendo en ellas. La valla, añade la señora Knight, está electrificada.

El tamaño del campus exige que a las madres se las escolte cuando se desplazan de un edificio a otro. Pastoreadas, piensa Frida. En el trayecto al comedor, oye hablar a alguien de Nueva Zelanda. Tanto espacio abierto les hace pensar en Nueva Zelanda. ¿No es allí donde todos los ricos están comprando tierras preparándose para el fin del mundo?

—A mi hijo le encantaría este lugar —dice la mujer tristemente.

El comedor puede dar cabida a mil personas. En las actuales condiciones, las madres pueden dispersarse por la enorme estancia. Algunas se sientan solas. Otras se juntan en grupos de cuatro o cinco en una mesa. Las mujeres de bata rosa deambulan por los pasillos, observando y tomando notas en sus dispositivos.

El comedor tiene techos altos, ventanas con vidrieras y siluetas rectangulares en las paredes allí donde colgaban en su día los retratos de los presidentes de la universidad. Las mesas, plagadas de rayas con nombres, números y líneas cruzadas, están pegajosas. Frida evita apoyar los codos sobre la madera. Tiene la mente llena de ideas frívolas. Se siente idiota por pensar en la suciedad y las duchas comunales, por echar en falta su crema facial.

Las madres hablan en voz baja. La conversación se produce a trompicones, como si estuvieran practicando una lengua extranjera. Hay largas pausas, vacilaciones, rectificaciones. Se van quedando calladas, con la mirada perdida en el infinito. Se les humedecen los ojos; la nostalgia de estas mujeres bastaría para abastecer de electricidad a una ciudad pequeña.

Las madres de la mesa de Frida se van presentando. Unas son del norte de Filadelfia, otras del oeste; algunas de Brewerytown, de Northern Liberties y Grays Ferry. Alice procede de Trinidad. Su hija de cinco años, Clarissa, empezó en la guardería sin las vacunas requeridas. Otra mujer dio positivo en un test por fumar marihuana. Otra dejó a su hijo de dos años jugando solo en el patio trasero. A una mamá con mechas moradas en el pelo le quitaron a sus tres hijos porque su apartamento carecía de las condiciones de seguridad adecuadas para niños; perdió la custodia de sus gemelos de un año y de su hija de cinco años. Una mujer llamada Melissa dice que su hijo de seis años, Ramón, se escabulló del apartamento cuando ella estaba dormida, consiguió salir del edificio y caminó solo durante quince minutos, hasta que lo encontraron en una parada de autobús. Todas parecen muy jóvenes. Una madre llamada Carolyn, que da la impresión ser más de su edad, dice que le quitaron a su hija de tres años después de que ella colgara un vídeo de sus berrinches en Facebook.

—Yo soy ama de casa —dice Carolyn—. Claro que cuelgo cosas de mi hija. Es mi única forma de mantener contacto con otros adultos. Una de las madres de su parvulario vio el vídeo y me denunció. Entonces revisaron todo lo que había colgado. Dijeron que me quejaba demasiado de ella en Twitter.

Frida pasea mazacotes de macarrones por el plato. Si vigilan a los padres en las redes sociales, este campus estará a rebosar el año que viene. Empuja con el tenedor un trozo reblandecido de brócoli. No está preparada para la comida institucional ni para las confidencias en grupo.

Cuando llega su turno, dice:

—Filadelfia, procedente de Brooklyn y Chicago. Negligencia y abandono. La dejé sola. Un rato. A mi hija, Harriet. Ahora tiene veinte meses. La dejé dos horas y media. Tuve un mal día.

La única mujer blanca de la mesa le toca el brazo.

—No hay por qué ponerse a la defensiva. No te estamos juzgando.

Frida aparta el brazo.

—Helen —dice la mujer blanca—. Chestnut Hill, procedente de Idaho. Maltrato emocional. A mi hijo de diecisiete años. Alexander. Su terapeuta me denunció por malcriarlo. Al parecer, malcriar a tu hijo es una subclase de maltrato emocional.

Carolyn pregunta cómo se puede malcriar a un adolescente.

—¿No es más alto que tú?

—Le cortaba la comida —reconoce Helen.

Las miradas de desaprobación recorren la mesa.

—Le subía la cremallera de la chaqueta. Me gustaba atarle los cordones de los zapatos. Era algo especial entre nosotros. Le hacía repasar todos los deberes conmigo. A veces, le peinaba. Le ayudaba a afeitarse.

—¿A tu marido le parecía bien? —pregunta Carolyn.

—No hay marido. Yo creía que a Alexander le gustaban nuestras rutinas. Pero él le dijo a su terapeuta que hacía que se sintiera como un bicho raro. Pensaba que si traía a sus amigos, yo trataría de darle de comer delante de ellos. Le dijo a su terapeuta que estaba obsesionada con él. Le dijo que quería escaparse de casa. Yo pensaba mudarme al sitio donde él fuera a la universidad. Quizá todavía lo haga.

Carolyn y la madre de al lado sueltan una risita cruel. Frida mira para otro lado.

Tras el almuerzo, les asignan habitación. A Frida la emparejan con Helen, la que malcría a su hijo. Kemp House está en el otro extremo del campus. La señora Knight ha dicho que van a alojarlas en un único edificio para facilitarle las cosas al personal de limpieza. Los otros dormitorios los están preparando para utilizarlos más adelante.

Helen trata de darle conversación a Frida durante el camino. Se queja de las burlas de las madres.

—Cada padre es distinto —dice—. Cada hijo es distinto.

—Estoy segura de que tenías motivos para mimarlo.

A Frida no le gusta que Helen camine tan cerca de ella. Le desagrada la manera agresiva que tiene de mirar a los ojos. Helen parece una de esas amistades vampíricas que chupan y chupan si les das la menor oportunidad. Es capaz de imaginársela besando a su hijo en la boca, haciendo manitas con él, mirándolo mientras se ducha.

Desearía estar sola, mordisquearse los dedos hasta que le sangren, llamar a sus padres y a Will. Los hombres del SPI señalaron en el informe que no tenía amigos. Si le hubieran preguntado, habría explicado que perdió el contacto con sus amigas de la universidad hace años. La mayoría tuvo bebés en torno a los treinta y desaparecieron de su vida. Ella se acabó cansando de los repetidos intentos de que se pusieran al teléfono, de las visitas de fin de semana anuladas en el último minuto, de las conversaciones continuamente interrumpidas. El bebé es lo primero, decían. Ella se juró que las cosas no serían así en su caso.

Hay una cinta de satén rosa enrollada alrededor del poste de luz de la entrada de Kemp. La «K» del rótulo se ha oxidado. El edificio es más civilizado de lo que Frida había previsto; está construido con la misma piedra gris reluciente que los del resto del campus. Hay arbustos de hortensias bajo las ventanas de la primera planta, con las flores ahora marrones y quebradizas, un defecto en el paisaje por lo demás inmaculado de la escuela. Hay una cesta de fruta en una mesa del vestíbulo; solo queda una pera. La habitación de Frida y Helen está en la tercera planta y mira a un campo. Frida examina las ventanas y comprueba con alivio que se pueden abrir. Cada una tiene un escritorio de madera, una silla, una lámpara de lectura, una cómoda con dos juegos de toallas y dos mantas de cuadros de lana. El armario contiene cuatro monos de algodón azul marino, dos para cada una. Los impresos que Frida rellenó preguntaban la talla de vestido y el número de calzado, pero, aunque le han dado un par de botas negras del número cuarenta, los monos son todos de la misma talla. También hay paquetes de plástico con sujetadores y bragas de color blanco (cinco sujetadores y diez bragas); tres camisetas sin mangas de algodón blanco y dos camisetas térmicas de manga larga; siete pares de calcetines; un kit que contiene cepillo de dientes, pasta dentífrica, gel de ducha, loción y un peine.

Helen se echa a reír al abrir su paquete de ropa interior facilitada por el Gobierno, observando satisfecha que las prendas parecen nuevas y no tienen manchas.

Frida mete su abrigo y sus zapatos en el saco de lona y pone su nombre en la etiqueta. Ella está apegada de un modo irracional a sus cosas; le habría gustado traerse el Buda de madera de su tocador, la pulsera de oro de su abuela, sus anillos de boda. No sabe cómo va a dormirse esta noche si no puede mirar la foto de Harriet.

Le da la espalda a Helen y se pone el mono. Enrolla tres veces cada pernera del pantalón. Aquí no hay espejos. Debe parecer un saco de patatas con cabeza. En el armario hay una rasposa chaqueta de punto gris que le llega a las rodillas, una parka azul marino holgada, un gorro de lana azul marino y una bufanda acrílica gris.

«Por favor, no dejes que pille algo. No dejes que haya chinches, piojos ni enfermedades de transmisión aérea», piensa. Espera que puedan lavarse su propia ropa interior. Ojalá puedan bañarse a diario. Deberían darles hilo dental, pinzas, hojas de afeitar y cortaúñas.

Hay un cámara sobre el dintel de la puerta y otras dos apuntando a cada cama. Al menos tienen puertas. Al menos no hay barrotes en las ventanas. Al menos tienen mantas.

—Concéntrate en lo positivo —dijo Will.

Ella tiene familia. Es una persona querida. Está viva. Sabe dónde vive su hija.

Las madres pueden pasear libremente por el campus hasta la hora de cenar. La señora Knight les ha recomendado la reflexión en silencio, así como la contemplación del cielo. El timbre de la cena sonará a las seis. Una mujer con bata rosa viene a recoger los artículos personales. Frida pide permiso para echar una última mirada a sus cosas, vuelve a meter la mano en el saco y toca su bufanda, probablemente el último objeto suave que va a tocar hasta el próximo mes de noviembre.

—¿Puedo ir a caminar contigo? —pregunta Helen—. Estoy un poco ansiosa.

—Estoy segura de que dispondremos de un montón de tiempo más tarde.

Frida baja corriendo antes de que Helen pueda presionarla y echa a andar con paso enérgico.

Algunas madres caminan juntas. Unas pocas hacen *jogging*. Otras, como Frida, se reservan estas últimas horas preciosas de soledad.

Enseguida se ve obligada a bajar el ritmo. Las botas le golpean el empeine. Son demasiado pesadas. No para de tropezarse con el mono, tiene que sujetarse las perneras mientras camina. El gorro es demasiado grande; la parka también. El viento empieza a soplar con fuerza y el mono se infla con el aire. Aquí nunca estará bien abrigada. Necesita otro suéter, otra camiseta, unos leotardos. Hunde las manos en los bolsillos, maldiciendo a la escuela por no proporcionarles guantes.

¿Cuál es la proporción entre madres y guardias, entre madres y mujeres con bata rosa? Hay demasiada gente trabajando aquí. Es un espacio excesivamente grande. ¿Cuántas madres llegarán en la siguiente tanda? ¿A cuántos hijos más se llevarán?

Se dirige hacia un grupo de pinos. Gust, Susanna y Harriet se van mañana por la mañana a Santa Cruz. Los seguidores de Susanna verán fotos de Harriet en el avión, de Harriet montada a hombros de Gust paseando por los bosques de secuoyas de California, de Harriet en la cena de Acción de Gracias, de Harriet con sus abuelos en la playa. Frida no quiere saber lo que los padres de Gust estarán diciendo de ella, lo que tal vez dirán delante de Harriet, lo que le contarán al resto de la familia. El Estado podría haber escogido un momento menos delicado del año, aunque supone que cada día es delicado para una mujer que ha perdido a sus hijos.

Arranca un puñado de agujas de pino y se las restriega entre los dedos. Le dijo a Will que le pidiera a Gust que saque más fotos de Harriet, más vídeos. Necesita tener un registro de cada uno de los días. Y sus padres también.

Renee intentó conseguirles a sus padres privilegios de comunicación telefónica, pero la jueza consideró que resultaría desconcertante para la niña. Ver a los Liu le recordaría a Frida, y esos contactos interferirían en su recuperación.

Frida se desploma en una de las sillas de madera. A su padre le encantaban los campus. Incluso en los viajes a París y Bolonia, hicieron un hueco para visitar al menos una universidad de cada ciudad. Cuando estuvieron en este campus, sus padres se imaginaron la posibilidad de enseñar en una universidad de este tipo y vivir en una casa de la facultad. Era un mundo de ensueño, decían.

Tiene que hacer que Gust les vaya dando noticias. Si no, se morirán de angustia. Alguien debe encargarse de comprobar que mantienen las citas con el médico y comen suficientes proteínas. Gust debe recordarle a su madre que se tome la medicación de la tensión arterial y que beba suficiente agua. Debe recordarle a su padre que se ponga protección solar.

«¿Usted se sentía querida, de niña?», le preguntó el psicólogo. Ahora se siente culpable por no haberle contado nada de sus padres a ese hombre. Piensa que no debería haberse peleado con ellos cuando las fueron a ver en julio, que no debería haber reñido a su padre por no ceñirle bien el pañal a Harriet, que no debería haberle gritado a su madre por romper el portavasos del cochecito de Harriet.

Tiene las manos heladas. Le duele la garganta. Ahora ya ha oscurecido. A lo lejos suena el timbre de la cena. Las madres emergen del patio de piedra, del campo de *lacrosse*, de la capilla. Algunas se han aventurado demasiado lejos. Todas se dirigen hacia el comedor.

Cuando Frida llega al principio de la cola, ya no queda suficiente comida. Le dan un minúsculo medallón de carne de cerdo y tres zanahorias.

Helen le hace señas. Ha encontrado al trío de mujeres blancas de mediana edad.

—Esta es Frida, mi compañera de habitación —dice—. Está aquí por negligencia y abandono.

—Hola, Frida —dicen las otras madres al mismo tiempo.

Las madres se duchan furtivamente. Mientras aguardan su turno, se pasan información entre susurros. Los números. Unas doscientas mujeres más o menos. Supuestamente, si se meten en líos, las enviarán a una «charla grupal». Cada visita a la charla grupal se consignará en sus expedientes.

En la planta de Frida, hay veintiséis mujeres y cuatro duchas. Ella intenta sentirse agradecida por sus chancletas, por los artículos de aseo, la toalla limpia y el pijama de franela. En la cárcel no hay chancletas ni pijamas.

El agua caliente se agota durante su turno. Se enjuaga a toda prisa, se seca y se viste, se pasa el pelo bajo los secadores de manos. La siguiente madre pega un grito en la ducha. Frida sale antes de que alguien pueda echarle la culpa.

Helen vuelve a la habitación cubierta solo con la toalla y empieza a aplicarse loción por cada centímetro de su cuerpo, gastando la mitad del frasquito. Sus pechos parecen calcetines desinflados. Tiene profundos hoyuelos de celulitis en los muslos y en el vientre.

Nota que Frida le mira los pechos y sonríe.

—No te apures. Todas somos el mismo animal por debajo.

—Perdona —dice ella.

Helen parece una persona que se ha pasado la vida satisfecha de sí misma. Su cuerpo reblandecido y arruinado brilla de loción. Todavía tiene los pechos al aire cuando la señora Gibson llama a la puerta.

—Treinta minutos para que se apaguen las luces, señoras.

Frida se mete en la cama. Al menos, las mantas son gruesas; al menos, puede hacerse un ovillo y arrebujarse entre ellas de manera que solo asome su cabeza. Está hambrienta, pero piensa que si se acurruca y entra en calor, quizás el hambre se disipe. Le viene a la cabeza lo poco que sabe sobre la vida de los santos y piensa que este año quizá se convertirá en una santa.

Helen da unos golpecitos en su almohada.

—¿Estás despierta?

—Estoy intentando dormir.

—¿No sientes curiosidad sobre lo que estarán haciendo los padres? He oído que ellos no llevan uniforme. Les dejan llevar ropa normal.

Helen cree que, seguramente, los padres tienen menos guardias. Es probable que sus monitores no vistan bata. Porque si son mujeres, las batas resultarían demasiado sugerentes, sensuales.

—Seguramente les dan mejor comida —dice—. Apuesto a que les dejan conservar las fotos de sus hijos. O tener visitas. Es bastante probable que no tengan cámaras.

—Todo el mundo tiene cámaras, Helen. Nuestros teléfonos tienen cámaras. Nuestros teléfonos nos escuchan. Alguien podría estar escuchándonos ahora mismo.

—Quizá no necesiten cámaras si solo hay cinco padres.

—Hay más de cinco. Tiene que haber más.

—Lo dudo —dice Helen—. ¿Qué me dices de nosotras? ¿Quién será la primera en largarse?

—¿En pasar la prueba, quieres decir?

—No, en abandonar.

Frida se da la vuelta y mira la pared. Ella se ha estado preguntando lo mismo. Apostaría a que será una de las mujeres blancas de mediana edad. De hecho, seguro que ya hay alguien que ha apostado por ella. Dice que todas deberían recuperar a sus hijos.

—Quizás algunas no.

—No digas eso, Helen. No vuelvas a decirlo nunca más. Jamás le desearía eso a nadie. ¿Crees que alguien merece acabar aquí? Mierda. Lo siento. No estaba protestando. No le digas a nadie que he dicho esto.

6

Las madres delatan su presencia con un crujido de tela. Los monos son enormes, asexuados, infantilizantes, y provocan un coro de protestas en el camino hacia el desayuno. Las madres quieren mejores uniformes, botas más cómodas. Desean toallas más suaves, loción extra, distintas compañeras de habitación, ninguna compañera de habitación, duchas más largas, cortinas en las ventanas, cerrojos en las puertas. Quieren a sus hijos. Quieren irse a casa.

Se encienden focos a medida que pasan junto a cada edificio. Frida se guarda sus pensamientos. Camina arrastrando los pies hacia el comedor, preguntándose si esta sería la sensación que tendría si aterrizara en un nuevo planeta. Cuando esta mañana ha sonado el timbre, no tenía ni idea de dónde estaba.

Llena su bandeja con un cuenco de cereales, dos tostadas, una taza de café, una taza de leche y una manzana verde. La comida parece más limpia y más fresca que anoche. Este será su primer desayuno de verdad desde hace una eternidad. Se obligará a terminárselo todo. Ojalá las mujeres de bata rosa se den cuenta. Quizá si hubiera comido normalmente este otoño, cocinado más, mantenido abastecida la nevera, habría sido más fácil presentar una mejor imagen. De pronto, se detiene con su bandeja. Aunque no sea una sorpresa para nadie, las madres se han segregado por sí mismas. Hay mesas de madres negras, mesas de madres latinas, madres blancas en grupos de dos o tres, algunas lobas solitarias.

Al ver que Frida se acerca a una mesa vacía, la señora Gibson la redirige hacia un grupo de jóvenes madres negras.

—Las comidas —dice— deben emplearse para crear lazos comunitarios.

Las madres parecen chicas enrolladas. Algunas son extremadamente atractivas. No tienen la pinta ojerosa y derrotada de algunas de las mujeres mayores, como Frida. Varias le lanzan miradas agresivas. Una susurra cubriéndose la boca.

A ella le arden las mejillas. Se sienta y vacía sobres de azúcar en su cuenco de cereales. La madre sentada al otro lado de la mesa, una joven fibrosa con la cabeza prácticamente rapada, ojos separados y actitud inquisitiva, sale en su rescate. Es igualita que Lauryn Hill en los comienzos de su carrera, aunque Frida no menciona el parecido. Probablemente es demasiado joven para pillarlo.

—Lucretia, imprudencia temeraria.

—Frida, negligencia y abandono. —Se dan la mano.

—Hola, Frida —murmuran las otras sin levantar la vista.

—Frida..., ¿como Frida Kahlo? —pregunta Lucretia—. Es una de mis pintoras favoritas. Me encanta su estilo. En Halloween me he vestido varias veces como ella.

—Mi madre lo sacó de un libro de nombres para bebés. Iba a ser Frida o Iris.

—Tú no eres una Iris. Y lo digo como cumplido. Te voy a llamar Frida Kahlo, ¿vale? Tú puedes llamarme Lu.

Lucretia tiene una risa fácil que parece pertenecer a una mujer más corpulenta. Lleva el uniforme con el cuello levantado y se toca la nuca mientras habla. Le cuenta a Frida que se cortó las trencitas antes de venir aquí; pensó que sería más cómodo, pero ahora se siente desnuda con el pelo tan corto; el pelo corto sin pendientes no queda mono.

—¿Tú qué hacías? —pregunta Frida.

—¿Con mi hijo?

—No, de trabajo. Antes de venir aquí.

La sonrisa de Lucretia se tensa.

—Daba clases en segundo grado. En Germantown.

—Lo siento.

Frida quiere preguntarle si volverá a la enseñanza el año que viene, pero la mesa ha reanudado sus cotilleos: sobre los guardias y las mujeres de bata rosa; sobre sus compañeras de habitación. Hablan de lo mucho que echan de menos a sus padres, sus hermanas y sus novios. De las llamadas que quisieran hacer a sus hijos. De las estúpidas plantas sofisticadas que hay alrededor del campus.

Si tienen dinero para jardinería, deberían subir la calefacción. Deberían permitir que las madres lleven sus lentes de contacto. Deberían darles una habitación individual.

Alguien pregunta quién es la peor de todas, la zorra más maligna. Lucretia señala a una rolliza madre latina con cara de niña que está sentada sola junto a la salida. Linda. De Kensington. Un amigo de un amigo del primo de Lucretia solía follársela. La tipa encerraba a sus seis hijos en un agujero del suelo. Encontró un pasadizo secreto que daba al sótano de su edificio. Los críos tenían los pulmones jodidos por el moho negro. Las ratas los habían mordido.

—Deberíais haberlos visto por la calle —dice Lucretia. Sus hijos son todos de distintos tonos del marrón. Padres distintos. Una galería de monstruos—. Los compadezco —añade.

Las madres miran y cuchichean. Linda es rechoncha y más guapa de lo que sus transgresiones sugieren. Tiene una frente alta y despejada, unos hombros altivos, el pelo recogido detrás en un tenso moño, las cejas delineadas en arcos exagerados.

—Antes estaba muy buena —dice Lucretia—. Así fue como tuvo tantos críos.

Chismorrean sin piedad sobre el cuerpo de Linda, trazando círculos brutales con las manos. Lo debe tener todo blandengue ahí abajo. Como una cama de agua. Imagínate las estrías.

Frida mordisquea su tostada sintiéndose como una espía, como una astronauta, una antropóloga, una intrusa. Cualquier cosa que dijera ahora sería errónea. Desafinada. Ofensiva. Jamás conoció a nadie con seis hijos de seis padres diferentes, ni a nadie que haya encerrado a sus hijos en un agujero. Algunas de sus peores peleas con Gust y Susanna fueron por las marcas de los filtros de agua.

Han colgado la distribución por clases en un tablón de anuncios que hay a la salida del comedor. Las madres se abren paso a empujones. Las mujeres de bata rosa reparten mapas del campus. Los edificios de adiestramiento de madres de niñas están marcados con puntos de color rosa claro; los edificios de adiestramiento para madres de niños están marcados de azul marino. La mayoría de las madres tienen hijos de menos de cinco años. Hay cuatro cohortes de madres en la categoría de niñas de doce a veinticuatro meses.

Frida recorre la lista con el dedo. Liu. Morris Hall, aula 2D. Echa a andar sola y enseguida se tropieza con Linda, la zorra maligna, que la sigue fuera del edificio y le dice hola a gritos hasta que se vuelve.

—Tú eres Liu, ¿no? Bonitas gafas.

—Gracias.

Las han asignado a la misma cohorte. Frida esboza una sonrisa forzada. Caminan hacia Morris por Chapin Walk, anotado en el mapa como «la alameda». Pasan junto al campanario y el patio de piedra.

Linda quiere saber qué han dicho de ella en el desayuno.

—Os he visto a todas mirando.

—No sé de qué me hablas.

—¿Esa Lucretia ha dicho que mis hijos enfermaron o algo parecido?

Frida aprieta el paso. Linda dice que Lucretia no sabe de qué habla. No era cada noche. Solo cuando los críos se peleaban y robaban comida de la despensa. Ella tenía que cerrarla con un candado porque eran capaces de ventilárselo todo en un día. Fue su casero quien llamó al SPI. Llevaba años tratando de librarse de ella. Sus hijos ahora están en seis centros de acogida diferentes.

—No tienes que justificarte ante mí.

—¿A ti por qué te pillaron?

Frida no responde. Deja que pase un silencio incómodo. Linda dice que Lucretia es una esnob, que Lucretia se cree que es el no va más; lo sabe porque son amigas en Facebook.

Pasan frente a la biblioteca de música y baile, frente a la galería de arte. Ambos edificios están vacíos.

Frida trata de adelantarse, pero Linda mantiene su paso.

Morris Hall es un imponente edificio de piedra de cinco pisos situado en el extremo oeste del campus, uno de los pocos edificios de clases con más de tres pisos. Ha sido remodelado con unas puertas modernas de cristal que resultan casi imposibles de abrir. La fachada da al patio; la parte trasera, al bosque. Por detrás del edificio se ve la valla electrificada.

Las madres se demoran en los escalones que van del vestíbulo al segundo piso, pero se apartan para que pase Linda, lanzándole a Frida miradas divertidas e inquisitivas. Esta se queda atrás. Le gustaría aclarar que ella no es la zorra de Linda, que esto no es una cárcel de mujeres. Evitar que nadie piense que ya se ha convertido en una zorra.

Están en el antiguo edificio de Biología. El aula 2D, antes un laboratorio, todavía huele a formaldehído, cosa que desata recuerdos de ranas y fetos de cerdo. Hay una puerta de cristal esmerilado con el rótulo «EQUIPOS», una pizarra de borrado en seco, un escritorio para el profesor, un reloj y unos armarios montados en la pared, pero no hay sillas ni otro mobiliario. Las madres dejan los abrigos en el rincón del fondo y miran el reloj. Hay una cámara por encima de la puerta y otra por encima de la pizarra. Cuatro altos ventanales en arco miran al bosque. La luz del sol calienta el aula, calienta a las madres, a quienes les han dicho que se sienten en el suelo con las piernas cruzadas formando un círculo.

—Como en parvulario —dice Linda, manteniéndose cerca de Frida.

Sus instructoras son la señora Russo y la señora Khoury, ambas de la edad aproximada de Frida, las dos con bata rosa sobre suéteres oscuros, pantalones a medida y zuecos de enfermera. La señora Russo, la más alta de las dos, es una mujer blanca rolliza, de voz engolada y pelo moreno cortado a lo duende, que habla con las manos. La señora Khoury es menuda y huesuda, con un aire de Oriente Medio, pómulos afilados, melena canosa y ondulada hasta los hombros, acento cantarín y el porte de un maestro de ballet del bloque oriental.

Les piden a las madres que se presenten diciendo su nombre y su delito, así como algunos detalles relevantes sobre cómo dañaron a sus hijos. Hay cinco mujeres, incluidas Linda y Frida. A esta le alegra ver a Lucretia, la simpática madre del desayuno, que es la primera en intervenir y explicar al grupo que su hija se rompió el brazo al caerse de un tobogán. Frida asiente cálidamente. Lucretia y Linda intercambian una mirada hostil.

Una adolescente blanca, Meryl, está aquí por las magulladuras en los brazos de su hija y por posesión de drogas. Una joven blanca llamada Beth perdió la custodia tras hacerse internar en el pabellón de psiquiatría, como era un peligro para sí misma, no se le podía confiar la tutela de su hija. A Lucretia y Meryl las denunciaron al SPI los médicos de urgencias. Beth fue denunciada por su exnovio.

A primera vista, Frida piensa que Meryl y Beth se parecen, pero no hay un verdadero parecido entre ellas en realidad, solo una expresión aterrorizada similar. Las dos chicas tienen el pelo oscuro. El de Meryl es ondulado y lo lleva teñido de negro, de un negro azulado que no es natural y no concuerda con sus cejas claras. El pelo de Beth es liso y lustroso, más bien castaño. Meryl parece una persona con la que no hay que meterse. Beth tiene el aire atormentado de los pajarillos heridos de Will y una tez morena adecuada a los rubores y las lágrimas.

Frida y Linda son las mayores de la clase, ambas están aquí por negligencia y abandono. Mientras les habla de su día nefasto, Frida nota que Linda la observa regodeándose.

La señora Khoury les da las gracias por compartir sus experiencias. La señora Russo se excusa y se desliza en la habitación de los equipos. Hay movimiento tras el cristal esmerilado, un ruido de pasos, alguna carcajada, un murmullo chillón de niños pequeños.

Las madres contienen el aliento y aguzan el oído, esperando lo imposible. Lucretia flexiona las rodillas sobre el pecho y susurra: «¿Brynn? ¿Estás ahí?».

Frida mira para otro lado. Deben de ser grabaciones pensadas para engatusarlas y someterlas, para mantenerlas desesperadas y babeantes durante estos meses en los que no tienen a ningún niño al que abrazar. La jueza jamás lo habría permitido. Gust tampoco.

Harriet está camino del aeropuerto. Frida odia la idea de que Harriet pueda siquiera acercarse a este lugar o a esta gente, pero, si de algún modo se ha abierto una fisura en el tiempo y el espacio y ha aparecido su pequeña, está dispuesta a hacer lo que le digan. Si pudiera abrazar a Harriet ahora. Un abrazo de diez minutos a Harriet podría durarle todo el largo invierno.

Cuando se abre la puerta de la habitación de los equipos, aparece la señora Russo seguida por cinco niñas pequeñas de diferentes razas. Hay una niña negra, una blanca y una latina. Dos son mestizas: una parece medio negra medio blanca, y la otra, euroasiática. Las niñas son como reflejos de las madres: van con mono azul marino y zapatillas.

El círculo se encoge. Ahora se sientan lo bastante cerca como para tocarse los hombros y, por un momento, se convierten en una sola madre, una hidra de rostros decepcionados.

Harriet parecía tan cerca. Frida ya se imaginaba lo que le diría, cómo le sujetaría la cabeza por detrás y acariciaría los suaves pelillos de su nuca. Aunque las niñas son de la edad y estatura correcta, y aunque la niña medio asiática la mira directamente, lo cierto es que no es Harriet. Frida sería capaz de darse un puñetazo en la cara por haber albergado esperanzas.

Las instructoras ponen a las niñas en fila india en la parte delantera de la clase. Ellas sueltan risitas y agitan las manos.

—Calma —dice la señora Russo, llevando a una de las crías descarriadas otra vez a la fila—. Atención toda la clase: queremos empezar con una pequeña sorpresa que les hemos preparado.

La señora Khoury alza los brazos.

—A la de tres. ¿Listas? Una..., dos..., ¡tres!

—¡Hola, mami! —gritan las niñas—. ¡Bienvenida!

El edificio se llena de ruido. Las voces viajan a través de los conductos de ventilación. En otras aulas, hay niños mayores, púberes y adolescentes. Dejando aparte las de los guardias, todas las voces son femeninas.

Por todo el edificio hay madres llorando. Se ha producido un alboroto en el pasillo, una madre gritando a un guardia, otra a la que ordenan volver a clase, madres discutiendo con instructoras.

Las compañeras de Frida hacen preguntas a gritos. Beth exige hablar con la señora Knight, la directora ejecutiva. Lucretia quiere saber de dónde han salido estas niñas. ¿Dónde están sus padres?

—Señoras, tengan paciencia —dice la señora Khoury. Les pide que bajen la voz, que levanten la mano y solo hablen cuando les den permiso—. Están asustando a las niñas.

Las instructoras van emparejando a las madres con las crías, al parecer según el color de piel y el origen étnico de sus verdaderas hijas. La de Meryl debe de ser birracial. A Frida le corresponde la niña medio asiática.

—Puede abrazarla —dice la señora Khoury—. Vamos. Dele un abrazo. Ella estaba deseando conocerla.

—¿De veras?

Frida la sujeta, pero manteniendo las distancias. La niña podría ser medio china, o japonesa, o coreana. Como en el caso de Harriet, es imposible decirlo. La niña se le acerca un poco. Sus ojos y sus cejas son de una simetría perfecta. No tiene arañazos en la piel ni marcas de nacimiento. Tampoco le ve las narinas irritadas, típicas de los críos de esta edad. Sus ojos parecen más asiáticos que los de Harriet. El resto de su cara, así como la estructura ósea, es más caucásica. Los rasgos de Harriet son suaves y su aspecto general es aterciopelado. Esta niña tiene una cara pecosa con forma de corazón, la piel dorada y los ojos estrechos y almendrados, un sedoso pelo castaño, más liso y más claro que el de Harriet, los pómulos prominentes y la barbilla puntiaguda. Es una niña más flaca que Harriet, con manos estilizadas y dedos alargados.

A Frida le hace pensar en un lobezno, en un zorrito. Resulta fácil imaginar su aspecto de adolescente, e incluso cuando sea una mujer adulta.

Desde que Harriet nació, todo el mundo ha elogiado sus rollizas mejillas. Los abuelos la llaman *xiao long bao*, pequeña sopa *dumpling*. Cuando Frida estaba creciendo, odiaba su propia cara redondeada, pero ahora se enorgullece del aspecto regordete de su hija. Tiene que recordarle a Gust que le dé a la niña las grasas suficientes, que le haga tomar leche de vaca, no leche de almendras, o de soja, o de avena. Como al volver encuentre a Harriet tan delgada como esta niña, la van a oír.

—¿Cómo te llamas?

La niña la mira inexpresivamente.

—Vale, no me lo quieres decir. No tienes por qué decírmelo. Yo me llamo Frida. Encantada de conocerte.

—Hola —dice la niña, estirando la «a».

Se pone a gatas y empieza a inspeccionar sus piernas. Le desenrolla el dobladillo del mono y pasa el dedo por la costura amarilla. Ojalá Harriet se hubiera comportado con esta calma durante las visitas. Frida le toca la mejilla. Su piel parece extraña. Cérea. Demasiado perfecta. Sus labios están secos, mientras que Harriet siempre los tiene húmedos. Acerca la nariz a la cabeza de la niña, pensando que tendrá un olor aceitoso como la de Harriet, pero lo que nota es un aroma gomoso, como el del interior de un coche nuevo.

Las instructoras les dicen que presten atención. La señora Russo pide una voluntaria. Escoge a la niña de Lucretia, que suelta una risita cuando la sube al escritorio y empieza a desabrocharle el uniforme.

—¿Qué hace? —grita Lucretia, mirando alarmada cómo la señora Russo le quita la camiseta.

A continuación, la instructora le da la vuelta a la cría. Las madres sofocan un grito. Hay una rueda de plástico azul en la base de la espalda de la cría. Cuando la señora Russo le sacude los brazos, suena el gluglú de un líquido denso moviéndose dentro. Al hundirle un dedo en la mejilla, el lado izquierdo de su cara queda paralizado. Luego la niña sacude la cabeza y vuelve a su estado normal.

Las madres empiezan a apartarse de las niñas que les han asignado. Frida vuelve a pensar en el espacio exterior, en ese momento en que los astronautas abandonan la nave y mueren por falta de oxígeno. Recorre en bucle una serie de hipótesis improbables, convencida de que sufre una alucinación. Este debe de ser el último destello de un prolongado sueño febril alimentado por meses de vigilancia, de falta de sueño y de separación de su hija.

Una vez desenroscada la rueda, aparece un orificio de unos diez centímetros de diámetro. Hurgando en el interior con una cuchara, la señora Russo saca un líquido azul eléctrico que parece anticongelante.

—Líquido refrigerante —dice—. Para evitar que el cuerpo de las niñas se caliente demasiado.

Frida se pellizca las manos. Lucretia parece indispuesta. La señora Russo vuelve a meter el líquido, viste a la niña y se la devuelve a una Lucretia de expresión consternada.

—¿A que son increíbles?

Esas niñas (muñecas, las llama la señora Russo) representan los últimos adelantos en robótica e inteligencia artificial. Hablan y se mueven como niñas de verdad. Son iguales al tacto y al olfato. Pueden oír. Pensar. Son seres sensibles con un desarrollo cerebral propio de su edad, con memoria y conocimiento. Por su tamaño y capacidades, equivalen a una criatura de entre dieciocho y veinte meses.

Frida tiene la sensación de haber vuelto a la sala de interrogatorio verde menta. Está flotando fuera de su cuerpo, llena de preguntas absurdas.

—Cuando la muñeca llora —dice la señora Russo—, derrama lágrimas de verdad. Expresa un dolor real, una necesidad real. Sus emociones no están programadas, ni son aleatorias ni han sido pensadas para engañarlas.

Las madres deben estar atentas al líquido azul. Si se coagula, la cara y el cuerpo de la muñeca se arrugará y se llenará de hoyuelos como de celulitis, y ellas tendrán que encargarse de sacar el engrudo azul. El líquido debe cambiarse cada mes. Además de sus propiedades refrigerantes, contribuye a que la piel de silicona se mantenga elástica y realista, y confiere a los cuerpos la textura y el peso adecuados.

La muñeca de Frida le acaricia la cara. La atrae hacia sí hasta que Frida nota su cálido aliento en la mejilla. Su modo de tocarla es muy diferente del de Harriet; es como si tanteara a ciegas.

Pero la muñeca es real, respira, desprende calor. Tiene líneas en la mano, huellas dactilares. Uñas. Pestañas. Una hilera de dientes. Saliva. ¿Cómo fabrican la saliva?

Antes, dicen las instructoras, se llevaban a los niños durante un tiempo y a veces se los devolvían a padres cuyo comportamiento no había sido corregido. Se cometían errores y los niños sufrían. Algunos incluso morían. Aquí, en cambio, el progreso de las madres será medido en un entorno controlado. Con este modelo de simulación, los niños reales estarán protegidos y no sufrirán más daño.

Dentro de cada muñeca hay una cámara.

—Ustedes la ven y ella las ve —explica la señora Russo.

Además de su papel como sustitutas, las muñecas recogerán datos: calibrarán el amor de la madre, el ritmo cardiaco de cada una de ellas será monitorizado para evaluar su grado de ira. También se monitorizarán sus parpadeos y su expresión para detectar tensión, temor, ingratitud, falsedad, aburrimiento, ambivalencia y toda una serie de sentimientos, entre ellos si la felicidad que sienten es un reflejo de la felicidad de la muñeca. Esta registrará dónde pone las manos la madre, detectará las tensiones en su cuerpo, su temperatura y su postura, con qué frecuencia la mira a los ojos, la calidad y la autenticidad de sus emociones.

Habrá nueve temas de estudio, cada uno compuesto por una serie de lecciones. El primero, «Fundamentos de cuidado y nutrición», cubrirá los niveles básico, intermedio y avanzado de vínculo emocional, así como de alimentación y salud. Cada tema concluirá con un día de evaluación; las puntuaciones obtenidas determinarán el éxito de cada madre.

Se da por supuesto que, dado que han mantenido con vida a sus hijas durante todo este tiempo, el adiestramiento básico en reanimación no es necesario, pero aun así habrá algunas lecciones de repaso. Los temas posteriores incluirán «Fundamentos del juego», «Peligros dentro y fuera de casa» y «El universo moral». Las instructoras escriben el título de los temas en la pizarra, advirtiendo a las madres que no pretendan anticiparse demasiado. Nos les explican ahora el temario completo porque ellas deben centrase en el momento presente, poner toda su fe en el programa y confiar en que cada tema se cimentará en el anterior, de manera que, a base de práctica, lleguen a cumplir los parámetros de la escuela.

Empiezan el proceso de vinculación emocional dando nombre a las muñecas.

—Con los nombres llega el afecto —dice la señora Russo—. Y con el afecto llega el amor.

Frida sonríe con la boca, sonríe con los ojos, adopta un tono amable. Se seca la frente; no se había dado cuenta de que estaba sudando. Cuando el sol ilumina la cara de la muñeca, distingue un chip metálico en cada una de sus pupilas.

La muñeca juega con las cintas de velcro de sus zapatillas. Solamente tienen diez minutos para escoger un nombre, un tiempo insuficiente para captar la personalidad de la muñeca, si es que la tiene, y encontrar un nombre que le siente bien.

Cuando ella estaba embarazada, tenía en su escritorio una lista de nombres. Nombres anticuados. Nombres franceses. Quería que la niña tuviera un nombre en el que pudiera ir encajando con el tiempo; podría haberla llamado como Marguerite Duras, su autora favorita. Comentó esos nombres con Gust en una sola ocasión, diciendo que ella no era quisquillosa y que decidiera él. Frida siempre había envidiado a sus padres por haber podido escoger sus nombres cuando vinieron aquí. Davis y Lillian. A ella le habría gustado llamarse Simone... o Juliana. Algún nombre elegante y musical.

—Te llamaré Emmanuelle —dice, pensando en una película de Emmanuelle Riva, en la que interpreta a una mujer que ha sufrido un derrame cerebral.

Cuando empiezan a practicar su nuevo nombre, la muñeca tartamudea y se come consonantes. Frida ha escogido el más complicado de toda la clase.

—Emannnnn —gorjea la muñeca—. Emmaaaa-nana.

Frida completa el resto.

—Qué creativa —comentan las instructoras.

¿Y cómo le gustaría a ella que la llame la muñeca? ¿Madre, mamá, mama o mami?

—Puede llamarme mami. ¿No está bien así? Yo soy tu mami.

El timbre del almuerzo suena a mediodía. Las instructoras dejan a las muñecas congeladas en el sitio introduciendo un código en sus tabletas. Las mejillas de Emmanuelle se vuelven frías y completamente rígidas. Meryl le da a su muñeca unos golpecitos en la cabeza, le aprieta los hombros, le tira de las orejas. Sus ojos todavía se mueven.

—¿Qué coño pasa? —grita.

Frida la llama para sus adentros «Teen Mom», mamá adolescente. Parece demasiado peleona para llamarse Meryl.

Teen Mom hunde el dedo en la frente de la muñeca y recibe una advertencia por su lenguaje y su forma poco maternal de tratarla.

Los ojos de Emmanuelle se mueven disparados de aquí para allá. Tiene la expresión acorralada y aterrorizada que adoptaba Harriet siempre que había que succionarle la nariz.

Frida se disculpa por dejarla y promete volver pronto. Mira fijamente a Emmanuelle, confiando en que registre su inquietud, que es auténtica, tanto como la que sentiría por un perro atado a un poste mientras su dueño come. Emmanuelle puede ser su mascota, una mascota humana. Mientras se apresura a seguir a las demás mujeres, echa un vistazo atrás hacia las muñecas atrapadas, inquieta por esos cinco pares de ojos asustados.

El temor mantiene a las mujeres calladas, en movimiento. Unidas ahora por la desgracia, ya no se segregan en el comedor. Las integrantes de cada cohorte se sientan juntas. Frida y Lucretia se dan un abrazo.

Las madres están hartas de sorpresas. Primero los uniformes y las mujeres de bata rosa, la señora Knight y los guardias, la valla electrificada. Y ahora esto. Circulan rumores entre las cohortes para explicar de dónde sale todo el dinero, de dónde proceden esas muñecas.

—Deben de ser del ejército —conjetura una.

Otra madre sugiere que ha sido Google.

—Todas las cosas espeluznantes proceden de Google.

—Podría haber sido un científico loco —apunta Beth.

Frida se pregunta si habrá conocido alguno en el psiquiátrico.

Lucretia, todavía impresionada después de ver a su muñeca haciendo un puchero, cree que ha sido un inventor malvado.

—Alguien de Corea del Sur. O Japón. O China. —Le lanza una mirada a Frida—. Perdona, sin ánimo de ofender.

—¿Y si nos electrocutamos? —dice Beth—. Yo soy una negada con la tecnología.

A Lucretia le inquieta que las muñecas se vuelvan violentas. Ella antes era una chiflada de la ciencia ficción. Sabe cómo acaban estas historias. En las películas, los robots siempre se rebelan y las muñecas se convierten en asesinas en serie.

—Esto no es una película —le suelta Linda.

—Tampoco es que tú sepas nada.

Frida, Beth y Teen Mom comen a toda prisa mientras Lucretia y Linda discuten. Frida quiere saber si el líquido azul es tóxico, si puede quemarlas o cegarlas, si inhalarlo aumenta el riesgo de contraer ciertos tipos de cáncer. Si Gust y Susanna supieran lo del líquido azul, no la dejarían acercarse a Harriet nunca más.

La tristeza de ayer empieza a dar paso a la rabia. Las protestas de las madres se vuelven más exaltadas.

Lucretia desgarra su servilleta.

—Me apuesto cualquier cosa a que los padres no tienen que hacer esto.

Seguramente, a ellos les dan libros de ejercicios y cuestionarios de respuesta múltiple. Lo único que han de hacer es asistir a las clases. ¿No es así como funcionan siempre las cosas? Lo que está claro es que no han de vérselas con bebés robot y con ese pegote azul.

—Ya me dirás si van a hacer que un tipo meta una cuchara en la cavidad de un crío —añade.

—Gracias por meterme esa imagen en la cabeza —masculla Beth.

Las mujeres de bata rosa les dicen que bajen la voz. Frida propone que salgan fuera. Devuelven sus bandejas y caminan hacia el guardia del comedor. Ciertamente, esto empieza a parecer una prisión. O como ella imagina una prisión. Permiso para salir. Permiso para comer. Permiso para ir al baño. Actividades supervisadas y predeterminadas. Alguien decidiendo siempre cómo debe emplear su tiempo, en qué habitación, con qué personas.

Afuera, cerca de los soportes de bicicleta, se tropiezan con una madre negra que llora angustiada en uno de los bancos. Hoy su hija cumple cuatro años. Ellas se apiñan a su alrededor para cubrirla de las cámaras. Entrelazan los brazos. La madre está inconsolable. Balbucea y se seca la cara con la manga. Linda le frota la espalda. Lucretia le pasa una servilleta medio desgarrada. Y entonces empiezan. Una susurra el nombre de su hija. Otra la sigue. «Carmen. Josephine. Ocean. Lorrie. Brynn. Harriet.» Van diciendo los nombres de sus hijas; suena como un listado de personas después de un accidente o un tiroteo en una escuela. Parece una lista de víctimas.

7

Esa tarde, su clase empieza con el tema número 1: «Fundamentos de cuidado y nutrición». Las instructoras introducen el concepto de «*maternés*»: ese chillón y delicioso parloteo que practican madre e hija durante todo el día.

Usando la muñeca de Linda, la señora Khoury narra un viaje imaginario al supermercado. Su voz sube y baja y gira, transmitiendo un estado de asombro permanente.

—¿Qué tipo de agua embotellada deberíamos comprar para el papi? ¿Con burbujitas o sin burbujitas? ¿Sabes lo que son las burbujas? ¡Las burbujas hacen pip-pip-pip! *¡Fzzz-fzzz-fzzz!* ¡Las burbujas son como pelotitas redondas! ¡Redondas quiere decir una forma así!

Las madres deben prestar atención tanto al tono como al vocabulario. Un chip de las muñecas contabilizará las palabras utilizadas cada día, las veces que la muñeca ha respondido a una pregunta, la cantidad de intercambios verbales de cada conversación. Las grabaciones se analizarán para cotejar el número de frases alentadoras con el número de advertencias o reprimendas. Demasiados «noes» harán que el contador de palabras pite como la alarma de un coche, y solo las instructoras lo pueden apagar.

Las madres deben describírselo todo a las muñecas, impartirles su sabiduría, prestarles toda su atención, mirarlas a los ojos constantemente. Cuando las muñecas pregunten por qué, por qué, por qué, como suelen hacer los niños a esa edad, las madres han de darles una respuesta. La curiosidad debe ser recompensada.

—Las muñecas tienen un interruptor para apagarlas —dice la señora Khoury—. Ustedes no.

Las madres practican, como cantantes haciendo escalas. Si la muñeca balbucea, ellas deben intentar convertir esos sonidos en palabras. Interpreten, dicen las instructoras. Afirmen. Ayúdenla a expresarse.

—Cielo —dice Lucretia, señalando hacia la ventana—. Nubes. Árboles.

—Botas —dice Frida—. Cordones.

Nombra los rasgos de la cara. Las partes del cuerpo. Cuenta los dedos de las manos y de los pies de Emmanuelle. ¿Qué necesita oír la muñeca? En casa, sus conversaciones con Harriet giran en torno a sentimientos y tareas. La siguiente siesta, la siguiente comida, cuánto quiere a Harriet, cuánto la ha echado de menos mientras estaba en casa de su padre. Ahora imita los balbuceos de Harriet. Suelen inventarse palabras. «Gola-gola», por granola. «Dito», por perrito. «Dan-dano», por arándano. «Cate», por aguacate. Frida salpica sus conversaciones con un poco de mandarín rudimentario. Harriet sabe decir *xie xie*, gracias. También las palabras que significan «padre» y «madre», «abuela» y «abuelo», «tía» y «tío». Cuando quiere que Frida le vuelva a hablar en inglés, agita las manos y grita: «¡No *xie xie*! ¡No *xie xie*!».

Frida coge la mano de Emmanuelle delicada y cariñosamente. Relaja su rostro y habla con el tono dulce y complaciente de un operador de atención al cliente. Hay muchas preguntas que no puede hacer: «¿Quién te fabricó? ¿Es fácil romperte? ¿Llevas pañal? ¿Comes y bebes? ¿Te puedes poner enferma? ¿Te sale sangre? ¿Qué ha pasado durante la hora del almuerzo?». Cuando Emmanuelle ha salido de su parálisis, se ha derrumbado en sus brazos como si se hubiera pasado todo el rato conteniendo la respiración. Eso no puede ser bueno para ella.

Las instructoras observan y dan indicaciones.

—Relaje la mandíbula —le dice la señora Khoury a Lucretia.

—Use la imaginación —le dice la señora Russo a Beth, el pajarillo herido—. Su voz tiene que ser tan suave y mullida como una nube —añade.

—¿Cómo suena una nube? —pregunta Beth, alzando la mirada hacia ella a través de una cortina de pelo lustroso.

—Como una madre.

—Eso no tiene ningún sentido.

—La maternidad no es cuestión de sentido, Beth. Es cuestión de sentimiento —dice la señora Russo, dándose unas palmaditas en el corazón.

Frida le pregunta a Emmanuelle si es amiga de otras niñas. Ella menea la cabeza. Frida adopta una voz aún más aguda mientras ensalza las virtudes de la amistad femenina. Ella nunca le ha hablado a Harriet tan exaltadamente. Nadie hablaba así en su familia. En la mesa, sus padres hablaban del trabajo. A ella no le preguntaban cómo le había ido el día o cómo se sentía. En su relación con Harriet, el *maternés* resultaba tan poco natural como unos *brackets*. Cuanto más alzaba Frida la voz, más suspicaz se volvía la niña.

Echa un vistazo al reloj. Son las 14.43. Ya deberían haber aterrizado en San Francisco. Espera que Harriet se haya portado bien durante el vuelo.

Ahora la clase pasa del *maternés* al afecto físico. Ambas técnicas formarán parte de la práctica diaria de las madres y vendrán a ser los pilares para realizar después tareas maternales más complejas.

Los abrazos y besos deben comunicar protección y seguridad. Los abrazos y besos deben ser abundantes, pero no sofocantes. Las instructoras hacen una demostración: la señora Russo interpretando a la madre, y la señora Khoury, a la niña. Las madres deben evaluar primero las necesidades de la criatura: ¿abrazo, beso o ambos? ¿Qué clase abrazo? ¿Qué tipo de beso? ¿Rápido y suave? ¿Una mejilla, las dos mejillas, la nariz, la frente?

Las madres no deben besar a sus muñecas en los labios. Besar en los labios es una costumbre europea y crea un precedente erróneo, haciendo vulnerable al crío a los pervertidos.

La señora Khoury gimotea. La señora Russo la atrae hacia su pecho rígidamente.

—Uno, dos, tres, soltar. Uno, dos, tres, soltar.

No deben abrazar durante más de tres segundos. A veces son

admisibles cinco o seis, si el niño se ha hecho daño o ha sufrido un trauma verbal, emocional o físico. Pueden permitirse hasta diez segundos en situaciones extremas. Más tiempo entorpecerá la incipiente independencia del niño.

Recuerden, dicen las instructoras, ya no están tratando con un bebé. Las madres pueden incluir algunas palabras de aliento cuando lo consideren adecuado: «Te quiero. Todo irá bien. Eso es, eso es».

Frida ve que Emmanuelle la está mirando, catalogando. Ella procura mantener una expresión neutra. Ocultar sus sentimientos nunca se le ha dado bien. Su rostro sincero siempre la delataba cuando viajaba a Asia. Una norteamericana, obviamente. Su madre siempre le ha reprochado que frunza el ceño.

Las instructoras se comportan como si un abrazo de tres segundos fuera la cosa más razonable del mundo. Hay risitas, algunas sonríen burlonamente y ponen los ojos en blanco, pero las cinco obedecen en gran parte. Lucretia y Linda empiezan con el achuchón rápido de un, dos, tres. Beth se mece de un lado a otro, confiriendo un toque personal a sus abrazos. Frida y Teen Mom están de rodillas, con los brazos abiertos, tratando de captar la atención de sus elusivas muñecas.

Teen Mom es demasiado agresiva. Las instructoras la regañan por coger del brazo a la muñeca y hacer falsas promesas.

—No puede ofrecer golosinas —dice la señora Khoury—. Aquí no utilizamos una estrategia parental basada en regalos.

A Frida le cuesta mantener el control. Emmanuelle deambula por el espacio de aprendizaje de las otras madres.

—Controle a su muñeca, Frida —dice la señora Russo.

Frida le suplica a Emmanuelle que acepte un abrazo. Piensa en la noche anterior a su día nefasto, recuerda su exasperación al ver que Harriet se negaba a quedarse quieta mientras le cambiaba el pañal.

Atrapa a Emmanuelle y cuenta hasta tres, luego para de contar. Debería haber dejado que Harriet durmiera con ella aquella noche. Cada noche. ¿Por qué se había empeñado siempre en que la niña durmiera en otra habitación? Si estuviera abrazándola ahora, le acariciaría la espalda, le olería el cuello, le apretaría los lóbulos de las orejas, le besaría los nudillos.

La señora Russo llama a Frida de nuevo. Lleva tres minutos abrazando a Emmanuelle.

—Frida, es un, dos, tres, soltar. ¿Qué parte no ha entendido?

La hora de despedirse llega puntualmente a las cinco y media. Al sonar el silbato de las instructoras, las muñecas se ponen en fila frente a la puerta del cuarto de equipos. Frida le da a Emmanuelle un abrazo de despedida. La muñeca mantiene los brazos en los costados rígidamente y la saluda inclinando apenas la cabeza.

Privadas de las siestas que disfrutan sus homólogas humanas, las muñecas están cansadas, pero no se vuelven irritables o hiperactivas; más bien se tornan sumisas, cosa que jamás ocurriría con niños de verdad.

Las madres sonríen y agitan la mano. Una vez que las muñecas han desaparecido en el cuarto, sus rostros se aflojan. A Frida le duele la cara de tanto sonreír. Sigue a sus compañeras de clase por la escalera. Lucretia está consolando a Beth, que se ha puesto a llorar, y le dice que quizás esté equivocada respecto a las historias de robots. A lo mejor estos robots no son malvados, para nada.

—No creo que debas pedir una muñeca diferente.

—Pero yo no le caigo bien —dice Beth—. Lo noto. ¿Y si esa es su personalidad? ¿Y si me han dado una muñeca malvada? ¿Y si resulta que es una mala hierba?

Empieza a explicarle a Lucretia que su madre una vez la llamó «mala hierba» y que aquello jodió toda su infancia.

—Beth, en serio, cálmate —le dice Lucretia—. Nos vas a meter a todas en un aprieto.

Frida siente que su pecho se relaja una vez que sale afuera. Añora su calle estrecha, su diminuta y oscura casa.

La compañera de Frida, Helen, abandona. Los susurros empiezan a la mañana siguiente frente a los lavamanos del baño. Unas dicen que su muñeco le escupió en la cara. Otras, que las instructoras fueron demasiado severas. Algunas aseguran que Helen se quedó en *shock* cuando aparecieron los muñecos y que ya no se recuperó. ¿Cuántos años tiene? ¿Cincuenta? ¿Cincuenta y dos? A las madres mayores les cuesta adaptarse.

Cuando Frida entra en el comedor, todos los ojos se vuelven hacia ella. Las madres se acercan a su mesa, prodigándole sonrisas y cumplidos, ofreciéndose a traerle otra taza de café. Ella se niega a hablar. Se muere de ganas de cotillear y le gustaría utilizar este fugaz prestigio para hacer amigas, pero hay que tener en cuenta las normas y las mujeres de bata rosa circulan por los pasillos.

—Tenemos que respetar su intimidad —les dice Frida.

Es una respuesta demasiado trillada y las otras la llaman gilipollas, zorra, cagada. Una madre blanca le susurra al oído una despectiva jerigonza en falso chino. Otra le tira los cubiertos al suelo. April, la madre tatuada del autobús, la señala desde su mesa y cuchichea con el trío de mujeres blancas de mediana edad. Alguien de la mesa contigua se refiere a ella como «la estirada zorra china». Oye que susurran su nombre. La que dejó a su bebé sola en casa. La que dice que tuvo un mal día.

—No les hagas caso —dice Lucretia—. Después del almuerzo, ya lo habrán olvidado.

Frida está demasiado nerviosa para comer y le pasa la otra mitad de su *bagel*.

Lucretia dice que solo una blanca abandonaría al segundo día. Si una madre negra recurriera a una treta como esa, la meterían en chirona, o tal vez harían que le pegasen un tiro de camino a la cárcel y luego lo presentarían como si se hubiera matado ella. Varias madres negras de la mesa vecina la oyen y se echan a reír con complicidad.

Linda le dice a Frida:

—Tu compañera de habitación es una debilucha de mierda.

—No creo que quiera a su hijo realmente —dice Beth—. Imagínate cuando descubra que su madre es una consentida y una rajada. El Estado debería pagar la terapia de ese chico.

Frida remueve su café. Quisiera contarles con qué tono se dirigió Helen a la señora Gibson, cómo llamó monstruos a las muñecas. La escuela le dio un muñeco de metro ochenta, con la complexión de un defensa de rugby: era más alto y más fornido que su hijo. ¿Cómo esperaban que lo controlara? Él se negaba a abrazarla. No respondía al nombre que Helen le había puesto, Norman. La llamaba vieja, gorda y fea; exigía que le dieran otra madre. Ella dijo que el programa era una putada mental. Una tortura psicológica.

La señora Gibson le dijo que rebajara ese tono tan agresivo. Que fuera más abierta. Que dejara de proyectar. «Helen, usted es una mala madre, pero está aprendiendo…»

Helen agitó el dedo ante las narices de la señora Gibson. ¿Qué tenía que ver aquella chorrada de cambiar el líquido azul con la maternidad? ¿Y las cámaras dentro de los muñecos, los sensores, las estupideces biométricas, el temario demencial? ¿Qué mierda les estaban enseñando? ¿Era posible siquiera pasar la prueba?

La señora Gibson le recordó las consecuencias de abandonar. ¿De veras quería acabar en el Registro de Padres Negligentes?

—No creo que exista ese registro —dijo Helen—. Mi hijo tiene diecisiete años. Estaremos separados un año, como máximo. Luego vendrá a buscarme. Debería haberme planteado esta idea antes de venir aquí. El juez lo presentó como si yo tuviera elección, pero la palabra «elección» y este lugar no caben en la misma frase.

Cuando apagaron las luces, Helen intentó convencer a Frida de que se largara con ella. Su sobrina iba a pasar a recogerla. Frida podía quedarse en su casa, sumarse a su demanda judicial, tomar partido. «Podemos pararles los pies», dijo.

Frida le soltó los tópicos obligados, que su hijo era un rayo de esperanza y demás, e intentó convencerla para que le diera otra oportunidad al programa. Secretamente, se odió a sí misma por sentir la tentación de seguirla. Se imaginó presentándose en la puerta de Gust y Susanna y haciéndoles prometer que no le dirían nada a la señora Torres. Pero eso no era una solución. Y Helen no pondría ninguna demanda. No acudiría a los medios. Ella decía que el registro, suponiendo que existiera, no le daba miedo.

Que su abogado podía litigar. Pero Frida sabe que Helen es puro bla, bla, bla.

Tras el desayuno, las madres se reúnen en los escalones de Pierce. Observan cómo la sobrina de Helen se detiene junto al jardín de rosas circular. Helen sale escoltada por la señora Gibson y uno de los guardias. Hoy se pone ella la corona de Linda como la peor madre, como la zorra más malvada.

Las mujeres susurran: «Que le den», «A la mierda».

Helen se vuelve a mirarlas y alza un puño. Algunas madres agitan las manos. Otras le enseñan el dedo. La madre que Frida tiene al lado se sorbe la nariz. Helen y su sobrina se dan un abrazo y se ríen. Frida se siente humillada; le sorprende que después de solo dos días aquí, el ruido de un coche al alejarse pueda romperle el corazón.

Con el método de un, dos, tres, soltar, las madres practican distintos tipos de afecto. El abrazo que transmite disculpas. El abrazo que transmite ánimo. El abrazo que calma una herida física. El abrazo que calma el espíritu. Distintos gritos requieren distintos abrazos. Las madres deben aprender a discernir. La señora Khoury y la señora Russo hacen una demostración.

Lucretia levanta la mano.

—Les juro que he prestado atención, pero todos esos abrazos me parecen exactamente iguales.

Las otras están de acuerdo. ¿Cómo se supone que van a distinguir qué grito corresponde a tal problema y requiere tal abrazo? ¿Dónde está la diferencia? ¿Por qué no pueden preguntarle a su muñeca qué le pasa?

Las preguntas directas suponen demasiada presión para los niños pequeños, dicen las instructoras. Una madre no debería tener que preguntar. Debería intuir. Debería saberlo. En lo que se refiere a diferenciar entre distintos tipos de abrazo, las madres han de tener en cuenta la intención. Es el trabajo emocional invisible que los padres deben realizar constantemente.

—Ustedes hablan con su hija a través del tacto —dice la señora Russo—. Se comunican de corazón a corazón. ¿Qué les gustaría decirle? ¿Qué es lo que ella necesita oírles decir?

En la clase contigua suena un golpe, seguido de voces y gritos. La señora Russo dice que no pretenden recordarles a las madres los maltratos cometidos en el pasado ni estimular en ellas tendencias violentas, pero los ejercicios de afecto deben ser auténticos; por lo tanto, para practicar el abrazo que calma una herida física, tendrán que infligir cierto dolor.

Las instructoras les dan a las muñecas un golpe en las manos. Si una muñeca no grita lo suficiente, le dan una bofetada en la cara. Teen Mom protege a su muñeca con su cuerpo. Lucretia les suplica que paren.

Las instructoras proceden metódicamente, ignorando las protestas. La señora Russo sujeta a la muñeca mientras la señora Khoury la abofetea. El golpe es real. El dolor es real. Frida le tapa los ojos a Emmanuelle. Las instructoras deben ser solteronas aviesas. Secretas asesinas de gatas. Si alguien le hubiera hecho esto a Harriet alguna vez... Frida nunca había visto cómo le pegaban en la cara a una cría tan pequeña. Su padre solo le daba un cachete por encima de la ropa. Su madre únicamente le daba en la mano.

—Suéltela, Frida —le advierte la señora Russo.

—¿Por qué hacen esto?

—Porque tenemos que adiestrarla.

Emmanuelle se acurruca detrás de Frida.

—Solo va a dolerte un segundo —le dice ella—. Es todo fingido. Yo estoy aquí. Mami cuidará de ti. Lo siento. Lo siento mucho.

Hace una mueca cuando la señora Khoury le da a la muñeca una bofetada.

Los gritos de Emmanuelle son más agudos que los de Harriet, más insistentes y alarmantes. Frida prolonga sus abrazos a cinco segundos, luego a diez. Por Harriet, dejará que la muñeca le grite junto a la oreja. Por Harriet, dejará que la muñeca le dañe el oído. Está asombrada por la cantidad brutal de líquido que sale de los ojos de la muñeca, de su nariz, de su boca: un circuito de retroalimentación sin un origen obvio, como si su cuerpo contuviera una fuente secreta.

El cuello y la pechera del uniforme de Emmanuelle quedan muy pronto empapados de lágrimas. Las muñecas lloran más tiempo y más ruidosamente que los niños reales. Lloran sin parar. No se cansan. No se quedan roncas. Se zafan del abrazo de sus madres, descubriendo el placer animal básico de soltarse. Los gritos de dolor físico dan paso a gritos de pura pasión mientras fuerzan sus voces a la máxima potencia, creando una bóveda sonora que hace que Frida sienta ganas de llorar lágrimas de sangre.

Pasan las horas. Las instructoras se han puesto auriculares. A la hora del almuerzo, pausan a las muñecas a medio alarido; sus bocas quedan abiertas de par en par, con la garganta roja, húmeda, palpitante. Luego, cuando las madres vuelven a la clase, reanudan sus gritos de dolor al mismo volumen.

Las madres no consiguen que sus muñecas se sientan seguras. Si las muñecas se sintieran seguras, dejarían de llorar. Las instructoras les dicen que gestionen su frustración. Conservando la calma, muestran a su hija que una madre es capaz de soportar cualquier cosa. Una madre siempre es paciente. Una madre siempre es amable. Una madre siempre es generosa. Una madre nunca se desmorona. Una madre es el parachoques entre su hija y este mundo cruel.

«Asimílenlo —dicen las instructoras—. Asúmanlo.»

Cada cohorte cree que le ha tocado lo peor: las muñecas que peor se portan, las instructoras más duras. Las tácticas son inhumanas. Las explicaciones son absurdas. Nada de lo que aprenden puede aplicarse a la vida real.

Beth cree que la escuela ha contratado a asistentes sociales con alma de nazis. Si las muñecas pueden experimentar sentimientos reales, van a experimentar el sentimiento real de ser maltratadas.

—Las asistentes sociales son todas nazis —dice Lucretia—. Nazis en potencia. Al menos la mía lo era.

Ella cree que la señora Khoury debe de ser una fascista en un cuerpo de mujer morena. Cada vez hay más de esas.

A las muñecas bebés, según cuentan, bastaba con dejarlas en el suelo para que llorasen; a las mayores, las instructoras las abofeteaban repetidamente. Las adolescentes gritaban frases llenas de odio: «¡Que te pudras en el infierno!», «¡Muérete, zorra!», «¡Tú no me entiendes!», «¡Tú no eres mi madre de verdad!», «¿Por qué tengo que hacerte caso?». Han devuelto el muñeco de Helen al almacén.

Durante la cena, Frida y sus compañeras de clase analizan posibles estrategias. Chupetes. Juguetes. Libros de cartón. Vídeos. Canciones. Sus hijas reales necesitan distracción cuando están disgustadas. ¿Por qué no pueden usar chupetes? Retan a Lucretia a que lo pida mañana.

Frida está exhausta de tanto agacharse y acuclillarse, de tanto perseguir y escuchar, de tanto dar y tratar de canalizar la frustración para transformarla en amor. Se mete en la cama antes de que apaguen las luces, emocionada por disponer de una habitación para ella sola. Luego recuerda que Helen está en casa. Helen dormirá esta noche en su propia cama.

La señora Gibson no pasa a echar un último vistazo. Suena el timbre. Las luces se apagan.

Aparte de la historia de Helen, de las bofetadas y los llantos y de sus propios pensamientos desesperados, el día ha comenzado con una nota positiva. Las instructoras han dicho: «Buscad a vuestra madre», y Emmanuelle se ha ido directamente hacia ella. La mayoría de las muñecas no eran capaces de hacerlo. La muñeca de Teen Mom ha ido a Beth. La de Beth a Lucretia. En cambio, Emmanuelle la ha reconocido a ella. La ha señalado y ha dicho: «Mami», y Frida ha sentido algo un poco vago. Ternura tal vez. Orgullo. La muñeca no es Harriet. Nunca podrá serlo. Es simplemente un peldaño. Ella pisará su cabeza, su cuerpo…, lo que sea necesario.

Para la cena de Acción de Gracias, el comedor está iluminado con velas. La directora ejecutiva, la señora Knight, revolotea entre las mesas estrechando manos, apretando codos, preguntando a las madres su nombre y su delito.

—¿Está disfrutando del programa? ¿Ya se ha adaptado? ¿A que son graciosas las muñecas?

Una vez que todas están sentadas, la señora Knight coge el micrófono y pide a las madres un momento de silencio por sus hijos ausentes.

Las madres no agradecen ese homenaje. Ellas saben dónde están y dónde deberían estar. Los toques festivos hacen que se sientan peor que si la escuela no hubiera hecho nada. Los candeleros están hechos de plástico barato y son inestables. Cada mesa tiene un cuenco de calabazas en miniatura, que les han advertido que no utilicen como objeto arrojadizo. Hay guirnaldas de Peregrinos y pavos pegadas en las paredes. Les han servido un pavo reseco y apenas sazonado, con un relleno blancuzco y boniatos poco hechos.

A Linda le preocupa que sus hijos pasen hambre. «No sabéis la clase de gente que se apunta para ser padres de acogida —comenta en el grupo—. La gente lo hace por el dinero.» Ella no sabe dónde viven esos padres, no sabe cuántos niños más tienen en acogida, ni si sus hijos se pelean con los demás o se pelean en el colegio. En las llamadas telefónicas del domingo, tiene que escoger a uno solo cada semana. ¿Cómo se van a sentir los otros? Ella quería que su asistente social colocara a los chicos con hispanohablantes, quería que alguien se quedara a los seis. Los mayores cuidan de los pequeños.

Beth le habla a Linda de una pareja lesbiana que vive cerca de su casa, en Mount Airy, y que acoge niños con necesidades especiales.

—También hay buenos padres de acogida —dice.

—No me sirve —responde Linda—. No me sirve.

Frida está pensando en el dinero. Escuela privada y campamentos de verano. Clases de música y profesores. Viajes al extranjero. Todo lo que sus padres le dieron a ella. Cuanto más oye hablar de privaciones, más lujos desea darle a Harriet.

La señora Knight pide a todas que se levanten y den las gracias. Las primeras madres en hablar lo hacen con timidez. Una madre da gracias a Dios. Otra da gracias a Estados Unidos.

Sus padres, piensa Frida, deben de estar en la casa que sus tíos tienen en Burr Ridge. Al menos habrá veinte parientes allí. Ella es la mayor de los primos del lado materno, la preferida de su difunta abuela. Antes de venir aquí, suplicó a sus padres que no le contaran nada al resto de la familia, pero seguramente su madre se ha desmoronado y se lo ha dicho a una de sus hermanas, que se lo habrá contado a los otros tres, que se lo habrán contado a sus hijos. Las tías y los tíos echarán la culpa a sus padres. O a su carrera de Humanidades, o al hecho de no haber acabado el doctorado, o de haber esperado hasta los treinta y siete para tener un bebé, o de haberse casado con un hombre blanco. Además, ¿qué clase de nombre es Gust? No debería haberse casado con un hombre guapo. Los hombres guapos no son de fiar. Ella vivía demasiado lejos de casa. Si hubiera vuelto al hogar, sus padres la habrían ayudado con la bebé. El gran problema han sido las decisiones que Frida ha ido tomando. Sus tías y tíos les dirán a sus hijos: «Si alguna vez haces algo así, me tiraré a un río».

Perdida en esa espiral culpable de hija de inmigrantes, no se da cuenta de que la señora Knight ha llegado a su mesa. Primero le pasa el micrófono a Linda, que da gracias por la escuela.

—Por todas vosotras. Mis nuevas hermanas. Sois todas preciosas. Todas vosotras, tías.

Van interviniendo alrededor de la mesa. Hay gratitud por la comida, por el cobijo, por las segundas oportunidades.

Teen Mom no levanta la vista de su plato. No ha dicho nada en toda la noche; solo ha consumido salsa de arándanos. Pide que se salten su turno. Impertérrita, la señora Knight intenta ponerle el micrófono en la mano.

—Quíteme de las narices ese micrófono, señora. ¿No hay ya bastantes normas de mierda?

—¡Meryl, ese lenguaje! Otro incidente como este y me encargaré de que la envíen a la charla grupal.

Teen Mom coge el micrófono y dice:

—Doy las gracias por la verdad.

Luego se lo pasa a Frida, que titubea y mira a Lucretia, como buscando orientación. Esta hace un corazón con las manos.

—Doy gracias por Emmanuelle —dice Frida—. Mi muñeca. Digo, mi hija. Mi preciosa y guapísima hija.

En la mesa siguiente, el trío de mujeres blancas de mediana edad se pone de pie a la vez. Se van pasando el micrófono y cada una completa la frase empezada por la anterior. Dan gracias por la señora Knight. Por la ciencia, por el progreso. Por las instructoras. Lucretia le dice a Frida que observe cómo les sonríe la señora Knight. Quizá esas tres ni siquiera son madres, dice Lucretia. Quizá trabajan para el estado. Quizá son topos. Se comenta la idea de lanzar panecillos hacia ellas, pero antes de que ninguna se decida, el numerito lameculos del trío de mujeres blancas se ve interrumpido por una brusca llamarada y el comedor se llena de olor a plástico quemado.

Interrogan a las madres. Se revisan las grabaciones de las cámaras de vigilancia. Aunque no se puede probar que el fuego fuese intencionado ni se ha identificado a la persona que derribó la vela, a la mañana siguiente hay docenas de guardias suplementarios.

El nuevo guardia del comedor es un joven rubio de cara rubicunda, con el cuerpo blando y fofo de un bebedor. Solo llevan cinco días en este mundo de mujeres, pero incluso Linda, que declara que el guardia es el hombre más blanco que ha visto en su vida, le lanza una mirada coqueta.

Las madres permanecen un poco más erguidas. Sueltan risitas, se ruborizan y lo señalan, pero el guardia del comedor se mantiene impávido ante sus miradas lascivas. Es comprensible, piensa Frida, que a un hombre no le atraiga nadie en una sala con doscientas mujeres que han maltratado a sus hijos.

Es Black Friday y las madres están malhumoradas e inquietas. Ahora deberían estar comiéndose los restos de Acción de Gracias, gastando el dinero que no tienen y acostándose tarde.

Lucretia dice que tendrían que provocar más alborotos. Así conseguirían más guardias. «Un año es mucho tiempo», dice. Quién sabe cuándo habrá clases mixtas, si es que llega a haberlas como prometió la señora Knight en la charla de orientación. Además, ellas no van a liarse con esos padres.

—No hay expresión que te deje menos húmeda que «mal padre» —dice Lucretia, haciendo con la mano el gesto de una flor abriéndose y cerrándose.

Podrían inundar un baño en Kemp. Podrían joder a las instructoras. A lo mejor algunas de esas plantas son venenosas.

Frida le dice que está loca, que piense en lo mal que lo pasarán sus hijos si ellas pierden la custodia. Beth y Meryl se burlan de Frida. Lucretia le dice que es una santurrona. Linda le dice que es una jodida niña modelo de la minoría asiática.

Discuten si deberían hacerle una mamada al guardia o más bien hacer que les coma el coño. La mesa se divide al respecto. La vehemencia que demuestran a esta hora de la mañana, a propósito de ese hombre tan poco atractivo, asusta a Frida, que no es inmune a los pensamientos obscenos. Ella ha echado de menos a Will, ha estado recordando su cuerpo, pensando en Gust y en otros amantes anteriores: el chico de pelo desgreñado de la universidad que le mordisqueaba los pezones; el rollizo director artístico de Nueva York que le hablaba demasiado a menudo de su padre muerto. Pero el deseo y la fantasía pertenecen a otra vida. A Will le dijo que no la esperara. Se levanta de la mesa mientras sus compañeras de clase continúan discutiendo acaloradamente si la mejor opción para no quedarse embarazada es el sexo anal.

Hay un nuevo guardia junto a las puertas de cristal de Morris Hall, un joven negro tímido y esbelto con ojos verdes de gato, barbita corta y una cara tan bonita como la de una chica. No es muy alto, pero el cuerpo que se adivina bajo el uniforme parece fornido. Algunas madres le saludan al dirigirse a las clases. Algunas agitan el pelo. Otras lo miran con descaro de arriba abajo. El guardia se ruboriza. Las madres hacen apuestas sobre a cuántas mujeres se follará hoy. No puede haber cámaras en todos los árboles. Hay un montón de edificios vacíos.

Frida se pregunta qué clase de chica le gustará. ¿Aguda y divertida como Lucretia? ¿Atormentada como Beth? A ella le gustan sus ojos verdes y sus labios gruesos.

Y

Las sesiones de terapia están escalonadas a lo largo del día. A las 10.45, Frida aguarda en el vestíbulo de Pierce, donde han puesto un arreglo de flores artificiales de Navidad sobre la mesa situada bajo la araña.

Se recuerda a sí misma que no debe hacer preguntas, solo llorar si le parece conveniente y hablar de Emmanuelle como si fuera su hija y no una muñeca. Mientras esperan, las madres charlan de naderías, dicen que se van con hambre a la cama, que el pavo no estaba tan malo dadas las circunstancias. Al fondo del vestíbulo, tras una puerta cerrada, una madre solloza desconsolada. Frida se angustia por ella, sea quien sea, y recuerda que el SPI catalogaba sus episodios de llanto. Dijeron que su dolor parecía superficial. Le dijeron a la jueza del tribunal de familia que sus posturas al llorar —su costumbre de taparse la cara con las manos y adoptar la posición fetal— indicaban que se estaba haciendo la víctima.

Aquí aún no ha llorado nunca, aunque las ganas de hacerlo son constantes. Por la noche tiene que hacer un esfuerzo para no taparse la boca con las manos. Desearía arrancarse las pestañas, morderse las mejillas por dentro hasta que le sangraran. Pero está aprendiendo a apreciar la oscuridad. La soledad. El agotamiento ha hecho que duerma mejor. En las últimas noches, ha dormido lo bastante profundamente como para recordar sus pesadillas.

A las once, la señora Gibson la acompaña a la antigua oficina de estudios en el extranjero de la universidad. El despacho de la terapeuta está pintado de color gris paloma y huele a antiséptico. Hay una balanza de la justicia sobre un archivador, un calendario de borrado en seco con códigos en rojo, montones de carpetas marrones y una serie de dispositivos móviles. Hay una cámara montada en la pared del fondo, apuntando hacia ella, que toma asiento, cruza las piernas y sonríe.

La terapeuta, una elegante mujer negra de mediana edad que lleva la bata rosa echada sobre los hombros, se llama Jacinda, pero Frida puede llamarla señora Thompson. Tiene una melena alisada hasta los hombros, un poco rala a la altura de las sienes, y unos lunares abultados en los pómulos. Habla con el diafragma y sonríe con amabilidad, murmurando y asintiendo en los momentos adecuados, mientras Frida responde a una serie de preguntas sobre sueño, apetito, estado de ánimo, si ha hecho amigas, si se siente segura aquí, cómo está llevando la separación de Harriet. Se pasan la sesión revisando sus deficiencias, empezando por su día nefasto y continuando hasta esta misma mañana. La terapeuta la insta a decir «Soy una mala madre porque...» y a completar la frase.

Le pregunta por qué no ha sido capaz de consolar a su muñeca. Cuando Frida responde que nadie lo ha conseguido, la terapeuta dice que eso no importa.

—¿Por qué tiene un concepto tan bajo de sí misma, Frida? —pregunta.

¿Es un problema de apego inseguro? ¿Una resistencia subyacente al programa? ¿A las muñecas?

—Sus instructoras me han dicho que sus abrazos carecen de calor. Dicen, y cito: «Los besos de Frida carecen del fervor del amor maternal».

—Lo hago lo mejor que puedo. Nadie nos dijo que trabajaríamos con robots. Hay mucho que asimilar.

—Estoy segura de que la señora Knight explicó en la charla de orientación por qué ha cambiado el sistema. Aquí usted practica con las muñecas; luego trasladará esas técnicas a su vida normal. Le recomiendo que no piense demasiado.

La terapeuta establece objetivos. Para la semana próxima, por lo menos cinco secuencias de abrazos efectivas. Mejor articulación de sus deficiencias. Reducción de estas. Más *maternés* juguetón. Un tono de voz más cantarín. Un recuento diario de palabras más elevado. Tiene que relajarse. Su temperatura y su ritmo cardíaco indican un nivel de estrés insostenible. Debe tener un contacto visual más frecuente y más significativo con Emmanuelle. Debe acariciarla con más delicadeza, con más cariño. Los datos recogidos por la muñeca indican un nivel sustancial de enojo e ingratitud. Cualquier emoción negativa dificultará sus progresos.

Durante la cena, hablan de sus fantasías. Qué guardia, qué día. Dónde. Una clase vacía, el cuarto de las escobas, un coche, el bosque. Qué harían si no hubiera cámaras ni valla. El que más les gusta de todos es el guardia de los ojos verdes. Lucretia cree que Teen Mom es la que tiene más posibilidades. Ese chico quizá solo tenga veinte años.

—Me recuerda a mi chico —reconoce Teen Mom—. Pero él es más alto. Mucho más alto. Y está mucho más bueno. Y tiene dientes más bonitos.

—¿Cómo sabes cómo tiene los dientes? —pregunta Lucretia.

—Me ha sonreído.

Beth y Lucretia sueltan un silbido y chocan esos cinco. Teen Mom les dice que cierren el pico.

Lucretia le pregunta a Frida qué guardia prefiere… Para follar, casarse o matarlo.

Ella no está pensando en los guardias. Aún sigue rumiando sobre la sesión de terapia. La escuela debe estar degradándolas para obtener su cooperación, así como los hombres con los que salía solían insultarla hasta que ella se odiaba a sí misma lo suficiente para abrirse de piernas. Quizás ellas necesiten sentir que son lo peor de lo peor para obedecer. Para creer que la única criatura que merecen cuidar es una muñeca; que no se les puede confiar ningún humano de la edad que sea, ni siquiera un animal.

—Para follar, a cualquiera —responde por fin—. Para casarme o matarlo, a ninguno.

—Cuidado con las calladitas. —Lucretia le da unas palmadas en la mano. Ella dice que para follar el guardia del comedor; para casarse, el de los ojos verdes; para matarlo, ninguno—. Pero pregúntame dentro de unos meses —añade, riéndose, y les cuenta que ella había empezado a tener citas otra vez cuando se llevaron a su hija.

Se preguntan si habrá habido algún incendio en la escuela de los padres. Frida les explica la idea de Helen de que las mujeres de bata rosa realizan algún tipo de fantasía de enfermera-cuidadora.

Beth lo cree posible. Cuando ella estaba en el hospital, tuvo un flirteo con uno de los médicos.

—Me besó una vez —confiesa.

Lucretia, normalmente sarcástica, se pone solemne.

—Y tú lo denunciaste, ¿no?

—No, no quería crearle un problema.

Era un médico mayor. Casado.

—Pero entonces volverá a hacerlo con otra. Tienes que denunciarle. Cuando salgamos. Prométemelo.

Beth le dice que no la presione. Parece a punto de llorar. Linda le dice a Lucretia que la deje en paz.

Para darle un respiro a Beth, Frida les habla de sus citas en Nueva York, de los diversos sociópatas con los que salió antes de Gust: esa serie de hombres bajitos, calvos y airados durante su primer año de universidad; o el humorista profesional que contaba chistes de empleados de restaurantes chinos cuando ella estaba entre la audiencia.

Acaban comparando historias, la edad a la que tuvieron relaciones sexuales por primera vez. Lucretia dice que a los dieciséis. Linda, a los quince. Frida, a los veinte.

—Vaya con la Frida Kahlo —se burla Lucretia.

Linda le pregunta a Frida si se casó con el primero. Ella no les explica que fue con el vigésimo séptimo. Siempre ha pensado que se desarrolló de forma tardía.

Beth y Teen Mom no han respondido.

—A los seis años —dice Teen Mom al fin—. Y no fue voluntario.

La sonrisa de Linda se evapora.

—Lo siento, chica.

Beth reconoce que a ella le pasó lo mismo. A los doce, el director de su coro. Su madre no la creyó.

Teen Mom dice que la suya tampoco. Le pasa un panecillo a Beth y alza la mirada hacia las demás.

—Bueno, ahora ya lo sabéis. ¿Os parece que ya hemos estrechado bastante nuestros putos lazos?

Para el privilegio telefónico del domingo, las madres acuden al laboratorio informático de Palmer Library, el edificio situado al este del jardín de rosas. El laboratorio, que está en la planta baja, es una sala de paredes blancas y techo abovedado verde con unas mesas manchadas de café. Las madres entran y salen a intervalos de diez minutos. Hacen cola en el vestíbulo en orden alfabético.

Frida aguarda en las escaleras. Estira los brazos, que aún le duelen después de participar en el grupo de limpieza. Ayer, la señora Gibson se presentó en su habitación antes de que sonara el timbre de la mañana y le dijo que se vistiera con ropa de abrigo. Esta será su nueva rutina los sábados. Ella, Teen Mom y otras doce madres se reunieron con la señora Gibson después del desayuno. Les dieron guantes, esponjas, cubos, fregonas y cepillos. Antes de empezar, la señora Gibson les hizo decir su nombre y su delito y qué cosas estaban mal en su hogar. Hubo historias de comida putrefacta y cubos de pañales rebosantes, de familias de ratones en las paredes y plagas de moho. Las infractoras más leves tenían fregaderos llenos de platos sucios, tronas pringosas, muñecos con manchas de comida, hedores que el SPI consideró molestos u ofensivos. Frida confesó la capa de polvo, el desorden, los alimentos revenidos y alguna que otra cucaracha.

La emparejaron con Deirdre, una madre blanca de Pennsport cuyo hijo de cinco años, Jeffrey, vive con su hermana. Cuando Frida le preguntó si fue solo el estado de la casa lo que la metió en un aprieto, Deirdre reconoció que su hijo tenía algunos morados. Que quizá le había pegado.

—¿En la cara? —preguntó Frida, apresurándose a juzgarla.

—Soy una mala madre —dijo Deirdre—, pero estoy aprendiendo a ser buena.

La actividad del grupo de limpieza, descubrieron enseguida, es meramente ritual. Resulta imposible para catorce mujeres limpiar todos los edificios que actualmente se encuentran en uso y cuidar las ochenta hectáreas de terreno no forestal. A Frida y Deirdre les encargaron fregar tres de los edificios de aulas. Tardaron veinte minutos en caminar hasta allí. Un guardia las supervisó para comprobar que no tocaban las muñecas. Descubrieron que no todas se guardan en cuartos de equipamiento. Algunas aulas se usan como almacén, con particiones de plexiglás para separarlas por edades. Las muñecas las miraban trabajar.

Ahora la señora Gibson acompaña a Frida a un ordenador libre. Ella lamenta no haberse anotado las cosas. Tiene que recordarle a Gust lo de las vacunas contra la gripe. Además, debería acudir a las jornadas de puertas abiertas de algunos parvularios y presentar solicitudes. También tiene que averiguar cómo están sus padres.

Se establece la conexión y, tras unos segundos, aparece bien enfocada la cara de Susanna. Lleva uno de esos suéteres rasposos de color marfil de Gust y sujeta una taza humeante de té. Se ha recogido su masa de pelo rojo en lo alto de la cabeza, asegurándola con un lápiz. Después de ver mujeres de uniforme toda la semana, su belleza resulta abrumadora.

A ella le da vergüenza que Susanna la vea así.

—¿Dónde está Harriet?

—Lo siento, Frida. Están durmiendo. Cogió un virus estomacal. Se ha pasado la noche vomitando. Gust también lo pilló.

—¿Se encuentran bien? ¿Podrías despertarlos? Por favor. Solo tengo diez minutos.

Susanna se disculpa de nuevo. Entiende lo importante que es esta llamada para todos, pero Harriet acaba de dormirse.

—Está muy malita. Yo me he tenido que ocupar de los dos. Estoy hecha polvo. ¿No podéis hablar la semana que viene?

—Por favor —repite Frida.

Discuten un rato sobre la importancia del sueño de Harriet frente a la importancia de esta llamada, sobre la cantidad de meses que pasarán hasta que ella pueda ver a la niña en persona. Susanna accede al fin a llamarlos.

Frida teme que se echará a llorar antes de que Harriet aparezca en la pantalla. Cuando quedan siete minutos, empieza a arrancarse las cutículas. Cuando quedan seis, se agarra la cabeza con las manos. Cuando quedan cinco, se tira de las cejas. Cuando quedan cuatro, oye la voz de Harriet. Gust se sienta ante el ordenador, con la niña en el regazo. Harriet tiene las mejillas rosadas. Siempre está más preciosa que nunca cuando acaba de despertarse.

Frida se disculpa por molestarlos y les pregunta cómo se sienten.

Gust dice que hay que desinfectar la casa entera. Harriet ha vomitado por toda la cuna.

—¿Has llamado al médico?

—Sabemos lo que hacemos, Frida. Puedo cuidar de mi hija.

—No digo que no puedas. Pero tendrías que llamar al médico —dice ella. Nota que Harriet está moqueando y que tiene cercos oscuros bajo los ojos. Parece más delgada—. Siento no estar ahí, peque. Enseguida podrás volverte a la cama. Es que necesitaba verte.

Quisiera soltar una retahíla de impecable *maternés*, pero al ver cómo Harriet asimila la nueva realidad, una madre en el ordenador, una madre con uniforme, una madre a la que no puede tocar, al ver cómo su carita se contrae, le llega a ella el turno de ponerse a llorar.

Harriet intenta escabullirse. Suelta gritos y hace molinetes con los brazos. La señora Gibson se acerca y baja el volumen.

—¿De veras tiene que hacer eso?

—Frida, por favor. Sea considerada con las demás. Le queda un minuto.

Gust susurra al oído de Harriet.

Frida dice:

—Te quiero, te echo de menos.

Dice:

—Galaxias. ¿Te acuerdas? Mami te quiere galaxias enteras.

La señora Gibson advierte a las madres que tienen cinco segundos.

—Despídanse ya, señoras.

Todas se inclinan sobre las pantallas. Todas alzan la voz.

—La próxima vez será mejor —dice Gust.

—Lo siento mucho, peque. Mamá tiene que irse. Que te mejores. Bebe más agua, por favor. Y ponte buena. Quiero que te pongas buena. Lo deseo con toda mi alma. —Frida se acerca más al monitor y hace un puchero.

Harriet deja de llorar. Abre la manita. Dice:

—Ma...

La pantalla se queda en blanco.

8

A Frida le resulta más difícil apreciar a Emmanuelle desde que habló con Harriet. Ahora nota todas las partes falsas: el olor a coche nuevo, el leve clic de su cabeza al girar, los chips de sus ojos, la uniformidad de sus pecas, la falta de vello en sus mejillas, las pestañas gruesas, las uñas que nunca crecen. Ella es una mala madre porque sus abrazos transmiten rabia. Es una mala madre porque su afecto es mecánico. Ya están en diciembre y todavía tiene que completar una secuencia de abrazos efectiva.

Las madres llevan once días de uniforme. Les están extirpando el deseo y la picardía. Sus compañeras ya han dejado de comerse con los ojos a los guardias. Ha habido altercados en la cola de las duchas, codazos y empujones en los pasillos, zancadillas e insultos, miradas asesinas.

Varios padres adoptivos, abuelos y tutores no respondieron a la hora acordada para la llamada. Unos porque no tenían ordenador o móvil; otros porque no tenían wifi. Hubo problemas de conexión y malentendidos, niños que se negaban a hablar.

El nuevo hábito de Emmanuelle es correr mientras llora. Es más rápida de lo que lo era Harriet en septiembre, aunque tal vez no más que ahora. Frida tiene la sensación de que está traicionando a Harriet con cada abrazo. Más para Emmanuelle, menos para Harriet..., ¿y cuánto hay en ella para repartir? Recuerda que se enfadó mucho cuando Gust se puso a hablar de conflicto de lealtades. Su familia *versus* su nuevo y glorioso amor. Su corazón dividido. La dificultad de la triangulación. Ella rompió dos copas la noche en la que Gust empleó ese término.

Esta mañana, el cielo está nublado, con ese tipo de luz tenue que hace que la piel de las muñecas parezca más real. Las muñecas corren a las puertas y ventanas. Aporrean los armarios cerrados. Abren los cajones. Las madres las persiguen. Las muñecas chocan. Los gritos aumentan de volumen.

La señora Russo corrige la posición de Frida. Debe arrodillarse, no agacharse ni tampoco inclinarse sobre Emmanuelle. Los niños deben ser tratados con respeto.

—Hay que ponerse a su altura —dice la señora Russo.

Le pide que vuelva a intentar la disculpa. Ahora con más sentimiento.

Están practicando el abrazo compungido. Esta semana las instructoras les han dado juguetes por fin: anillos y bloques para apilar, clasificadores de formas, animales de peluche; pero tras una hora de juego, cuando las muñecas empiezan a reír y el vínculo afectivo está al alcance de la mano, les vuelven a quitar los juguetes y las madres tienen que ganarse su perdón. Las instructoras han hecho esto cada mañana, desatando berrinches que duran el día entero.

Frida no se atrevería a decir que se ha acostumbrado al lugar, a los uniformes, a las clases, a las madres o a las muñecas, pero sí está habituándose a los dolores de cabeza. Aquí, el dolor por detrás de los ojos forma parte de la vida, igual que la piel reseca, las encías sangrantes, las rodillas y la espalda doloridas, la sensación de no estar nunca limpia o la rigidez de sus muñecas, sus hombros y su mandíbula. Ahora tiene una nueva compañera de habitación, Roxanne, una madre negra de poco más de veinte cuyo bebé de siete meses, Isaac, está en un hogar de acogida. Roxanne dejó a su sobrina de doce años cuidando a Isaac cuando la llamaron del trabajo un domingo. Un transeúnte vio a la niña paseando a Isaac en el cochecito delante del edificio de Roxanne y llamó a la policía. El bebé tenía solo cinco meses cuando se lo llevaron.

Roxanne es del norte de Filadelfia, estudiaba en la Universidad del Temple y acababa de empezar su último año. Ciencias políticas como materia principal, con una secundaria en Ciencias de la información. Ella no habla mucho de Isaac, pero le ha hecho preguntas a Frida sobre las etapas de desarrollo que se está perdiendo. Antes de que sucediera todo esto, Isaac estaba aprendiendo a sentarse. Pronto empezará a gatear. Roxanne le dijo que ella ha tenido suerte. Ha podido estar con Harriet un año y medio. Harriet reconocerá su cara, su voz. En cambio, ¿qué recordará Isaac de su madre? Nada.

Roxanne tiene unos ojos almendrados negros de aire escéptico, una nariz chata y unas rastas hasta la cintura con las que juega sin cesar. Es una mujer menuda y pechugona, con unas caderas tan estrechas que no se entiende cómo dio a luz a un bebé. Se cambia de ropa calladamente, se hace la cama en silencio, nunca quiere chismorrear y no deja que Frida la vea desnuda; pero, por desgracia para esta, habla y ríe en sueños. Cuando está dormida, su risa es abundante y encantada. Sus sueños, si Frida los interpreta correctamente, incluyen prados fragantes, arroyos de montaña y un pretendiente.

A Frida le gustaría poder reírse de esto con Will. Le gustaría contarle cómo Roxanne remueve las sábanas y sonríe en la oscuridad. Le gustaría decirle que estos edificios están impregnados de pena y feromonas, de hostilidad, de añoranza. Le encantaría contarle que es posible dejar de notar la tristeza, que el sonido del llanto de las mujeres ahora apenas parece un ruido de fondo.

Unas dicen que las muñecas necesitaban tiempo para acostumbrarse a ellas; otras dicen que todo el progreso se debe a las madres; otras aseguran que la cooperación de las muñecas ha sido programada para aumentar la competitividad. Sea cual sea el motivo, ha sucedido lo imposible: se han producido avances y se ha creado confianza. Las madres satisfacen las necesidades de sus muñecas.

El viernes por la mañana, Lucretia, la líder de la cohorte de Frida, consigue tranquilizar a su muñeca con un abrazo de ocho segundos y un saltito de dos segundos.

Las instructoras piden a la clase que observe. Tras silenciar a las otras muñecas, engatusan a la de Linda con un osito y a continuación se lo quitan. Linda, que ha engendrado y supuestamente descuidado a muchos hijos, entra en escena con rapidez y elegancia. Estruja a la muñeca contra su hombro mientras le dice cosas en español y en inglés. La sacude con movimientos enérgicos como si estuviera preparando un cóctel. Le da palmaditas. La muñeca se calma enseguida.

Linda dirige una mirada satisfecha a sus compañeras, deteniéndose particularmente en Lucretia.

Las madres cruzan los brazos, ladeando la cabeza y mordiéndose la lengua. Tiene que ser por chiripa. Ninguna criatura, ni siquiera una ficticia, puede sentirse segura con Linda.

La señora Russo le ordena que explique la estrategia de su abrazo.

—Hay que pensar como una atleta —dice Linda—. Es como si estuviéramos en los Juegos Olímpicos. Cada día hemos de luchar por el oro. El oro es mi familia. No puedo permitir que mis hijos crezcan sin mí. No quiero ser una zorra de tantas..., perdón, una de esas mujeres sobre las que oímos hablar.

En cuanto las descongelan, todas las demás muñecas corren hacia Linda. Ahora ella es la Flautista de Hamelin. La pastorcilla. Mamá Oca. Las instructoras le dicen que les dé indicaciones a sus compañeras, un desplazamiento de poder que desemboca en un almuerzo gélido. Lucretia llega hasta el extremo de echar sal en el café de Linda cuando está de espaldas.

Nadie quiere seguir los pasos de Linda, pero con su éxito *in mente*, y ante la vergüenza de ser superadas por la mujer que supuestamente metió a sus seis hijos en un agujero, todas se ponen a dar abrazos frenéticamente. Algunas abrazan como si apagaran un fuego. Otras como si estuvieran practicando lucha libre. Finalmente, Lucretia calma a su muñeca; luego Beth.

Tras cada avance, reflexionan en grupo. Las instructoras dicen que deberían interrogarse a sí mismas cada noche. Deberían preguntarse: «¿Qué he aprendido hoy? ¿Dónde tengo margen para mejorar?».

—Una madre es como un tiburón —dice la señora Russo—. Siempre te estás moviendo. Siempre estás aprendiendo, tratando de ser mejor.

Ya casi es hora de despedirse. Frida cuenta hasta seis, hasta ocho. Piensa en Harriet correteando por el parque, en Harriet agotada de tanto vomitar, en su hemorragia nasal, en la última vez que se tocaron. Dice: «Te quiero. Perdóname, por favor».

Emmanuelle deja de llorar. Ella no puede creerlo. Levanta la mano para avisar a la señora Russo. Examina la cara de la muñeca para ver si está mojada y seca las lágrimas que quedan. Le da a Emmanuelle un beso en la frente. Sus ojos se encuentran con una complicidad de madre e hija. Al fin están satisfechas. Y resulta mejor de lo que se había imaginado.

Han caído quince centímetros de nieve durante la noche. El campus adquiere un aire desnudo y encantado. Frida, Teen Mom y dos madres de otra cohorte reciben el encargo de abrir senderos con pala desde Pierce hasta los edificios de ciencias. Las madres han visto que el personal de mantenimiento utiliza sopladores de nieve, pero cuando preguntan sobre esos aparatos les replican con severidad. Los sopladores de nieve son un recurso sencillo, dice la señora Gibson, y los grupos de trabajo no son para ponerles las cosas fáciles.

La tarea de quitar la nieve se la han asignado únicamente a madres blancas y a Frida. Las madres negras y latinas que tienen que limpiar los baños rezongan descontentas. Con el aumento de la mala conducta, los turnos de limpieza se han ampliado. Ahora hay madres en la lavandería y madres limpiando la cocina y el comedor. Las que se han librado del castigo del sábado y no requieren adiestramiento adicional deben utilizar el día para hacer ejercicio, crear lazos comunitarios y escribir en sus diarios de expiación. Algunas instructoras confiaban en empezar grupos de costura y labores de punto, pero las administradoras han decidido que, después del incendio de Acción de Gracias, no pueden darles agujas a las madres.

Teen Mom se empeña en que Frida trabaje con la pala a su lado. Ella es del sur de Filadelfia, del extremo sur, casi en la zona del estadio de béisbol. A su modo de ver, Passyunk Square, donde vivía Frida, está lleno de gente pretenciosa con cortes de pelo absurdos, bicicletas de lujo, mochilas y perritos. Frida se cuida de no hablar mal del sur de Filadelfia o de la ciudad en general. Siente curiosidad por saber si el hecho de tener un bebé mestizo en una zona blanca del sur de Filadelfia provocaba alguna fricción, pero no lo pregunta. Cotillean sobre sus compañeras de habitación y las instructoras, sobre Linda, acerca de todas las madres que Teen Mom considera básicamente unas zorras, sobre si ayer aprendieron algo en clase, sobre si alguien ha aprendido algo aquí realmente. Teen Mom cree que las instructoras se meten con ella porque es la más joven. Su terapeuta dice que tiene problemas de ira, problemas de confianza, problemas de depresión, problemas de superviviente de abuso sexual, problemas de marihuana, problemas de madre soltera, problemas de abandono escolar, problemas de madre blanca de un niño negro. Los datos recogidos indican que Teen Mom odia a su muñeca. Ella no lo discute, aunque aclara que en realidad odia a todo el mundo.

Le pregunta a Frida cómo se sintió ayer al hacer algo bien. Ella fue la única que no logró que su muñeca dejase de llorar.

—Todavía no lo he asimilado.

Frida no reconoce lo mucho que disfrutó de los elogios de las instructoras, lo orgullosa que se sintió al ver que Emmanuelle estaba especialmente empalagosa. Cuando se despidieron, la muñeca suspiró y apoyó la cabeza en su hombro, un gesto tierno y sorprendente que erosionó buena parte de su resistencia.

Dice que las muñecas son imprevisibles. No sabe cómo se portará Emmanuelle el lunes. El avance, en todo caso, se produjo demasiado tarde para contar en los logros de la semana. La terapeuta cree que se está quedando atrás. Cuestionó su conducta durante la llamada del domingo. Acusó a Frida de actuar de modo distante con Emmanuelle. Las cifras de contacto visual eran bajas. Los índices de afecto, inconsistentes. Los besos, tibios. El *maternés* parecía estancado.

Frida teme estar siendo demasiado sincera con Teen Mom. Teme no haberle demostrado suficiente apoyo tras su confesión. Linda viene diciendo que ella y Frida, que son las adultas aquí, deben vigilar a Teen Mom y a Beth.

—Sobre lo que nos explicaste el otro día —empieza Frida—, te doy las gracias por confiar en nosotras.

—Uf, Dios mío. Beth no deja de sacar el tema también. No os lo conté para que todas me hicierais preguntas.

—Solo digo que eres muy valiente. Eres una superviviente.

—Ese término es una solemne estupidez. Mi madre también lo utiliza. Bueno, lo utiliza ahora.

—Lamento que ella no te creyera.

—Da igual. Ya lo he superado.

—Si necesitas hablar con alguien...

—En serio, Frida, déjalo. Basta de tratamiento por hoy, ¿vale? ¿Prometido?

Ella se disculpa. La nieve está húmeda y pesada; es como palear cemento. Terminan los cuatros tramos de escaleras de Peirce y saludan a las madres que se dirigen a limpiar los edificios de las aulas. Tienen la cara agrietada; la espalda y las rodillas, doloridas. Los ojos también les duelen de tanto guiñarlos ante el resplandor de la nieve. Teen Mom ha estado insinuando toda la mañana que tiene un secreto y acaba impacientándose con las conjeturas de Frida.

—Acércate más. No. Sin mirarme. No seas tan obvia. Escucha..., me follé a un guardia. A ese tan mono. Pero será mejor que no cuentes nada, o diré a todas y cada una de las zorras que hay aquí que intentaste besarme.

—Lo prometo.

Frida procura no mostrar su inquietud. Teen Mom y el guardia de ojos verdes follaron en el aparcamiento. En su coche. Frida pregunta cómo consiguió salir fuera. ¿No hay alarmas? ¿Focos? ¿Cámaras? ¿Otros guardias?

—Tía, eres muy inocente, ¿no?

—Usaste un condón, supongo.

—¿De veras crees que soy tan idiota?

Solo dejó que se la follara por el culo. El sexo en sí no fue nada del otro mundo. Él se corrió en dos minutos. Tiene la polla larga y estrecha. Sus besos son babosos, pero su pelo huele bien.

Frida se siente estúpida, celosa y vieja. Teen Mom tiene un

cuerpo como el de Susanna, flaco y larguirucho, pero con buenos pechos. Es mona como lo son todas las adolescentes, con un poquito de grasa infantil en las mejillas; tiene unos ojos castaños relucientes y una piel perfecta, sin poros. El pelo es lo único feo que hay en ella, de un gris oscuro deslucido, con las raíces rubias. Se entiende que el guardia escogiera a una adolescente, a una chica salvaje y dotada, terriblemente astuta.

Quisiera preguntarle si se besaron con lengua, si el guardia le metió los dedos mientras le daba por el culo, si era ruidoso, si empañaron primero las ventanillas. Quisiera saber estas cosas y que Teen Mom supiera que ella también fue una chica audaz en su momento, pero preguntar sería dar a entender que en realidad no ha cambiado, y el cambio es esencial, así que opta por preguntarle por su familia, si la echa de menos. No solo a su hija, sino a sus padres.

Teen Mom patea la nieve.

—¿Te cuento una cosa y ahora crees que puedes hurgar en todo?

No quiere hablar de ellos, dice que no es asunto suyo, pero luego reconoce que echa de menos a su madre. Nunca habían estado separadas hasta ahora. ¿Cuántos años tiene Frida? Su madre solo tiene treinta y cinco.

—Igual podríais ser amigas —dice Teen Mom, riéndose.

Su padre se largó cuando ella tenía tres años.

—Una lástima que no pudieran detenerlo y enviarlo a la cárcel de padres.

Su hija se llama Ocean. Ahora es su madre quien cuida de ella, pero el dinero para la guardería se está agotando. Ocean puede ser un demonio, le gusta comerse la tierra de las plantas. Encontraron las marcas de sus dientes en el jabón. Empezó a gatear a los cinco meses, y a caminar a los nueve.

—Era como una pequeña cucaracha. Le pegué algunas veces. Pero no es lo que crees. Solo lo hice cuando se portaba muy mal. —Señala a Frida con el dedo—. Y será mejor que no lo cuentes. Esa mierda no está en mi expediente.

Frida lo promete, pero está alarmada. Ella y Roxanne se han quejado de que junten a las madres que pegan con las que no pegan. Roxanne cree que lo que ella hizo, dejar a Isaac con su sobrina, e incluso lo que hizo Frida, no está al mismo nivel.

—Es como si la gente con cáncer fuera tratada igual que la gente con diabetes —comentó.

—Yo no quería quedármela —le dice Teen Mom a Frida—. Mi madre me obligó. Había una pareja que quería adoptarla, pero el padre me miraba de una forma rara. Hay gente que desprende malas vibraciones, ¿sabes? Y luego, cuando cambié de idea, se pusieron los dos como locos. La gente que quiere un bebé y no puede tenerlo pierde la chaveta.

Le pregunta a Frida cómo fue quedarse embarazada de mayor. ¿Ahora tiene todo aquello arrugado?

—Ya no puedes tener más, ¿no? Tú debes tener cuarenta, y entonces... —Hace el ruido de cerrar una cremallera.

—¿Quieres decir si...? Supongo que no. La niña cumplirá veintiún meses dentro de unos días, ¿sabes?

Los ojos de Frida se humedecen. En su móvil hay vídeos de cada cumplemés. Los vídeos los filmaba en parte para ella y en parte para sus padres. Sentaba a Harriet en la trona, decía qué día era y qué edad tenía, y luego le pedía a la niña un comentario. El último vídeo: «¡Hoy cumples dieciocho meses! ¿Cómo te sientes?».

Teen Mom ve que se seca los ojos; tira la pala, coge a Frida y le da un abrazo para calmarla, susurrando: «Bueno, bueno».

La señora Khoury y la señora Russo empiezan a cronometrarlas. Las madres calman a sus muñecas en dos horas, luego en una hora, luego en cuarenta y cinco minutos, luego en treinta minutos. El objetivo es acallarlas en diez minutos.

Llega el día de evaluación. Para el primer tema, como es tan extenso, habrá una evaluación adicional en enero. Las madres se sientan en círculo con las piernas cruzadas y las muñecas retorciéndose en sus regazos. Cada pareja ocupará el centro por turnos. Las instructoras evaluarán la combinación de besos, abrazos y afirmaciones. La calidad de los abrazos: demasiado largos, demasiado breves, justo el tiempo adecuado. Cuántos han hecho falta. La seguridad y la compostura de la madre. Cuánto tiempo ha tardado en calmar a la muñeca. Las calificaciones finales, las valoraciones escritas y los videoclips se introducirán en sus expedientes. Quien rebase los diez minutos recibirá un cero.

La señora Knight viene a observar, aunque tiene que visitar muchas más clases antes de la cena. «Ojalá pudiera clonarme», dice. Las instructoras se ríen con admiración.

Las madres las miran de soslayo, desdeñosamente. El otro día, Lucretia les preguntó si tienen hijos y la respuesta fue que no. La señora Russo dijo que es la madre de sus tres perros. La señora Khoury explicó que ella ejerce con sus sobrinos.

—No todo el mundo tiene la suerte de tener hijos —dijo la señora Khoury.

Ese cuestionamiento de su autoridad lo incluyeron en el expediente de Lucretia. Ella comentó a la salida que eran unas impostoras. Le dijo a Frida que aquello era como tomar clases de natación con una persona que nunca se ha sumergido en el agua. ¿Cómo puede comparar nadie una mascota con un hijo? Ser madre no se parece en nada a ser tía. Solo alguien que no tiene hijos puede responder de tal manera.

Las madres saludan con la mano a la señora Knight, que parece aún más inquietante durante el día. Algunas partes de su cara son como de dieciocho años; otras, de cincuenta. Tiene las mejillas rosadas y redondeadas de un bebé. Frida observa sus manos venosas cubiertas de pecas, su anillo de diamante. En la charla de orientación, la señora Knight les dijo que tenía cuatro hijas. Una es amazona. Otra está en la Facultad de Medicina. Otra trabaja como cooperante humanitaria en Nigeria. La otra estudia Derecho. O sea, que tiene experiencia sobrada en la crianza de mujeres de provecho.

La señora Russo se lleva a la muñeca de Lucretia al cuarto de equipos para hacerla llorar. Frida, Beth y Teen Mom le desean suerte cuando ella se sitúa en el centro del círculo.

Frida le dice a Emmanuelle que hoy es un día especial. «No te asustes», susurra. Desde los progresos de la semana pasada, ha pensado en Emmanuelle como si fuera una pequeña amiga. Una huérfana. Una niña abandonada. Quizá no es una hija ficticia, sino una hija temporal. Emmanuelle llegó a sus manos a causa de una guerra.

Ahora quisiera contarle que está pensando en la salud y la enfermedad. Harriet estaba demasiado malita para hablar el domingo pasado. Todos habían estado enfermos en la casa. Al final no les pusieron la vacuna contra la gripe. Gust dijo que la de este año solo tiene una eficacia del veinte por ciento. Susanna cree que la exposición a los gérmenes reforzará el sistema inmunitario de Harriet. A ella no le gusta lavarle las manos demasiado a menudo, no quiere que la niña se pierda los beneficios de la flora microbiana. En la escuela tienen grabado cómo alzó Frida la voz, llamando irresponsable a Gust y loca a Susanna, calificando de «basura naturópata» las reticencias de esta última respecto a la vacuna antigripal.

Las instructoras dejan que la señora Knight controle el tiempo. Identificar la causa del disgusto consume unos minutos preciosos. Las madres lanzan gritos de ánimo desde el círculo: «¡Tú puedes!», «¡Cógela!», «¡Sigue!».

Lucretia termina en nueve minutos y treinta y siete segundos. Beth y Teen Mom pasan de los diez minutos.

La señora Russo se lleva a Emmanuelle. Frida se coloca en el centro. Procura reunir todo el amor que es capaz de dar, el que le daría a Harriet si estuviera aquí. Desfrunce el ceño. Oye llorar a Emmanuelle. Se agazapa. Cuando revisen la filmación, su cara debe tener una expresión beatífica, como las madonas de Italia, con los brazos alrededor de sus bebés y las frentes bañadas de luz.

Las cohortes se dividen en dos grupos: las que han pasado y las que no. Frida pasó por los pelos con un tiempo de nueve minutos y cincuenta y tres segundos. Linda terminó en primer lugar. Seis minutos y veintinueve segundos, se lo cuenta a todas las que preguntan. A cambio de víveres y artículos de tocador, imparte consejos durante las comidas y diserta sobre estrategia antes de la hora de acostarse. A veces hay una cola de madres frente a la puerta de su habitación.

Han llevado un árbol de Navidad sin decorar a la entrada del comedor. El suelo alrededor está cubierto de agujas de pino. Las madres enfadadas se han dedicado a pelar las ramas.

Las fiestas inminentes proporcionan ideas para las clases de *maternés* intermedio y avanzado. Frida le habla a Emmanuelle de los inviernos de Chicago. De la nieve de efecto lacustre. No es como en Filadelfia, donde la ciudad entera cierra en cuanto caen cinco centímetros.

—Cuando yo era pequeña, la nieve me llegaba al hombro. Tenemos fotos de mi padre empujándome en una bañera de bebé. Se suponía que debía ser con un trineo.

—¿Un trineo?

—Es esa cosa que usan para deslizarse por una pendiente. La gente se sube con sus hijos, o sola, y se lanza cuesta abajo..., *fffsssss, fffssss.* —Reproduce el movimiento con los brazos.

Le habla a Emmanuelle de la Navidad, le explica el ritual de decorar los árboles y hacer regalos. No sabe cuál será la política de la escuela sobre Papá Noel, así que eso se lo salta.

—Mi familia celebra la fiesta en Nochebuena. Nadie les explicó a mis padres que los regalos se abren en la mañana de Navidad. Así que al día siguiente no teníamos nada que hacer. Solíamos ir al cine a ver una película.

—¿Pelí-cula?

—Una película es una historia que miras en una pantalla. Una historia imaginaria. Para entretenerte. La gente ve películas para huir de las preocupaciones. No te preocupes, no creo que tú lo necesites nunca. Tú tienes una mami que te entretiene.

Durante la semana siguiente, se instala una sensación de normalidad. Las madres hacen prácticas de lectura en voz alta con libros ilustrados de Navidad, Kwanzaa y Janucá. Frida le lee a Emmanuelle un libro sobre Rita, la Reno.

—Preste atención a la variación vocal —dice la señora Khoury.

Rita, la Reno, sus amigos renos, Papá Noel y Mamá Noel suenan todos igual—. Debe tratar cada frase como un estallido de luz, Frida.

Le dice que nombre las cosas y las personas de cada página, que vaya señalando las formas y los colores. Debe pedirle a Emmanuelle que le repita las palabras. Tiene que estimular su curiosidad con preguntas evolutivamente apropiadas, cariñosas y esclarecedoras.

—Recuerde que está construyendo su mente —dice la señora Khoury.

Pedir a las muñecas que se mantengan sentadas sin moverse durante la práctica de lectura representa una gran dificultad. Tal como les habían dicho, demasiados noes hacen que las muñecas se pongan a pitar como la alarma de un coche. Suenan alarmas por todo el edificio, sobre todo en el caso de las madres con muñecas más pequeñas.

Frida hace que Emmanuelle señale las cosas rojas de la ilustración: las narices de los renos, el traje de Papá Noel, las franjas de las barritas de caramelo. Le gustaría contarle a Emmanuelle que Harriet está en McLean, Virginia; que llevará un vestido rojo en la casa de los padres de Susanna.

Fue Susanna quien atendió la última llamada desde el coche. Estaba sentada detrás con Harriet, mientras Gust conducía. La conexión era mala. La cara de Harriet desaparecía todo el rato. Susanna la incitaba a decir que echaba de menos a mami, que la quería mucho, pero la niña no lo decía, aunque al menos sonrió durante unos momentos.

A ella nadie le había dicho nada sobre el viaje. Nadie le había pedido permiso. No habían comentado la idea de que Harriet conociera a la familia de Susanna. Ella no habría estado de acuerdo. Si se lo hubieran preguntado, le habría dicho a Gust que ya era suficiente con una familia blanca.

A medida que se acerca la Navidad, las muñecas se vuelven ariscas. El mal humor de una puede propagarse por todo el grupo como una fiebre. Emmanuelle desgarra una página entera de su libro de «levanta-las-ventanas». Cuando Frida le recuerda que trate con cuidado los juguetes y los libros, Emmanuelle la mira a los ojos y dice con tono impasible: «Te odio», marcando mucho las consonantes. Es su primera frase de dos palabras.

Aunque sabe que no es algo personal y que Emmanuelle no es humana, el insulto todavía le escuece después. «¿A ti también te ha pasado?», se preguntan entre ellas durante la cena.

Lucretia cree que las muñecas han sido programadas para que sean más difíciles de manejar durante las fiestas. «Como críos de verdad», añade, aunque, aparte de Linda, nadie sabe cómo son los niños pequeños en esta época. El año pasado, sus hijas eran bebés fáciles de aplacar.

Las madres llevan cuatro semanas de uniforme. Sus ciclos menstruales se están alterando. Las mujeres de bata rosa les dan compresas de hospital, pero solo dos por vez, de manera que las madres tienen que pedir más continuamente. No está claro qué daño podría representar para ellas o para la escuela que les dieran más. Sienten demasiado respeto por las madres del grupo de limpieza o por el personal auxiliar como para tirar nada en el váter.

En mitad del último acceso de hostilidad de las muñecas, Frida nota que le baja la regla y observa que Emmanuelle empieza a fruncirse. Se le forman hoyuelos en las mejillas y en el dorso de las manos. La muñeca se rasca la piel moteada.

—Duele —dice.

Frida la lleva a las instructoras.

—Vamos a enseñarle a mamá Frida cómo limpiarte —dice la señora Russo.

La muñeca parece aterrorizada, previendo con su llanto el dolor físico, el disgusto emocional y el daño psicológico a la vez.

Frida se queda durante el almuerzo. Las demás muñecas observan con miedo a la señora Russo, que trae una mesa de exploración con ruedas del cuarto de equipos y la cubre con una lona. Luego desabrocha el uniforme de Emmanuelle, la coloca boca abajo y la mantiene así. Frida le da un beso en la cabeza, recordando lo asustada que estaba Harriet antes de que le pusieran una inyección.

—Todo irá bien —dice.

La señora Russo le indica que desenrosque la rueda que Emmanuelle tiene en la parte baja de la espalda.

Frida mira a las cuatro muñecas petrificadas. Pregunta si no lo pueden hacer en otro sitio.

—No es nada que no hayan visto ya. —La señora Khoury le pasa un par de guantes de goma que le llegan hasta los codos. Debe tener cuidado, le dice: si el líquido azul entra en contacto con su piel, le provocará una erupción.

Si hay un abrazo compungido, ¿no puede haber también una caricia compungida? Frida se alegra de que no tengan que meter la mano en la vagina o el ano de la muñeca, pero cuando desenrosca la rueda y la señora Russo sujeta a Emmanuelle y le dice que no se mueva, se siente como una violadora.

El líquido azul tiene un olor pestilente y lechoso, pero con un brillo químico, como si la leche cortada se rociara con un aerosol de ambientador. A Frida se le revuelve el estómago. La señora Khoury le da un espéculo y le dice que ensanche el orificio. La muñeca da patadas, chilla contra la mesa.

—¿No la pueden apagar?

—Valoramos su inquietud, Frida, pero es necesario que el líquido esté a la temperatura adecuada.

La señora Khoury le pasa una linterna. Frida espera ver engranajes, cables, botones, filamentos, pero aquello que hace que Emmanuelle funcione, sea lo que sea, no se ve a simple vista. El líquido azul es denso y reluciente. Flotando encima, hay pepitas del tamaño de una pelota de golf.

La señora Russo trae cuatro latas vacías sin distintivos. Abre las tapas y saca una larga cuchara metálica con el borde dentado. El líquido será devuelto a la fábrica y reciclado para volver a usarlo. La señora Khoury trae un bidón metálico en el que Frida puede depositar el líquido estropeado.

Frida le pide perdón a Emmanuelle mientras extrae las bolas y las deposita en el bidón; luego saca el líquido azul cucharada a cucharada, procurando reprimir una arcada. Emmanuelle se ha quedado en una especie de trance. Es posible que Frida le esté infligiendo el peor dolor que ha sentido nunca, obligándola a disociarse de su cuerpo.

Cuando era una niña, a Frida le gustaba tenderse sobre el regazo de su madre para que le rascara la espalda mientras veían la televisión. A veces, su madre le limpiaba las orejas con una horquilla del pelo. Recuerda con qué delectación sonaba la voz de su madre —«¡Ah!»— cuando sacaba un trozo especialmente grande de cera. También el vago sonido de algo rodando cuando le empujaba un trozo más hacia el fondo. La sensación de la horquilla rascando su tímpano. Ella estaba dispuesta a quedarse sorda con tal de poder pasar más tiempo con su madre.

Emmanuelle no tendrá recuerdos semejantes. Frida examina la cavidad limpiada, que es metálica pero flexible y se mueve con la respiración de la muñeca. El líquido nuevo silba al contacto. Emmanuelle se crispa y abre la boca en un grito silencioso. Frida destraba el espéculo. La cavidad regresa a su tamaño normal.

—Creo que ya hemos terminado. ¿Estás bien, cariño?

Emmanuelle no la mira. Permanece flácida mientras Frida le pone el uniforme. Ahora su cara y sus manos vuelven a estar lisas. Las instructoras sorprenden a Frida pegando el oído sobre el pecho de Emmanuelle, cogiéndole la muñeca y buscándole el pulso. Sonríen y toman nota en sus dispositivos.

Emmanuelle se mantiene apática y reservada al día siguiente. Se niega a hablar. Tiene la mirada perdida. Ya no llora. Parece otra criatura completamente diferente. La señora Russo dice que es normal. Después de la limpieza, las muñecas pueden volverse más tímidas.

Las demás muñecas también se están frunciendo y llenando de hoyuelos. Durante las comidas, las compañeras de Frida se expresan con eufemismos, como si hablasen de sexo. Llaman «la cosa» a la cuchara dentada, «material» al líquido azul, y «el problema» a los cuerpos fruncidos de las muñecas.

Todas piensan que es una maldad hacer que las demás tengan que mirar. Beth ha oído gritos ahogados.

—Deberían habernos advertido de los efectos secundarios —dice Lucretia, refiriéndose a ese estado zombi.

Las sesiones de terapia de esta semana se han cancelado. Las madres no tienen a ninguna responsable con quien analizar el procedimiento o su sentimiento de culpa. No tienen a quién preguntarle si, al cambiar la constitución de las muñecas, están empeorando sus posibilidades de éxito.

Linda se ríe de ellas, diciendo que eso no puede ser peor que limpiar la mierda o el vómito de un bebé. Cuando su muñeca también se frunce, las demás se regodean.

—Espero que encuentre moho —dice Lucretia.

—Quizá tendrá que usar las manos desnudas —añade Beth.

Ella y Lucretia chocan los tenedores.

Linda se presenta para cenar cuando ya han retirado la comida. Las empleadas del comedor le dan una manzana y tres paquetes de galletitas.

—¿Alguien me ha guardado comida? —pregunta.

Sus compañeras ponen excusas.

Pasa otro fin de semana. Las llamadas del domingo se ven perturbadas por problemas de Internet. El lunes, las muñecas emergen del cuarto de equipos con la mirada perdida y vidriosa que tienen los supervivientes de un accidente. La muñeca de Teen Mom se ha quedado muda. Emmanuelle rehúye el contacto de Frida. El *maternés* de la cohorte alcanza un tono agudo insoportable mientras tratan de romper el hielo con las muñecas-criaturas que ahora las miran como si fuesen extrañas.

Frida lee un libro ilustrado sobre dos cerditos amigos íntimos, pero Emmanuelle la aparta y gatea hacia Lucretia y su muñeca. Frida y Lucretia miran atónitas cómo las muñecas se palpan mutuamente las caras y las manos, buscando hoyuelos.

—Pupa —dice Emmanuelle.

—Me hace daño —responde la muñeca de Lucretia, frotándose la barriga.

—Mami. —Emmanuelle alza la vista hacia Frida—. Ven, mami.

Para animar a las muñecas, las instructoras sorprenden a la clase con una hora al aire libre. Reparten trajes de nieve azul marino, gorros, mitones y botas. Abrigar a las muñecas requiere mucho esfuerzo.

La señora Khoury las lleva a una sección acordonada del patio. Los primeros minutos al aire libre resultan tranquilos porque las muñecas se limitan a respirar, asombradas por las nubes de aliento que salen flotando. Miran al sol. Lentamente se dan la vuelta y se dejan caer. Están viendo y tocando la nieve por primera vez, y tienen una expresión maravillada en la cara. Frida recuerda a Harriet atrapando copos de nieve, luego llorando cuando desaparecían.

Emmanuelle señala la nieve y pregunta:

—¿Come?

—No, no. —Frida le impide que se lleve la nieve a los labios—. Está hecha de agua. Agua congelada. Pero tú no comes agua. Yo sí, pero tú no. Seguro que te haría daño en la tripa.

—¡Yo come!

—Por favor. Juega con ella simplemente. No te la comas. No es buena para ti.

Linda y Beth están haciendo con sus muñecas monigotes de nieve. Lucretia le enseña a la suya a hacer un ángel de nieve. Su muñeca está inquieta, no quiere llevar gorro ni mitones. Cada vez que Lucretia se los pone, ella se los vuelve a quitar. Lucretia intenta razonar.

—Bichito, tienes que ponértelos para estar abrigada.

—¡No, no quiero!

—Te lo digo, cielito, te enfriarás. Haz caso a mami. Necesito que colabores. Me sentiré muy orgullosa de ti si colaboras. Sé que puedes.

La muñeca patea el suelo. Empieza a llorar; llora y grita hasta que Lucretia se da por vencida y deja que se quite el gorro y los mitones. La muñeca se tira al suelo, se pone boca arriba y se retuerce, tratando de hacer otro ángel de nieve. Lucretia le enseña cómo debe mover los brazos y las piernas al mismo tiempo en suaves arcos. A la muñeca se le llena el pelo y el cuello de nieve.

—Ojalá hiciéramos esto cada día —le dice Teen Mom a Frida.

El sol destella en las ventanas de los otros edificios de clases. A Teen Mom se le cae el pelo en la cara. Frida se lo recoge detrás de la oreja. Teen Mom tampoco quiere llevar gorro, por muchas veces que se lo recuerda Frida. El otro día estaban hablando de sus rutinas en casa. Teen Mom reconoció que rara vez llevaba a Ocean al parque infantil, ni siquiera cuando hacía buen tiempo. No soportaba cómo la miraban las otras madres.

—Esas miradas —dijo, agradecida al ver que Frida la entendía en el acto.

Con las manos desnudas, enseñan a sus muñecas a apilar la nieve bien compacta para hacer una base para el monigote. Emmanuelle le restriega nieve a Frida por la cara. La nieve escuece, y una parte se le cuela por el cuello, pero ella lo acepta complacida. Están reavivando la intimidad y el calor. Se alegra de estar aquí, se alegra al ver que Emmanuelle va volviendo a su estado normal. Están atareadas haciendo rodar la cabeza del muñeco de nieve cuando oyen un grito.

El tiempo de juego ha terminado. Las demás esperan en el pasillo mientras las instructoras intentan reanimar a la muñeca de Lucretia. Cuando las dejan entrar, encuentran a la muñeca tendida sobre el escritorio, con la cara cubierta por la bata rosa de la señora Russo. Ellas les tapan los ojos a sus muñecas. Ninguna está preparada para explicar la idea de la muerte.

Lucretia está sentada en el suelo, con la espalda apoyada en el escritorio. No levanta la vista cuando entran sus compañeras. La señora Khoury se lleva a la muñeca muerta, cuya cabeza oscila de un modo natural.

Las otras muñecas señalan a Lucretia y preguntan qué pasa.

—Triste, ¿por qué triste? —pregunta Emmanuelle.

—Está en *shock*.

Frida jamás había oído a un adulto gritar de esa manera. Quizás ella habría gritado aún más si le hubiera pasado a la suya, si le hubiera pasado a Emmanuelle.

La señora Russo se va a ayudar a la señora Khoury. Sin ninguna vigilancia, las madres rodean a Lucretia, le ponen la mano en el hombro, en el brazo. Las muñecas se abren paso entre el revoltijo de miembros. Incluso Linda le pregunta a Lucretia si está bien.

—¿Qué ha pasado, Lu? —pregunta Frida.

—No hemos jugado tanto rato. Ella ha dicho que tenía calor. Y se supone que hemos de escucharlas, ¿no? No iba a dejar que me reprendieran por los lloros. No soy una idiota. No dejaría jugar a mi bebé así, pero ellas no son…

Se interrumpe antes de decirlo: «Ellas no son reales».

Lucretia observa las caras de las cuatro muñecas. Lo han escuchado todo. Miran hacia el escritorio y hacia Lucretia sin su muñeca. Empiezan a llorar.

La muñeca de Lucretia no volverá. La enviaron al departamento técnico, ubicado en el antiguo centro de responsabilidad civil y social de la universidad. Los técnicos descubrieron que algunos componentes esenciales estaban averiados. El líquido azul se había congelado. Lucretia tendrá que reembolsar a la escuela los costes. Deberá empezar de cero con una muñeca nueva. Las instructoras trabajarán con ella en sesiones vespertinas especiales, fines de semana incluidos. Pero no hay garantía de que pueda ponerse al día. La creación de lazos puede llevar semanas.

Las instructoras la instan a iniciar su expiación. «Debería haber sido más juiciosa», dice Lucretia. «Yo nunca dejaría que Brynn…» Al mencionar a su hija real, empieza a llorar.

Las instructoras le dicen que se controle. Le dictan las frases que debe pronunciar.

—Soy una mala madre porque dejé que la nieve tocara la piel desnuda de Gabby. Soy una mala madre porque puse por delante el temor a un berrinche de mi hija que su seguridad y su bienestar. Soy una mala madre porque miré para otro lado.

La señora Russo la interrumpe.

—Si Lucretia no hubiera mirado para otro lado, se habría dado cuenta de que Gabby no se movía. Si Lucretia no hubiera mirado para otro lado, Gabby podría haberse salvado.

Y añade lentamente:

—Una madre nunca debe mirar para otro lado. —Hace una pausa, repite la frase y luego pide a las demás que la repitan con ella. Todas bajan la cabeza y guardan un momento de silencio por la muñeca fallecida.

Durante la cena, escuchan cómo están las finanzas de Lucretia: créditos de estudios, deuda de la tarjeta de crédito, tarifas legales. Si ahora también debe dinero a la escuela, tendrá que declararse en bancarrota. Y después de eso, ¿quién va a darle la custodia? Quizá debería abandonar. Tal vez tendría que permitir que los padres de acogida adopten a Brynn. De todos modos, es lo que parece que va a pasar.

—Deja de hablar así. Piensa en tu hija —exclama Linda.

—No me digas lo que tengo que hacer.

—¿Qué? ¿Vas a ser una rajada como Helen? ¿Vas a dejar que a tu hija la adopte una pareja blanca?

—Solo estoy hablando. No lo decía en serio.

—Has dicho que ibas a darla en adopción. Te he oído. Todas te hemos oído.

—Estaba procesando mis sentimientos. Déjalo ya, Linda.

Las madres de las mesas vecinas están escuchando. Teen Mom le dice a Lucretia que se calme de una puta vez. Frida le dice a Linda que deje de meterse con Lucretia. Luego extiende la mano para coger los cubiertos de esta y los quita de en medio. Si estuviera en su lugar, se sentiría tentada.

Linda no quiere parar de apabullar a Lucretia.

—Si me dices una palabra más, te juro… —le suelta ella—. ¿O debo recordarle a todo el mundo que tú eres la que metiste a tus hijos en un puto agujero? Deberías estar en una cárcel de verdad.

Frida le toca el brazo a Lucretia.

—Basta.

Linda echa atrás su silla, rodea la mesa y le dice a Lucretia que se ponga de pie. Las madres de las mesas vecinas enmudecen. Alguien suelta un silbido.

Lucretia la mira con incredulidad.

—¿Qué? Yo no voy a pelear contigo. Esto no es el instituto. ¿Es que tenemos catorce años?

Linda la pone de pie. Hay un forcejeo. Sus compañeras les dicen a ambas que paren. Linda es casi dos veces más ancha que Lucretia, y le saca bastantes centímetros. Podría imponerse fácilmente.

Algunas madres gritan:

—¡Vamos, Lu!

Al tratar de resistirse, Lucretia empuja a Linda. Las mujeres de bata rosa ven el empujón y cómo Linda cae al suelo.

Todos los guardias y las mujeres de bata rosa acuden corriendo. Frida, Beth y Teen Mom gritan que Lucretia se estaba defendiendo. Están dispuestas a testificar a su favor. Lucretia les dice que miren la grabación de las cámaras. Si la miran, verán que ha sido Linda la que ha empezado.

La señora Gibson se la lleva mientras todas siguen discutiendo. La cena termina más pronto. Las madres se preguntan en voz alta qué pasará ahora, aunque ya lo saben. La violencia supone la expulsión, y la expulsión supone la revocación de los derechos como madre.

Frida, Beth y Teen Mom vuelven a Kemp y comprueban si Lucretia está en su habitación. Buscan en los demás pisos. Teen Mom cree que deberían haber impedido que Linda hablara de más. Beth cree que tendrían que ir al despacho de la señora Gibson las tres juntas. Las instructoras deberían haber advertido y corregido a Lucretia cuando le quitó el gorro a su muñeca. Ellas notan cada error. ¿Por qué no la corrigieron?

Caminan hasta Pierce y se pasan la hora siguiente vagando por el edificio, llamando a un montón de puertas, tratando de encontrar a la señora Gibson. Luego vuelven a salir. Beth divisa a Lucretia en el jardín circular de rosas, junto al todoterreno de un guardia de seguridad. Va con su propia ropa, una chaqueta de esquí verdiblanca sobre una falda plisada, unas botas borgoña hasta la rodilla con tacón alto y un sombrero. Tiene un aspecto imponente, majestuoso.

Echan a correr hacia ella, aunque les entra nieve en los dobladillos del uniforme. Los guardias les dicen que se vayan.

—No vamos a causar problemas —dice Beth—. Solo queremos despedirnos.

Linda no está por ningún lado. Llegan más madres. Por una vez, no miran boquiabiertas ni chismorrean entre susurros. Frida, Beth y Teen Mom se disculpan ante Lucretia y le ofrecen sus condolencias, como si su hija se hubiera muerto. Se echan la culpa de todo. Ellas vieron cómo Gabby se quitaba el gorro. Tendrían que haber dicho algo.

—Lo siento mucho —dice Frida—. Debería haberte ayudado.

—Ya, bueno. —Lucretia se encoge de hombros.

A Frida le sorprende encontrarla tan tranquila, aunque quizás ahora no esté para lágrimas. Las lágrimas vendrán más tarde, cuando recuerde este día nefasto, tras este mes humillante; cuando se lamente toda su vida por la pérdida de su hija.

Frida abraza a Lucretia durante un minuto entero. Habría podido sucederle a cualquiera de ellas. Quiere preguntar adónde va a ir esta noche.

—No ha sido culpa tuya —susurra Lucretia. Luego añade—: No importa. Escuchad, más vale que terminéis todas vosotras. Todas, salvo Linda. Me da igual lo que le pase a ella. Pero el resto..., no se os ocurra cagarla. Si me entero de que alguna está causando problemas...

—Ya basta —dice la señora Gibson, ordenando a Frida y a las demás que vuelvan a Kemp.

Esta noche las luces se apagarán antes. Mañana es Nochebuena.

9

Ahora su clase se conoce como la de la muñeca muerta. Las demás madres mantienen las distancias con ellas en el camino hasta Morris. Frida desearía poder hablarle a Lucretia de los susurros, de las miradas. Ojalá pudiera contarle que han dejado su asiento vacío esta mañana, como homenaje, y que han echado a Linda de la mesa, y que algunas madres negras se han tomado la expulsión de un modo personal. La terrible experiencia ha unido a Teen Mom y Beth. Se han prometido que si una llega a ser expulsada, la otra abandonará.

Las instructoras no mencionan a Lucretia ni a Gabby, sino que comienzan la clase con una secuencia de abrazos de estilo libre, sin necesidad de contar.

Emmanuelle señala el lugar junto a la ventana donde Lucretia y Gabby solían sentarse. Frida dice que Gabby se ha ido al cuarto de equipos del cielo, quizás al cuarto de equipos de una fábrica de muñecas en China.

—Yo no dejaré que eso te pase a ti —dice, procurando sonar convincente.

Se da la vuelta y bosteza. Roxanne la tuvo despierta hasta muy tarde con preguntas imposibles: «¿Por qué no han castigado también a Linda? ¿Y si los padres de acogida no quieren quedarse a Brynn? ¿Cómo se las arreglará Lucretia para encontrar trabajo? Los padres expulsados quedan incluidos automáticamente en el registro. No podrá volver a enseñar nunca más. ¿Cuándo tiene que empezar a devolverle el dinero a la escuela? ¿Sigue estando obligada a pagarles si le van a quitar a su hija?».

—Lu debería ir a buscar a Brynn —dijo Roxanne—. Llevársela. Hay formas de hacerlo. La cosa no tiene que terminar así. Yo lo haría.

—Vale —dijo Frida—. ¿Y luego qué? ¿Tu hija te va a visitar a la cárcel? Qué plan tan brillante.

—Luego te extrañas de que no te cuente cosas.

Las instructoras llevan gorros de Papá Noel con campanillas. Han instalado en la clase cuatro puestos de cuidados maternales, cada uno con un cambiador, un cubo de pañales, una alfombra de trapo y una cesta con libros y juguetes. Ahora que han perfeccionado sus expresiones cariñosas, las madres deberán incorporar ese cariño a los cuidados básicos infantiles. Primero cambiarle el pañal a la criatura, luego acostarla.

La señora Khoury les muestra cómo desplegar un pañal limpio con un golpe de muñeca, cómo enrollar el pañal sucio en un pulcro paquete cilíndrico para que ocupe menos espacio en el vertedero.

Las muñecas no soportan estar boca arriba. No pueden tenderse del todo por culpa de la rueda azul. Las instructoras les dicen a las madres que no miren. Los genitales de las muñecas son extraordinariamente realistas: de cada orificio rezuma líquido azul de distinta consistencia; las orina y las heces ficticias son más apestosas que las reales. A Beth y Teen Mom las sorprenden exclamando: «Ecs». A Linda no parece importarle.

El cuerpo de Emmanuelle es liso y aburrido. Parece inapropiado estar mirándole los labios vaginales y separarle los pliegues de la vagina para ver si hay motas azules. A Frida le da rabia que Susanna conozca el cuerpo de Harriet tan íntimamente. Los sarpullidos del pañal le duran a la niña muchos días. Susanna pensaba que la crema para los sarpullidos que Frida solía preferir estaba llena de productos químicos que aumentarían el riesgo de que Harriet sufra párkinson y otras enfermedades degenerativas. Propuso una y otra vez que en las dos casas utilizaran cremas a base de plantas. Las discusiones sobre la crema para los sarpullidos escalaban con frecuencia hasta convertirse en peleas sobre amor y lealtad, acerca de en qué clase de persona se convertirá

Harriet. A Frida le asombra pensar que haya podido poner tanta pasión en una disputa sobre esos productos comerciales.

Aunque ahora solo hay cuatro muñecas, arman tanto alboroto como una docena de críos. Agarran los pañales, el líquido azul, la crema para los sarpullidos, las toallitas, sus vaginas. Cada cambio de pañal es una batalla. Las muñecas sorprenden a las madres por su vigor y su ingenio. Esa tarde, la muñeca de Teen Mom coge el tarro de crema y se lo arroja a la señora Russo cuando pasa por su lado; el tarro se estrella con fuerza en el pecho de la instructora. La muñeca se echa a reír, igual que Teen Mom.

La muñeca de Linda la imita y le da a la señora Russo un golpe en la espalda.

Frida se tapa la boca. Se le humedecen los ojos de tanto reír. Alza la mirada y ve que Beth está sofocando la risa. La señora Khoury las observa. La señora Russo les dice a Teen Mom y a Linda que hagan que sus muñecas se disculpen.

Las muñecas no están arrepentidas: se ríen y dan palmadas. La risa les sale del fondo de la garganta, o de las profundidades de sus circuitos, como si les hicieran cosquillas.

Frida le quita el tarro de las manos a Emmanuelle.

—No se tiran las cosas.

Las instructoras podrían ser lapidadas hasta morir con tarros de crema para el sarpullido. Si fueran las madres las que los arrojaran, quizá sería posible. Deberían hacerlo por Lucretia.

Cambian pañales cada media hora. Después de cada cambio, las instructoras congelan a las muñecas y las vuelven a llevar al cuarto de equipos para llenarlas de nuevo, cargándolas horizontalmente de dos en dos, como si fueran adornos de jardín u hogazas de pan. Esa repetición abusiva resulta tremenda para las muñecas. La piel del trasero se les pone roja y granulosa. Hacen muecas al caminar. El *maternés* apenas se escucha por encima de sus lamentos.

En otras clases están practicando el control de esfínteres, la higiene de baño y el tratamiento de la incontinencia nocturna. Las madres que trabajan el control de esfínteres lloran durante las comidas. Las que son madres de bebés y niños varones tienen que llevar protectores faciales. El rociado de orina no solo es molesto, sino peligroso. A una madre le entró líquido azul en la boca y tuvieron que llevarla a la enfermería.

Las fiestas no carecen de belleza. A la noche siguiente, tras una sobria cena de Navidad, las madres se reúnen en la escalinata principal de Kemp y escuchan cantar villancicos al trío de mujeres blancas de mediana edad. Las armonías que utilizan sugieren una experiencia previa en el canto a capela: *Noche de paz*, *El tamborilero* y *All I want for Christmas is you*. Su interpretación de *Edelweiss* resulta especialmente emotiva.

Frida está sentada entre Roxanne y Teen Mom. Tararean y oscilan siguiendo el compás. Las tres juntas cantan el estribillo: «*Bless my homeland forever*». Es el único verso que Frida se sabe. Una terapeuta musical tocó esa canción junto al lecho en el que su *ahma* agonizaba.

Frida contempla las caras de las madres, imaginándoselas como si fuesen niñas tristes y tímidas, vestidas con ropa que no hubieran elegido, con el pelo trenzado, rizado con rulos, envuelto en un pañuelo. Todas esperando, rebosantes de vida, pensando en la libertad. Frida añora la risa de su madre, las destrezas culinarias de su padre. Echa de menos a Harriet. Gust también tuvo a la niña la Navidad pasada.

Para dar tiempo a que el trasero de las muñecas se cure, la práctica de la siesta empieza temprano. Traen a la clase cunas y mecedoras. Las muñecas tienen que dormir una siesta cada hora. En el nivel inicial, la preparación deberá completarse en diez minutos. En el nivel intermedio, las madres tendrían que dormir a las muñecas en cinco minutos. En el avanzado, en dos minutos o menos.

—Dormidas como un lirón —dice la señora Russo, chasqueando los dedos.

Frida le pide a Emmanuelle que note la hora que es.

—Ahora toca dormir la siesta. ¿Qué pasa durante la siesta? Descansamos. Tienes mucho sueño.

Emmanuelle no está de acuerdo.

Frida siente que está olvidando la sensación de la piel de Harriet. Sus gorgoritos, su húmeda risa. La curva perfecta de su frente. El dibujo de sus rizos.

Es Nochevieja. El año pasado, Gust y Susanna aparecieron sin avisar de camino a una cena. Gust quería acostar a la niña.

Frida nunca se resistía a estas peticiones, que solían producirse sin previo aviso. Recuerda a Susanna inclinándose para darle un abrazo, mientras Gust estaba arriba con Harriet; luego examinó sus estanterías de libros. Esa noche llevaba un vestido escotado de satén verde y una cinta de terciopelo negro alrededor del cuello. Le propuso que fueran a tomar un café algún día, ellas dos solas.

—Me gustaría que fuésemos amigas —dijo Susanna—. Gust siempre te pone por las nubes. Solo quiero que sepas, Frida, que te considero muy valiente. Lo hemos hablado a menudo. Admiro tu fortaleza.

Frida recuerda que miraba fijamente la cinta, el cuello pálido y elegante de Susanna, cómo deseaba que esa siniestra escena se hiciera realidad: tirar y tirar de la cinta hasta que Susanna se quedara sin cabeza.

A la semana siguiente, Frida se entera de que Harriet ha perdido peso. Sus mejillas se han hundido. Susanna ha estado reduciendo la ingesta de carbohidratos de los tres, sustituyéndolos con vegetales, proteínas magras y grasas. Han empezado una dieta sin gluten. Lo primero que hace Susanna con sus clientes es eliminar el trigo. Todo el mundo es un poco intolerante al trigo. El trigo hincha. Después de las fiestas estaban todos muy hinchados.

Las visiones de Susanna decapitada reaparecen. A principios de enero, la escuela graba a Frida diciendo: «¿Cómo te atreves? ¡Ella no necesita desintoxicarse! ¡Es solo una criatura!». ¿Han consultado al pediatra? ¿Cómo ha permitido Gust una cosa así? Pero su exmarido no fue de ayuda. Dijo que Harriet estaba padeciendo dolores de barriga, que su digestión había mejorado. Ahora que comen bien, los tres se sienten mejor.

La terapeuta consideró que Frida había reaccionado exageradamente; su tono no fue respetuoso y su enfado resultó injustificado.

—Su hija está cambiando —dijo la terapeuta—. Siempre es una experiencia agridulce para los padres. Tiene que aceptarlo.

Todos los niños acaban perdiendo sus mejillas rollizas. Harriet debe estar atravesando una etapa de crecimiento. Tal vez esté ahora más activa. ¿Cómo puede utilizar Frida expresiones como «matarla de hambre»? Gust y Susanna jamás le harían daño a Harriet. Al fin y al cabo, ella solo habla con la niña unos minutos a la semana.

—¿Cuánto sabe en realidad sobre su vida ahora mismo? —le preguntó la terapeuta.

Frida sabe que no está imaginando cosas. Harriet puede digerir el trigo perfectamente, y se supone que el adorable periodo de barriguita y mofletes aún no ha terminado. Ella deseaba decirle a la terapeuta que Harriet ha tenido esos mofletes desde que nació, que su cara redondeada la definía, la hacía parecer más china. Como ella. Como la madre de Frida.

Durante el nivel intermedio de las prácticas, su imaginación se desquicia. Imagina que Harriet pide pan y que se lo niegan. Se la imagina en los huesos. Susanna entorpecerá el crecimiento de Harriet, dificultará su desarrollo cerebral, le provocará un trastorno alimentario, le enseñará a odiarse a sí misma antes de que sea capaz de formar una frase completa. El odio a sí misma podría inducir ideas suicidas en la Harriet preadolescente. Y las ideas suicidas podrían llevarla a autolesionarse. ¿Por qué no dispone de ningún medio para denunciar a Susanna? Es ella la que está causando daños duraderos.

La lucha de la siesta tiene a todas las madres crispadas. Frida vuelve a mordisquearse las cutículas y duerme solo tres horas por la noche. Le irrita todo lo que hace Emmanuelle. Se ha atrevido a quejarse de ella a Roxanne, arriesgándose a que esas quejas sean oídas en la cola de la ducha o en el trayecto hasta el comedor.

Tras un día especialmente complicado, le dice a la muñeca:

—Mami no quiere jugar. Ahora no. Es hora de la siesta. Cierra los ojos, por favor.

Cuando Emmanuelle replica, diciendo: «No, no y no», Frida se quiebra. Mete la mano en la cuna y le pellizca el brazo con fuerza, dejándole marcas en su carne de silicona.

—Oh, Dios mío —exclama, retrocediendo.

Las instructoras no se han dado cuenta todavía. Sus compañeras están ocupadas. Emmanuelle no se pone a llorar inmediatamente. Pasea la mirada de su brazo a las manos de Frida, y de ahí a la cara de Frida. Su boca se abre en una gran «O» de sorpresa y desolación.

La charla grupal está destinada a las madres cuya conducta en la clase incurre en un *continuum* agresivo, desde pequeñas explosiones como la de Frida, hasta el caso de las madres que amenazan a sus muñecas con los castigos que imponían a sus hijos. El grupo se reúne en el gimnasio después de cenar. La cantidad de madres varía cada noche, en función de las infracciones del día, y suele aumentar en torno a las fiestas y los cumpleaños de sus hijos, antes de las evaluaciones y cuando las madres tienen el síndrome premenstrual. Esta noche hay diecisiete mujeres, incluida Frida. Se sientan en un rincón iluminado, en frías sillas metálicas dispuestas en círculo. El efecto de la luz que brilla en lo alto, en medio de la oscuridad, resulta estridente y chabacano. Podrían ser actrices de una película de terror o del vídeo de *hip-hop* más triste del mundo.

La señora Gibson modera la charla. Las madres deben decir su nombre y su delito, analizar su conflictivo pasado y reflexionar sobre el daño que les han causado a sus hijos y a sus muñecas. El comportamiento pasado es el mejor indicador del futuro comportamiento. Presumiblemente, las raíces de sus transgresiones surgen de una historia problemática. Tal vez están sucumbiendo a viejos patrones de conducta que la escuela las ayudará a modificar. Después de sus confesiones, las madres deben repetir el mantra de la charla grupal: «Soy una narcisista. Soy un peligro para mi hijo».

Entre las confesiones de algunas madres figura la prostitución, la pobreza, la adicción (la mayoría a la marihuana; algunas a los opiáceos), el tráfico de drogas, la indigencia. Muchas son alcohólicas, incluida una de las mujeres blancas de mediana edad, Maura, una morena bien conservada de voz susurrante, que empezó a beber a los once años. Robaba y bebía. Andaba con adolescentes, se despertaba cubierta de tierra y sangre. Tiene cinco hijos. Entre risas, dice que todo lo hace alcoholizada. Está aquí por problemas con su hija menor, Kylie, de trece años.

—Ella me llamaba vieja borracha. Y yo le daba un sopapo. Siempre me amenazaba con denunciarme; cierto día, mientras yo estaba en el trabajo, llamó a la línea de ayuda. El SPI encontró cortes en sus muslos. Yo no sabía que se estuviera cortando. Ella les dijo que yo la había inducido a hacerlo.

Hace una pausa.

—No debería haberla tenido. Me quedé embarazada cuando su padre y yo ya habíamos decidido separarnos. —Maura titubea—. La quemé una vez, cuando tenía cinco años. Le puse un momento el cigarrillo en el brazo.

Recorre con la vista el grupo, que la mira con horror, y luego sonríe cálidamente.

La señora Gibson le pregunta cómo se siente ahora respecto a esos maltratos: las bofetadas, la quemadura.

—La quemé solo un poco —aclara Maura—. No hagamos que suene peor de lo que fue.

Hoy, Maura y su muñeca estaban practicando la negociación de la hora de acostarse. A las muñecas preadolescentes les han dado teléfonos móviles. La muñeca de Maura estaba en la cama jugando con su dispositivo, y al final le ha apartado las sábanas de un tirón y la ha amenazado con darle un guantazo.

—Eso es todo. Soy una narcisista. Soy un peligro para mi hija.

Las madres le dan las gracias por compartir su historia con ellas. A continuación escuchan a Evie, una hija de inmigrantes etíopes que tiene una cara estrecha, una expresión sombría y delicada, así como unas manos de tamaño infantil. Evie dice que su niñez fue feliz. Su error resultó dejar que su hija, Harper, volviera sola a casa desde la biblioteca. Su hija de ocho años. «No, un momento. Acababa de cumplir nueve.» Dirige una triste sonrisa a las otras madres.

—Hay unas cuatro manzanas entre nuestra casa y la biblioteca. Quizá son diez minutos caminando a su paso. Ella quería ir sola. Los niños de nuestro barrio lo hacen continuamente. La gente vigila, se protege entre sí. Si a alguien le parecía mal, podría habérmelo dicho. No tenía por qué avisar a la policía. —Evie baja la mirada al suelo—. La encontraron cuando estaba a una manzana de casa.

La señora Gibson cree que no muestra el remordimiento suficiente. ¿Dónde se ha visto que una niña de ocho años pueda ir a cualquier parte sin que la acompañen?

—Mire, señora —dice Evie. Se muerde el labio. Adopta un tono monocorde—. Tomé una mala decisión. La puse en peligro.

—Excelente, Evie. ¿Y qué la trae hoy por aquí?

—Mi muñeca dice que la he empujado. Pero yo no la he empujado. Se ha caído sola. Ha sido un accidente.

—Sus instructoras han visto cómo la empujaba, Evie.

—Compruebe la grabación. ¿No lo tienen todo grabado? Se lo estoy diciendo, ella se lo ha inventado.

Discuten sobre si las muñecas son capaces de mentir y si son manipuladoras como los niños de verdad; hablan acerca de si, al hacer esta acusación contra su muñeca, Evie está demostrando la fragilidad del vínculo que tienen y su falta de compromiso con el programa. Evie dice que ha consolado a la muñeca: su abrazo para calmar una herida física ha funcionado en cuestión de segundos. Sus cifras de afecto han sido buenas hasta ahora. En la evaluación, quedó la primera.

¿Por qué la señora Gibson le hace pasar un mal rato cuando todo lo que hizo su hija fue caminar unos minutos por el barrio, cuando lo único que ha hecho su muñeca es caerse?

—No es que haya quemado a nadie —dice.

Las madres inspiran sobrecogidas. Maura mira a Evie con furia, quien mira con furia a la señora Gibson. Hay un revuelo de piernas que se cruzan, en tensión.

—Señoras, recuerden que este es un espacio seguro —dice la señora Gibson.

El novio de una de las mujeres le rompió el brazo a su hija.

En el hospital dijeron que había sido un accidente. El novio violó su libertad vigilada y ahora está en la cárcel. La madre está aquí por mentir para encubrirle y por no proteger a su hija. Otras madres confiesan haber usado fuego, correas, tenacillas, planchas. Una madre pegó a su hijo de diez años con una balanza, dejándole un ojo morado.

Frida deja que le resbalen esas historias. La primera vez que Harriet se quedó a dormir en casa de Gust y Susanna, a ella le entraron ganas de darse un martillazo en el pie, de dar martillazos en la pared. ¿Qué se suponía que debía hacer con ese sentimiento? Hoy la rabia la ha consumido por completo.

Mira las botas de las madres; observa las diferentes formas de atarse los cordones, quién tiene deshilachados los dobladillos del uniforme, quién los lleva manchados de barro. Es 11 de enero: el día en que Harriet cumple veintidós meses.

Cuando llega su turno, les habla a las demás de su día nefasto, de su depresión, de Susanna, del divorcio.

—He pellizcado a mi muñeca. Durante la práctica de la siesta. Es que he estado alterada. La novia de mi ex ha puesto a dieta a mi hija. Le están quitando los hidratos de carbono. Ya sé lo increíblemente estúpido que suena, pero es algo peligroso. Sus mejillas... —Le tiembla la voz. Se seca las lágrimas—. Debería estar ganando peso, no al revés. Hoy he perdido los estribos. No pretendía desquitarme con mi muñeca.

Las madres de la charla grupal la acogen como a una de las suyas, murmurando: «*Hmm*, sí, mami».

La mujer que golpeó a su hijo con una balanza dice:

—En mi caso, la cosa también empezó así.

La madre sentada junto a Frida, la que quemó a su hijo con unas tenacillas, le da una palmadita en la rodilla. Maura, la madre alcohólica de cinco hijas, le sonríe con amabilidad.

—¿Y usted cómo se ha sentido al pellizcar a Emmanuelle? —pregunta la señora Gibson.

—Fatal. Como un monstruo. Yo nunca he pellizcado a Harriet. No soy esa clase de persona.

La madre que tiene al lado pone los ojos en blanco.

—Pero…

Frida frunce los labios.

—Pero soy una narcisista. Soy un peligro para mi hija.

Plantada junto al escritorio de la clase, y guiada por la señora Khoury, Frida expone sus defectos. Es una mala madre por pelearse con sus «copadres». Es una mala madre por malgastar sus privilegios telefónicos de los domingos. Es una mala madre por no entender los límites del papel que actualmente tiene en la vida de su hija.

—La ira es la emoción más peligrosa de todas —dice la señora Khoury—. No hay excusa para la violencia contra un niño.

La terapeuta de Frida piensa que ella es la responsable de su propia desgracia. Está consternada por la espiral descendente de su conducta: el pellizco, la charla grupal. La señora Gibson dijo que Frida no escuchaba a las demás mujeres, que parecía reacia a participar en la cadena de abrazos.

Ella tenía ganas de decir que la cadena de abrazos fue la parte más estúpida de toda la velada. Al final de la sesión, la señora Gibson le dio un abrazo a la madre de su derecha, quien pasó el abrazo a la siguiente. Luego se cogieron de las manos y terminaron con el mantra de la escuela: «Soy una mala madre, pero estoy aprendiendo a ser buena». Repitieron la frase tres veces, como si fuesen la Dorothy de *El mago de Oz* tratando de volver a casa.

Anoche estuvo a punto de revelar más. La señora Gibson quería que hablara de su infancia. ¿La habían abandonado cuando era una niña? ¿Abandonar a Harriet fue el resultado de un trauma intergeneracional?

Aunque ahora ella y su madre tienen una relación estrecha, aunque su madre empezó a ablandarse hacia los cincuenta, de niña Frida sentía a veces un escalofrío. Ella inventaba sus propias explicaciones, se culpaba a sí misma, pensaba que su madre no la quería. A su madre no le gustaba estar con ella, no le gustaba tocarla. Tenía que suplicar para que le dieran un abrazo. Se sentía un estorbo. Su padre y su abuela siempre le estaban diciendo que dejara en paz a su madre.

No se enteró del aborto de su madre hasta que ella misma estuvo embarazada. El bebé varón que murió a los seis meses de gestación. Frida tenía entonces dos años, era demasiado pequeña para acordarse de la barriga abultada de su madre. No había fotos de ese embarazo en los álbumes familiares.

No sabe si sus padres ansiaban un niño, si llegaron a ponerle nombre, qué hicieron con sus restos, si todavía hacen algo para marcar la fecha de su muerte, si alguna vez hablan de él. Ella fue lo suficientemente sensata como para no preguntar.

Su madre le advirtió de que no hiciera demasiado ejercicio, que no levantara ningún objeto pesado, que controlara el estrés. Los médicos habían atribuido su aborto al estrés, le dijo, por injusta que resultara semejante explicación.

Esa conversación telefónica fue solo la tercera ocasión en la que Frida oyó llorar a su madre. Al saber lo del aborto, se disculpó por todas las veces en las que había protestado por ser hija única. Ese había sido un tema delicado cuando estaba en primaria. Gritaba: «Pero ¿cuál es tu problema?». Sus compañeras tenían madres que les daban hermanos. Frida pensaba que, como ella era una hija mala e ingrata, su madre no quería tener otra criatura parecida. A la señora Gibson le habría encantado esta historia. Pero la culpa de todo no ha sido de su madre, sino suya. El niño espectral de su madre, su hermano fantasma, no figura en su expediente.

Si Emmanuelle quiso alguna vez a Frida, ahora ya no la quiere. El brazo de la muñeca todavía está marcado. Las instructoras han optado por no enviarla a reparar. La marca es solo superficial, y el departamento técnico está sobrecargado de trabajo; además, dejar la marca servirá para que Frida reflexione sobre las consecuencias de sus actos.

Emmanuelle murmura: «Te odio, te odio», mientras ella canta canciones de cuna.

La temperatura de Frida sigue siendo elevada. Sus niveles de ira aumentan. Se mantiene triste y ensimismada. Harriet ha estado llamando «mami» a Susanna. Se le escapó durante la última llamada. Mami Sue-Sue.

Gust y Susanna se sintieron incómodos.

—A veces lo dice —apuntó Gust—. No creo que debamos darle mucha importancia. —Harriet no ha visto a Frida en persona desde noviembre. Ve a Susanna todos los días—. Nadie pretende herirte —añadió.

Susanna se llevó a la niña mientras sus padres discutían. Frida dijo que aquello era inaceptable. Tenían un acuerdo. Susanna es Sue-Sue. Solo ella es mami.

—No quiero imponerle más restricciones —dijo Gust.

Le pidió a Frida que se calmara. ¿Era necesario discutir sobre palabras? Cuando Frida encuentre un nuevo novio más adelante, a él no le importará que Harriet lo llame «papi».

Mientras las muñecas duermen, las madres meditan sobre sus faltas. En la preparación para acostarse y en la gestión de pesadillas, se aplica el mismo protocolo que en la hora de la siesta, pero ahora las muñecas se despiertan dos veces dentro de cada ciclo de cuatro horas.

Esas secuencias en las que fingen acostar a las muñecas le dan a Frida demasiado tiempo para pensar en la pérdida de peso de Harriet, en el hecho de que llame «mami» a la mujer equivocada, en cuántos meses quedan aún.

Las instructoras detectan una falsa ternura cuando Frida se asoma a la cuna. Los datos de la muñeca corroboran su impresión. Si el rendimiento de Frida no mejora, si no pasa la próxima evaluación, la terapeuta suspenderá sus privilegios telefónicos.

La señora Russo piensa que sus cuentos para dormir a la muñeca carecen de profundidad.

—Lo que no puede hacer, Frida, es que la vaca llegue a la Luna de un salto y ya está. Debe hacer que la vaca considere su lugar en la sociedad. Si está contando la historia de Caperucita Roja, debe hablar de las clases de bosques, del tipo de comida que lleva en la cesta.

Mientras habla, la señora Russo reproduce con mímica el trayecto de Caperucita por el bosque.

—¿Cómo se sentía Caperucita mientras caminaba? Hágale preguntas a Emmanuelle sobre esto. Interactúe con su pensamiento. Usted le está enseñando a ser una niña. Recuerde: todo lo que ella aprenda sobre la niñez vendrá de usted.

A finales de enero, la preparación para acostarse incluye un cambio de pañal, el pijama, un biberón de líquido azul y el cepillado de dientes. Cuando la muñeca se despierta, su madre debe calmarla de su pesadilla y volver a dormirla en diez minutos, luego en ocho, luego en cinco.

Harriet apenas habló durante la última llamada. Nada de mami Sue-Sue, pero tampoco nada de mami. No quería mirar la pantalla. Sus mofletes se habían reducido aún más.

En la próxima llamada, Frida le dirá a Harriet que ella lo está recordando todo. Se pone a prueba cada noche. Qué cambios se produjeron durante qué meses. Cuándo pasaron los ojos de Harriet del azul pizarra al gris azulado, luego al castaño, luego al marrón. Cuándo su pelo se oscureció y empezó a rizarse. A los catorce meses, empezó a andar. A los quince, aprendió a caminar hacia atrás. Comenzó a hablar. Su primera palabra fue «hola». A los dieciséis meses, empezó a bailar. A los diecisiete, sujetó una cuchara. En la memoria de Frida, Harriet gana sonido y sentido. Se vuelve humana.

El día de la evaluación, Frida, Beth y Teen Mom aguardan en el pasillo mientras examinan a Linda. Beth propone que se apiñen las tres.

—Hoy va por Lucretia —dice.

—Por Lu. —Las tres juntan las manos.

A Frida le toca después del almuerzo. Pone a Emmanuelle en

manos de la señora Russo y se sienta en la mecedora. La señora Russo vuelve con la muñeca llorando. La señora Khoury pone en marcha el cronómetro. Emmanuelle arquea la espalda y grita de forma desenfrenada. Es un grito de amor perdido, de familias desgarradas por la guerra, un grito por la tierra y sus desastres naturales. Por la falsedad de su cuerpo y por lo mucho que debe sufrir sin crecer nunca.

Las madres disponen de una hora. La cara de Frida se congestiona igual que la de Emmanuelle. También ella siente que la desesperación se desborda. Susanna ahora habla de Harriet como de «nuestra» hija.

—Debes dejar de tratarme como a una enemiga —le dijo.

Frida calma los gritos de Emmanuelle hasta un ronco gorgoteo mocoso. Hace el cambio de pañal y de pijama. Durante el cuento para dormir, Emmanuelle arroja el biberón al suelo. Frida olvida limpiarle las gotas azules de la barbilla. Cuando tiene que cepillarle los dientes, la muñeca muerde con fuerza el cepillo y se niega a soltarlo durante cinco minutos angustiosos.

Frida no consigue abrirle la boca. Recuerda la víspera del día de Navidad; Lucretia corriendo por la nieve con su muñeca helada. Las instructoras siempre les dicen que la maternidad es una maratón, no un esprint. ¿Por qué tienen que esprintar, entonces?

Terminado por fin el cepillado de dientes, recita a la carrera la historia de Hansel y Gretel. Canta *Tres ratones ciegos, El puente de Londres se cae, Rema, rema, rema tu barca*. Emmanuelle no para de gimotear.

Frida se da por vencida con las nanas y empieza a cantar *Killing me softly*. Los tonos bajos de la melodía de Roberta Flack silencian finalmente a la muñeca. Ella la mete en la cuna. Ocupa su sitio en la mecedora. Cierra los ojos y aguarda a que Emmanuelle se despierte.

10

A Gust y a Susanna les tocó el año pasado. Se suponía que los cumpleaños pares le correspondían a ella. Frida iba a hacerle a Harriet una corona de flores con cinta y tisú rojo. Su idea era organizar una fiesta y confeccionar coronas de flores para todos los niños. Se pregunta qué estará aprendiendo su hija sobre comida, baños y pesadillas. Cuando piensa en las marcas del brazo de su muñeca y en su reciente cero, se ve a sí misma tirándose desde la azotea de la escuela, se imagina cómo sonreiría mientras el pavimento se elevara hacia ella; pero sabe que con la suerte que tiene, aterrizaría en los arbustos y sería considerada aún más egocéntrica, un peligro para sí misma y para los demás.

Es febrero, y no ha visto a Harriet desde hace más de tres meses. Sus privilegios telefónicos han sido revocados como castigo por suspender el segundo examen de cuidado y alimentación. Tras el desastroso día de la evaluación, Frida empieza a pasar más tiempo con Meryl y Beth. Las tres han perdido sus privilegios telefónicos. Ya ha dejado de llamar Teen Mom a Meryl para sus adentros. Procura ser más tolerante con la actitud posesiva de Beth hacia Meryl, con sus constantes interrupciones. Las dos chicas se han vuelto inseparables desde la expulsión de Lucretia, tan cariñosas como gatitas.

Encuentra inapropiada la disposición de Beth a hablar de sus problemas. A su madre le pasaría igual. Solo una mujer blanca, una norteamericana, es capaz de ser tan indiscreta. El tema favorito de Beth es su intento más reciente.

—Actué de forma responsable —dice.

Había ido acumulando su medicación y pensaba mezclar esas pastillas con dos botellas de vodka. Su primer intento fue a los trece años. Lo intentó de nuevo en secundaria y en la universidad. La última vez, la noche en la que pensaba hacerlo, dejó a su hija con su ex y condujo ella misma hasta el hospital.

Meryl suele pedirle detalles. Pregunta sobre los demás pacientes, si estaban locos de verdad o eran locos autodestructivos relativamente funcionales como Beth, que tiene trozos de carne arrancados de los antebrazos y pálidas cicatrices entrecruzadas en las piernas, que parecen abedules en invierno.

Meryl le ha preguntado a Beth cómo empezó, si usó cuchillos o navajas, cómo prevenía las infecciones. Siempre que hace eso, Frida desvía la conversación hacia Ocean, a veces dándole un codazo a Meryl en las costillas.

Las tres deambulan el domingo frente al laboratorio de informática. Pasan arrastrando los pies junto a las madres que aún tienen privilegios telefónicos y aguardan afuera; procuran no mirarlas a los ojos o rozarse con ellas, o llamar la atención de los guardias o de la señora Gibson. Escuchar las llamadas es morboso. Oyen a niños llorando.

Meryl dice:

—Es como lo que hace la gente en la autopista.

—Sí, reducir la velocidad para fisgonear cuando hay un accidente —dice Frida.

—Exacto.

Suena el timbre. Veinte madres salen del edificio. Entran otras veinte. Las madres que acaban de despedirse lloran silenciosamente. Es una técnica que Frida tiene que aprender. Sin humedad ni fealdad, solo un breve puchero, con los hombros caídos; un dolor íntimo y privado. Las madres se abrazan y se cogen de las manos. Comentan el aspecto que tenían sus hijos, si parecían sanos, si se han alegrado de verlas, qué les habrían dicho si hubieran tenido más tiempo.

Frida tiene que decirle a Gust que llame a sus padres para ver cómo están. Tiene que saber cómo va la dieta de Harriet, si la fiesta de su segundo cumpleaños tendrá un tema o adornos de un color en particular, si Harriet ya tiene un color preferido, cómo explicarán Gust y Susanna su ausencia.

La vida ha continuado sin ellas. Hay familiares que han tenido un derrame. Niños que han reaccionado a la ausencia de su madre agresivamente, con empujones, berrinches, incluso con mordiscos. El mayor de Linda, su hijo de dieciséis años, Gabriel, se fugó de la casa de acogida. Lleva desaparecido cinco días. No es la primera vez que se fuga ni la primera ocasión que ella teme que esté muerto, pero es la primera vez que no puede salir a buscarlo.

Aunque no han olvidado lo que Linda le hizo a Lucretia, sus compañeras de clase han tratado de ser más amables con ella, dadas las circunstancias. Dicen: «Lo comprendo». Dicen: «No me lo puedo ni imaginar». ¿Gabriel tenía problemas en el colegio? ¿Con sus padres de acogida? ¿Se ha fugado con una chica? ¿Está metido en drogas?

Linda se tapa los oídos. Dice: «¡Maldita sea, cerrad la boca!». ¿Es que no pueden dejarla en paz?

—Deja de tomártelo como si te pasara a ti —le suelta a Beth al ver que intenta abrazarla.

Las comidas, ya tensas de por sí, se vuelven insoportables con la angustia de Linda. Las otras andan diciendo que su clase está maldita. Beth propone una moratoria sobre las noticias que llegan de casa. Procuran no hablar de sus hijos. Basta de charla sobre bebés y nacimientos, sobre sus cuerpos, sobre cuánto ha pasado desde que se llevaron a sus hijos; basta de lloriquear por las llamadas telefónicas, por lo que les permiten y no les permiten, por si han olvidado el tacto o el olor de sus hijos. En lugar de eso, hablan de los precios de la gasolina y del último desastre natural, de historias sacadas de las mujeres de bata rosa, de cuáles revisan su teléfono cuando creen que las madres no están mirando. Intentan mantener conversaciones importantes, centradas en problemas del mundo real. Pensar en sí mismas hasta extremos patológicos es una de las razones por las que están aquí.

Y

Como siempre en este tipo de residencias, los gérmenes constituyen un problema. Ha habido casos de bronquitis. De virus estomacales. De resfriados. Para tratarse de un lugar que pretende simular un entorno de cuidados parentales, hay una falta clamorosa de desinfectante para las manos.

Esta semana, las madres sufren la gripe. Es así, imagina Frida, como se producen las epidemias en un internado. Una tos, un estornudo, y otra madre que cae enferma. Las compañeras de habitación se contagian entre sí. Enferman clases enteras. La risa en sueños de Roxanne ha sido reemplazada por una tos seca. Frida descubre que toda su actividad mental ha quedado reducida a pensamientos sobre mocos. Linda demuestra tener un sistema inmunitario extremadamente fuerte.

Con la enfermedad, se producen pequeñas rebeliones. Algunas madres intentan toser sobre las mujeres de bata rosa, pero tras varios episodios de toses dirigidas y apretones de manos maliciosos, todos castigados con la charla grupal, el personal empieza a emplear mascarillas y mantener las distancias. En cambio, no proporcionan mascarillas a las madres, que, incluso cuando están más enfermas, no pueden saltarse la clase. Beth comete la imprudencia de preguntar si dan días de baja por enfermedad y la pregunta se incluye en su expediente.

—Como si una pudiera pedir días de enfermedad en la vida normal —dice la señora Gibson.

El tema número 2 cubre los «Fundamentos de alimentación y medicina». Cocinar, aprenden las madres, es una de las más altas expresiones de amor. La cocina es el centro —y la madre, el corazón— del amor. Como en cualquier otro aspecto de la maternidad, la destreza y la atención al detalle son primordiales.

Las cocineras del comedor tienen la semana libre y las cohortes se turnan en las cocinas para preparar comidas infantiles para toda la escuela. Ahora, unas noches les sirven de cenar puré, y otras, pan con mermelada (con la corteza quitada) o gachas de avena con pasas dispuestas en arcoíris. Comen tortillas demasiado hechas, carne cortada en trocitos, salteados de verduras blandengues, todo un surtido de vegetales y guisados insípidos. Solo pueden cocinar con una pizca de sal.

Bastantes madres sufren quemaduras. A una se le cae una sartén de hierro en el pie. Otra se corta la mano adrede con un rallador de queso. Permitir que las madres manejen objetos cortantes entraña un riesgo, ha valorado la escuela. Antes de abandonar la cocina, deben vaciarse los bolsillos y subirse las mangas y las perneras de los pantalones. Los guardias pasan detectores de metal por encima de sus uniformes. Les palpan el pelo y les examinan la boca con una linterna. A aquellas que tienden a autolesionarse se las llevan a otro cuarto; allí, las mujeres de bata rosa las someten a una exploración de cavidades, un cambio en el protocolo disciplinario que socava la moral. A Beth la registran dos veces al día.

Las madres se acuestan con hambre. Pierden peso, están aturdidas e irritables. Cuando no les toca cocinar, tienen que ir al auditorio para recibir lecciones de seguridad en la cocina, nutrición y alimentación consciente. En la cocina, compiten para ver quién es capaz de preparar la tortilla más rápida y más sana, quién sabe partir un huevo con una mano, quién hace el pastel más esponjoso y delicioso, quién puede exprimir una naranja y untar con mantequilla una tostada al mismo tiempo. Beth impresiona a las instructoras con sus tortitas de plátano y trocitos de chocolate, que están decorados con caritas sonrientes y corazones. Linda intenta eclipsarla poniéndose a silbar mientras prepara la masa.

En casa de Frida, el que cocinaba era su padre. La jueza del tribunal de familia debería conocer tal detalle. La especialidad de su padre es el marisco. El pescado al vapor. El pargo rojo. El pez mantequilla. Cortaba tomates y zanahorias como guarnición, servía cada uno de los platos. Su abuela también cocinaba, pero su madre no tenía tiempo o afición. A algunas mujeres no les gusta. Algunas familias no comen comida estadounidense. Sus padres no prepararon tortitas ni una sola vez.

El pensamiento de Frida avanza y retrocede. Avanza hasta el mes de marzo, cuando podrá volver a hablar con Harriet. Retrocede a agosto, cuando Harriet todavía era suya y tenía mofletes.

Ella es una mala madre porque detesta cocinar. Es una mala madre porque debe mejorar su destreza con los cuchillos. Los sujeta con hostilidad.

—Sujetar un cuchillo con hostilidad provoca accidentes —dice la señora Khoury, observando las tiritas que Frida tiene en la mano izquierda.

Al ver cómo corta uvas en cuatro, la señora Khoury le enseña a colocar varias en una hilera y a utilizar un cuchillo más grande para cortarlas todas a la vez, en vez de hacerlo una a una. Frida coloca en fila cinco uvas sobre la tabla de cortar y las secciona primero horizontal y luego verticalmente. Recoge los trozos en un cuenco y se lo pasa a la señora Khoury para que lo inspeccione, mientras se pregunta cuánta fuerza hará falta para matar de una puñalada y qué aspecto tendría la señora Khoury con un cuchillo en el cuello o en el estómago, y si ella sería capaz de intentarlo, si todas serían capaces, en caso de que no hubiera cámaras, ni guardias, ni hijas.

Alimentar a Harriet nunca había sido una de las principales fuentes de satisfacción para Frida. Gust y Susanna empezaron a introducir alimentos sólidos cuando la niña tenía seis meses, para que aprendiera a comer sola. Ella siguió dándole de comer con cuchara hasta los diez meses, empleando con mucha frecuencia bolsitas de alimentos orgánicos preparados. Cuando ellos insistieron en que estaba entorpeciendo su desarrollo, empezó a preparar verduras al vapor, pasta con huevo y fruta sólida, sin triturar. La cantidad de ropa sucia se duplicó. Las comidas se alargaban una hora. Al acabar, tenía que limpiar a Harriet y luego pasar otros veinte minutos limpiando la trona y el suelo.

Intentó ponerle comida que pudiera agarrar con facilidad, servirle lo mismo que ella estuviera comiendo, comer al mismo tiempo, reñir a Harriet cuando tiraba la comida, elogiarla cuando no lo hacía, abstenerse de reaccionar. Compró cuencos que se adherían a la bandeja de la trona. Le puso la comida directamente en la bandeja. Sacó fotos del suelo hecho un desastre y se las envió a

Gust con una hilera de interrogantes. En ocasiones volvía a recurrir a la cuchara y le metía a Harriet una cucharada de yogur en la boca cuando estaba distraída. Pero si las comidas eran tranquilas y se detenía a observarla, era un placer verla comer. Harriet miraba los alimentos nuevos —un trozo de pepino, una frambuesa, un pedacito de dónut— como si fueran monedas de oro. Sus mofletes se bamboleaban al masticar.

De vuelta en la clase, alimentan a las muñecas con líquido azul moldeado en bolitas del tamaño de un guisante. La comida, les explican las instructoras, está compuesta de una sustancia diferente de la que tienen las muñecas en sus cavidades, pero es de color azul por una cuestión de coherencia.

Cada puesto de cuidados maternales cuenta con una trona de plástico colocada sobre una esterilla circular. Las muñecas llevan babero; las madres, guantes y gafas protectoras. Las muñecas no tienen un sistema digestivo funcional, pero sí papilas gustativas. Las han programado con un nivel elevado de hambre y de curiosidad ante la comida.

Han reservado una semana para dominar la técnica de alimentación. Haciendo una demostración con la muñeca de Meryl, la señora Khoury coloca un único guisante en la bandeja de la trona y le pide a la muñeca que lo mire. «¿Quieres probarlo? A ver a qué sabe.» Le hace cosquillas en la barbilla. «¡Tu tía está orgullosa de ti! Las niñas que prueban comidas nuevas son valientes y curiosas. Llevan una vida más plena, más dinámica. ¿Tú no quieres llevar una vida plena y dinámica?»

La señora Khoury describe los nutrientes que contienen los guisantes, el efecto que tienen en el crecimiento y desarrollo de la muñeca, el trabajo que ha requerido cultivar los guisantes y recogerlos y transportarlos hasta aquí.

—¡Ah, lo estás cogiendo! ¡Estás abriendo la boca! ¡Lo estás probando! ¡Muy bien, muy bien! ¡El gusto es uno de los cinco sentidos! Ahora trágatelo. Hazlo por la tía. ¡Sí, traga, sí, sí! ¡Estoy muy orgullosa de ti! ¡Eres una niña muy buena! ¡Qué vida tan satisfactoria tendrás!

Sigue soltando frases de ánimo mientras la muñeca se traga un solo guisante azul; luego repite el proceso. Por lo que Frida calcula, el promedio es de unos diez minutos de *maternés* por guisante. A las madres les lleva más tiempo, y con un índice de éxito más bajo.

El invierno está afectando a todo el mundo. Ha habido una segunda baja entre las muñecas. Durante la actividad al aire libre, uno de los muñecos varones de once años corrió hacia la línea de árboles y se arrojó contra la valla electrificada. Su piel de silicona se derritió; por los trechos quemados, parecía que le hubieran tirado ácido. Le echaron la culpa del suicidio a la madre. Le cobraron el coste del equipo dañado y le dieron un nuevo muñeco que, según sus compañeras, se negaba a hablarle. La posibilidad de que pueda volver a reunirse con su hijo de verdad parece más bien dudosa.

A Frida le gustaría contarle a la jueza del tribunal de familia que la comida preferida de Harriet durante el verano pasado eran las fresas. Recuerda cómo las cortaba y se las daba a la niña, trocito a trocito. Recuerda cómo Harriet las tiraba al suelo despreocupadamente, cómo examinaba, empujaba y machacaba cada trozo hasta que el zumo le resbalaba por los brazos.

A veces dejaba que la niña se sentara en su regazo mientras comía, aunque eso provocaba un estropicio aún peor. Harriet le puso una vez fideos en la cabeza como si fueran una cinta. Le encantaba embadurnarse el pelo de comida. Devoraba tanto pan trenzado que Frida la llamaba «el monstruo del pan».

No han hablado desde hace cuatro semanas. Pasa la Nochevieja china, luego el Año Nuevo. No hay naranjas ni incienso, ni Harriet con un chaleco de seda acolchada. Frida celebra la ocasión privadamente, rezando por sus padres y sus abuelos, por Harriet. Por su salud. Por su bienestar. Añade una oración por Emmanuelle. La oración se traduce como: «Presérvalos».

La terapeuta busca signos de desesperación o desesperanza en Frida. ¿Cuánto ha pasado desde la última llamada? ¿Cinco semanas? La señora Gibson ha notado que ella, Beth y Meryl merodean los domingos frente al laboratorio de informática.

—Solo pretendemos apoyar a las demás. No molestamos a nadie.

—Sé que echa mucho de menos a Harriet. Pero ¿por qué torturarse?

Las madres llevan casi tres meses de uniforme. Frida le explica a la terapeuta que febrero ha sido diferente. El día que Harriet cumplió veintitrés meses no hubo ningún pellizco. Convenció a Emmanuelle para que masticara y tragara seis guisantes falsos. No menciona que ha estado mirando con ansia el campanario, que ha considerado la idea de usar una sábana. Si tratara de colgarse, quizás acabaría convertida en un vegetal: un vegetal mantenido con vida con un enorme gasto para la familia.

¿Qué tiene que hacer para recuperar los privilegios telefónicos? ¿Qué puntuación debe sacar en la próxima evaluación? Las destrezas de alimentación y medicina se evalúan por separado. En técnica de cocinado, sacó un tres sobre cuatro. La terapeuta le dice que sea más ambiciosa. No quedar la última no es suficiente. Debe intentar quedar entre las dos primeras.

—¿Y si no puedo conseguirlo?

—Su negatividad me parece preocupante, Frida. No hay «no puedo». ¿Acaso nos oye a nosotras decir «no puedo»? Tiene que decirse: «¡Yo puedo! ¡Yo puedo!». Elimine el «no puedo» de su vocabulario. Una buena madre lo puede todo.

Pese a la pésima actuación de todas en técnica de alimentación, las clases prosiguen según el programa. Se han llevado las tronas y las esterillas al almacén. Han vuelto a poner en la clase las mecedoras y las cunas. Las madres están aprendiendo a cuidar a una criatura enferma para que recupere la salud.

—El amor de una madre puede curar la mayoría de las enfermedades comunes —dice la señora Khoury.

Deben sanar a sus muñecas con pensamientos impregnados de amor. Las instructoras les tomarán la temperatura a las muñecas por la mañana y al terminar la jornada. A ver quién consigue que su muñeca baje de treinta y siete, que la fiebre desaparezca.

Dada la naturaleza personal de este ejercicio, los tiernos pensamientos de cada madre serán diferentes, dicen las instructoras. Pueden antropomorfizar la enfermedad, si quieren. Imagínense que están combatiendo con la infección.

Frida sigue estas clases atentamente. Ella era una niña enfermiza. Asma y alergias. Bronquitis cada invierno. Está habituada a los médicos, a las medicinas. Las clases le hacen pensar en su *popo*. En el trozo de tela que su abuela se ponía en el escote porque siempre tenía frío en esa zona. En el pintalabios y la laca que usaba.

Frida solía ayudar a su abuela a teñirse el pelo, repasaba las raíces con un viejo cepillo de dientes. A veces la ayudaba a bañarse. Los únicos calcetines que su abuela empleaba eran unos de nailon, de color carne y hasta la rodilla, que compraba en la farmacia. Hasta el final llevó una faja de cuerpo entero, incluso bajo el pijama de velvetón. La textura de la piel de su abuela sigue vívida en su memoria, igual que la de Harriet: tersa y reluciente en los hombros; en las manos, flexible y sedosa como una tela. Después de que le diagnosticaran un cáncer de pulmón, Frida a veces se quedaba a dormir en su casa. Volvían a compartir la misma cama, como habían hecho cuando era una niña. Su abuela había pedido que alguien durmiera a su lado, y toda la familia se turnaba. A Frida la regañaba por no cuidarse mejor las manos. La despertaba de repente con un *plop* húmedo y frío de loción.

Frida no pudo despedirse de su abuela: llegó veinte minutos tarde porque el taxi se quedó atrapado en un atasco. Se tendió en la cama junto a su abuela y la abrazó mientras avanzaba el *rigor mortis*; notó cómo el calor abandonaba el cuerpo de la mujer y vio el bulto canceroso bajo su clavícula: era duro como una piedra, del tamaño del puño de un niño.

Emmanuelle tiene 39,4. El pelo se le ha apelmazado con el sudor. Tirita. Frida coge una manta de la cuna y se la envuelve alrededor del cuerpo.

—Mami te pondrá bien. Nosotras podemos. Yo puedo.

La terapeuta le diría que deje de pensar y de dudar. No importa que el amor no pueda bajar la fiebre, que se crea que el amor no pueda medirse. En realidad, ahora todo puede medirse: ellas disponen ahora de los instrumentos necesarios.

Linda se desviste. Sujeta a la muñeca contra sus pechos desnudos. Meryl y Beth la imitan. Frida no quiere que nadie vea su cuerpo. Ha estado comiendo tres veces al día, pero no consigue mantener su peso. Ahora está más escuálida que en secundaria. Tiene la mandíbula afilada que siempre había deseado, los pómulos marcados, el hueco entre los muslos.

Las instructoras asienten complacidas ante sus alumnas.

—Pruébelo —le dice la señora Khoury.

Frida coloca a Emmanuelle en la cuna y se desabrocha el uniforme; de mala gana se quita la camiseta y el sujetador.

—Bueno, ya estoy preparada. Acurrúcate con mami.

El calor de Emmanuelle contra su piel desnuda resulta chocante, incómodo. Harriet nunca ha estado tan caliente. La primera vez que la sujetó en brazos, temió que pudiera matarla simplemente estornudando a su lado. No paraba de lavarse las manos. Cada día buscaba signos de una muerte inminente en la carita de Harriet.

Debe haber gente que mejora bajo presión, pero no es el caso de Frida. Quizá no deberían poner en sus manos ningún tipo de vida. Tal vez la gente debería ir progresando para llegar a cuidar a un niño: primero plantas, después mascotas, luego bebés. Quizá deberían darles a todas un niño de cinco años, luego de cuatro, de tres, de dos, de uno; y si el niño siguiera vivo al cabo de un año, entonces podrían tener un bebé. ¿Por qué debían empezar con un bebé?

La clase está más silenciosa de lo que debería. De la fiebre han pasado a los virus estomacales. Los días de vómitos en proyectil han apagado el entusiasmo y ralentizado el uso del *maternés*. Las instructoras quieren saber por qué ninguna hace progresos. Las madres deberían conocer la secuencia correcta de abrazos, besos y palabras dulces para devolverle la salud a la muñeca. Tendrían que conocer el amor que despierta el espíritu y sana el cuerpo dolorido.

A Linda este fracaso general le parece inaceptable. A la mañana siguiente, durante el desayuno, las dirige en una oración. Las cuatro se cogen de las manos mientras ella pide a nuestro señor Jesucristo la fuerza necesaria para perseverar. Pide sabiduría, el retorno de su hijo Gabriel sano y salvo. Beth pide alcohol. Con *bourbon* sería más fácil sobrellevar esta semana.

Meryl reza por su muñeca. Mira lo que pasó con la de Lucretia.

Frida va la última. Pide amor, un corazón pleno.

—Rezo para pedir un milagro —dice.

Todas asienten.

—Sí —dicen—. Un milagro.

La mecánica tarea de retirar la nieve continúa. A Frida y Meryl les dicen que despejen el sendero, un encargo particularmente insultante, pues hace demasiado frío para salir a correr.

Frida le cuenta a Meryl que su madre cumplía sesenta y ocho esta semana, que su primo se casa hoy en Seattle. Antes de su día nefasto, se habló de que Harriet llevara las flores. Frida la hubiera acompañado camino al altar.

Meryl se siente más nerviosa de lo normal. Su terapeuta amenaza con suspenderle los privilegios telefónicos otro mes. Ella quiere fugarse. La escuela cambió hace poco las normas sobre la posibilidad de dejarlo voluntariamente. Ahora ya no se puede abandonar.

Meryl cumple diecinueve años en abril, no puede pasar su cumpleaños en este lugar. Y Ocean cumple los dos años en mayo.

Frida le recuerda que, ahora mismo, Lucretia se cambiaría por cualquiera de ellas. Si Lucretia estuviera aquí, todavía tendría la posibilidad de recuperar a Brynn: no estaría en el registro para siempre. Si Lucretia estuviera aquí, Linda tendría una auténtica competencia.

—Vamos a aprobar, ya verás. Nos dejarán llamar a casa el próximo fin de semana.

—No te lo crees ni tú —dice Meryl—. ¿O qué?, ¿crees que nos van a puntuar usando un promedio? Yo no lo creo. Estamos completamente jodidas.

—No, no es verdad. No debes pensar así.

Meryl le cuenta que ella y el padre de Ocean iban a buscar trabajo este verano en Jersey Shore. Ella iba a trabajar de camarera y a sacar dinero para la universidad. Cuando salga de aquí, irá a la universidad a estudiar ese rollo de informática. A lo mejor se trasladarán a Sillicon Valley con Ocean y se dedicarán a desarrollar aplicaciones.

Cuando la mira buscando su aprobación, Frida dice que es una gran idea. Muy práctica. Se abstiene de mencionar el coste de la vida en San Francisco. O en toda la zona de la bahía. El coste de las guarderías. Las muchas barreras para entrar. No se debería permitir soñar a la gente joven.

Durante un descanso, Meryl le muestra un colgante. Un regalo atrasado de San Valentín del guardia de los ojos verdes.

Frida le dice que se deshaga de él. El colgante da la impresión de haber costado 10,99 dólares y de haber sido comprado en una farmacia CVS.

—Ni hablar, es mío. Tuvo un gesto conmigo. ¿Qué? ¿Por qué pones esa cara? ¿Por qué no me dejas disfrutarlo?

—¿Y si te pillan?

—Esto no es nada. También me ha estado sacando fotos. Y ha grabado algunos vídeos.

—Estás bromeando, ¿no?

—Bah, no seas tonta, no sale mi cara. Ya lo pensé. No creas que soy idiota.

—Dile que los borre. Y que los retire de la nube.

—Te estás poniendo paranoica… y celosa. Con mentalidad de mujer de mediana edad, además. A Beth le parece genial que me hiciera un regalo.

—¿Y vas a hacerle caso a ella? A Beth le parece genial programar su propia sobredosis. ¿Cómo sabes que no se lo ha enseñado a nadie?

Quisiera decirle a Meryl que, años atrás, ella se negó a dejarse sacar más fotos, que se alegra de que no haya quedado rastro. De hecho, educará a Harriet para que no permita que fotografíen su cuerpo desnudo, ni su vagina, ni su ojete. Harriet nunca se sacará selfis desnuda para enviárselas a chicos.

—Él no haría una cosa así —dice Meryl.

—Todo el mundo lo hace.

Meryl parece herida.

—Vale, mami. Hablaré con él.

Las madres reciben consignas concretas para las llamadas de los domingos, un cambio en el protocolo que ya se venía rumoreando desde hace varias semanas. Se supone que deben hacer preguntas sobre la educación, la vida cotidiana y las amistades de sus hijos. No está permitido que hablen del tiempo que ha pasado, de cuánto llevan aquí o de cuándo volverán a casa. Llamar la atención sobre la ausencia parental puede provocar disgustos. No todo el mundo superará la prueba. No todas las familias se reencontrarán. Es importante no hacer falsas promesas, pues dañarán la capacidad del niño para confiar. No está permitido preguntar por las citas de sus hijos con la asistente social o con la terapeuta asignada por el tribunal. Deben elogiar la resiliencia de sus hijos. Deben darles las gracias a sus tutores. Pueden decir «Te quiero» una vez, y «Te echo de menos» una vez.

—Hagan que la llamada valga la pena —dice la señora Gibson.

A finales de febrero, el hijo de Linda, Gabriel, sigue desaparecido. Lleva fuera de casa un mes. Las mujeres de bata rosa le dicen que utilice los recursos disponibles: su terapeuta, la línea de ayuda de veinticuatro horas, las demás madres. La instan a solicitar sesiones extra de terapia. Le ofrecen libros de mandalas de meditación para colorear.

La noche antes de la evaluación de medicina, envían a Linda a la charla grupal por zarandear a su muñeca. La clase estaba trabajando en el protocolo de convulsiones. Ella alega que solo intentaba reanimar a la muñeca. Las instructoras han dicho que se estaba comportando de un modo demasiado agresivo. Han pensado que estaba al borde de algo peor, que han intervenido porque tal vez iba a golpear a la muñeca.

Linda se derrumba durante la cena.

—Yo no soy de las que pegan —solloza.

Beth y Meryl le pasan sus servilletas. Los sollozos de Linda son ruidosos, bochornosos. Todo el mundo se ha vuelto hacia su mesa. Frida le sirve un vaso de agua. Pronuncia una oración en secreto. Por Gabriel. Por sus hermanos. Por sus padres actuales y futuros. Por sus hogares actuales y futuros.

11

Linda no está comiendo. Quiere que borren de su expediente su visita a la charla grupal, igual que su cero en el tema 2: «Fundamentos de alimentación y medicina». Quiere llamar a su abogado, a su asistente social, a los padres de acogida de Gabriel, a los detectives. No es culpa suya que ellos hayan perdido a su hijo.

Es la cena del domingo, principios de marzo, y la lista de exigencias de Linda se va extendiendo. El trío de mujeres blancas de mediana edad se ha sumado a su huelga de hambre en un gesto de solidaridad. Verlas a las tres adulando a Linda escandaliza a casi todo el mundo. Se sientan con las bandejas vacías en el centro del comedor, dando sorbos de agua y analizando objetivos. Ayer, Maura, la madre alcohólica de cinco que quemó un poco a su hija, se pasó el desayuno acariciándole el brazo a Linda y diciendo cosas del tipo: «No eres invisible».

El martirio de Linda le ha hecho cosechar nuevas enemigas. Las madres lamentan lo que le ha pasado, lo sienten de verdad, pero no han olvidado cómo se metía con Lucretia y están hartas de oírla llorar. Unas dicen que si no la han castigado es gracias a esas mujeres blancas. Otras, que solo quiere llamar la atención. Algunas aseguran que las cuatro huelguistas de hambre comen en secreto a la hora de acostarse. Otras dicen que Gabriel estará mejor en la calle de lo que jamás lo estuvo con ella.

Frida debería sentirse más preocupada por Gabriel, pero está demasiado ocupada echando de menos a Harriet e imaginando una muerte espantosa para su terapeuta. Hace seis meses que se llevaron a Harriet, más de cuatro desde que la sostuvo en brazos, una estación entera en uniforme.

Ella se ha pasado todo el fin de semana evitando a Beth; ha animado a Meryl a hacer lo mismo, aunque esta la ha acusado de ser mezquina. Su frágil alianza se resquebrajó después de que Beth acabara la primera el día de la evaluación; Meryl sacó un sorprendente segundo puesto y Frida quedó tercera.

Beth no ha sido elegante con su éxito. Adopta el lenguaje de la escuela incluso cuando están solas. El arco de aprendizaje. El egoísmo como una forma de corrupción del alma. Dijo: «Yo te puedo ayudar, Frida. No creo que haga falta convertir esto en una competición».

Aunque en efecto las calificaron usando un promedio y aunque los instintos maternales de Frida han mejorado, tanto las medidas cuantitativas como cualitativas la mantuvieron fuera de los dos primeros puestos. La ansiedad sigue constituyendo un problema. «Falta de confianza», dijo la terapeuta. Momentos de vacilación que, en conjunto, socavan el sentimiento de seguridad de la criatura. El *maternés* de Frida durante la prueba de alimentación, aunque alegre, no resultó suficientemente «empoderante». Otros errores fueron más significativos: presionó demasiado el esternón de Emmanuelle al practicar la maniobra de reanimación y, al principio, no acertó en el punto exacto donde habría estado un corazón de verdad.

—Harriet va bien —dijo la terapeuta—. Hablé con la señora Torres hace unos días. Ella cree que el paréntesis sin recibir llamadas suyas ha sido bueno para la niña, y yo estoy de acuerdo. ¿Nunca se ha parado a pensar que hablar con usted, y verla de este modo, podría resultar traumatizante para ella? No tiene buen aspecto, Frida. Debería empezar a cuidar más de sí misma.

Las madres están cambiando con el clima. Varias docenas más han perdido los privilegios telefónicos, y este fin de semana, con los primeros signos de la primavera, no han parado de mirar por la ventana y de hablar de fugarse.

Frida oye las ideas de fuga de Meryl durante el día, y las de Roxanne por la noche. Como esta ha perdido los privilegios telefónicos, ha sopesado la posibilidad de engatusar a un guardia. Ha reflexionado sobre la valla. No puede ser que rodee todo el complejo. Sus últimas ideas se centran en el agua. El río que las separa de los malos padres, que supuestamente están siendo adiestrados en un antiguo hospital a quince kilómetros, no llevará a ningún sitio útil. Ella es buena nadadora, pero después de los bosques, ¿qué? Kilómetros y kilómetros de estado republicano de mierda. ¿Quién va a ayudar a una mujer negra plantada en la cuneta?

Frida teme que Roxanne acabe recibiendo un disparo. Han hablado de ello, así como de si estarán muriendo padres negros en la otra escuela. «Haciendo de padre siendo negro», dijo Roxanne. Como pasear siendo negro. Como esperar en la calle siendo negro. Como conducir siendo negro. Con eso, hace referencia a lo fácil que es que te detengan si eres negro.

Esta noche, Frida no deja que Roxanne se explaye.

—No hables así, no pienses de ese modo. Isaac es la luz, ¿recuerdas? Venga, vete a dormir.

—Creía que eras amiga mía.

—Lo soy. Simplemente digo que tú solo te has perdido una llamada. Yo no he hablado con Harriet desde enero.

—A veces te odio mucho. —Roxanne se coloca boca abajo, hunde la cara en la almohada y empieza a dormirse llorando.

Frida se envuelve la cabeza con la almohada para no oír sus estremecimientos. El viernes tuvieron que volver a cambiar el líquido azul. En lugar de quedarse en trance, Emmanuelle no paró de gritar: «No, no, no, no». La señora Russo le sujetó los brazos, y la señora Khoury, las piernas. Ahora llevan a cabo el proceso delante de toda la clase. Las madres que observan deben narrar la escena y soltar palabras de consuelo. Mirar, dijeron las instructoras, ayudará a las demás muñecas a entender cuál es su función.

Las instructoras dejaron magulladuras en la muñeca. La jueza del tribunal de familia debería enterarse de esas magulladuras y de los gritos de Emmanuelle. La jueza debería saber que Frida está aprendiendo a ser una madre mejor. Ella va a seguir creyendo que las entrañas azules de la muñeca y la propia muñeca son reales, porque, si no demuestra su capacidad para desarrollar un auténtico sentimiento maternal y un verdadero apego, si no prueba que es una persona de fiar, no volverá a reunirse con su hija de verdad: con su hija, que ya tiene casi dos años, cuya sangre no es azul ni se vuelve espesa, cuyas cavidades ella jamás rascaría con un cuchillo.

—Tenemos una sorpresa para ustedes —les dice la señora Russo a la mañana siguiente.

Con un floreo, ella y la señora Khoury empiezan a repartirles teléfonos móviles y cochecitos. Las madres reciben el móvil con las manos ahuecadas, como si les estuvieran dando la comunión. Las cuatro se sienten más que agradecidas. Beth y Meryl tienen en la cara una expresión próxima al éxtasis.

Hoy pueden sacar afuera a sus muñecas, llamar a sus hijas, a su familia. Las nuevas consignas de conversación para las llamadas han quedado temporalmente suspendidas. Incluso pueden utilizar Internet. No obstante, no deben olvidar sus responsabilidades. Tienen que mantener la cuenta de palabras diaria y actuar de forma responsable con sus muñecas. A cada hora en punto deben volver a la clase para pasar un control. Están comenzando el tema número 3: «Reparando a la narcisista, ocho semanas de clases para aprender a priorizar a su hija y reforzar la capacidad maternal ante las distracciones».

—Considérenlo como un test de su control de impulsos —dice la señora Russo.

Pase lo que pase, las madres deben proporcionar la cantidad normal de atención y afecto. Alzando la voz, les lanza una sucesión de preguntas y respuestas:

—¿Quién es mi prioridad principal?

—¡Mi hija!

—¿Qué hago cuando mi hija me necesita?

—¡Lo dejo todo!

Frida se mete el móvil en el bolsillo, llena de alegría y expectación.

Aunque las madres están deseando salir, las muñecas, después del último trauma con el líquido azul, parecen muy frágiles. A Emmanuelle hay que sacarla en brazos. En el vestíbulo, se niega a subir al cochecito. Frida solo consigue llegar con ella al banco situado frente al edificio contiguo y mira con envidia cómo sus compañeras abandonan el patio. No recuerda el número de Susanna. Llama a Gust; cuando salta el buzón de voz, le pide que le diga a Susanna que la llame, o que vaya a casa y la llame él mismo con Harriet.

—No podré volver a hablar con ella hasta final de abril. Por favor. Tengo que felicitarla por su cumpleaños. Es mi única oportunidad.

Gust va a oír de fondo los gritos de Emmanuelle. Frida no sabe muy bien qué dirá si le pregunta qué ocurre. Pasa el primer control sin problemas, luego el segundo y el tercero.

—Excelente priorización, Frida —dice la señora Khoury.

Todas sus compañeras han llegado tarde.

Afuera, la escena es caótica. Las madres andaban buscando una señal decente de wifi. Hay muñecas de todas las edades corriendo. Inspeccionan los cubos de basura y los soportes de bicicletas, los arbustos, los ladrillos, la grava. Algunas trepan por los árboles. Otras intentan escalar los postes de luz. Algunas cogen puñados de hierba y se los restriegan por la cara.

Frida se aventura cada vez más lejos. Lleva a Emmanuelle al anfiteatro y suben y bajan corriendo los escalones. Le muestra los azafranes y los árboles en flor. Le lee los nombres de las plantas.

—Rododendro —dice—. Hamamelis.

Le pide que repita con ella, pero a Emmanuelle le cuesta pronunciar la «h».

—Ahora es primavera. Y después de la primavera viene el verano. Luego el otoño. Luego el invierno. Hay cuatro estaciones. ¿Puedes contar mis dedos? Uno, dos, tres, cuatro. A la mayoría de gente le gusta la primavera. A mí me gusta. ¿A ti te gusta la primavera?

—No.

—¿Por qué?

—Primavera da miedo. Miedo, mami. La odio.

—El odio es algo muy fuerte. Me parece que tienes que experimentarla un poco más. Cuando yo sea vieja, la primavera será diferente, ¿sabes?

Le habla a Emmanuelle del calentamiento global, le explica que Manhattan quizás esté sumergida dentro de una generación, que los humanos deben dejar de comer carne, conducir menos, tener menos bebés.

—Hay demasiada gente —dice Frida.

—¿Demasiada?

—Demasiada gente como yo. No como tú. Tú no consumes tantos recursos.

Encuentran un trecho soleado y descansan sobre la hierba entre el campanario y Pierce. ¿Ha descansado alguna vez al sol con Harriet? Siente el calor en sus párpados cerrados. Vuelve la cabeza y ve que Emmanuelle está mirando directamente al sol. Los chips de sus ojos centellean. Juegan a un juego de parpadeos, riendo cada vez que abren los ojos al mismo tiempo.

—Achuchón —dice Frida—. Vamos a darnos un achuchón. Ven.

Envuelve con su cuerpo el de Emmanuelle, le da un beso en la cabeza, le frota la nuca como solía hacerle a Harriet. Con el tiempo, el olor a coche nuevo de la muñeca se ha vuelto reconfortante.

—Cariño, ¿no te cansas nunca de vivir en el cuarto de equipos?

Emmanuelle suspira.

—Sí.

—¿Dónde preferirías vivir?

—¡Con mami!

—Ay, qué dulce. Eres un amor. Yo también quiero que vengas a vivir conmigo. ¿Dónde viviríamos?

Emmanuelle se incorpora y señala la biblioteca. Señala el cielo.

Frida le habla de cuartos infantiles y de camas de niña mayor, de luces de noche, de sacos de dormir y mantitas de seguridad. Lamenta no poder darle todas estas cosas, lamenta tener solo mantas y juguetes durante las prácticas para dormir. Que sean solo comodidades fugaces. Es una pena que ella tenga que dormir de pie.

Emmanuelle se excita ante la perspectiva de tener su propia habitación.

—Podemos fingirlo —dice Frida.

Permanecen al sol cogidas de la mano. Frida quisiera pasar aquí todo el día. Si alguna vez le habla a Harriet de este lugar, le dirá que necesitaba depositar su devoción en alguna parte. Emmanuelle es un recipiente de su esperanza y su anhelo, tal como la gente solía depositar su fe y su amor en tablillas y árboles sagrados.

A resultas de la agitación emocional del día, el trío de mujeres blancas de mediana edad abandona la causa de Linda y vuelve a comer. La señora Gibson se acerca a Linda con latas de batidos de proteínas. La amenaza con dejarla de pie en la charla grupal. Con sesiones de terapia extra. Con un cero automático en el tema 3. Con la expulsión. No la piensa dejar hasta que Linda dé el primer sorbo.

—Gabriel querría que comieras —dice Beth—. Si en algún momento quieres hablar, ya sabes que estoy aquí.

Le pasa una manzana. Linda se apresura a devorarla.

Ahora tiene un aspecto tímido, deplorable. Frida siente vergüenza ajena. Nunca la habían visto sonrojarse.

Frida es la única de su clase que todavía no ha establecido contacto con su hija. Las llamadas han sido breves e insatisfactorias. Las despedidas han provocado auténticas crisis. Las muñecas no paraban de interrumpir. Las madres de bebés lo tenían más fácil. Sus muñecas permanecían en el cochecito; lloraban, pero no podían moverse ni decir «mami» o coger el teléfono. Las madres de muñecas mayores tenían que evitar muertes, accidentes, huidas, confraternización y, al mismo tiempo, conectar con sus hijas de verdad.

Corre el rumor de que han empezado a producirse algunos romances adolescentes en la fábrica de muñecas. Frida ha visto a una muñeca adolescente retozando en la base de un árbol con uno de los muñecos adolescentes. Se ponían el uno al otro las manos en la pechera del uniforme. Parecían no saber cómo besarse, pero se lamían mutuamente la cara. El chico ha mordido a la chica en el hombro. La chica le la metido un dedo en la oreja. El chico la ha puesto boca abajo y ha empezado a acariciarle la rueda azul a través del uniforme.

A las madres no se las veía por ningún lado. Frida temía que el chico desnudara a la chica, desenroscara la rueda y tratara de penetrar su cavidad. La abertura es lo bastante ancha para un pene. Lo que ella no sabía era si el chico tendría una erección; tampoco si la relación era consentida. Emmanuelle pensaba que la chica estaba sufriendo, que el chico le estaba haciendo daño. La chica gemía. Frida y Emmanuelle han cerrado los ojos al pasar.

Después de comer, Frida tiene la tentación de llamar a Will, pero desecha la idea. Le entrarían ganas de contarle la verdad. Marca el número de sus padres y empieza a llorar antes de que cojan el teléfono. Su padre le pide que use FaceTime. Ella accede, aunque preferiría que no tuvieran que verla. El pelo de su padre ha empezado a clarear con gran rapidez y se ha vuelto completamente blanco. Su madre tiene un aspecto frágil. Su padre llora varios minutos, mientras que su madre mantiene el tipo al principio con estoicismo. Pero su expresión cambia enseguida. Frida sabe que quiere comentar cómo ha cambiado de aspecto. Ella confiaba en que nunca la vieran de uniforme; temía los recuerdos que eso pudiera provocarles. En muy raras ocasiones, su padre le ha contado historias de su infancia: hombres con orejas de burro a los que hacían desfilar por su pueblo; niños orinando en la cabeza de sus abuelos; viejos arrodillados sobre cristales durante las sesiones de lucha.

Hablan frenéticamente, interrumpiéndose unos a otros. Su padre le ha estado escribiendo cartas cada día. Su madre ha comprado ropa para cuando Harriet tenga tres años. Todos los días miran vídeos y fotos de la niña. Tienen su fotografía en la mesa del comedor para que les haga compañía durante las comidas.

Frida sujeta el teléfono cerca para que solo le vean la cara. Pregunta por el cumpleaños de su madre, por la boda de su primo, por las citas con los médicos.

—Estás demasiado flaca —dice su madre—. ¿Qué te dan de comer? ¿Te están matando de hambre? ¿Alguien te ha hecho daño?

—¿Llamamos a Renee? —pregunta su padre—. Ella debería hacer algo.

—No, no lo hagas. Por favor.

Le preguntan si ha podido hablar con Harriet. Gust les ha puesto al día algunas veces. Ojalá pudieran mandar un regalo de cumpleaños para Harriet. Una felicitación.

Entre sollozos, ella les dice que está bien. Tendrá que cortar enseguida.

—Perdonad —dice— por todo.

¿Quién es el bebé que oyen llorar?

—Es una grabación —dice ella, dándole a Emmanuelle su mano libre.

Frida está demasiado excitada para dormirse. Todo será diferente una vez que haya hablado con Harriet. Si algún día le cuenta a la niña la experiencia de este año, no le explicará lo mucho que pensaba en la muerte. No tiene por qué saber que su madre está sola y asustada. No tiene por qué saber que su madre piensa en azoteas y campanarios. No tiene por qué saber que su madre suele preguntarse si eso no sería lo mejor que podría hacer con su vida, la única manera de protestar de verdad contra el sistema.

Cuando ella era niña, pensaba que solo viviría hasta los treinta. Pensaba esperar a que su abuela se muriera, pero no le importaba hacer daño a sus padres, quería castigarlos. A los once años pensaba constantemente en la muerte, hablaba tanto de ello que sus padres no la tomaban en serio.

—Sí, venga, mátate —le decía su madre, exasperada.

Gust lloró cuando Frida le habló del año durante el cual deseó morir, pero ella no reconoció que tales pensamientos habían vuelto en el embarazo. Se sentía continuamente angustiada por los «¿y si?» de los análisis genéticos. Por la posibilidad de que algo saliera mal durante el parto, por la idea de que cualquier cosa que saliera mal sería culpa suya.

Pero los análisis fueron perfectos. Su bebé estaba sano, crecería con una mente sana, mejor y más pura que la de su madre. Ahora tiene que pensar en el futuro de Harriet. En la chica que puede llegar a ser si su madre vive; en la chica que nunca será si su madre se quita la vida.

El aire aún está húmedo por la lluvia de anoche. La niebla se alza a lo largo de Chapin Walk. Frida encuentra un banco bajo uno de los magnolios del patio de piedra. Habla con Emmanuelle de las flores, le enseña a identificar los colores: el rosa y el blanco. Le pide que se fije en cómo se funden los colores.

Arranca una hoja y se la da a la muñeca.

—No te la vayas a comer. Escucha, cariño, esta mañana me oirás hablar con otra niña pequeña. Voy a hablar con ella varias veces, y necesito que me dejes. Ya sé que es algo desconcertante. Pero no te preocupes. Yo sigo siendo tu madre.

Emmanuelle lanza la hoja. Tira de las correas del cochecito y luego alza los brazos diciendo: «¡Sube, sube!».

Gust responde al tercer timbrazo. Se disculpa por no haberle devuelto la llamada del día anterior. No podía salir del trabajo. Susanna había perdido su teléfono. Cuando intentaron llamar ya era de noche, y no hubo forma de dejar un mensaje. Él se ha quedado hoy en casa para que pudiera contactar con ellos. Frida le dice que no se preocupe. Le da las gracias y pregunta por Harriet.

Pasan a FaceTime. En cuanto aparece la imagen de Harriet, Frida se pone a temblar. Su mirada salta un instante de la pantalla a Emmanuelle. Durante todos estos meses, ella ha pensado que las dos niñas no se parecen en nada, que había algo cruel en la configuración de la boca de Emmanuelle, que por supuesto Harriet es más bonita y que Emmanuelle no es real; pero ahora que

Harriet ha perdido peso, el parecido entre ambas resulta inquietante.

—Di hola, oso-liebre —dice Gust—. ¿Te acuerdas de mami?

—No.

El tono de Harriet es tranquilo y terminante. Frida hunde el puño en el regazo. Es una mala madre porque está dejando que su hija la vea llorar. Es una mala madre porque la cara de Emmanuelle es la que le resulta más familiar. Es una mala madre porque la niña de la pantalla, con el flequillo demasiado recortado, con la barbilla afilada y el pelo más oscuro y más rizado, se parece cada vez menos a la suya.

Harriet y Gust oyen a Emmanuelle diciendo: «¡Mami, mami!».

—¿Quién *ez*? —pregunta Harriet.

—Es una grabación.

Frida le da la espalda a Emmanuelle y procura concentrarse exclusivamente en Harriet.

—Soy yo, peque. Mami. Me alegro tanto de poder hablar contigo antes de tu cumpleaños. ¡Feliz feliz cumpleaños! Solo faltan ocho días. ¡Ya eres mi niña mayor! ¡Qué mayor! Siento mucho no haber llamado. Yo quería llamar. Lo sabes, ¿no? Te llamaría cada día si pudiera. Te quiero mucho. Te echo tanto de menos. Te echo de menos hasta la Luna. Hasta Júpiter. —Extiende el meñique—. ¿Te acuerdas?

Harriet le devuelve la mirada con indiferencia. Frida deja que le rueden las lágrimas.

—¿Te acuerdas de lo que decíamos? Te prometo la luna y las estrellas. Te quiero galaxias enteras. Y luego enganchábamos los meñiques.

—*Gala-sias*. —Harriet tantea la palabra.

—Eso es, peque. ¿Y yo quién soy?

Examinan posibilidades durante varios minutos. Frida no es una burbuja. No es una manzana. No es una cuchara. No es papi ni Sue-Sue.

—Soy mami. Soy tu mami.

Hablan quince minutos —quince minutos es el máximo que

Harriet aguanta sentada sin moverse— y repasan las últimas noticias. Van a celebrar su fiesta en casa. Van a tener una piñata. Susanna preparará el pastel. Le han comprado a Harriet una bici sin pedales. Están en la lista de espera para la Waldorff School de Germantown y para la Montessori de Center City.

Susanna dice hola. Tanto ella como Gust hacen comentarios sobre su pérdida de peso, aunque se abstienen amablemente de decir nada acerca de su pelo gris. Una hora se pierde con el almuerzo de las madres. Otras tres con la siesta de Harriet. Gust deja que Frida mire cómo juega Harriet con Susanna en la sala de estar.

Frida tiene que decir adiós cada vez que Emmanuelle se alborota. Es un dilema imposible. Si habla con Harriet, la pueden penalizar por ignorar a Emmanuelle; si ignora a Harriet, quizá no logre aguantar más allá de la primavera o el verano. Haga lo que haga, Frida va a sentirse culpable. Culpable ante su hija, a la que descuidó en su día nefasto; culpable ante la muñeca, que la mira con expresión de reproche; culpable ante las instructoras, cuando llega tarde al último control.

El miércoles por la mañana, llega a clase preparada para alternar entre sus hijas, pero resulta que no tiene que hacerlo porque la prueba ha demostrado ser demasiado efectiva. Las cuatro han descuidado a sus muñecas. Han olvidado su primera prioridad. Han sucumbido a la distracción. Parece evidente que cuando se le concede una libertad básica, el grupo se desmanda y recae en el egoísmo y el narcisismo.

—No podemos permitir que sus progresos se echen a perder —dice la señora Russo.

Les habían dado un cordón umbilical con el mundo exterior, pero ahora vuelven a cortárselo.

A Frida y sus compañeras las trasladan en autobús a un emplazamiento alejado de la escuela. Se reúnen con sus muñecas en el aparcamiento de una nave junto a la autopista. En el interior, hay cuatro hogares modelo: unas casitas amarillas iguales con toldos de color verde. La nave está helada. Las muñecas nunca han visto un edificio de tales dimensiones. Jamás han visto una casa. Se aferran a las piernas de las madres gritando, y sus voces reverberan en el espacio cavernoso.

Las instructoras titulan esta lección «Evitando estar sola en casa». Para perfeccionar sus instintos de supervivencia, pondrán a prueba a las madres con diversas distracciones. Al sonar el silbato, las instructoras medirán el tiempo que tardan en localizar a la muñeca y sacarla de la casa. Al igual que en las lecciones con el móvil, aprenderán a estar concentradas, a mantener el contacto visual con sus hijas y una estrecha cercanía física. A que la seguridad de sus hijas sea su primera y única prioridad.

Las instructoras les hacen repetir con ellas: «Un niño no vigilado es un niño en peligro. Nunca debo dejar sola a mi hija».

La nave podría dar cabida a cincuenta madres, quizás a más. Emmanuelle acaricia las mejillas de Frida, que tiene la carne de gallina. Ella sería capaz de ponerse a llorar. Va a revivir su día nefasto una y otra vez, pero ahora cronometrada, filmada y calificada, y además con los privilegios telefónicos en juego. ¿Cuántas veces ha pensado en Harriet sola en casa?, ¿cuántas veces ha considerado cada una de las cosas que podría haber hecho de otro modo?

Las casas están equipadas con teléfonos, televisiones y timbres en la puerta, todos los cuales entrarán en juego durante los simulacros, sonando al mismo tiempo a un volumen estremecedor. El estruendo empieza sin previo aviso y sobresalta a las madres y a las muñecas.

Entre simulacro y simulacro, Frida le enseña a Emmanuelle las palabras correspondientes a «toldo», «puerta de entrada», «timbre», «cortinas», «sofá», «sillón», «otomana», «cocina», «repisa de la chimenea», «televisión», «mando a distancia», «mesita de café», «fregadero». El interior del hogar modelo está pintado de amarillo mantequilla y decorado con chucherías de falsa madera. La casa que les ha tocado a ellas sigue un estilo náutico, con áncoras y acabados de soga. Cada objeto huele como si acabaran de retirarle el envoltorio de plástico.

Frida recuerda que su día nefasto fue terriblemente sofocante. Había hecho un calor insoportable durante todo el fin de semana. Recuerda que estaba deseando darse una ducha, que puso el aire acondicionado y miró los polvorientos ventiladores de techo, pensando que debería limpiarlos. Recuerda que se moría por una dosis de cafeína, por algo dulce y frío, más fuerte que lo que ella podía preparar en casa. Recuerda que quería salir con las manos libres.

Si hubiera vuelto a casa una hora antes. Cuarenta y cinco minutos antes. Si hubiera podido hablar con los vecinos. Les habría ofrecido dinero. Les habría suplicado. Pero Susanna jamás se largaría. Gust jamás se largaría. Ninguno de sus abuelos se largaría. Ninguna niñera se largaría. Solo ella era capaz. Solo ella lo hizo. Si Harriet no hubiera estado en la silla-ejercitador, habría podido acercarse a la puerta del sótano, abrirla y rodar por las escaleras. Podría haber abierto la puerta principal y salido a la calle.

—Harriet no está segura con usted —dijo la jueza.

En los días siguientes, las instructoras añaden distracciones: sirenas, electrodomésticos, música de baile europea. El ruido le da dolores de cabeza a Frida, unos dolores que la dejan mareada, y el mareo la vuelve olvidadiza.

El zumbido que le queda en los oídos no le deja dormir. Los progresos que ha hecho se desvanecen. A Emmanuelle le gusta esconderse detrás de los muebles. Ha trepado por los armarios de la cocina. Durante algunos simulacros, Frida abre la puerta para salir y solo entonces recuerda que debe volver a buscarla. Otras veces, llega incluso al porche delantero antes de darse cuenta de que la ha olvidado dentro.

En mitad de los simulacros, las muñecas reaccionan al alboroto intentando destrozar cosas. Desgarran los cojines del sofá, se suben a la mesita de café, aporrean con el mando a distancia todas las superficies que tienen a mano. Cuando la muñeca de Beth empieza a sacar líquido azul por los oídos, les ponen a todas auriculares. Aun así, no dejan de llorar.

La señora Knight les advirtió que los cumpleaños pueden resultar dolorosos. El 11 de marzo, la mañana del segundo cumpleaños de Harriet, Frida se despierta al alba. Roxanne también se levanta. Fue idea de ella hacer una celebración al amanecer. Su madre solía despertarla muy temprano el día de su cumpleaños; decoraba toda la casa mientras ella dormía. Roxanne piensa hacer lo mismo con Isaac el año próximo.

Frida abre su abandonado diario de expiación por la página de la última entrada: un dibujo de Harriet de trazos vacilantes. La ha dibujado con el aspecto que tenía antes, con mofletes de querubín y un casquete de rizos oscuros. Apoya el diario sobre el escritorio y, entre susurros, le cantan al dibujo *Cumpleaños feliz*.

Roxanne le da un abrazo.

—Solo quedan ocho meses.

—Por Dios. —Frida apoya la frente en el hombro de Roxanne.

Esta le habla al dibujo.

—Harriet, tu mami te echa mucho de menos. Es una buena mujer. Un poquito mandona a veces, pero es buena. Nosotras nos cuidamos mutuamente. —Extiende las manos hacia Frida, como si estuviera protegiendo la vela de un trozo de pastel—. Piensa un deseo.

Frida finge soplar la vela.

—Gracias por seguirme la corriente.

Le habla a Roxanne del nacimiento de Harriet, le explica que los médicos dijeron al sacarla: «¡Qué bebé tan preciosa!», y que ella se echó a llorar al oír el primer grito de Harriet.

Frida intenta recordar qué aspecto tenía la niña en el teléfono. No le dijo «feliz cumpleaños» las veces suficientes cuando pudo hacerlo. No pronunció unas palabras llenas de sabiduría. Debería haberle dicho a Harriet que volverían a hablar en abril. Necesita saber si su hija la perdona por no haber vuelto a llamar, si Gust le ha explicado por qué no puede hacerlo.

Tiene el cuerpo dolorido durante todo el día. Desarrolla un dolor punzante en la cadera izquierda. Le cuesta alzar a Emmanuelle, correr con ella hasta la puerta. La madre más rápida es la mejor madre, dicen las instructoras.

A la hora de acostarse, Frida se esconde bajo la colcha y se mordisquea las cutículas. Ella tiene una muñeca que se parece a Harriet, sí, pero su hija debería tener también una muñeca que se pareciera a ella. Harriet debería tener una muñeca-mamá, dormir con ella, contarle secretos, llevarla a todas partes.

12

Hay madres que se están enamorando. Es algo tan inevitable como la estación. Es abril, el cielo tiene un tono increíblemente azul. Suenan risitas en el comedor. Las nuevas parejas se sientan juntas, rozándose los hombros, los codos, el pelo, los dedos. Se ruborizan de placer.

Las madres enamoradas viven esperando el fin de semana. Pasean cerca de la valla, o bien se llevan sus diarios de expiación al patio de piedra y escriben una junto a otra, tendidas boca abajo sobre la hierba. Hablan de sus manías y sus aficiones. De sus padres. De sus anteriores relaciones. De dinero. De su actitud sobre la monogamia. De si quieren tener más hijos. De si podrán encontrar un empleo o un sitio donde vivir cuando salgan de aquí.

Se supone que deben cultivar la pureza de mente y espíritu; si las sorprenden confraternizando, lo harán constar en sus expedientes. Podrían expulsarlas. Pero resulta fácil ocultar los romances incipientes. Las madres pueden sobrevivir con muy poco. Una caricia en la mejilla. Una mirada prolongada. Para la mayoría, basta con estar cerca. Hay romances entre compañeras de clase y compañeras de habitación; madres que se han conocido en la charla grupal, en los turnos de limpieza, esperando en la cola de la llamada del domingo o llorando después en el baño.

Quizá solo haya una docena de parejas en realidad, pero los rumores y las insinuaciones sugieren que hay más. También hay amores no correspondidos. Algunos se van al traste por los cotilleos. Ha habido casos de celos y de triángulos amorosos. Roxanne dice que a algunas se les van las manos en las duchas. Frida pregunta cómo es posible.

—Las mujeres son rápidas. Hay algunos puntos ciegos, ¿sabes? A mí alguien me pellizcó anoche. Me tocó la cadera mientras me cepillaba los dientes. Fue medio divertido.

—¿Y?

—Y me lo pensé. Pero no lo haría. Con ella no.

Se acerca a Frida junto a la ventana. Charlan mientras contemplan los focos, de espaldas a las cámaras, moviendo apenas los labios.

Roxanne le pregunta qué opina de Meryl. Es mona, añade.

—Es una cría.

—Tiene diecinueve. O los cumplirá pronto, ¿no? Son solo tres años menos que yo.

—Una chica de diecinueve es una cría. Tú eres mucho más madura que ella. Has ido a la universidad. Has salido de Pensilvania. Ella debe de haber viajado en avión un par de veces. Y además le gustan los chicos, ¿sabes?

—Tienes una visión completamente unidimensional de estos rollos. Toda la gente de mi edad es más fluida. Háblale bien de mí, ¿vale?

Frida se muestra evasiva. Quisiera decirle a Roxanne que Meryl ya tiene al guardia de ojos verdes, que si quisiera estar con una mujer elegiría a Beth. Quizá ya están besándose en secreto. Meryl la llama «nena». Beth la llama «cariño». Han estado hablando de hacerse unos tatuajes iguales. Las chicas suelen tocarse con una despreocupación que ella nunca ha empleado con nadie. Lo cierto es que envidia a las mujeres capaces de tocarse de esa manera.

Últimamente, Frida y Roxanne hablan más. Ser hijas únicas las ha unido; también las historias de sus embarazos, sus partos y sus dificultades durante la lactancia; han conectado a través de experiencias dolorosas.

Después de que se llevaran a Isaac, Roxanne tuvo que ir a urgencias porque tenía mastitis. Había estado dando el pecho siempre que el niño lo pedía y tuvieron que intervenirla para extirparle un absceso.

En principio, tendrían que haber dejado a Isaac con la madre de Roxanne, o con su tía, pero su madre está en quimioterapia por un cáncer de pecho en fase tres, y su tía vive con un novio del que nadie se fía. Su madre le había estado pagando la universidad con muy poca ayuda de su padre, que vive en Jersey con una nueva familia. Su madre se cabreó de verdad al enterarse de su embarazo, pensaba que Roxanne habría sido más lista, pero al final ha resultado que le encanta ser abuela.

—Suele decir que todas las mujeres tienen un hijo para poder tener algún día un nieto —dice—. Esa es la recompensa. Ella también necesita a Isaac.

Frida solo le preguntó una vez por el padre de Isaac. Roxanne dijo que lo conoció en una fiesta. Nunca pronuncian su nombre en voz alta. Cuando Isaac sea mayor, le dirá que utilizó a un donante de esperma. «Aunque desde luego mi bebé es igualito que él», reconoció.

Roxanne le preguntó a Frida por Nueva York, cómo era comparado con Filadelfia. Se quedó estupefacta al descubrir lo poco que sabía Frida sobre los barrios negros de Filadelfia, al saber que nunca había oído hablar de la casa MOVE (el grupo revolucionario negro de Filadelfia), que jamás había estado en el norte de Filadelfia, que nunca había pasado por la calle Cincuenta, que no tenía ni idea de que Sun Ra viviera en Germantown, que nunca había escuchado a Sun Ra, que había dejado de escuchar música cuando se mudó a Nueva York porque la ciudad era demasiado ruidosa.

Un guardia pasa a hacer el último control. Ellas se dan un abrazo de buenas noches.

Frida se imagina a Roxanne y a Meryl en un armario, en las duchas, fuera, en la oscuridad. Debería estar pensando en su hija. En la próxima llamada. En el parvulario. En el adiestramiento para ir al baño. En lo que Harriet está comiendo. En si Harriet está adoptando los tics de Susanna. Cuando vuelva a casa, le enseñará que la forma de Susanna de tocar a la gente es grosera, que puede que provoque que la gente suponga cosas erróneas cuando ella sea mayor. Pero quizás Harriet se convierta en una coqueta. Entonces pensará que es más bien su madre la que es fría y extraña. Sabrá que, incluso encerrada aquí con otras doscientas mujeres, su madre no era capaz de tener una aventura lésbica aunque lo intentara.

Este es el período más largo que Frida ha pasado sin que un hombre la bese o la toque. Antes pensaba que si le faltase eso se moriría. Por el momento, ninguna madre se ha fijado en ella, y su interés en otras mujeres ha sido siempre puramente teórico, pero ahora teme el día, o la noche, o la tarde furtiva en que la soledad la acabe derrotando y la impulse a correr el riesgo. Le gustaría que la besaran otra vez, antes de morir. Y si va a morir aquí, una idea que cada vez le parece más real, quizá tenga que escoger a otra madre. Ella exigirá que no se quiten la ropa. Dirá que ese no es su yo normal. Se está muriendo; quizá debería encontrar a otra madre que se sienta igual.

Después de casi cinco meses en la escuela, todavía se producen fallos técnicos de forma habitual. Las instructoras reciben cambios de programación en el último minuto. Se saltan lecciones inopinadamente. Las clases de la hora del baño se programan de forma precipitada para el mes de abril y luego se cancelan. Las instructoras conceden a todas las cohortes un tiempo extra para pasar al aire libre mientras deciden qué hacer.

Se supone que las muñecas son sumergibles, pero las cohortes de bebés tuvieron problemas con algunas que tenían floja la rueda azul. Al sumergirlas, se filtró agua en sus cavidades. Se formó moho, un moho que olía a brócoli podrido. Tuvieron que enviar a los bebés mohosos de la clase de Roxanne al departamento técnico. Una madre pidió que limpiaran la cavidad de su muñeca con lejía, pero la instructora dijo que en la fábrica de China habían probado la lejía y que corroía la maquinaria interna y se comía la piel de silicona de las muñecas. Incluso desaparecían narices y ojos. Si aquí ocurriera algo así, resultaría muy negativo para sus expedientes.

Las fiestas que potencian la calidad de vida de las muñecas se continúan celebrando. El domingo de Pascua, las madres con muñecas de ocho años o menos participan en una cacería de huevos.

Emmanuelle se empeña en que Frida la lleve en brazos a los terrenos de la cacería, que están frente a Pierce. Ella sigue la procesión hasta el prado, notando que enseguida se le cansan los brazos. Aunque hoy preferiría estar llamando a casa, Emmanuelle es ahora mejor compañía de lo que solía serlo. Sus frases se están volviendo más complejas; sus inquietudes, más profundas. El otro día, le palpó a Frida la espalda, buscando una rueda, y se angustió al no encontrar ninguna. Ella le explicó que hay distintos tipos de familias. Algunos niños nacen de tu cuerpo, otros son adoptados; algunos llegan por un matrimonio, otros crecen en laboratorios. Algunos, como Emmanuelle, fueron inventados por científicos. Los niños inventados por científicos son los más bellos.

—Es un privilegio ser tu madre —dijo Frida.

En lo alto de la cuesta, se ponen en fila detrás de Beth, de Meryl y de sus muñecas. Frida las saluda. Las chicas apenas levantan la vista. Hablan de un restaurante del sur de Filadelfia en el que Frida nunca ha estado, de los oficios religiosos de Pascua, de cómo vistieron a sus bebés el año pasado. Meryl confiesa que le puso a Ocean en la cabeza una de esas cursis cintas de satén y que le dejó comerse un pollito entero de malvavisco.

Frida se lleva a Emmanuelle al final de la cola, negándose a sentirse celosa. Estas amistades no son para siempre. No tienen razón de ser más allá de la necesidad de supervivencia. Meryl no deja de hablar de Beth durante los turnos de limpieza. Según explica, Beth le ha estado diciendo que consiga que el guardia de ojos verdes deje a su novia. Que se quede embarazada para poder salir de aquí antes.

El inicio de la cacería resulta desilusionante. Los huevos son fáciles de localizar entre la hierba corta. Las muñecas examinan las barreras de soga y corretean alrededor de las piernas de sus madres. Algunas echan a correr con los brazos abiertos, sintiendo el viento en el pelo. Durante unos minutos preciosos, nadie llora. Frida lleva a Emmanuelle por la pendiente, guiándola hasta un huevo verde, luego hasta otro blanco.

Se oyen gritos a lo lejos. Muñecas peleando. Madres discutiendo. Mujeres de bata rosa tocando el silbato. Emmanuelle se deja caer de golpe sobre la hierba. Hace una mañana reluciente y despejada. Frida juega con la raya del pelo de Emmanuelle. Se pregunta qué tiempo hará en la ciudad, si Harriet irá vestida hoy con tonos pastel, si Gust y Susanna la llevarán al zoo como el año pasado, si Harriet ya es lo bastante mayor para que le pinten la cara.

Ella la habría vestido de amarillo. Es una mala madre por no haberle hecho nunca a Harriet una cesta como las que les han dado a las muñecas. Es una mala madre por no haberla llevado nunca a una cacería de huevos. La Pascua era una de las fiestas en las que sus padres se esforzaban en ser estadounidenses. Recuerda un viaje a San Luis cuando estaba en primaria, un vestido rosa con volantes. Su madre le hizo llevar un sombrero blanco de paja, a pesar de que el blanco es el color de luto para los chinos.

Uno de los muñecos varones de cuatro años pasa disparado junto a ellas; no debería estar en la zona de los críos. Derriba a varios muñecos más pequeños. Sus madres se apresuran a ponerlos a salvo. La madre del niño le sigue de cerca.

Frida se levanta y grita: «¡Quieto!».

El niño va lanzado hacia la cesta de Emmanuelle. Aunque ella no ha demostrado hasta ahora ningún interés en esa cesta, al ver que el niño la quiere, la sujeta con fuerza y no la suelta. Ambos tiran con todas sus energías. El niño acaba ganando. Emmanuelle se pone de pie y corre tras él.

El niño se da la vuelta con el brazo alzado y, aunque Frida está a un par de pasos, golpea a Emmanuelle con la mano abierta en lo alto del pómulo.

Frida sujeta a la muñeca. Le examina la cara, le da un beso en la frente. En cuestión de segundos se forma un moratón. Una vez más, ha tardado unos momentos de más en darse cuenta de que han hecho daño a Emmanuelle. Siente ese moratón en su propio estómago. Lo siente entre los ojos. La abraza para calmar el dolor físico, el abrazo de ánimo, cinco besos más.

—Lo siento, cariño. Te quiero. Te quiero mucho. Enseguida se te pasará. Ya está, ya está.

La otra madre le pide a su hijo que se disculpe.

—Creo que debemos ver cómo está nuestra amiguita —dice.

Su tono es tímido. Deferente. Frida no comprende por qué la mujer no grita. A los niños como él hay que reprenderlos. Lleva a Emmanuelle junto al niño y lo coge de la muñeca.

—¡Mira lo que has hecho! Fíjate en la cara. ¿Ves este morado? ¡Pídele perdón a mi hija ahora mismo!

Esa noche, en la charla grupal, Frida cuenta otras cincuenta y tres mujeres. Dieciocho están aquí por la cacería de huevos, incluida Tamara, esa mujer de expresión amargada que es la madre del niño que ha pegado a Emmanuelle.

Los guardias reparten tazas de café tibio y amargo. Las confesiones se prolongan hasta bien entrada la noche. Últimamente, la escuela está lanzando una red más amplia. No hace falta que el daño sea intencional o malicioso. Todos los accidentes pueden prevenirse con una estrecha vigilancia, dice la señora Gibson.

Algunas madres son veteranas de la charla grupal, las envían aquí al menos una vez a la semana. La señora Gibson deja que describan brevemente sus transgresiones. Ahora hay tres guardias cada noche, dos para mantener el orden y uno para proteger a la señora Gibson. Una madre se abalanzó sobre ella la semana pasada, llegó a ponerle las manos en la garganta. Expulsaron a la agresora, que pasó a formar parte del registro.

Una madre ha permitido que su muñeca la llame por su nombre de pila, y no «mami». Algunas han sido maleducadas con los tutores de sus hijos durante las llamadas a casa. Otras han llorado durante las comidas. Han sorprendido a dos madres besándose detrás de las pistas de tenis. Un guardia las oyó hablar de fugarse juntas.

Todo el mundo se yergue en su silla. Esas dos madres son la primera pareja a la que han pillado. Una de ellas es Margaret, una joven latina demacrada, de ojos lúgubres, que parece haberse arrancado la mayor parte de la ceja izquierda. Su delito original fue dejar a su hijo esperando en el coche mientras ella se presentaba a una entrevista de trabajo.

Su amante es Alicia, una de esas jóvenes madres negras, esbeltas y despampanantes, que siempre están riéndose y a la que Frida conoció el primer día. Al parecer, se hizo muy amiga de Lucretia el mes anterior a su expulsión. Alicia se ha cortado las trenzas. Ha perdido tanto peso que Frida apenas la ha reconocido. La denunciaron al SPI a raíz del mal comportamiento de su hija de cinco años en la escuela. El maestro envió a la niña al despacho del director, que le pidió a Alicia que fuera a buscarla.

—Llegué diez minutos tarde —dice Alicia—. Dijeron que olía a alcohol. Yo trabajaba entonces de camarera; me presenté con el uniforme y ese día me habían derramado cerveza encima. No me creyeron cuando expliqué que no bebo.

La señora Gibson le dice a Alicia que asuma su responsabilidad.

—Pero…

—Sin excusas.

—La culpa fue mía —dice Alicia, apretando los dientes—. Soy una narcisista. Soy un peligro para mi hija.

Alicia y Margaret están tan ruborizadas que casi resplandecen. Margaret se sienta sobre sus manos. Alicia juguetea con las mangas de su uniforme.

Frida rememora una ocasión en la que volvió de la casa de su novio a la una de la madrugada y se encontró a sus padres levantados, esperándola. Ella y su novio se habían quedado dormidos viendo una película, pero sus padres no la creyeron. Aún recuerda cómo la miraba su madre, y que su padre no le dirigió la palabra durante días.

La señora Gibson les pide a Alicia y a Margaret que confiesen el grado de contacto sexual al que han llegado. Ellas responden a una serie de preguntas sobre caricias, manoseos, penetración digital, sexo oral; incluso sobre si han hecho que la otra alcanzara el orgasmo.

Las madres desvían la mirada. Queda sobrentendido que la escuela no considera propio de una madre el lesbianismo.

Alicia se echa a llorar.

—Nos besamos un poco. Nada más. No hemos hecho daño a nadie. No volveré a hablar con ella siquiera. ¡Por favor! No lo incluya en mi expediente, por favor.

—Valoro esa confesión —dice la señora Gibson—, pero lo que no comprendo es por qué antepusieron sus deseos egoístas a su espíritu maternal.

La soledad es una forma de narcisismo. Una madre en armonía con su hijo, que entiende cuál es su lugar en la vida del niño y su papel en la sociedad, nunca se siente sola. Al cuidar de su hijo, todas sus necesidades quedan satisfechas.

¿Qué problemas pueden resolverse fugándose?

—Ustedes se van a llevar a mi hijo de todos modos —dice Margaret—. ¿Por qué no lo reconocen, en lugar de fingir que tenemos una oportunidad? Los padres de acogida de mi hijo quieren adoptarlo. No lo reconocen, pero yo lo sé. Ya están buscando guardería. A usted le encantaría, ¿verdad? Quieren que fracasemos para poder quedárselos.

Frida araña el borde de su taza de café. Ya le da igual la idea de besarse. Está pensando en el campanario, preguntándose a qué velocidad podría subir los escalones, si las tejas del tejado serán resbaladizas, qué sentirá cuando su cara se estrelle contra el pavimento.

Cuando llega su turno, le habla a la señora Gibson como un penitente que se confiesa ante un sacerdote.

—Hoy debería haberla protegido mejor. Eso es lo que más me apena. A ella le ha dolido el golpe. Y yo podría haberlo evitado. También lamento mi tono. Sin embargo, cuando le he pedido al hijo de Tamara que se disculpase, él se me ha reído en la cara. Era una risa malvada. Una risotada. Eso me ha parecido alarmante. No sé dónde ha aprendido a comportarse así. Lo siento. Soy una narcisista. Soy un peligro para mi hija. —Hace una pausa—. Pero ella también.

Las madres miran a Tamara.

—No hace falta ser pasivo-agresiva, Frida —dice la señora Gibson.

Tamara está enfrente de ella, en el segundo anillo del círculo.

Su delito original fue darle una azotaina a su hijo. Su exmarido la denunció. Ella reconoce que su muñeco tiene tendencia a pegar, pero Frida debería haber estado más atenta.

Tamara la señala con el dedo.

—Yo he visto que miraba para otro lado.

—He mirado para otro lado un segundo.

—Con un segundo basta. ¿Es que no has aprendido nada? Has dejado que tu muñeca jugara sola. Si hubieras estado mirando...

—¡Señoras! —dice la señora Gibson—. ¡Contrólense!

—Chica, qué mala pinta tienes. —En el autobús, Meryl baja la voz y le susurra a Frida que Tamara la ha estado insultando—. Esa tipa te ha llamado puta.

Frida sonríe.

—No soy una puta, soy una mala madre.

—Muy bueno —dice Meryl.

—Sí, soy la monda —responde Frida. Chocan los puños—. Estoy preocupada por ella...

—¿Por Harriet?

—Por Emmanuelle.

El moratón de la muñeca parece un caso de tiña. Un círculo perfecto, morado en el centro y con un anillo amarillo y luego verde. El moratón palpita cuando Emmanuelle llora. Esta mañana, las instructoras se la han encontrado llorando en el cuarto de equipos. No sabían que llorar en el modo sueño fuera posible. Frida ha preguntado si no habría que repararla. La señora Russo le ha explicado que el morado se curará solo.

—La herida más seria la tiene aquí —ha dicho, señalando el corazón—. Y aquí —ha añadido, señalándole la frente.

La señora Gibson ha dicho que la forma que Frida ha tenido de hablarle al hijo de Tamara era indefendible. Tamara ha cometido sus errores, pero Frida ha gritado. No hay nada que justifique gritarle a un niño. Nada que justifique asustarlo. Frida ha actuado impulsivamente. Se ha desbocado. No le ha dejado espacio a Tamara para actuar como madre.

La jueza del tribunal de familia debería saber que gritar al hijo de Tamara ha sido una de las cosas más maternales que Frida ha hecho jamás. Ella siempre quiso que sus padres gritaran para defenderla; recuerda que la estamparon de cara contra una valla metálica cuando tenía ocho años y que, cuando se lo contó a sus padres, ellos no hicieron nada.

Los trayectos en autobús ya no resultan una novedad. Durante el resto del viaje, Frida y Meryl juegan a lo de siempre: tratan de adivinar qué conductores son infieles o alcohólicos, cuáles son crueles con los animales, cuáles son malos padres. Meryl se desata su cola de caballo y le enseña el trecho de calvicie que tiene en la parte posterior de la cabeza. Es del tamaño de una moneda de veinticinco centavos, totalmente liso. Cuando no puede dormir, se da tirones. Se araña. Se ha provocado muchas costras. Le inquieta el escáner cerebral del mes que viene.

—No quiero que me miren la cabeza. Es espeluznante, joder.

—Todo irá bien —dice Frida, aunque a ella la idea también la pone nerviosa.

No les han dicho en qué consiste la exploración, solo que el escáner formará parte de las evaluaciones de mitad de curso y que también entrevistarán a sus muñecas. Supuestamente, las instructoras harán un pronóstico sobre las posibilidades que tienen de recuperar a sus hijos.

Tras terminar «Evitando estar sola en casa», las lecciones antiabandono de esta semana abordan la nueva epidemia de niños dejados en coches aparcados al sol. Llevan cuatro furgonetas negras al aparcamiento de la nave. A las madres les dan unos auriculares con una pantalla que queda a la altura del ojo derecho. Por mucho que distraiga la imagen de la pantalla, ellas deben ignorar la distracción y mantenerse concentradas en sus muñecas. Tendrán que atarlas a una sillita de coche y meterlas en el vehículo. Una vez hecho esto, contarán con diez minutos para sacar la sillita y correr al poste del extremo del aparcamiento.

La pantalla reproduce imágenes de guerra, de parejas practicando el sexo, de animales sometidos a tortura. Las madres se tambalean y zigzaguean. Linda tropieza y se rasguña las manos. Beth choca con un retrovisor lateral. A Meryl la sorprenden apoyando la cabeza en el volante.

Unos días más tarde, la práctica continúa bajo la lluvia. Las madres procuran no resbalar en el asfalto húmedo. Frida está en el asiento trasero atendiendo a Emmanuelle cuando empieza el vídeo. La fiesta de cumpleaños de Harriet. Cinco niños que no reconoce. Sus padres.

Frida deja de respirar. Ya no oye los gritos de Emmanuelle. El vídeo lo han grabado con un móvil. El de Gust. De hecho, es él quien va narrando la escena.

—Te echamos de menos, Frida —dice—. Aquí está Will. Di hola, Will.

Will saluda con la mano. Rodea con el brazo a una mujer joven. Susanna sostiene el pastel. Harriet aparece en un primer plano con un sombrerito de papel blanco con rayas de arcoíris. Los invitados le cantan. Gust y Susanna la ayudan a soplar la segunda vela.

La imagen pasa a Gust sentado en su despacho con Harriet. En la estantería situada detrás hay una maqueta tridimensional de una cubierta ajardinada que hizo en Brooklyn. Harriet se frota los ojos. Parece que acaba de despertar de una siesta. Gust le pide que le hable a Frida del pastel. Un pastel de almendra con arándanos. ¿Quién estuvo en la fiesta? «Amigos. El tío Will.» Papi y Sue-Sue le regalaron una bici sin pedales.

Frida vuelve al asiento del conductor. Harriet está delgada y enfurruñada. Le han agujereado las orejas y lleva unos clavos de oro. Ropa nueva, negra y gris.

Gust le enseña a Harriet una foto enmarcada.

—¿Quién es esta? Es mami. ¿Recuerdas que hablamos con ella hace unos días? Ahora tiene un aspecto un poco diferente.

—No —dice Harriet—. No mami, no. No está. ¡Mami no vuelve! ¡Quiero Sue-Sue! ¡Quiero jugar! —Se retuerce y se escurre del regazo de Gust.

Cuando suena el silbato, Frida se queda sentada. Aunque el coche estuviera en llamas, no podría moverse. Gust y Harriet desaparecen del encuadre. Gust le ofrece otro trozo de pastel si le habla a mami. Le pide por favor que deje de pegarle.

—Ya sé que estás enfadada —dice Gust—. Está bien estar enfadado. Sé que es difícil para ti. A mí tampoco me gusta.

Emmanuelle se agita más y más desesperada en el asiento trasero, pero Frida la ignora. El vídeo se reproduce en bucle. Ella observa nuevos detalles cada vez. Harriet guiña los ojos al concentrarse en las velas, los cierra con fuerza cuando Gust y Susanna le enseñan cómo pedir un deseo. Los adultos se ríen, los niños extienden los brazos para coger pedazos de pastel. Sus caras embadurnadas. Las serpentinas. Los globos, esta vez dorados. La chica de Will. Asiática. Quizá japonesa. Lleva un vestido negro muy chic. Susanna con el pelo recogido en trenzas. Harriet sonriendo a Susanna. La imagen se emborrona cuando Gust le pasa a alguien el móvil. Gust y Susanna detrás de Harriet, besándose.

En varias ocasiones, cuando Frida levanta la vista esperando ver a sus compañeras corriendo bajo la lluvia, descubre que también ellas están paralizadas en el asiento del conductor.

El vídeo de Frida era el único con una fiesta de cumpleaños, pero sus compañeras han visto a sus hijas cepillándose los dientes, comiéndose el desayuno, en el parque infantil, jugando con amigos y con los padres de acogida. La hija de Linda se puso a llorar en cuanto mencionaron a mami. La hija de Beth huía de la cámara. Ocean se negaba a hablar.

Ahora quieren saber cómo la escuela ha conseguido los vídeos, qué les dijeron a los tutores de las niñas, si sabían cómo iban a usarse los vídeos. Frida dice que Gust jamás habría accedido si lo hubiese sabido. «Él no me haría eso. Deben de haberle dicho que era un regalo.»

El vídeo de Roxanne mostraba a Isaac de pie y comiendo por sí mismo zanahorias y judías verdes al vapor. Le ha salido el primer diente. Su madre de acogida lo filmó deslizándose entre el mobiliario de la sala de estar. Dará sus primeros pasos cualquier día. Muy pronto dejará de ser un bebé.

La madre de acogida de Isaac es una mujer blanca cincuentona, profesora de la Universidad Drexel.

—Lo tiene en una guardería a tiempo completo —dice Roxanne—. ¿Para qué acogerlo si él pasa cuarenta jodidas horas a la semana con otra gente? Yo no lo habría llevado a la guardería. Habría cuidado yo misma de él. ¿Cómo sé qué clase de sitio han escogido? Seguramente es el único niño negro.

Roxanne dice que se morirá si esa mujer se lo queda.

—No hablas en serio. Ella no va a quedárselo, ¿vale?

Frida le dice que deje de hablar así. A las madres que expresan pensamientos negativos las apuntan en una lista de vigilancia y les hacen asistir a sesiones extra de terapia. Cualquier indicio de idea suicida se hace constar en su expediente.

Pero poco después del día de los vídeos caseros, la lista de vigilancia crece considerablemente. Las madres enamoradas se vuelven descuidadas. Sorprenden a una pareja acurrucada en un armario de suministros. A otras dos las pillan cogidas de la mano. Unas semanas antes, el frustrado intento de fuga de Margaret y Alicia tuvo repercusiones en otros romances. Las parejas, o bien se volvieron más estrechas, o bien rompieron. Se rumorea que la escuela está preparando un seminario nocturno sobre la soledad. Cómo gestionarla. Cómo evitarla. Por qué es algo que no tiene cabida en la vida de una madre, ni aquí ni en ninguna parte.

En el interior de la nave, los ejercicios se combinan con carreras de obstáculos. Ahora mismo, Frida y sus compañeras llevan a sus muñecas de la casa al coche y del coche a la casa. Tienen que correr y narrar la escena, correr y proporcionar afecto.

La terapeuta de Frida piensa que a ella ya le da todo igual. Su mejor resultado es el tercer puesto. La única razón de que no sea la cuarta es que Meryl ha empezado a sufrir ataques de pánico.

—Yo no voy a dejar que mi hija se muera en un coche aparcado al sol —dice Frida—. Jamás haría tal cosa.

¿Y por qué puede torturarlas la escuela con vídeos de sus propios hijos?

—«Torturar» no es una palabra que pueda utilizarse a la ligera —responde la terapeuta—. La estamos poniendo en situaciones de mucha presión para ver qué clase de madre es. La mayoría de las personas pueden ser buenos padres si no están bajo presión. Hemos de saber si es capaz de manejar los problemas. Para un padre, cada día es como una carrera de obstáculos.

El día de evaluación del tema número 3 cae el primer lunes de mayo. En el aparcamiento de la nave, Frida, Meryl, Beth y Linda se desabrochan el uniforme hasta donde la decencia lo permite y se arremangan las perneras de los monos. Luego se sientan en el suelo y alzan la cara hacia el sol.

—No estaba tan pálida desde que era un bebé —dice Linda.

Empieza a explicarles que ella solía tomar el sol en el porche trasero de la casa de sus padres, pero se interrumpe al ver las piernas de Beth. Sus cicatrices. Suelta un silbido y pregunta cuándo empezó a cortarse. A ella le dan miedo los cuchillos.

Beth dice que no usaba cuchillos, sino hojas de afeitar. Ahora considera sus autolesiones un acto de egoísmo.

—Si hubiera sabido el dolor que causaba a mis padres... —empieza.

Meryl le da un golpe en el brazo.

—Con nosotras no tienes que fingir.

—Ahora me arrepiento —cuchichea Beth.

Luego se fija en las piernas de Frida, casi desprovistas de vello, y suelta una exclamación. Desde que Frida dejó de depilarse, el vello de sus piernas se ha vuelto muy escaso, aunque todavía necesita las pinzas y la cuchilla de afeitar para mantener a raya el vello de las axilas y del bigote. No se ha cortado el pelo desde noviembre. La cola de caballo le llega a la mitad de la espalda.

Las otras le pasan las manos por las pantorrillas, soltando maldiciones por las injustas ventajas con las que cuentan las asiáticas. Tanto Beth como Linda tienen el vello muy tupido en las piernas. Solo las de Meryl están depiladas. Linda quiere saber para quién lo hace: un hombre o una mujer, un guardia u otra madre.

—No es asunto tuyo —dice Meryl.

Más allá del aparcamiento hay más bosque. Una subdivisión. Un centro comercial. Grandes tiendas. La autopista es una ruta de grandes camiones. Pasan varios de FedEx. Algunos de Fresh Direct, de UPS. A Frida, aquella vida en la que ganaba dinero y compraba artículos por Internet le parece tan lejana como su infancia.

No ha hablado con Harriet desde hace nueve semanas, no sabe cómo se estará portando con la asistente social y la psicóloga infantil. Le asusta pensar que la terapeuta vaya a entrevistar a Emmanuelle. Hay días en que la muñeca responde «no» a cualquier pregunta. Harriet también era así. «No» vino antes que «*pse*», y luego llegó «sí». Hubo otras quince palabras antes de que dijera «mami».

Llaman a Linda a la nave. Ella le da un abrazo a cada una antes de ir dentro; parece muy nerviosa y todas le desean suerte.

—Corre como si quisieran matarte —dice Meryl.

Ella y Beth deciden pasar el rato trenzándose el pelo mutuamente.

—Frida, ven a sentarte con nosotras —dice Beth.

Ella se sitúa frente a Beth. Meryl le ha estado dando la lata para que sea más amable, para que deje de decir que Beth es una mala influencia.

—Tengo derecho a tener dos amigas aquí —le dijo Meryl.

Cuando Beth empieza a trenzarle el pelo, Frida se siente aliviada. Hace mucho desde la última vez que otro adulto, un ser humano, le tocó la cabeza. Aquella noche en casa de Will, él jugueteó con las puntas de su cabello, comparó su textura con las cerdas de un cepillo. Gust solía acariciarle la cabeza cuando ella no podía dormirse. Se imagina sus manos en la espesa cabellera roja de Susanna; se pregunta si a él siempre le han gustado las pelirrojas; si ella, la madre de su hija, constituyó una anomalía, una especie de rodeo, cuando en realidad estaba buscando a Susanna. Parecían muy felices en la fiesta de cumpleaños.

Intercambian sus papeles. Frida peina con los dedos el pelo lustroso de Beth, que le pide que le masajee la nuca. Cuando se ha levantado esta mañana, dice, no podía girar la cabeza. Muy pronto, las tres, sentadas una detrás de otra, están trenzando y masajeándose mutuamente el cuello y los hombros.

Si fueran colegialas, harían cadenas de tréboles. Frida recuerda que se sentaba sola en los recreos y ataba el extremo de una hierba con el de la siguiente. Ella nunca se ha sentido muy unida a las otras dos. Una hermandad basada en una incompetencia común. Si estuvieran en otra vida, ahora sacaría una fotografía. Meryl apoyando la cabeza en el hombro de Beth. Beth arrugando la nariz. Bajo esta luz, nadie sería capaz de adivinar que están perdiendo la esperanza. Que son mujeres peligrosas. Mujeres que no pueden controlarse. Que no conocen la forma correcta de amar.

13

Las muñecas dejan su cuerpo flácido y pesado, como manifestantes que se resisten a su detención. Las instructoras trabajan juntas para cargar con cada una desde el cuarto de equipos. La señora Russo no tarda en sentir un tirón muscular en la zona inferior de la espalda.

Emmanuelle tiene un rastro de lágrimas secas bajo cada ojo. Frida le limpia la cara con saliva. Escoge un rincón junto a la ventana e invita a Emmanuelle a sentarse en su regazo.

—Comprendemos que ayer fue un día muy intenso —dice la señora Russo—. Niñas, tenéis derecho a estar asustadas y a sentiros confusas. Es duro ayudar a mami a que aprenda a manteneros a salvo. Muchas gracias por vuestro esfuerzo —añade, dirigiendo a la clase en una salva de aplausos.

Las muñecas siguen apenadas. Ayer, Meryl rompió sus auriculares en un acceso de rabia. Beth vomitó. Solo Linda completó toda la prueba de evaluación. La nueva palabra de Emmanuelle es «azul». También «beso», señalándose la mejilla. Cuando Frida le da un beso en una mejilla, ella señala la otra.

Les dan un tiempo para practicar abrazos de estilo libre, una transición antes de empezar el siguiente tema del programa. Frida se cubre la cara con las manos y juega varias veces con Emmanuelle, destapándosela y diciendo «cucú». Cantan la canción del abecedario. Frida canta *Estrellita dónde estás* y le explica que ambas canciones comparten la misma melodía.

Emmanuelle dice «*estellita*» en lugar de «estrellita». Imitando a Frida, agita las manos para acercar las estrellas.

Mientras cantan, ella cae en la cuenta de que Emmanuelle nunca ha visto las estrellas. Probablemente, Harriet tampoco. Aún no. Frida reparó en este detalle durante las primeras noches que pasó en este lugar: están lo bastante lejos de la ciudad como para que se vean las estrellas. Las constelaciones.

—Siento haberme caído ayer. Te asustaste, ¿no?

Emmanuelle asiente.

Frida resbaló a unos metros de la línea de meta. Es una mala madre por caerse. Es una mala madre por despotricar. Es una mala madre por haber acabado tercera, por haber perdido otro mes de privilegios telefónicos.

—¿Sabes por qué mami tenía que correr tanto?

—*Esamen.*

—¿Y por qué las mamás han de pasar exámenes?

—*Apender.*

Emmanuelle alarga la última sílaba.

—*Apendeeer* —repite. Luego se levanta y besa a Frida en la frente, poniendo las manos a cada lado de su cara.

Habla lentamente.

—Sé que es duro —dice Emmanuelle—. Yo te ayudaré.

Han readaptado la clase con cuatro puestos de cuidados maternales, cada uno con una alfombra circular trenzada multicolor. Les dan una bolsa de lona que contiene media docena de juguetes. Es el primer día del tema 4: «Fundamentos del juego».

Las muñecas pueden coger un juguete, no todos, les explica la señora Khoury.

Las madres las ayudarán a escoger. La señora Khoury hace una demostración con la muñeca de Linda. Cuando ella sujeta los seis juguetes en sus manos, la señora Khoury dice: «Cariño, son demasiados». Se acuclilla para hablarle a la muñeca a la misma altura: «Ya te he oído decir que quieres muchas cosas, pero ahora mismo solo vamos a jugar con un juguete».

La señora Khoury alza un dedo para subrayar sus palabras. La muñeca sigue atesorando los seis juguetes. La señora Khoury empieza a enseñarle a escoger, a concretar sus preferencias. ¿Qué juguete le gusta más? ¿Qué desea hacer ahora mismo? ¿Qué juguete le servirá para satisfacer ese deseo?

En comparación, las normas de los temas anteriores parecían lógicas. La muñeca lloraba y su madre la consolaba. La muñeca estaba enferma y su madre la ayudaba a recuperarse. Pero no hay ninguna razón, piensa Frida, para que las muñecas puedan jugar solo con un juguete cada vez.

Lo más difícil es mantenerse alegre y entusiasmada. Hablar solo con exclamaciones. Improvisar historias sobre la marcha. Contener el aburrimiento. Jugar es más difícil que correr. No hay una secuencia numerada de pasos, ningún protocolo específico. El juego requiere creatividad. Cada madre debe recurrir a su niña interior.

Visualicen el comportamiento que desean alcanzar, dicen las instructoras.

Ahora Frida y Roxanne hablan de las lecciones cada noche, una vez que se han apagado las luces. Frida le cuenta que ella se crio viendo culebrones con su abuela. No se sentaban a jugar con un cronómetro. Reconoce que ella solía besarse con sus muñecas, cosa que Roxanne encuentra tremendamente rara. Elaboran la lista de los juguetes que les comprarán a Harriet e Isaac en noviembre, recuerdan los muñecos preferidos de su infancia. Roxanne hacía vestidos para sus *Barbies*. Vestidos de gala con tisú y cinta adhesiva. Ella dejará que Isaac juegue con *Barbies* cuando sea un poco mayor, quiere que desarrolle su lado femenino. Lo llevará a clases de baile. Aprenderá a tocar el violonchelo.

En la clase, Frida y Emmanuelle tardan muchos días en lograr quince minutos de juego concentrado en un solo juguete. Frida trata de encontrar atajos. Le promete a Emmanuelle un montón de besos si colabora.

—¿Ves lo bien que juegan tus amigas? ¿Tú no quieres ser tan buena como ellas?

La señora Khoury critica tal proceder. Frida no puede avergonzar a la muñeca para que se comporte. Avergonzar a un niño no es cariñoso.

—Quizás eso funcionase en las culturas en las que usted y yo nos criamos, pero esto es Estados Unidos —dice la señora Khoury. Una madre norteamericana debe inspirar sentimientos positivos, no remordimientos.

En el gimnasio hay veinte cubículos delimitados con particiones de tela negra, cada uno con una mesa y una silla, un monitor y una máquina gris con ruedas de la que cuelgan unos cables. Frida mira la cámara situada por encima de la pantalla. Se esperaba un aparato de resonancia magnética, o unas agujas y un casco, algo imponente y futurista. Cierra los ojos cuando una de las mujeres de bata rosa le pasa por la cara un algodón empapado en un líquido astringente y le adosa unos sensores en la frente, el entrecejo, las sienes, las mejillas y el cuello. Ella se desabrocha el uniforme y deja que la mujer le ponga un sensor sobre el corazón.

—Deje que sus pensamientos fluyan con naturalidad —dice la mujer, pasándole unos auriculares.

En la pantalla, aparece el primer día de clase. El emparejamiento de madres y muñecas. Durante la siguiente media hora, Frida mira vídeos de los últimos seis meses. Los momentos más destacados de sus fracasos. Las prácticas de afecto. El primer día de evaluación. El primer cambio de líquido azul. El incidente del pellizco. La charla grupal. Las lecciones de cocina en las que ella no paraba de cortarse. La medicina que administró de forma incorrecta. La nave. La Pascua. Otra vez la charla grupal. Emmanuelle llorando en el cuarto de equipos.

Tiene la garganta reseca. Se le acelera el pulso. Siente retortijones en el estómago. Nadie les ha explicado en qué consistiría el escáner. Cuando le preguntó a la terapeuta cómo debía prepararse, ella le dijo que no era posible ninguna preparación.

—Todo lo que necesita ya está en su interior —dijo.

Cuando Emmanuelle recibe un pellizco o un golpe, o cuando está especialmente asustada o alterada, la cámara hace un *zoom* de su cara y muestra su reacción en cámara lenta, dándole tiempo a Frida a apreciar su sufrimiento. La angustia de la muñeca la atormenta casi tanto como la de Harriet. Se siente responsable. Algunos vídeos están sacados de la cámara que Emmanuelle lleva dentro y le muestran exactamente cómo la ve la muñeca. Frida se ve a sí misma envejeciendo. Se ve a sí misma esforzándose.

El vídeo termina con un montaje de escenas de afecto, pero incluso en las que aparecen abrazándose, dándose besos o jugando, Frida parece triste y afligida. Vuelve a la clase con las marcas de los sensores en la cara. A Emmanuelle le encantan esos topos. Aprieta cada círculo con el pulgar, riéndose.

A la hora de la cena, todas las madres están marcadas.

El Día de la Madre se anulan todos los privilegios telefónicos, una decisión que solo se anuncia a la hora del desayuno. Entre una comida y otra, las mujeres deben permanecer en sus habitaciones y escribir en sus diarios de expiación. Las animan a reflexionar sobre sus defectos aún presentes y sus hijos ausentes; deben recordar el último Día de la Madre, pensar en el del próximo año y dar gracias a las mujeres que las criaron.

—Soy una mala madre porque… —escribe Frida. Rápidamente llena cinco páginas.

Intenta visualizar el éxito. Es el mes de junio y ella está llamando por teléfono a Harriet. Es diciembre y ya se han vuelto a reunir. Harriet tira de las aletas del gorro de piel de Frida. Ahora ya no le gustan los búhos, prefiere los pingüinos. Ella la lleva a que le pongan la vacuna de la gripe. Gust deja que Harriet pase dos semanas con ella. Van de vacaciones a Chicago para ver a *gonggong* y *popo*. En el avión, la actitud y los modales de Harriet impresionan a las azafatas.

Intenta imaginarse el aspecto que tendrá la niña en diciembre, pero la Harriet que imagina es la del pasado verano, antes de su día nefasto, cuando aún tenía tiempo para estudiar atentamente su cara. Ahora no sabe qué aspecto tiene en este momento, lo cual es en sí mismo un crimen. No está allí para ver crecer a su hija.

Esta mañana tienen las ventanas abiertas. Hay un poco de brisa. El día claro y seco invita a salir. Algunos domingos, ella y Roxanne tratan de recorrer toda la extensión del campus para ver hasta dónde pueden llegar. ¿Qué pensaría la jueza del tribunal de familia de sus errores, de sus visitas a la charla grupal, de las heridas de Emmanuelle? El brazo de la muñeca aún tiene las marcas. Su moratón sigue siendo visible. La mujer que aparece en los vídeos no tiene nada que ver con la Frida real, con su manera de cuidar de Harriet. ¿Cómo puede pretender la escuela que quiera a Emmanuelle como a su propia hija, que se comporte con naturalidad, cuando no hay nada natural en estas circunstancias?

Roxanne sigue arrancando páginas de su diario y tirándolas al suelo. Está llorando. Frida va al baño, coge un montón de papel higiénico y lo deja en el escritorio de Roxanne. Isaac cumplió un año esta semana. Hoy ella quería cantarle el feliz cumpleaños.

—No llores —susurra Frida, rodeándole los hombros.

Roxanne le da las gracias. Frida recoge y amontona las hojas arrancadas. Cuando Roxanne intenta volver a meterse en la cama, ella se lo impide.

En su diario, Frida escribe que Susanna también merece que la feliciten, que ella también es madre de Harriet.

Seguramente, Harriet ya puede decir su propio nombre. Tal vez esté hablando con frases completas: «Mami, te quiero galaxias enteras. Mami, te quiero más que a nadie. Mami, ven a casa. Tú eres mi única mamá. Tú eres mi mamá de verdad. Mami te echo de menos».

La escuela revisó el escáner cerebral de Frida para ver qué circuitos neuronales se iluminaban, para observar destellos en los circuitos de empatía y afecto. Aunque detectaron algunas débiles señales, los resultados indicaban que su capacidad para el apego y el sentimiento maternal es limitada. Su recuento de palabras continúa siendo uno de los mejores de la clase, pero el análisis de sus expresiones, pulso, temperatura, contacto visual, patrones de parpadeo y contacto físico indicaban temor e ira residual. Culpa. Confusión. Ansiedad. Ambivalencia.

—En esta fase, la ambivalencia resulta muy preocupante —dijo la terapeuta.

Su entrevista con Emmanuelle también fue poco concluyente. Cuando le preguntaron si quiere a mami, Emmanuelle dijo que sí, luego que no, luego que sí de nuevo, luego otra vez que no. Al final dejó de responder. La terapeuta le preguntó si se siente segura con mami, si mami satisface sus necesidades, si echa de menos a mami cuando está en el cuarto de equipos. Cuando le presionaron para responder, la muñeca se echó a llorar.

La terapeuta dijo que Frida posee la inteligencia necesaria para ser madre, pero tal vez no el temperamento.

—Pero yo soy madre. Soy la madre de Harriet.

—Pero ¿es lo mejor para Harriet que usted sea su madre? —preguntó la terapeuta.

El pronóstico de retorno es entre regular y malo (o simplemente malo) para casi todo el mundo. Frida está en el primer grupo. Hay algunas excepciones, dieciséis en total, incluidas Linda y Charisse, una de las mujeres blancas de mediana edad: la rubia natural con una ronquera de fumadora que suele cantar canciones de Wilson Phillips en la ducha (*Hold on* es su favorita). Una vez que las demás se enteran de sus nombres, las madres con éxito empiezan a pasarlo mal. Alguien deja los uniformes de Linda hechos jirones. Alguien le pone hormigas en la cama a Charisse, que llama al número de emergencia para denunciarlo. Sospecha de su compañera de habitación, de las madres de su clase. Va a quejarse a la señora Gibson y la señora Knight. Sus compañeras de clase la llaman «la quejica», aunque supuestamente ninguna de sus quejas ha sido incluida en su expediente.

Las madres imaginan lo que harían si les dejaran manejar cuchillos, tijeras o productos químicos. No todas llegaron a la escuela siendo violentas, pero ahora, al inicio del séptimo mes, todas serían capaces de apuñalar a alguien.

Y

Pero la suerte puede cambiar, incluso aquí. Tras un sorprendente segundo puesto al final del tema 4, Frida comienza el tema número 5 —«Juego de nivel intermedio y avanzado»— con una actitud alegre y predispuesta. Por alguna razón, Emmanuelle decidió colaborar el día de la evaluación. Jugó con un juguete cada vez y los guardó cuando se lo pidieron.

A principios de junio, Frida le prodiga muchísimos elogios. Emmanuelle empieza a aparecer en sus sueños como una niña de verdad. En esos sueños, Emmanuelle y Harriet pasean por el campus cogidas de la mano. Ruedan por las pendientes de césped. Se persiguen alrededor del patio de piedra. Llevan vestidos azules iguales, zapatos y pasadores idénticos. Corren juntas por el bosque.

Frida le enseña a Emmanuelle a decir «te quiero» en mandarín. Le enseña a decir *wawa*, «muñequita»: un término cariñoso que ella nunca ha usado con Harriet.

Ahora empieza a dormir normalmente, come más, recupera un poco de peso. Vuelve a encontrarle sabor a la comida. Al ducharse, es consciente del agua que le cae en la cara. En la clase, es consciente de su cuerpo junto al de Emmanuelle. Ahora da por voluntad propia, y lo que hay entre ellas es amor.

Por las noches, se prepara los temas de conversación telefónica. No mencionará el vídeo de la fiesta de cumpleaños, no preguntará por los hidratos de carbono, la crema solar o los gorros para el sol, tampoco preguntará si Gust y Susanna han llevado a la niña a la playa, si han empezado las clases de natación o a dónde irán de vacaciones. Utilizará su «te quiero» de forma juiciosa.

Empiezan a practicar en grupos de cuatro. Dos muñecas reciben un juguete. Cuando se desata la pelea, las madres deben separarlas y ayudarlas a procesar sus sentimientos. Practican la capacidad de compartir y de turnarse. Aprenden a gestionar la agresividad relacionada con la posesión de juguetes. Trabajan la reconciliación.

Cuando las muñecas se pelean por los juguetes, Frida teme que la pasividad de Emmanuelle afecte a sus calificaciones. Le decepciona ver que Emmanuelle se atiene a los estereotipos raciales: un fallo de imaginación por parte de sus fabricantes. Cuando Emmanuelle juega con otras muñecas, se muestra dócil hasta el servilismo. Es siempre a ella a quien le tiran del pelo, siempre es su juguete el que las demás roban. Cuando las otras muñecas la tratan mal, ella no reacciona.

Frida no soporta que le peguen. Las peleas le traen recuerdos de su propia infancia, cuando ella no sabía cómo defenderse, cuando una niña china inteligente de cara redonda parecía lo peor que podías ser. Solía mirarse al espejo y desear haber nacido blanca. Sus padres la mandaban a su habitación por llorar, aunque la maltrataran en el colegio a diario. No solo la estampaban contra la valla metálica; una vez, sus compañeras la persiguieron desde el colegio hasta su casa arrojándole tomatitos cherry; el jugo se le secó en la cabeza. Esa noche, cuando su madre la bañó, había una capa de semillas de tomate flotando en el agua. No recuerda que hubiera abrazos o besos especiales en aquella ocasión. No recuerda que su madre denunciara a las abusonas. Su vida habría sido diferente si sus padres la hubieran apoyado, pero ella tampoco va a echarles la culpa. No hubo una línea recta desde allí hasta aquí.

Ella solía pensar que ese era un motivo para no tener un hijo. Parecía demasiado doloroso ver cómo tu hijo o tu hija soportaban la crueldad de otros niños. Pero Frida le aseguró a Gust que ella sería diferente. Que sería una madre que siempre diría: «Te quiero». Nunca actuaría con frialdad. Jamás pondría a Harriet de cara a la pared para castigarla. Si alguna vez maltrataban a Harriet, si le daban empujones o la ridiculizaban, ella estaría a su lado para decirle que las cosas se arreglarían. Llamaría a los otros padres, se enfrentaría a los otros niños. Pero ¿dónde está ella ahora, y dónde está Harriet? Han pasado más de nueve meses desde que se la llevaron.

Las normas han vuelto a cambiar. Los privilegios telefónicos de Frida siguen suspendidos. Antes de poder contactar con Harriet, debe terminar el tema 5 entre las dos primeras. La escuela necesita ver otra serie de resultados para comprobar que su actuación se debió a la destreza, no a la suerte.

La noche antes del día de evaluación, se produce el primer suicidio. Las madres no se enteran hasta la mañana siguiente. La suicida ha sido Margaret, una de las madres a las que pillaron besándose detrás de las pistas de tenis. Unas dicen que intentó volver con Alicia, y que Alicia la rechazó. Otras dicen que tenía un grave problema porque su muñeco de cuatro años aún no había aprendido a leer. Algunas aseguran que los padres de acogida de su hijo lo devolvieron porque pateó al hijo biológico de la pareja, y la escuela se negó a decirle a Margaret adónde lo habían trasladado.

A Alicia y a varias compañeras de Margaret las reprenden por llorar durante el desayuno. Beth dice que se siente enloquecer. Linda dice que esto es un mal presagio. Les pide a las demás que se cojan de las manos. Rezan todas juntas. Por Margaret y por su alma, descanse en paz. Por el hijo de Margaret, Robbie. Por los padres de Margaret, en especial por su madre. Por sus abuelos. Por sus hermanos.

—Por Alicia —dice Meryl.

—Por el muñeco de Margaret —añade Beth—. Ese chico se va a sentir tremendamente confuso.

Meryl dice que desactivarán el muñeco.

—Pero ella era su primera mamá —dice—. No la va a olvidar.

—Sí, créetelo.

Frida contempla llorar a Alicia. Margaret solo tenía veinticinco años. Ella y Alicia estuvieron en la lista de vigilancia hace unas semanas. ¿Será la señora Gibson quien llamará a la familia, o será la directora ejecutiva, la señora Knight, la que se encargue? Solo de imaginar a una de las dos dando el pésame, Frida se llena de rabia e impotencia. Se le ha pasado por la cabeza la idea de que sus padres recibieran esa llamada: ¿acabarían en el hospital después de recibir la noticia? Se los ha imaginado diciéndoselo a Gust, y luego a Gust diciéndoselo a Harriet. El peligro nunca ha parecido tan real. El chico que se mató durante su primer año de universidad era un desconocido. A la chica que se colgó en la escuela de posgrado solo la conocía de nombre. Frida no sabía que ella y Margaret tuvieran cosas en común, aparte de haber perdido a sus hijos.

Las evaluaciones deben llevarse a cabo por parejas. Hay tres puestos de prácticas, un juguete en cada alfombra. En el puesto número 1, hay una rana de felpa. En el número 2, una bolsa de bloques Lego. En el número 3, un portátil de juguete. Las dos muñecas deben completar diez minutos consecutivos de juego pacífico en cada puesto. Sus madres deben manejar las alteraciones emocionales, cortar las peleas, poner los límites adecuados, aleccionar sobre la necesidad de compartir, de turnarse, de tener paciencia y generosidad, de aprender a adquirir valores comunitarios.

A Beth la emparejan con Meryl, y a Frida, con Linda. Frida no puede dejar ganar a Linda. La empatía podría desbaratar todas sus posibilidades. Encontraron a Gabriel hace unos días. Lo detuvieron cuando estaba robando en la tienda de una gasolinera. Linda teme que lo vayan a juzgar como si fuera un adulto, que se meta en una pelea en el centro de menores y acabe incomunicado, que lo trasladen a una prisión para adultos. Que siga cagándola y se pase la vida metido en el sistema penitenciario.

Emmanuelle se agarra de la pierna de Frida. Es muy sensible, como un barómetro, como un anillo del ánimo. Percibe su nerviosismo.

Frida, Linda y sus muñecas respectivas se sitúan en el centro. La señora Khoury sostiene en alto la rana de felpa para que ninguna de las muñecas pueda alcanzarla.

Frida le dice a Emmanuelle que no tenga miedo. Dice: «Mami cree en ti. Mami te quiere».

Susurra: «Te quiero galaxias enteras».

Enseguida vuelve la cabeza, horrorizada. Se suponía que debía guardarse esta parte de su vida. ¿Acaso habría sido tan difícil respetar su secreto, su palabra mágica? Ni siquiera Gust y Susanna lo dicen. Si ahora pudiera cambiarse por Margaret, lo haría. Sería su cuerpo el que se estrellaría contra el pavimento, el que se llevarían de este lugar.

—¿*Gala-sias*? —Emmanuelle ensaya la nueva palabra.

La señora Russo le pregunta a Frida si está lista. Linda le acaricia la cabeza a su muñeca como si estuviera a punto de soltarle la correa a un *pitbull*. Meryl y Beth dicen solo con los labios palabras de ánimo.

Frida baja la cabeza y atrae a Emmanuelle hacia sí.

—Soy una mala madre —dice—, pero estoy aprendiendo a ser buena.

14

Bajo unas tiendas blancas en el prado frente a Peirce, hay largas mesas con manteles de cuadros rojos y blancos y sillas plegables. Una tienda para la comida de muñeca. Otra para la comida humana. La escuela ha montado zonas de actividades: herraduras, pelotas de semillas, *frisbees, hula-hoops.*

Lo han llamado «el pícnic de los malos padres». De forma oficial, es una barbacoa del 4 de Julio. Finalmente van a conocer a los padres, sus camaradas. Aunque la escuela no podía haber previsto esta secuencia de acontecimientos, el pícnic no deja de ser un oportuno revulsivo moral tras el suicidio de Margaret.

Supuestamente, pueden relajarse. Disfrutarán de forma excepcional de una tarde sin clases. Aun así las filmarán, pero no habrá recuento de palabras y las cámaras internas de las muñecas estarán desconectadas.

—Es nuestro regalo para todas —ha dicho la señora Khoury esta mañana, señalando que algunas madres han tenido reacciones increíblemente egoístas frente a la presión.

Lo de hoy será solo para romper el hielo. Mañana las llevarán en autobús a la escuela de padres para empezar el tema 6: «Socialización».

Todas observan con avidez cuando los autobuses se detienen en el aparcamiento de College Avenue. A Frida la escena le recuerda los musicales de la Metro de los años 50. *Siete novias para siete hermanos.* Aunque solo son dos autobuses. Ellas superan en número a los padres en una proporción de tres a uno. Igual que ellas, los padres llevan uniformes de color azul marino y botas de trabajo. La mayoría de los padres son negros y mestizos. La mayoría aparenta entre veintitantos y treinta y pico. Uno es un adolescente con un bebé en brazos.

Son más jóvenes de lo que Frida esperaba. Si los hubiera visto por la calle, al menos a la mayoría, jamás habría adivinado que tenían hijos. En Nueva York, acudió una vez a una cita a ciegas con un alumno de posgrado de veinticinco años cuya invitación había aceptado impulsivamente. Por aquel entonces, ella solo tenía treinta y uno, pero a los hombres les gustaba contarle cosas, y cuando el chico le habló de su hermano gemelo muerto y le dijo que se había fugado de casa a los catorce, le entraron ganas de envolverlo con una manta y darle unas galletas. Ahora experimenta el mismo sentimiento protector.

—¿Quién son? —pregunta Emmanuelle.

Frida le recuerda que ya han visto a otros padres en los libros. Padres mapache, padres oso, padres conejo. Estos son padres humanos. Le habla a la muñeca de los hogares que tienen dos progenitores.

La señora Knight deambula entre la multitud con un vestido con las barras y las estrellas. Su colega de la otra escuela, la señora Holmes, también está presente. Las dos directoras ejecutivas se saludan e intercambian besos en el aire. Vista de lejos, la señora Holmes, también blanca, también escultural, parece haberse permitido envejecer de forma natural. Tiene un mechón blanco al estilo Susan Sontag en su pelo negro, no se ha puesto maquillaje ni joyas, y lleva su bata rosa echada holgadamente sobre los hombros. Los padres tienen también como vigilantes a mujeres de bata rosa. Algunos parecen congeniar sospechosamente con las instructoras.

Las madres y los padres más jóvenes se van acercando como atraídos por una ley de gravitación. Los padres se ponen en fila frente a la tienda de comida para muñecos y empiezan a mezclarse con cautela, todos susurrando y mirando por encima del hombro. Algunos se presentan diciendo el nombre y el delito antes de darse cuenta de que no tienen por qué hacerlo.

Nadie menciona a Margaret. Frida ha estado pensando en su

hijo, preguntándose si ya se lo habrán dicho, quién lo acompañará al funeral, si le permitirán asistir, si el ataúd estará cerrado. Hace cuatro meses que no habla con Harriet. Alguien debería decirle que mami la llamará pronto: este fin de semana, si la terapeuta lo permite. Ayer quedó segunda en la evaluación de «Juego de nivel intermedio y avanzado», pero sabe que es demasiado pronto para entusiasmarse.

Lleva a Emmanuelle a la tienda de comida para muñecos.

—Mami, estoy nerviosa —dice esta, ocultando la cara.

Frida le dice que no se preocupe. Para distraerla, saluda al muñeco que va delante en la cola, a hombros de su padre.

Ambas tienen que estirar el cuello.

—Qué alto —dice Emmanuelle.

El padre debe de medir un metro noventa. Emmanuelle pregunta si es una jirafa. El padre las oye y se echa a reír. Luego se vuelve y se presenta. «Tucker.» Frida le estrecha la mano. Se le quiebra la voz al decir hola. La palma del hombre es blanda, mucho más que la suya. Ella no ha visto a ningún hombre que no sea un guardia desde el pasado mes de noviembre.

El muñeco de Tucker, Jeremy, es un niño pálido y rollizo de tres años, con un pelo moreno cortado a tazón y la mirada de un asesino en serie. Tucker lo baja de sus hombros. Emmanuelle agita la mano. Jeremy le pone un dedo en el brazo. Ella le toca la mano. Jeremy la abraza toscamente y después intenta meterle el puño entero en la boca.

—Vaya, demasiado bruto —dice Frida.

Tucker le pide a Jeremy que sea más delicado. Ellos dos se miran a los ojos, en lugar de mirar a los muñecos.

Frida mira y mira. Tucker es de su edad, tal vez mayor, un cuarentón blanco con el cuerpo encorvado de un lector. Tiene un pelo liso y casi completamente gris que le cae sobre la frente. Se lo han cortado de cualquier manera. Cuando sonríe, sus ojos casi desaparecen. Sonríe con facilidad. Es un hombre más flaco y menos atractivo que Will, con más arrugas que Gust y unos dientes enormes que le dan un aire equino.

Ella mira si lleva alianza y luego recuerda la norma sobre joyas de la escuela. Tiene que encontrar un modo de preguntarlo. Emmanuelle nota que se ha ruborizado.

—¿Por qué tienes calor, mami? ¿Estás bien?

—Sí, muy bien.

Tucker también se ruboriza. Los dos colorados, piensa ella, con uniforme azul marino y en una tienda de comida azul.

Hay perritos calientes, galletas, rodajas de sandía, bocadillos de helado y polos. Todo azul. Primero han de comer los muñecos. Frida y Tucker los llevan a un rincón vacío de la tienda. La autosegregación de los padres resulta deprimente. Los padres latinos cortejan a madres latinas. El único padre blanco de cincuenta y tantos ha encontrado al trío de mujeres blancas de mediana edad; su muñeca adolescente parece mortificada.

Las lesbianas reconocidas de la comunidad se mantienen aparte. Las madres como Frida que alternan de modo interracial, especialmente las madres blancas que flirtean con padres negros, son objeto de miradas furibundas. Frida se siente culpable, pero si Roxanne o cualquier otra se mete con ella, simplemente dirá que Tucker estaba delante en la cola, que esto no es una prueba de que ella se haya criado con gente blanca. La mayor parte de los padres negros y latinos son demasiado jóvenes; y la mayor parte de los padres blancos, demasiado horripilantes. No hay ningún asiático.

Las bocas de Emmanuelle y Jeremy tienen un cerco de color azul. Tucker y Frida hablan de sus muñecos: si les entra siempre la timidez ante los extraños, cómo se han portado esta mañana, cómo se comportan normalmente en clase. Incluso al hablar de la comida azul, Frida descubre sorprendida que se siente segura con él, que le gusta su voz profunda y su forma de escuchar. Le pregunta si los padres disfrutan de buena comida o de más intimidad, si tienen terapia los viernes y grupo de limpieza los sábados, cómo celebraron el Día del Padre, si ha habido romances, o lesiones, o suicidios, o expulsiones.

—Nosotras hemos tenido uno. Un suicidio, quiero decir. —No añade que ella podría ser la próxima.

—No ha habido ninguno entre nosotros —dice Tucker—. Lo lamento. Te doy mi pésame.

—Yo no la conocía mucho. Quisiera estar más apenada. Resulta difícil sentir algo aquí. —Reconoce que su actitud distante hace que se sienta egoísta.

—No pareces egoísta.

Frida sonríe.

—Tú no me conoces.

Tucker responde jovialmente a sus preguntas sobre la escuela para padres: no hay grupo de limpieza, sí escáner cerebral, terapia una vez al mes, nada de charla grupal (¿qué es charla grupal?), algunos manoseos masturbatorios pero ningún idilio, por lo menos que él sepa. Muchas peleas a puñetazos, pero ninguna expulsión. Algunas averías, pero ningún muñeco muerto. Les dejan llamar a casa los domingos durante una hora. Nadie ha perdido los privilegios telefónicos. Los terapeutas creen que es importante que sigan presentes en la vida de sus hijos. En gran parte, el suyo ha sido un grupo solidario.

Tucker ha hecho amigos.

—Gente de todas las clases sociales —dice.

Frida lamenta haber preguntado. Se enrolla y desenrolla las mangas del uniforme, suspira profundamente. Si ella hubiera podido hablar con Harriet cada domingo, tal como habían prometido, qué diferente habría sido este año de separación.

Está esperando que él pregunte por el programa de las madres. Al ver que no lo hace, dice:

—¿No quieres saber de nosotras?

—Perdona. No hablamos mucho de vosotras. ¿Tenemos que seguir charlando de esto? No me apetece hablar de este lugar. Tenemos el día libre. Háblame de ti.

—¿De veras? ¿Por qué?

Tucker parece divertido.

—Me interesa estudiar el espíritu de supervivencia humano. Háblame de tu espíritu, Frida.

—No sé si mi espíritu tiene permiso para hablar contigo.

—¿Es que está muy ocupado?

—Uy, ya lo creo. El carné de baile lleno. Soy superpopular.

Él quiere saber de su antigua vida: dónde se crio, a qué universidad fue, dónde vivía en Filadelfia, dónde trabajaba. Su seriedad hace que Frida se pregunte si será cristiano. Le gustaría saber cuál fue su delito. Parece poseer un don innato con los niños. En su momento, ella tuvo la misma sensación con Gust.

—Echo de menos mis libros —dice él.

—Yo echo de menos leer las noticias. ¿Recuerdas la cantidad de tiempo que dedicábamos a eso? ¿No te parece absurdo ahora? Me muero de ganas de hacerme cortar el pelo. Echo de menos mi flequillo. Me tapa las arrugas de la frente. Tengo una horrible en el entrecejo, ¿la ves? Yo no me puedo cortar sola el flequillo, me quedaría fatal. Y no quiero pedirle a nadie que me lo corte. Así no se me vería tanto la cara.

—¿Por qué? Tienes una cara bonita.

Frida vuelve a ruborizarse. Le da las gracias, aunque dice que no andaba buscando un cumplido. Él no creía que estuviera haciéndolo. Es la conversación más larga que ha mantenido Frida con alguien desde hace mucho tiempo, dejando aparte a Meryl o Roxanne. Pasa una hora. Le gusta estar charlando con alguien de su edad. Recuerda cómo les habló a sus amigas de Gust tras su primera cita. «Me hacía preguntas», les dijo. «Me escuchaba.» Algo raro en Nueva York.

Emmanuelle y Jeremy juegan debajo de la mesa mientras sus padres comen comida humana y comparan sus delitos.

—Yo dejé sola a mi hija durante más de dos horas. Cuando tenía dieciocho meses. ¿Y tú?

—Mi hijo se cayó de un árbol. Bajo mi vigilancia.

—¿Qué edad? ¿Desde qué altura?

—Tres años. Desde mucha altura. Se rompió una pierna. Estaba jugando en su casita en el árbol. Yo estaba ahí mismo, pero le había dado la espalda. Estaba enviando un mensaje. Sucedió en un minuto. Silas decidió que quería echar a volar. Mi esposa, mi ex, explicó en el hospital lo que había sucedido.

—Y ahora estás aquí.

—Y ahora estoy aquí. —Tucker alza su taza de plástico.

Frida es consciente de que debería tener un criterio más exigente; sabe que quizás está dándole demasiada importancia a la estatura de Tucker, a la sensación de que, en caso de peligro, podría buscar refugio en su cuerpo: le bastaría con que él la rodeara con sus brazos para esconderse. A ella le encantaba lo diminuta que se sentía al lado de Gust.

Frida no es la única que ha encontrado a alguien de su gusto. Las conversaciones que se desarrollan alrededor son ávidas y apresuradas. Hay madres paseando por el prado; padres sopesando posibles opciones. Se oye a varios muñecos mayores comentar que la actitud de sus padres es «bochornosa».

En su antigua vida, Tucker era científico. Diseñaba ensayos clínicos para una empresa farmacéutica. Posee una casa en Germantown en la que había ido remodelando una habitación tras otra. Ahora está viviendo allí un amigo. Él le está pagando para que le reforme la cocina. Frida le pregunta por su pronóstico de retorno.

Tucker se pone rojo.

—¿Hemos de hablar de eso? Soy un padre que está aprendiendo a ser mejor persona.

—¿En serio? ¿Es eso lo que tenéis que decir? Nosotras debemos decir: «Soy una narcisista. Soy un peligro para mi hija». ¿Esto significa que vas a recuperarlo?

—Si no la pifio. Mi terapeuta dijo que mi pronóstico es regular. ¿Y tú?

—Entre regular y malo.

Tucker le dirige una mirada compasiva. Ahora esas palabras no duelen tanto como suelen hacerlo. A Frida, la soledad le nubla el juicio. Si no hubiese valla, ni muñecos, ni consecuencias, se lo llevaría al bosque.

—¿Tú por qué lo hiciste? —pregunta él.

Sorprendida por su franqueza, ella empieza a hablarle de su día nefasto, aunque sus explicaciones suenan especialmente patéticas tras ocho meses de uniforme. Le cuenta que salió de casa para tomarse un café, que fue al trabajo a recoger la carpeta olvidada, que pensó que volvería enseguida. Reconoce que quería un respiro. Él reconoce que no ha mencionado ciertos detalles. Que estaba enviando un mensaje a otra mujer cuando Silas se cayó.

—Ya. Es tremendamente tópico.

—Sí, lo es.

Armándose de valor, Frida le pregunta la edad de la mujer; se queda aliviada cuando él le dice que la mujer es mayor, una colega. Era un flirteo, no una aventura. Comparan sus divorcios. El de Tucker no ha concluido. Su exesposa tiene la custodia y se ha juntado con el padre de uno de los amigos de Silas. Un escritor. Uno de esos padres de mierda que se quedan en casa. La expresión de Tucker se vuelve desagradable al despotricar del novio de su ex. A Frida su rabia la pone nerviosa; ese debe de ser el aspecto que la propia Frida tiene al hablar de Susanna. Ahora razonable y, de repente, ciega de furia.

—Debería marcharme —dice.

Él le toca el brazo, provocándole un escalofrío de pies a cabeza. Ella se acuerda de Will llevándola a su dormitorio.

—Ahora estás juzgando —dice Tucker.

—Eso es lo que hacemos aquí. —Se levanta y va a buscar a Emmanuelle; le dice que se despida de Jeremy.

Él sigue mirándola.

—Quédate —dice—. Yo me lo estoy pasando bien. ¿Tú no?

Frida vuelve a sentarse. Tucker rodea con el brazo el respaldo de su silla. Ella siente que debería pensar en su hija. No puede correr el riesgo de perder a Harriet por un hombre que dejó que su hijo se cayera de un árbol.

Las madres intercambian impresiones durante la cena: qué padres son horribles, cuáles son follables, cuáles son reservados, quiénes tienen aspecto de gais. Beth dice que Frida ya está prácticamente casada. Meryl comenta que Tucker es viejo y superbásico, pero que tiene una buena mata de pelo y da la impresión de tener dinero.

Frida les cuenta lo que ha descubierto sobre el programa de los padres. Sus compañeras menean la cabeza. Están sorprendidas, aunque en realidad no. Les da rabia sobre todo lo de los privilegios telefónicos. También el rumor de que las evaluaciones de los padres son más fáciles. Y el rumor de que es el departamento técnico quien se ocupa siempre de los cambios del líquido azul de sus muñecos.

Frida les explica que Tucker estuvo a punto de engañar a su ex, que su hijo se cayó y se rompió la pierna. Linda dice que todo es relativo. El trío de mujeres blancas de mediana edad está salivando por un vendedor de seguros que pegó a su hija de catorce años y la obligó a comprarle drogas. Hay algunos hombres realmente inofensivos, padres cuyo único delito fue la pobreza, pero también hay malos padres que pegaban, malos padres que rompieron brazos, que dislocaron hombros; malos padres alcohólicos, adictos a la meta, algunos expresidiarios. Un hombre que quizá sea un enfermo mental ha dicho que no quiere irse, que estaría dispuesto a hacer el curso otra vez; le ha comentado a Beth que la vida en la escuela es mucho mejor: tres comidas al día, aire acondicionado, una cama. Estaba alucinado por el tamaño del campus de las madres.

Todas le dicen a Frida que se quede con el padre distraído de la casa del árbol. Al menos, no es violento. Al menos, no es un bebedor. Al menos, podrá encontrar trabajo cuando salga.

—Al menos tiene las manos grandes —dice Linda, y toda la mesa estalla en carcajadas por el doble sentido.

La escuela de los padres se halla en un hospital abandonado de ladrillo rojo. Construido hace doscientos años, según la placa de la entrada. Parece haber más guardias, pero menos cámaras. Hay un largo y sinuoso sendero de acceso flanqueado por rosales primorosos, así como un jardín junto a la entrada lleno de girasoles.

Meryl dice que parece un sitio ideal para rodar una película de zombis. Frida le recuerda las fantasías de enfermeras de Helen: la idea loca de que los hombres encontraran eróticas a las mujeres de bata rosa. ¿Es solo una impresión suya, o las instructoras de los padres parecen más jóvenes y más atractivas? Parecen más maquilladas. Muchas llevan vestidos bajo la bata rosa. Una incluso va con tacones.

Las llevan al pabellón de pediatría, a una sala que debía de ser un cuarto de juegos para los niños enfermos. Todo el mobiliario es de tamaño infantil. Las paredes son de color crema. En las ventanas hay calcomanías del sol y el arcoíris, de nubes y ositos de peluche.

Varias cohortes con muñecos de las mismas edades practican juntas. Forman grupos de seis: dos madres con muñecas y un padre con un muñeco. Frida y Linda practican con un padre latino llamado George, que tiene un corte de pelo asimétrico y un tatuaje de una criatura alada en el antebrazo.

Emmanuelle le frota el brazo a George, tratando de borrar el dibujo de la criatura. Pregunta por Jeremy. Pide comida. ¿Por qué hay juguetes, pero no comida? ¿Por qué no están fuera?

—Hace sol. —Emmanuelle señala la ventana—. ¡Vamos, mami!

—Recuerda decir «por favor». Lo siento, cariño. Hoy no vamos a jugar con Jeremy. Estamos haciendo nuevos amigos. Vas a hacer muchos nuevos amigos este mes. Vamos a jugar, vamos a aprender. Recuerda que dijiste que me ayudarías.

Emmanuelle se abraza la barriga y se bambolea. «Jeremy», musita. Ella nunca ha estado tan encariñada con otro muñeco.

Frida también echa de menos a Tucker y Jeremy. Por lo menos, los muñecos pueden abrazarse. Ayer, Tucker le preguntó si podían quedar en algún momento en la cafetería. Incluso intentó cogerle la mano, pero ella lo ahuyentó; luego se odió a sí misma por reaccionar así. Si vuelve a intentarlo, le dejará. No quiere que se busque a otra. Ha oído que Charisse, la rubia que es fan de Wilson Phillips, podría estar interesada.

Piensa en la mano de Tucker en su codo, imagina que le acaricia los brazos. Es una mala madre por pensar en él. Es una mala madre por querer verle. Sin él, se siente más segura. La tensión sexual interfiere en los cuidados parentales de todos. Las madres se sientan con la espalda arqueada. Los padres se giran y echan una ojeada, recorriendo de arriba abajo sus uniformes, como si los cuerpos que hay debajo todavía valieran la pena.

Reparten portátiles de juguete, uno para cada tres muñecos.

En cuanto el portátil empieza a funcionar, el muñeco de George se lanza a por él, derribando a las dos muñecas. Se niega a disculparse. George lo abraza por detrás, inmovilizando sus miembros. Es como si le estuviera aplicando la maniobra de Heimlich. Es el abrazo para aplacar la agresividad, un procedimiento que solo les han enseñado a los padres de chicos.

—Buen trabajo —le dice la señora Khoury a George, indicando a Frida y Linda que observen y aprendan.

Frida aplica el abrazo para aplacar una herida física, el abrazo para calmar un disgusto emocional. Emmanuelle pregunta por qué el niño es tan malo.

—No es malo. Es que le gustas mucho. Así es como muestran sus sentimientos los chicos.

Le habla a Emmanuelle de Billy, el crío rubio que le dio un beso en el parvulario. Billy se metía todos los días con ella despiadadamente; le decía que era fea, se achinaba los ojos y soltaba una jerigonza en falso chino, incitaba a los demás niños a burlarse de ella. Y entonces, una tarde, en esa época remota en que los críos jugaban sin vigilancia, cuando el parque estaba casi vacío, oyó que alguien se le acercaba corriendo por la espalda. Sintió un beso, un beso tan fuerte en la mejilla que a punto estuvo de derribarla. Ella no comprendió quién había sido hasta que él ya estaba lejos.

—No se lo conté a nadie hasta los ocho años.

—¿Por qué?

—Él no quería que nadie supiera que yo le gustaba. —Frida le aprieta el brazo a Emmanuelle—. Los chicos son complicados.

Después del almuerzo, una hora llena de remilgos, servilletas recogidas con pose seductora y cubiertos manejados con elegancia, las instructoras las distribuyen en nuevos grupos. Frida y Meryl practican con un joven padre negro llamado Colin, que se echó una siesta con su hijo pequeño y, al rodar sobre él, le rompió la muñeca. Se enteran de su historia a retazos, mientras sus muñecos se pelean por un coche de juguete. Colin es un chico de veintiún años de cara aniñada, de tez mucho más oscura que el guardia de los ojos verdes y también de mayor estatura. Tiene una barba corta y un ligero acento sureño. Dirigiéndose solo a Meryl, como si Frida no estuviera allí, se describe a sí mismo como una persona sociable. Antes de todo esto, estaba en la universidad, estudiando Negocios. No menciona a una esposa o a una novia. Meryl se pasa la tarde con los labios entreabiertos y la cabeza ladeada.

Frida le da codazos para que preste atención. Está actuando de un modo demasiado obvio, arriesgando en exceso. Pero su distracción le permite brillar a ella. Frida se espabila enseguida para calmar a Emmanuelle, para soltar parrafadas sobre valores comunitarios. Emmanuelle deja jugar a los otros muñecos pacíficamente cuando ella se lo pide. Llora mucho menos que los otros dos.

La señora Russo observa el buen comportamiento de Emmanuelle. Meryl y Colin no hacen caso cuando Frida les dice que se concentren. Ella se siente como si fuera de carabina. Tiene la impresión de estar vislumbrando el pasado de Meryl y el posible futuro de Harriet. Hay pocas cosas más temibles que una adolescente llena de deseo. A ella solo le quedan ocho o nueve años antes de que el cuerpo de Harriet empiece a cambiar. Las mujeres de la familia de Gust son voluptuosas. Los niños ya miran a Harriet. Los hombres también la mirarán.

El adiestramiento mixto continuará todo el mes de julio. La mitad de las madres acaban en la charla grupal durante esa primera semana. Los delitos incluyen: lenguaje corporal insinuante, fingida timidez, excesivo contacto visual y roces sensuales, siempre descuidando a sus muñecas. Meryl y Roxanne se sientan juntas una noche en la charla: a Roxanne la han sorprendido tocando la mano de un padre, a Meryl, abrazando con demasiada energía a Colin.

Roxanne le cuenta a Frida que cuando se suponía que Meryl debía confesar, ha alegado que no estaba coqueteando, que ni ella distraía a Colin de su muñeco, ni él la distraía de la suya. Que simplemente son capaces de hacer varias tareas a la vez. Su sarcasmo le ha ganado una sesión extra de terapia y se ha consignado en su expediente.

—Hay que ver cómo se sale esa chica con la suya —comenta Roxanne.

Ella considera a Meryl muy voraz. Tiene un hombre en casa y dos aquí. Algunas madres no tienen a nadie.

—No estaremos aquí para siempre.

—No me des lecciones, Frida, por favor.

—Solo digo que tú eres inteligente. Eres joven. Guapa. Encontrarás a alguien normal cuando salgas de aquí. A un adulto. Deberías estar con un hombre adulto.

Esta conversación la tienen continuamente. Cada vez que Roxanne se encuentra unos pelos grises, o cuando hablan de lo que harán después de todo esto.

—Tú no tienes treinta y nueve años —dice Frida.

—¿Y qué? ¿Quién va a querer estar conmigo cuando descubra que se llevaron a mi hijo?

—Seguro que alguien lo entenderá.

—Ay, Dios. —Roxanne pone los ojos en blanco teatralmente.

Esta le ha puesto a Tucker un nombre en clave, «Beanstalk», que significa algo así como «Tallo Gigante de Habichuelas». Acusa a Frida de pensar en Beanstalk cada vez que se queda ensimismada o no recuerda los detalles de la última conversación que mantuvieron. Roxanne ha oído decir que a muchos padres Beanstalk les parece irritante. Es un sabelotodo que siempre anda contando historias de su único amigo negro, explicando que se crio con una madre soltera, que eran pobres y que se costeó él mismo la universidad.

—Finge ser un tipo inteligente —ha dicho Roxanne—, pero simplemente ha leído un montón de estúpidos artículos de opinión.

Frida no ha intentado defenderle. Preferiría que no hablasen de él, ni siquiera en clave. Oponer resistencia nunca se le ha dado bien. Ahora utiliza las veces que lo ha visto para medir el tiempo. De noche, cuando debería estar pensando en Harriet, piensa en Tucker. Sentirse deseada de nuevo parece casi un espejismo, pero sus compañeras han notado que él siempre recorre la cafetería con la mirada, por si la ve. El otro día, Frida le dejó sentarse en la mesa con ellas. Tucker le susurró que estaba muy guapa.

Se pregunta si será así como empiezan los romances en alcohólicos anónimos. Una atracción basada en las mismas deficiencias. Ojalá entre los dos pudieran formar un padre fiable, ojalá sus flaquezas se anulasen mutuamente. Siempre que piensa en su pronóstico de retorno y se pregunta hacia qué lado se decantará, piensa en Tucker e imagina su casa. Las casas de Germantown son enormes. Quizás él dejará que se quede unas cuantas noches. Podría vivir allí mientras busca trabajo. Seguro que habría sitio de sobra para ella y Harriet.

El viernes, entra en el despacho de la terapeuta con la cabeza bien alta. Después de terminar en segundo puesto, merecería una llamada. Pero las normas han vuelto a cambiar. Negarles los privilegios telefónicos ha resultado eficaz para incentivarlas. Los privilegios de Frida están suspendidos otro mes. Debe sacar otro segundo puesto al final del tema 6.

Frida casi se pone a gritar.

—He hecho todo lo que me pidió. Necesito hablar con ella. Está a punto de empezar el parvulario. Ni siquiera sé a qué colegio irá. Voy a perderme el primer día. ¿Lo entiende? No he hablado con ella desde marzo. Y ya estamos en julio.

—No se queje —dice la terapeuta.

Entiende que se sienta decepcionada, pero debe ser realista. Lo que importa es su adiestramiento. Sin la distracción de las llamadas, su capacidad maternal quizá mejore aún más.

En esta fase del programa, la escuela necesita observar una síntesis, dice la terapeuta. Han de asegurarse de que si le devuelven a Harriet, sabrá lo que debe hacer en cada situación.

Furiosa, Frida le pregunta por su pronóstico de retorno. Ella ha mejorado. No ha vuelto a la charla grupal. El moratón de Emmanuelle se ha curado. Emmanuelle ha estado jugando educadamente con los demás niños. Así que ahora su pronóstico debe ser regular. O entre regular y bueno.

—La valoración sigue su curso. —La terapeuta se niega a responder a las preguntas de Frida sobre hasta qué punto debe mejorar para cambiar el pronóstico.

En cambio, quiere hablar de la tentación.

—Muchas de ustedes han tenido problemas con los hombres.

Frida teme que vaya a referirse a Tucker, pero la terapeuta habla en general de relacionarse con los padres de un modo no sexual. Al ver que no menciona a Tucker, ella decide marcarse un farol.

—Yo no me he sentido tentada. Y no tuve problemas de relación. Estaba casada. Mi hija se habría criado en un hogar estable si mi exmarido no hubiera... —Se interrumpe, recobra la compostura—. Lo siento. Disculpe, por favor. Gust es un padre excelente. Me consta que lo es. Solo pretendo decir que nunca pondría en peligro mi situación por un hombre. Tampoco es que sean solteros atractivos precisamente.

En el prado de Pierce, han montado columpios y barras para trepar. Los padres practican el protocolo del tobogán; el protocolo del columpio; la conversación en el parque; cómo vigilar a los niños mientras charlan con otros adultos.

Todo el mundo tiene en el uniforme manchas de transpiración. No les proporcionan sombreros ni gafas de sol. Pese a los árboles, no hay suficiente sombra. La crema solar que les dan no es suficiente para la cantidad de tiempo que pasan fuera. Algunos padres sufren un golpe de calor; otros, deshidratación y mareos. Durante las comidas, beben toda el agua que pueden. Ya no les dejan beber durante las clases. Una de las muñecas de cuatro años cogió una botella de agua y sufrió una avería.

La posibilidad de ver a Tucker distrae a Frida de la sed, así como de los cuidados maternales. Las instructoras captan los errores. Ella no reacciona lo bastante deprisa cuando Emmanuelle corre por delante de los columpios. La empuja demasiado alto en la canastilla. No presta suficiente atención cuando trepa por las barras. Habla demasiado con Tucker, impidiendo que las otras madres trabajen con él.

Tucker cuenta chistes malos larguísimos y enrevesados, se atreve a burlarse de las instructoras y del programa. A Emmanuelle le encanta cabalgar sobre sus hombros. Frida se adentra en fantasías en el gran horizonte que se expande más allá de noviembre. Se imagina que se lo presenta a Harriet, a sus padres, aunque sin explicar dónde se conocieron.

—Debes encontrar a un hombre que te ame más que tú a él —le dijo su madre una vez.

Gust quería que ella empezara a salir con hombres otra vez. Will ha pasado página. Él quería que fuera feliz. Tucker le caería bien. Hay una especie de delicadeza en ambos, una actitud generosa. Frida lo podía ver siempre que lo veía con sus pajarillos heridos.

La terapeuta quiere saber qué ha sucedido. La semana pasada, todo iba muy bien. Ahora ha bajado su recuento de palabras, así como sus niveles de apego. ¿No decía que no había solteros atractivos?

—Es solo un amigo.

Alguien ha encontrado un tramo cortado en la valla. Una pareja fue a retozar al bosque. Otra se coló en una casita en el lado norte del campus. Otra encontró un punto ciego detrás de la galería de arte. Otra se acostó junto al estanque de patos. El barro en sus uniformes los delató.

Los exploradores regresan con información para los demás: qué cámaras están averiadas, qué partes del campus parecen carecer de cámaras, qué mujeres de bata rosa y qué guardias se distraen revisando sus móviles, qué clases tienen más posibilidades de recibir una visita de la señora Gibson o la señora Knight. Los cambios constantes de ubicación hacen que sea más difícil seguir el rastro de todo el mundo. Sorprenden a una madre y a un padre en la casa de campo. A otra pareja entre los arbustos. A otra bajo un autobús, en el aparcamiento. Las madres pierden sus privilegios telefónicos y las envían a la charla grupal. A los padres les asignan ejercicio adicional durante los fines de semana.

Las siguientes lecciones son sobre el consentimiento. La señora Khoury hace una demostración con el muñeco de Colin.

—¿Puedo darte un beso aquí? —pregunta, señalando su cuello.

Los demás muñecos deben esperar a que el muñeco de Colin diga que sí. Si dice que no, nada de besos, abrazos o cogerse de las manos.

Han vuelto al pabellón de pediatría. Hay zonas alfombradas más amplias, pero ningún juguete. Han programado a los muñecos para que sientan curiosidad corporal. Los muñecos varones se desabrochan el uniforme y se agarran el pene. Las chicas se restriegan contra las sillas. Entre ellos, se acarician con ternura la rueda azul.

En caso de tocamiento inapropiado, los padres deben separar a los muñecos y enseñarles a decir: «¡No! ¡No tienes permiso para tocarme! Mi cuerpo es sagrado».

Los muñecos tienen poca paciencia para este ejercicio. La mayoría dicen: «¡No!» o «No lo hagas», pero no el resto de la frase. Luego repiten: «cuerpo, cuerpo, cuerpo» hasta la saciedad, de manera que suena como una canción pop.

Frida se pregunta si alguien ha besado a Harriet, cuál será la actitud de Gust y Susanna sobre esos besos, si Harriet tiene un amigo en el parque, así como Emmanuelle tiene a Jeremy.

Cada vez es más difícil ignorar a Tucker. Ella quisiera hablarle de la casa de su mente, de la casa de su corazón, de la casa de su cuerpo. ¿No les está enseñando la escuela que lo que necesitan es una pareja que gane dinero? ¿No las están adiestrando para ser madres amas de casa? ¿De dónde se supone que sale el dinero, si no? Las instructoras nunca han hablado de empleos fuera de casa, ni de guarderías ni de niñeras. Una vez le oyó decir «niñera» a la señora Khoury con el mismo tono con el que alguna gente dice «socialista».

¿Qué empleo puede ser tan interesante como para que valga la pena perder todo ese tiempo? Cuando cursaba primaria, ella envidiaba a las compañeras cuyas madres preparaban pasteles, se ofrecían voluntarias para las excursiones y organizaban sofisticadas fiestas de cumpleaños. Tener a su abuela con ella era maravilloso, pero no era lo mismo. Si ella y Tucker estuvieran juntos, quizá solo tendría que trabajar a tiempo parcial. Él les proporcionaría el seguro de salud. Harriet solo iría al parvulario cuando le tocara estar con Gust. Durante su mitad de la semana, ella pasaría cada minuto con Harriet. Compensarían el tiempo que han perdido este año.

Emmanuelle cree que es azul. «Yo soy azul», dice cuando Frida le explica que ella es una niña birracial, o sea, que mami es china y ella medio china.

—No. Azul —dice—. Medio azul.

Llevan tres días enseñando las diferencias raciales, lo cual forma parte de una serie de lecciones sobre prevención de racismo y sexismo. Han utilizado libros ilustrados para facilitar las conversaciones sobre el color de la piel, explicándoles a los muñecos la diferencia entre interior y exterior, diciéndoles que por dentro todos son iguales, que las diferencias exteriores deberían ensalzarse. Sin embargo, el objetivo no es la armonía. Al cabo de unos días, programan a los muñecos para odiar.

—La adversidad —dicen las instructoras— es la herramienta educativa más eficaz.

Los muñecos se turnan en el papel de opresor. Los han programado para utilizar y entender el lenguaje peyorativo. Los muñecos blancos están programados para odiar a los muñecos de color. Los varones están programados para odiar a las niñas. Los padres blancos de muñecos varones blancos se pasan la semana disculpándose, avergonzados. A algunos los aperciben por aplicar demasiadas reprimendas. En las clases con muñecos mayores, ha habido peleas a puñetazos. El departamento técnico ha recibido una buena remesa de muñecos con morados en la cara y trechos de pelo arrancado.

Los padres practican protocolos de consuelo para los muñecos que han sido objeto de prejuicios. Algunos padres de color reaccionan con furia. Otros se emocionan y regañan a los muñecos racistas. Algunos gritan. Incluso Linda parece afectada. Durante las comidas, todos explican historias de abuso y violencia, de microagresiones y acoso policial.

A los padres negros les molesta que toda la cuestión esté enmarcada en términos de blanco o negro. A los padres latinos les molesta que acosen a sus muñecos con cantinelas en español macarrónico o que los llamen «ilegales». A los padres blancos les molesta que sus muñecos tengan que asumir el papel de racistas. A Frida le molesta que los muñecos negros, blancos y latinos acosen a Emmanuelle.

Durante el almuerzo, Tucker le dice que está cansado de interpretar el papel de demonio blanco. Está cansado de oírle a su muñeco la palabra con «N», negrata. Su verdadero hijo jamás la emplearía. La madre de Silas le compra libros ilustrados en los que aparecen niños de distinto origen. Van rotando los libros cada dos o tres semanas, para que el niño nunca vea solamente caras blancas.

—Los estudios han demostrado que incluso los niños de dieciocho meses pueden manifestar prejuicios raciales —dice.

—Que no te vean quejándote.

Frida resiste la tentación de preguntarle si Silas tiene algún amigo negro. Ella ha discutido sobre esto con Gust y Susanna. ¿De qué sirve jugar con muñecos negros si Harriet no tiene ningún amigo negro? ¿Cuándo va a conocer de una vez a otro niño chino?

Los muñecos llaman «amarilla» a Emmanuelle. Se achinan los ojos en son de burla. Frida recuerda a gente que se reía cuando sus padres hablaban en mandarín e imitaban su acento. Un recuerdo largamente olvidado: dos adolescentes negras riéndose mientras sus padres chismorreaban con la dueña china de la heladería del barrio. Ella tenía seis o siete años. Miró con rabia a esas chicas, deseaba gritarles, pero ellas no se dieron cuenta y no pararon de soltar risitas. Las chicas trabajaban allí, en la heladería, pero se burlaban de su jefa. Y la mujer dejaba que se rieran.

Quizás esa herida no era tan grave, tal vez no podía provocar la muerte de un niño, pero ella, cuando la sufría en su infancia, tenía ganas de desaparecer. A veces se quería morir. No soportaba ver su cara en el espejo.

Susanna no sabrá cómo consolar a Harriet si le sucede algo parecido. Le repetirá frases trilladas sobre igualdad racial, pero no podrá decir: «A mí también me pasó. Sobreviví. Tú también sobrevivirás». No podrá decir: «Esta es nuestra familia». Lo único que Susanna sabe sobre la cultura china procede de libros y películas. Sin su verdadera madre, Harriet podría crecer odiando su parte china.

La práctica de racismo ha tensionado las amistades. Roxanne le ha repetido unas cuantas veces a Frida que no lo entiende.

—No puedes entenderlo —dice—. Me da igual que hayas leído muchos libros sobre interseccionalidad. Tú no tendrás que temer que a Harriet le peguen un tiro. Tú puedes llevarla a cualquier sitio. A ella nunca la acosarán.

Cuando Isaac sea mayor, Roxanne tendrá que enseñarle a controlarse ante la policía. Ella no puede dejarle jugar nunca con armas de juguete, ni siquiera con pistolas simuladas con los dedos.

Frida no tiene margen para discutir. Ella es para Roxanne lo que Susanna es para ella. O sea, el tipo de asiática más aceptable. Universitaria, no propietaria de una tienda o un restaurante, de una tintorería o una frutería, ni empleada de una peluquería, ni tampoco refugiada.

Las lecciones han hecho que se sienta avergonzada por desear a otro hombre blanco, pero siempre han sido hombres blancos los que la han perseguido. Siempre se ha movido entre blancos; solo ha tenido dos amantes asiáticos, a los cuales trató de convertir en novios formales para complacer a sus padres. Uno de ellos la encontraba demasiado traumatizada; el otro, demasiado negativa; ambos tenían la sensación de que no se llevaría bien con sus padres o no podría engendrar hijos sanos por culpa de su depresión. Ella no debería haberles explicado que tomaba medicación. No tendría que haber dicho que veía a un terapeuta. Cuando era más joven, solía pensar que si alguna vez tenía un hijo, querría que fuese completamente chino; pero también era consciente de lo difícil que le sería encontrar a un hombre chino que la quisiera.

Ha empezado a fantasear con la idea de otro bebé. Un modo de empezar de cero. Aunque teme que una mala madre más un mal padre pudieran producir un sociópata, que el nuevo niño llevara en sí toda la negligencia, el egoísmo y los malos instintos de ambos; quizás ese crío saldría bien, después de todo.

La soledad tiene su propio calor, extraño y persistente. No ha vuelto a pensar en el campanario ni una sola vez desde que conoció a Tucker. Ya no sueña con asesinar a su terapeuta. Ha recobrado el apetito. Al verla consolar a Emmanuelle en el parque, Tucker le dijo: «¿Sabes? Creo que eres una buena madre, Frida. Lo digo en serio».

El mes de julio concluye con evaluaciones conjuntas en la escuela de las madres. A Frida la emparejan en su clase con Colin. Los padres deben hacer varios turnos para que todas las madres puedan tener pareja, aunque para ellos solo contará el primer turno.

Una vez que se han dado la mano, la señora Russo pone en marcha el cronómetro. En la primera zona de evaluación, sus muñecos se pelean por un camión. Impulsada por su nueva felicidad, Frida supera a Colin en capacidad para hablar y calmar los ánimos. Emmanuelle supera al muñeco de Colin en capacidad para compartir.

En la segunda zona, el muñeco de Colin le da un beso en la mejilla a Emmanuelle sin pedirle permiso primero. Frida y Colin lo aleccionan sobre tocamientos apropiados e inapropiados. Después de este mes de peleas en el parque, de tocamientos no deseados y prejuicios raciales, Emmanuelle tiene poca mecha y le da una bofetada al muñeco de Colin. Se acaba disculpando por pegar, pero solo tras ocho intentos de Frida para que lo haga. Ella se arma de valor ante la perspectiva de otro mes sin privilegios telefónicos.

Las cosas se ponen más feas en la zona de sensibilidad de raza y género. Emmanuelle le dice al niño la palabra con «N», él la llama «amarilla». También «zorra», y la pronuncia con una rociada de saliva. Los separan a los dos y los aleccionan sobre respeto e igualdad.

Durante su discurso, Colin olvida mencionar la necesidad de respetar a las mujeres. Frida habla de las ramificaciones del esclavismo, de los efectos del racismo institucional; explica que la encarcelación masiva es una extensión del esclavismo, que no hay suficientes abogados y jueces negros, que el poder engendra poder, que el niño lo tendrá muy difícil simplemente para crecer, para que la policía no le dispare o lo encarcele por infracciones menores. En conjunto, suelta un buen discurso, mucho mejor que el de Colin, que, aunque habla de las dificultades de los asiáticos en general, no es capaz de contar una historia equivalente de los chinos en Estados Unidos. De hecho, no sabe que Frida es china. Nunca se lo ha preguntado.

Cuando terminan, Colin se echa a llorar.

—Muchas gracias, señorita Ivy League —le suelta a Frida.

La acusa de haberle jodido la evaluación. Está convencido de que han programado a su muñeco para que hoy estuviera especialmente agresivo. Las instructoras le dicen que se calme, pero no lo reprenden por soltar tacos.

Frida intenta disculparse, pero Colin la corta.

—Ahórrate las disculpas —dice.

Ahora debe prepararse para su siguiente pareja, Linda.

A los padres que han terminado sus evaluaciones les dan permiso para salir con sus muñecos al parque infantil del patio. Tucker ya está allí con Jeremy. Emmanuelle se adelanta corriendo en cuanto lo ve. Jeremy también corre hacia ella. Pero ambos calculan mal por más de medio metro y, en lugar de abrazarse, como pretendían, pasan de largo y continúan corriendo en direcciones opuestas. Frida y Tucker se echan a reír. Él espera a que los muñecos no puedan oírle para saludar a Frida.

Ella corre junto a Emmanuelle y la lleva al tobogán. No sabrán las notas hasta mañana. ¿Qué no daría por un segundo puesto? Estaría dispuesta a renunciar a todo para poder recuperar a su hija: hombres, citas, romances, otro amor…, todo.

Jeremy y Tucker están jugando en el arenero. Tucker envía a Jeremy con un mensaje. «Papi quiere que vengáis a jugar. Venid a jugar con nosotros.»

Los muñecos caminan hacia el arenero cogidos de la mano. Frida titubea y luego los sigue. Se sienta en el borde junto a Tucker.

No hay otros padres cerca. Las mujeres de bata rosa los observan desde lejos. Frida mantiene un lenguaje corporal casto y recatado. Le gustaría cogerle la mano a Tucker. Sentarse en su regazo.

—Sé que te gusto.

Frida hunde sus botas en la arena al escucharlo. Mira cómo Emmanuelle y Jeremy cavan con palas de plástico. Se alegra secretamente cuando Tucker toma la iniciativa, pero dice:

—No podemos.

—Déjame hablar. —Tucker señala con un gesto a los muñecos—. Jeremy no está escuchando. Ella tampoco.

Él quiere hablarle de los lugares a donde la llevará cuando salgan de aquí. ¿Ha comido alguna vez en Zahav? ¿Y en Barbuzzo? A él le encanta Barbuzzo. Quiere que sepa que le encanta cocinar y salir de excursión.

—Lo único bueno de este lugar es haberte conocido.

Parece que quiere besarla. Si estuvieran en cualquier otro sitio, si ya hubieran recuperado a sus hijos…

—Vamos a recuperarlos, Frida —dice, con seguridad en sí mismo.

15

Se supone que las madres no pueden celebrar sus cumpleaños. Ellas solo pueden hablar de sí mismas en relación con sus hijas. Al principio, cuando llegaron, algunas tuvieron problemas por preparar felicitaciones para sus compañeras, por cantarles en el comedor o por hablarles a sus muñecas de sus cumpleaños. Al empezar agosto, el día que Frida cumple cuarenta, no se lo dice a nadie. Ni a Roxanne ni a Meryl. Tampoco a Emmanuelle.

La muñeca está jugando debajo de la mesa. Si pudiera, Frida le hablaría del paso del tiempo, de envejecer, de lo que significa hacerse mayor, de cómo cambiaría su cuerpo si fuera una niña de verdad, de lo que la sociedad supone de las madres y las hijas, de cómo se da por supuesto que siempre se pelean, de cómo se peleó ella con su propia madre, aunque ahora lamenta todas las cosas crueles que le dijo. El año pasado, al cumplir treinta y nueve, la llamó y le dijo por fin: «Gracias».

Cuesta oír algo entre todo el griterío que hay en la cafetería de los padres, una sala sin ventanas en el sótano del hospital, con suelo de linóleo y fluorescentes. El tema 7, «Técnicas de comunicación», ya ha comenzado. Las primeras lecciones son sobre regulación del estado de ánimo y control de la ira.

Frida abre su carpeta por la página del último guion. Ella y Linda se turnan para interpretar a una madre que exige que le suban la pensión alimentaria. Practican con un padre blanco llamado Eric, que tiene un precario bigote adolescente y las uñas tan comidas que resulta doloroso mirar los muñones.

—¡Maldita zorra! No voy a darte más dinero —dice Eric.

—¡Hijo de puta! Eres un perezoso de mierda —replica Frida.

Siguiendo el ejemplo planteado por las instructoras, continúan de este modo hasta que acaban sin aliento y con la cara congestionada. Luego, tras un minuto de ejercicios de respiración, empiezan de nuevo, practicando los mismos diálogos con un tono más calmado y rebajando la agresión cada vez más hasta que terminan hablando con la voz melodiosa de un yogui. Pasan a otros guiones que presentan interacciones ideales, sin insultos ni tacos. Ahora hablan entre sí como lo hacen con sus muñecos: «Noto que estás disgustada. Noto que estás frustrada. Dime qué necesitas de mí. ¿Qué puedo hacer para ayudarte más?». Los grupos van cambiando a lo largo del día. Las peleas se convierten en discusiones. La culpa se difumina. Las púas pierden filo. Las discusiones se transforman en oportunidades para mostrar empatía.

Los gritos perturban y confunden a los muñecos. Después de cada sesión, los padres deben reflexionar con su grupo y analizar qué se siente al reaccionar a la hostilidad con paciencia y amor. Eric dice que es una sensación agradable. Él se ha imaginado su ira como si fuera un trozo de papel que puede doblar en un recuadro diminuto y esconder en el bolsillo. Linda dice que ha estado pensando en su padre. Ella ha salido a él. No quiere que sus hijos crezcan escuchando tantos gritos. Frida dice que ella y Gust no hablan de ese modo, que no suelen pelearse por el dinero, que el problema de Gust es precisamente evitar la confrontación, mientras que el suyo es la tendencia a disculparse demasiado, pero que se alegra de saber cómo actuar si esa dinámica cambia alguna vez.

Ahora le entran ganas de burlarse de los guiones con Tucker. Él ha dejado de afeitarse desde el fin de semana; esa barba incipiente lo ha vuelto aún más atractivo. A Frida le gusta el color gris de su barba; quiere creer que tiene un suave vello en el pecho, que será agradable sentir esa piel contra la suya, que a él no le importará que tenga un cuerpo huesudo, que le gustará que duerman los dos pegados. Cuando Gust se fue, tardó meses en aprender a dormir sola. Observa a Tucker al otro lado de la clase; la emparejan con él una vez esa tarde, pero tiene que compartirlo con Beth. Al día siguiente, les toca un turno a los dos solos. Tucker le roza la bota bajo la mesa.

—A ti prefiero no gritarte —dice—. ¿No podríamos hablar simplemente?

—Hemos de practicar.

Frida levanta el pie y se sienta con las piernas cruzadas. Hace un mes que se conocen. En este punto de su noviazgo con Gust, ya se habían dicho «Te quiero». Ya pasaban fines de semana enteros en la cama.

Durante la semana ella ha ido con cuidado, negándose a sentarse con Tucker en el almuerzo, caminando en la dirección contraria cuando lo ve en el pasillo.

Roxanne piensa que desarrollar sentimientos románticos en este lugar es pura cuestión de proximidad.

—Es como darle una porción de pizza a una persona que se muere de hambre —dijo—. Beanstalk es tu porción de pizza.

¿Es ella el suyo? ¿También está hambriento de afecto? Emmanuelle y Jeremy levantan la vista de los libros ilustrados. Observan a sus padres, alertados por la excitación que detectan en sus voces. Los cuatro parecen una pequeña familia demencial. Malos padres, falsos niños. En el futuro, piensa Frida, tal vez no haya otra manera.

Los guiones de copaternidad hostil, tal como los interpreta Tucker, suenan bastante a juegos preliminares.

—¡Mal-di-ta zo-rra! —dice poco a poco, con los dedos peligrosamente cerca de los suyos—. Yo no tengo más dinero. Llegamos a un acuerdo.

Frida sonríe a pesar de sí misma. Se alegra de no estar tocando a Emmanuelle. Su mano estaría demasiado caliente, su pulso demasiado acelerado.

No paran de soltar risitas durante esa furiosa discusión. Mientras completan los ejercicios de respiración, él le roza la pantorrilla con el pie. Amparado por el alboroto, añade líneas al guion. «Se suponía que tú ibas a recogerlo a las tres y media, ¿por qué no eres capaz de recordar nada?» se transforma en «Se suponía que tú ibas a recogerlo a las tres y media, ¿por qué no eres capaz de recordar nada? Pienso continuamente en ti. Te pediría que saliéramos juntos sin dudarlo si nos hubiésemos conocido en circunstancias normales. Debes valorarte más. Eres preciosa. Eres un bombón».

—No seas absurdo.

Frida le dice que se atenga al guion. Está perdiendo el juicio si cree que aquí puede hablar así. No es seguro.

—Nadie nos puede oír.

Emmanuelle pregunta:

—Mami, ¿qué es bombón?

—Un dulce de chocolate. Pero mami no es un bombón. Papi Tucker solo dice eso porque es verano, y el verano es romántico, y él se siente solo. Mami no puede ayudarle. Se supone que los padres no deben sentirse solos. Yo no me siento sola. Te tengo a ti.

A Tucker le susurra:

—Sé razonable. Deberías estar pensando en tu hijo.

—Algún día lo conocerás.

—Estoy segura de que su madre se sentiría encantada. Imagina que le cuentas dónde me encontraste.

La señora Khoury se acerca. Practican dos páginas de diálogo hostil hasta que ella se aleja. Tucker se dispone a tocarle el brazo a Frida.

—Contacto físico no deseado —dice ella, apartando el brazo—. Ni se te ocurra. Los niños nos pueden ver.

Al terminar la jornada, cuando se ponen en fila para devolver sus muñecos, Tucker se toma más libertades: su mano roza la de Frida, las yemas de sus dedos se tocan. La descarga es intensa. Arrebatadora. Mucho más apremiante que lo que sintió con Will.

Frida se mete las manos en los bolsillos, más feliz que nunca desde que perdió a Harriet. Hoy han representado toda una historia: de la furia desatada a un hervor lento, de ahí a un respeto reticente, y de ahí, por fin, a una serenidad que hace que los dos suenen como si les hubieran hecho una lobotomía. Frida no entiende qué ve Tucker en ella. Sin duda, son demasiado mayores para estos jueguecitos, están excesivamente rotos como para mantener un romance. Cuando se sube al autobús, sus pensamientos están muy lejos. Lejos de Harriet. Lejos de una actitud maternal. Lo que tiene en la cabeza es una fantasía que podría sofocarse de mil maneras. Es idiota por pensar siquiera en él. Pero Tucker podría alzarla muy fácilmente. Alzar su corazón, sí, pero también sujetarla contra la pared y follársela de pie.

Al final le conceden los privilegios telefónicos. Su pronóstico ha subido a «regular». Cuando regresa esa noche a Kemp, Roxanne y ella bailan la danza de la victoria. Saltan por la habitación, dan gritos de alegría. Roxanne bota sobre la cama, incita a Frida a hacer lo mismo solo durante un minuto. Ríen como niñas pequeñas. Roxanne incluso trata de enseñarle el *Cupid Shuffle*, el baile que ella y su madre solían practicar por la casa. Acaban derrumbándose entre risas porque Frida embarulla todos los pasos.

—Estoy orgullosa de usted —ha dicho la terapeuta.

Esas palabras acompañan a Frida a lo largo de otra jornada de ejercicios de control de la ira, de otro sábado con el grupo de limpieza. Solicita privilegios de pinzas y tijeras, se plancha el uniforme, decide recogerse el pelo en una larga trenza, se queda despierta hasta tarde planeando lo que va a decirle a Harriet.

El domingo no llega lo bastante deprisa, pero cuando Gust, Susanna y Harriet aparecen en la pantalla, Frida no está preparada para las noticias que le dan. Susanna está embarazada. De veintiuna semanas. Acaban de hacerse la ecografía. Gust y Susanna se han prometido. Se casarán en el ayuntamiento en diciembre, antes de que llegue el bebé, y organizarán otra ceremonia y una recepción la próxima primavera.

—Esperamos que asistas —dice Susanna—. Nos gustaría que participaras en la ceremonia. Podrías encargarte de una de las lecturas.

Le enseña a Frida el anillo, el solitario de dos quilates que perteneció a la abuela de Gust: el mismo que no creía que Frida debiera llevar porque él no creía en diamantes.

Susanna le cuenta a Frida que saldrá de cuentas el 20 de diciembre. Han decidido no averiguar el sexo.

—Hay tan pocas sorpresas de verdad en la vida —dice.

Como telón de fondo, mientras ellas hablan, Gust ha estado engatusando a Harriet para que diga hola, recordándole que la mujer de la pantalla es mami. Ahora la pone de pie sobre su regazo para que Frida vea lo alta que está. Ocho centímetros desde marzo. Dos kilos más de peso. El pediatra les hizo abandonar la dieta baja en carbohidratos.

La cara de Harriet ha madurado. Frida mira cómo pasan los segundos en la base de la pantalla. El laboratorio informático está más silencioso de lo que recordaba. Nadie gimotea. Nadie grita. Ella trata de adoptar su tono de lobotomía. Los ejercicios de respiración no le sirven. Tiene ganas de llorar. La cara de Harriet sigue delgada. Le han cortado el pelo como a un chico. Ahora parece un elfo, igual que Susanna, que le enseñó a ir al baño hace un mes, utilizando el método de tres días. Recogieron las alfombras, pasaron todo un fin de semana con la niña desnuda.

—Lo pilló enseguida —dice Susanna.

Tras la primera hora sin pañal, Harriet empezó a hablar más.

—Lo primero que dijo ese día fue: «Ponme un pañal. Ponme un pañal en el trasero». Nos ha hecho mondar de la risa. Es como si hubiéramos desatado su mente. También me dijo: «¡Ya no soy un bebé! ¡Soy una niña mayor!». Ojalá hubieras estado aquí. A Harriet se le da muy bien escuchar su propio cuerpo.

—Soy una niña muy mayor —dice Harriet.

Frida hace una mueca. Gust y Susanna se ríen. Quedan dos minutos. Frida echa un vistazo a las consignas de conversación. Consigue decir: «Felicidades». Logra darle las gracias a Susanna por sus esfuerzos y describir el corte de duende de Harriet como «impactante». Se abstiene de preguntarle por qué se creyó con permiso para cortárselo de ese modo.

—Feliz cumpleaños retrasado —dice Gust—. Mami cumplió un cuatro y un cero esta semana. Venga, vamos a cantarle.

Conscientes del poco tiempo que queda, cantan la canción a doble velocidad.

—Gracias.

Repasando sus notas, Frida elogia la resiliencia de Harriet, da las gracias a Gust y Susanna por su tiempo y sus cuidados. Al ver la expresión desesperada que hay en los ojos de su hija le entran ganas de que se la trague la tierra.

La señora Gibson da el último aviso de treinta segundos.

—Oso-liebre, ¿qué más quieres decirle a mami? —pregunta Gust.

Harriet grita:

—¡Mami, vuelve! ¡Vuelve ahora!

Continúa gritando «¡Ahora!, ¡ahora!» mientras Frida le habla.

—Te echo de menos. Te echo mucho de menos. Te quiero, bebé. A mami le duele el corazón. Como si alguien me lo estrujara. —Le muestra un puño y lo agita ante la pantalla.

Harriet la imita. Lo último que ve Frida antes de que se corte la llamada es a Harriet cerrando un puño diminuto y fingiendo que se estruja el corazón.

Para Frida, la siguiente semana de juego de roles resulta especialmente cruel: comunicación pacífica con los padres adoptivos; charla de madres con madres adoptivas; de padres con padres adoptivos; con esos extraños que los han sustituido y que ahora succionan el amor de sus hijos.

Quien haya escrito los guiones entiende a las mujeres. Los diálogos son pasivo-agresivos y la madre biológica tiene un punto de mártir. La rabia de Frida es auténtica, pero sus periodos de calma carecen de convicción. No pretendía hablar de un corazón estrujado, espera que no la castiguen por esa frase. Bromearán sobre ello cuando Harriet sea mayor. Será su fórmula en clave para referirse al dolor y la añoranza. A decir verdad, el dolor apenas toca su corazón. Ella siente el embarazo de Susanna en la zona lumbar, en el cuello y los hombros, en los dientes. El bebé debe de haber sido concebido poco después del segundo cumpleaños de Harriet. Se imagina a la niña acariciando el vientre de Susanna; a Gust y a Susanna hablándole al bebé cuando están en la cama; a los tres yendo al médico; a Harriet mirando la ecografía, observando cómo se mueve el bebé.

No debería ser Susanna quien le dé a su hija lecciones sobre la vida. La jueza del tribunal de familia tendría que saber que Frida también podría haberle dado a Harriet un hermanito. Un hermanito que sea igual que ella. Un hermanito chino, de pelo moreno. Con los mismos ojos y la misma tez que Harriet. En la familia de Gust y Susanna, Harriet siempre parecerá una niña adoptada. Los extraños siempre harán preguntas. Si van a tener su propio bebé, ¿para qué necesitan a la suya?

Durante la clase, Frida sueña despierta con otra boda: Tucker con un traje de tres piezas, un traje oscuro de rayas, no un esmoquin; un vestido rosa para ella, en homenaje secreto al lugar donde se conocieron; un ramo de anémonas. La boda será en Chicago. Ella hará todo lo que su madre pidió la primera vez: invitar a más amigos y colegas de sus padres, hacer la ceremonia del té, llevar velo, recogerse el pelo, lucir un *qipao* rojo en la recepción, poner música que los parientes mayores sepan bailar, dar más tiempo para los retratos de familia; y más adelante, celebrar un banquete en los primeros cien días de su bebé y hacer que su marido aprenda mandarín.

A la terapeuta le preocupa la resistencia mental de Frida.

—Sé con cuánta impaciencia esperaba esa llamada. Debe de ser duro ver cómo su exmarido sigue con su vida.

—Él siguió con su vida hace mucho. Eso ya lo sé.

Frida dice que se alegra de que Harriet vaya a tener un hermano, que se alegra por los tres.

—Solo me inquieta que mi hija no tenga la atención suficiente una vez que llegue el bebé. Linda dice que la transición de un niño a dos es la más difícil. Si yo estuviera en casa, podría ayudarla. La niña ha tenido que sobrellevar muchos cambios. Nos reuniremos de nuevo justo cuando ella tenga a su nuevo hermanito, ¿no?, en el mismo mes. Ni siquiera pudimos hablar del parvulario. Esta vez debía tocarme a mí hablar con ella del tema, pero Susanna…

—Susanna ha hecho muchos sacrificios —dice la terapeuta.

Frida debería ser consciente del nivel de estrés de Susanna; además, no tendría que hacer suposiciones sobre su caso; todavía no.

Antes de terminar, vuelven al tema de la confraternización. Las instructoras han notado que Tucker se interesa por ella. Frida le recuerda a la terapeuta que ella no ha coqueteado, que no ha sido acusada de lenguaje corporal insinuante.

—No digo que lo haya hecho, pero todos son humanos. Se pueden desarrollar sentimientos. Recuerde, Frida, que ese hombre dejó que su hijo se cayera de un árbol. Usted dejó sola a su bebé en casa. Nada bueno puede salir de esa amistad.

Las rosas se están marchitando en la enredadera. Hay una semana con días de treinta y ocho grados. La cafetería parece cada vez más un calabozo. Llevan ventiladores a la escuela de los padres para complementar el aire acondicionado. Los padres se dan duchas frías y chupan cubitos de hielo. El calor, la convivencia y el aburrimiento están contribuyendo a provocar comportamientos de alto riesgo. Las voces superan el nivel del susurro. El contacto visual se vuelve descarado. Algunos padres hablan de «mi novio» y «mi novia». La charla grupal sigue de bote en bote. Expulsan sin más ni más a un padre por mirar de forma lasciva, supuestamente, a la muñeca adolescente de Charisse. La mayoría de los padres creen que es inocente.

—Su palabra contra la mía —dijo él.

La muñeca fue la que se quejó ante las instructoras. Había sentido que él la desnudaba con la mirada, que se la comía con los ojos.

—Hay que creer a las mujeres —dijo Charisse por su parte.

Tucker le ha enviado mensajes a Frida a través de su muñeco Jeremy. Le ha pedido a Meryl que le diga que se siente con él durante el almuerzo. Ella ha estado a punto de decir que sí. Ha estado a punto de sentarse con él y hablarle del embarazo de Susanna, del corte de pelo de Harriet, de las últimas advertencias de la terapeuta. Le gustaría darle las gracias a Tucker por tratarla como si fuera digna de ser amada. Si ella hubiera sabido que toda esta amabilidad era posible, que algún día sentiría que la merecía, quizás habría sido más cuidadosa en su juventud. Se ha imaginado que se lo presentaba a Gust, que ambos asistían a su boda con Susanna. También ha estado pensando más allá de noviembre, preguntándose si podrá quedarse embarazada a los cuarenta o cuarenta y uno.

Es consciente de que a ella le dejan pasar más cosas porque es amarilla. Roxanne dice que a las chicas morenas las están tratando con mano dura. No importa que ellas participen o no en el coqueteo. Roxanne no tiene paciencia para los problemas de Frida con Beanstalk o con Susanna; le dice que supere su conflicto con la chica de Gust.

—A mí no me hables de anillos de diamantes —dice.

La madre de Roxanne no se ha mantenido hidratada y ha desarrollado otra infección urinaria. «Estoy por envolverla con papel burbuja», dice. Los vecinos y los amigos echan una mano, pero no es lo mismo. Su madre está inmunodeprimida. Con que pase una hora en la sala de espera del médico o vaya un momento a la farmacia puede ponerse enferma. ¿Y si se pone grave y no la avisan? ¿Y si tiene que ir al hospital?

Últimamente, Roxanne se ha sentado cada día con Meryl y Colin en el almuerzo. Su encaprichamiento con Meryl se ha vuelto más intenso e irracional. Cada noche le pregunta a Frida si cree que aún tiene alguna posibilidad. Roxanne dice que Meryl ha roto con el guardia de los ojos verdes, que romperá con el padre de Ocean en cuanto pueda decírselo a la cara.

—Meryl no es la porción de pizza adecuada para ti —dice Frida—. Solo nos quedan tres meses, ya lo sabes.

Frida ha intentado advertir a Meryl sobre Colin, pero la chica no quiere escucharla. Colin no desea que Meryl siga siendo amiga de Frida. Todavía está furioso por el día de la evaluación. Según él, si a Frida le importara de verdad el destino de la gente negra de Estados Unidos, le habría dejado ganar. Meryl dice que se siente verdaderamente feliz por primera vez en su vida. Más feliz que cuando nació Ocean. Más que cuando conoció al padre de Ocean. Esta es la historia que ella y Colin contarán a sus futuros hijos. El amor en un lugar sin esperanza.

—Como aquella canción —le dijo Meryl.

Roxanne ha dejado de reírse y de hablar en sueños.

—¿Estás dormida? —pregunta, despertando a Frida por la noche.

A veces se levanta y se sienta a su lado.

Se turnan para rascarse la espalda. Hablan de la madre de Roxanne, de Isaac, que ha empezado a caminar. Su madre de acogida le ha comprado su primer par de zapatos de suela dura. Cuando intentó que caminara para que lo viera Roxanne, en la llamada del último domingo, el niño se negó.

—A ver qué maravilla aprenderá a hacer ahora —comenta.

Frida le habla de los primeros pasos y las primeras palabras de Harriet, de cuando empezó a caminar sin caerse. Ahora ya no está segura de qué cosa ocurrió en cada mes.

Los padres practican la comunicación tranquila y amistosa en las disputas con profesores, pediatras, asesores y figuras de autoridad. Frida nota los ojos de Tucker sobre ella durante todo el día. Cada vez que él la mira, siente que se vuelve más guapa. Está segura de que las cámaras pueden distinguir entre ese rubor especial y el calor del amor materno.

Pero ella florece gracias a ello. Quiere más. Sabe que no puede dejar que él la debilite, pero es algo que le sucede pese a sus mejores intenciones. Por la noche, imagina que le entrega la casa de su mente y la casa de su cuerpo al hombre que dejó que su hijo se cayera de un árbol. Visualiza sus dos cuerpos juntos en una habitación sin cámaras.

No le ha preguntado si quiere tener más hijos, no se lo puede preguntar aquí. Pero piensa que sus padres se merecen otro nieto. Las dos familias de Harriet deberían estar igualadas. A ella le encantaría volver a sentir las patadas; tendría que haber valorado más aquellos meses en los que ella y Harriet estaban siempre juntas, cuando contaba las patadas a lo largo del día, cuando sentía el tamborileo de sus puños en la cama, la niña respondiendo a las cálidas caricias de su madre, los primeros códigos secretos entre ambas.

Un día, en el almuerzo, sin hacer caso de la advertencia de la terapeuta, se sienta con Tucker y le cuenta lo que ha estado pasando en casa.

—¿Todavía le quieres? —pregunta Tucker.

—No. Creo que no. Debería alegrarme por él. Lo estoy intentando. Si fuera una persona buena y altruista, me alegraría. ¿Tú quieres aún a tu mujer?

—Mi exmujer. No tienes que preocuparte por ella. Es parte de mi familia. Pero, mira, me alegro de que lo hayas pensado.

Tucker le da un apretón en el hombro. Ella le aparta la mano. Él mueve la pierna derecha de manera que se roza con la suya. Frida nota que se moja. Recoloca los cubiertos en el plato. No es capaz de mirarle. Si le mira, querrá tocarlo. Si le toca, su vida se habrá acabado.

—No puedo dejarme distraer —dice.

—¿Yo te estoy distrayendo?

—¿Cómo llamas a esto, si no?

Él se encoge de hombros.

—Un romance, quizá.

Gust y Susanna atienden la llamada del siguiente domingo desde el porche de una casa alquilada en la playa, en Cape May. Ella lleva un sombrero de ala ancha y un minibikini negro que realza su escote pecoso. Gust no lleva camisa y parece muy bronceado.

Frida se promete a sí misma no llorar ante la hermosa pareja que está criando a su hija. Mira los pechos de Susanna. Ella no tendrá ningún problema en la lactancia. Su bebé se agarrará inmediatamente. Su leche será abundante. No tendrá que usar leche en polvo.

El viento confunde sus voces. La cara de Harriet está tostada por el sol. Tiene el pelo erizado en puntas mojadas. Gust le pide que repita su última frase graciosa para que mami la oiga.

—La luna es una pelota en el cielo. —Harriet pronuncia cada palabra enfáticamente.

Cuando Frida termina de aplaudir, la niña señala la pantalla.

—Mami, eres mala.

Gust y Susanna le dicen que sea amable.

—¡Eres mala! ¡Eres mala! ¡No me gustas!

Frida está destrozada y admirada a la vez.

—Estás diciendo que estás enfadada conmigo. ¿Puedes explicármelo mejor? Te escucho.

—Estoy enfadada. Estoy enfadada porque estoy enfadada.

Frida le hace más preguntas, pero Harriet no quiere responder. Luego alza el puño y lo aprieta, pero la niña ya ha olvidado su nuevo juego.

—Quiero playa. No mami.

—Solo dos minutos más —dice Gust—. Dile a mami que la echas de menos.

—No, mami no viene a casa. No quiero hablar. ¡De eso, nada!

Frida quiere decir que pronto estará en casa. Dentro de tres meses. Uno, dos, tres. Números que Harriet conoce. Pero tres meses representan otra estación esperando.

De repente, Harriet se queda muy quieta.

—Oh, no. —Gust baja la mirada a su regazo—. Intenta aguantar. Recuerda, el pipí va en el orinal. —Sujeta a Harriet de las axilas y se la lleva a toda prisa adentro sin decir adiós, dejando a Frida con Susanna.

Esta se quita sus gafas de sol.

—Debe de estar estresada. No hemos tenido ningún accidente desde hace semanas. Al menos no se ha hecho caca encima. Según el libro, la emoción hace que el esfínter se abra.

Antes de que Frida pueda disculparse, Susanna pregunta si Gust puede coger algunas cosas de Harriet del guardamuebles donde ella las dejó. Finalmente, hablan del parvulario. Susanna le explica el conjunto para el primer día, con la mochila y la fiambrera que ella encargó, las chanclas y los zapatos de interior, las etiquetas con el nombre y la foto de familia que han enviado para enganchar en la pared de la clase. Tendrán que sacar una foto nueva de todos cuando Frida vuelva a casa. Harriet irá al Montessori de Center City. Hace unos días, dos de sus profesores pasaron a hacer una visita personal. Hablaron de la angustia de la separación, de cómo Susanna ha de manejar el momento de entregarla, de la posibilidad de un horario más cómodo. Preguntaron si había alguna circunstancia especial, algo que pudieran hacer para apoyar a Harriet durante la transición, cosas que debieran saber sobre la familia.

—¿Y vosotros qué dijisteis? —pregunta Frida.

—Se lo contamos todo. Teníamos que hacerlo.

Los padres pasan el último fin de semana de agosto haciendo ejercicios de control de la ira. A Frida y a Tucker los emparejan el jueves por la tarde. Él se niega a tomarse en serio el ejercicio. Quiere aprovechar esta ocasión, rodeados como están de gritos y recriminaciones, para hablar del futuro. ¿Dónde piensa vivir? ¿Tiene algún sitio donde quedarse?

—Yo podría ayudarte.

Frida quisiera decir que sí.

—Por favor, di tu frase. Nos están mirando. No te salgas del guion.

—Me estás matando, Frida.

—No te estoy matando. No hables así. Piensa en tu hijo.

—Chantaje emocional. Mami, uno. Papi, cero.

—Venga, empieza. Grítame. Suéltalo ya.

—Yo tengo sentimientos.

—Por favor.

Tucker empieza el ejercicio a regañadientes, interpretando al exmarido ofendido. Avanzan desde la explosión inicial hasta el tono calmado y la compasión.

Frida elimina todo rastro de hostilidad de su rostro y de su voz. Susanna dijo que Harriet no debería sentirse avergonzada. Los profesores tenían que saber que Harriet faltará al colegio para acudir a las citas con la asistente social y la psicóloga infantil. Frida está segura de que los profesores vigilarán a la niña tal como lo harían con un niño que ha sufrido acoso o abusos. Susanna tal vez se lo cuente a otros padres, a otras madres. El asunto saldrá de forma natural. La exesposa de Gust, la madre de Harriet..., ¿dónde está?

—Te he oído —le dice a Tucker—. Quiero que sepas que valoro tu sinceridad.

La señora Russo pasa junto a su mesa. Ambos parecen tensos y exhaustos, una pareja con toda una historia detrás.

Frida tiene lágrimas en los ojos. Procura no mirar a Emmanuelle, pero la muñeca se da cuenta, se le sube al regazo y le echa los brazos al cuello.

—¿Estás bien, mami?

La señora Russo apoya las manos en el respaldo de la silla de Frida.

—¿Quieren explicarme qué está pasando aquí exactamente?

La terapeuta de Frida está buscando una metáfora adecuada para describir su estado mental, para el detritus que hay en su interior. Las instructoras han observado que está distraída. Parece claro que no ha sabido calibrar de forma adecuada sus emociones. ¿Por qué no se esfuerza en alcanzar la pureza de la mente y el espíritu? Su amistad con un mal padre solo puede perjudicarla.

El domingo por la noche, la escuela celebrará un baile de final de verano para mantener la moral, ahora que todos se encaminan a los últimos meses de clases. Desde el suicidio de Margaret, se ha exigido a las madres que asistan a sesiones extra de terapia. Durante las comidas, las mujeres de bata rosa han tenido que llevar a algunas aparte para efectuar análisis *ad hoc* de su estado de ánimo.

A los padres los traerán en autobús el domingo.

—Le sugiero que se mantenga alejada de Tucker —dice la terapeuta.

—Ya se lo he dicho. Es simplemente un amigo.

—Frida, está solo a esto de ser enviada de nuevo a la charla grupal. Tengo informes de tocamientos innecesarios. De coqueteos improvisados. Sus instructoras creen haber visto que se pasaban una nota.

Frida levanta la vista a la cámara situada por encima de la cabeza de la terapeuta. Luego vuelve a mirar a su regazo. Si tuvieran la nota, lo dirían. Si la encuentran, le echará la culpa a Tucker. Ella le deslizó ayer su número de teléfono como si fueran dos extraños que se hubieran conocido en el mundo real. Él prometió que se lo aprendería de memoria y destruiría el papel. A Frida le encantó infringir una norma.

—Tucker la está afectando, Frida. ¿Cómo va a terminar el lunes entre las dos primeras si no puede concentrarse?

—Estoy concentrada. Se lo prometo. Harriet empieza el colegio la semana que viene. Necesito hablar con ella.

—No sé si eso tiene sentido.

La terapeuta dice que las llamadas han sido perturbadoras. Tampoco parecen estar beneficiando a Harriet. El accidente de control de esfínteres sugiere que Frida le está provocando estrés. Su actuación en las clases era mejor cuando no tenía que pensar en las llamadas del domingo. Sin las llamadas y sin esa amistad peligrosa, podrá concentrarse. Así pues, los privilegios telefónicos quedan suspendidos hasta nueva orden.

—Pero no se crea que disfrutamos castigándola —dice la terapeuta.

Frida quiere otra casa. En esa nueva casa, estará embarazada. Esta vez sin temor, sin llantos, solo con gratitud. Ya les habrán devuelto a sus hijos, que les habrán perdonado. Vivirán con ellos en un hogar donde la luz entre de soslayo, reluciendo a través de las ventanas como solo lo hace en las películas. Cada habitación inundada de resplandor. Ella aprenderá a cocinar para una familia numerosa, aprenderá a criar a un niño, a cuidar al hijo de otro, a preparar almuerzos para el colegio, a salir a la calle con dos niños. La mujer de Tucker le dará la bienvenida a su familia. Frida no figurará en el registro. Nadie preguntará por este año perdido.

Construye la casa durante todo el día. Se imagina un jardín y unos columpios, un porche trasero donde tomarán una copa después de acostar a los niños. En esa casa donde entrará la luz de soslayo, nunca querrá estar sola. No habrá rabia ni aburrimiento.

Nada de gritos. Allí, Harriet será feliz. En los dos hogares de Harriet, con sus dos familias, florecerá el amor.

—Vamos a crear un buen recuerdo —dice Meryl.

Es sábado por la mañana, y el grupo de limpieza está preparando el gimnasio para el baile.

—No quiero ningún recuerdo.

—Chorradas. Le chuparías la polla en un segundo si te quedaras sola con él.

—No, no lo haría. No puedo tener algo así en mi expediente. No voy a hacer que me expulsen ni voy a acabar en el registro. Ya te lo he dicho. Ni siquiera me dejan volver a llamar a casa.

—No tienen por qué pillarte.

Meryl la lleva bajo las graderías para buscar un posible punto ciego. Hay moho, una familia de ratones. Meryl cree que podría funcionar.

—Ni en un millón de años —dice Frida.

—No seas idiota. Lo haríais de pie.

Frida quisiera hablarle del maestro alcohólico cuyo apartamento entero estaba cubierto de botellas, del aspirante a fotógrafo que se negaba a besarla porque besar era algo demasiado íntimo. Ella ya no es solo un cuerpo. Ya no tolerará ser solo un cuerpo. Es capaz de esperar. Ella y Tucker son personas que han aprendido a esperar.

Montan las mesas plegables, inflan globos hasta marearse. La señora Gibson les deja salir más temprano para escoger los vestidos, que han sido donados por un comité escogido por la señora Knight. La selección ya ha sido saqueada. La mayoría de los vestidos son de lana o terciopelo. Meryl se prueba un vestido negro con lentejuelas de plata en el corpiño. Finge sostener un ramo y agita la mano como en un desfile de belleza.

—¿Mono o soso?

—Ambas cosas —dice Frida—. Mono en un sentido irónico.

Meryl tiene morados en la espalda, las caderas y los muslos. Alguien la ha estado sujetando contra bordes afilados, tal vez en un sótano, tal vez en un armario. Ella sorprende a Frida mirándola y dice: «No seas tortillera».

—¿Dónde lo hicisteis? ¿Cómo?

Meryl sonríe con suficiencia. Ella y Colin han encontrado varios pasillos y armarios sin vigilancia en la escuela de los padres. Pueden pasar muchas cosas en cinco minutos.

Una bola de discoteca cuelga del aro de baloncesto. Hay globos y serpentinas. Cuencos de nueces. Tartas sin adornar. Hay una larga cola frente al bufé. Los padres comen en platos de papel. Hay cucharas de plástico, pero no tenedores ni cuchillos. Varias mujeres de bata rosa mueven la cabeza siguiendo el ritmo de la música.

Frida entra en el gimnasio tenuemente iluminado, tambaleándose sobre unas sandalias de punta abierta que le van pequeñas por medio número. Hace una hora, las madres se desesperaban por conseguir laca y tenacillas, perfume y maquillaje. Los vestidos no quedan bien con la cara desnuda. Se han apretujado todas en los baños de Kemp y se han ayudado a arreglarse unas a otras. Para aquellas con vestidos demasiado pequeños, múltiples manos tirando de una cremallera. Para aquellas con vestidos demasiado grandes, múltiples intentos atando fajas y doblando cinturillas. Algunas se acordaban de su boda. Otras hablaban de sus bailes de graduación, especulaban sobre quiénes serían coronados aquí rey y reina de la fiesta. Roxanne opinaba que probablemente la señora Knight se quedaría ambas coronas para ella.

Esta noche llevan sedas y lentejuelas, y todas vacilan sobre tacones después de tantos meses con botas. Linda lleva suelto su pelo rizado por primera vez; tiene un aspecto despreocupado y encantador. Meryl se ha recogido el pelo en dos moños. Frida lleva un vestido camisero amarillo de algodón, con cuello Peter Pan, mangas abullonadas y falda completa. Es tres tallas más grande y ridículamente soso.

Tucker la encuentra entre la multitud. Dice que la ha estado buscando.

—¿Qué hace una chica como tú…?

—¿En un sitio como este? Ya, sí. Ja, ja.

A Frida le entran ganas de reírse. Él lleva un traje desparejado: la chaqueta es demasiado grande, los pantalones acaban muchos centímetros por encima de sus tobillos. El pelo lo tiene bien peinado, con raya al lado. Va otra vez afeitado. De cuello para arriba, parece un agente del FBI. De cuello para abajo, un vagabundo.

Se mantienen separados un par de pasos. Frida entrelaza las manos en la espalda.

—Estás muy guapa con el pelo suelto.

Ella se ruboriza. Nunca puede controlar sus rubores cuando está con él.

—No pueden vernos juntos. Me han quitado los privilegios telefónicos. Por ti.

—No pueden hacer eso.

—Claro que pueden. Pueden hacer cualquier cosa.

Él se acerca un paso.

—Te daría un abrazo.

—No lo hagas.

Se obliga a sí misma a alejarse. No puede dejar que la saque a bailar, no quiere bailar con él en público. Si bailan, acabarán besándose. Si se besan, podrían acabar expulsándola. Y la expulsión la llevaría al precipicio. Sería la siguiente Margaret. Las madres suelen expresarse así ahora; cuando oyen que una madre se entrega al llanto por la noche o en las duchas, dicen: «¿Será la siguiente Margaret?».

Frida ve a Roxanne y se inquieta por ella. Roxanne está intentando bailar con Meryl, pero esta no se aparta de Colin.

El trío de madres blancas de mediana edad encuentra a Tucker. Charisse lo arrastra a la pista de baile y empieza a contonearse. Gira deprisa y da una serie de pataditas, poniendo las caras que Frida supone que debe poner durante el sexo. Tucker es un pésimo bailarín. Mucho mover la cabeza y agitar los brazos. Como esos hombres globo de los concesionarios de automóviles. Debería reprocharle esa torpeza para sus adentros, pero aun así mira con anhelo a las parejas que bailan.

La señora Knight se ha superado. Lleva una capa de satén con broche de pedrería y unos guantes de ópera blancos hasta el codo. La capa es rosa, al igual que el vestido: un estrecho modelo de tubo que la obliga a caminar con pasitos de ratón. En un mundo justo, piensa Frida, las madres tendrían a mano salsa de tomate para tirársela encima. O un cubo de sangre de cerdo.

La señora Knight se planta ante el micrófono y pide a los rezagados que empiecen a bailar. Son las siete y media y el baile terminará a las ocho cuarenta y cinco en punto. Los padres deben acostarse temprano para estar preparados para la evaluación de mañana.

Frida casi lo había olvidado.

La señora Gibson, la DJ de la noche, pone *Cupid shuffle*. Roxanne ve a Frida y le guiña un ojo, animándola a imitar sus pasos. Solo unas pocas madres bailan con gracia. La mayoría menea las caderas y agita las manos para dar a entender que a ellas, a diferencia de lo que le sucede a Frida, la situación no les permite sacar lo mejor de sí mismas.

Se forma un gran círculo alrededor de Linda y Beth. Por un instante, fingen restregarse. Ambas tienen una flexibilidad sorprendente. Beth le da a Linda un cachete en el trasero. Linda hace el *running man*.

Frida se mueve hacia el borde de la pista. Tucker la está observando. ¿De qué seguiría teniendo miedo ella si estuvieran juntos? No de los bosques. No de las grandes extensiones de agua. No de bailar. No de envejecer. Él la ayudaría a cuidar de sus padres. La ayudaría a criar a Harriet.

La señora Gibson brinca siguiendo el ritmo *hip-hop*, una estampa desconcertante. Cuando la canción dice: «levanta los brazos», ella lo hace con entusiasmo. Dos padres intrépidos la engatusan y la arrastran lejos de su portátil. La llevan al centro del círculo y la emparedan entre ambos. Ellos se agachan. Ella también.

Las madres silban. Uno de los padres masculla: «Joder».

Ver así a la señora Gibson resulta deplorable. Frida preferiría no considerar como gente real a las instructoras y a las mujeres de bata rosa; no quiere imaginárselas en discotecas o restaurantes, divirtiéndose como cualquier persona.

La señora Gibson regresa a su puesto de DJ. Pone un poco de música disco. Un poco de rap. *Groove is in the heart* resulta ser una elección muy popular.

Las madres se quitan los zapatos. Vuelven al bufé para servirse otro pedazo de pastel. No hay canciones lentas, así que siguen girando y brincando.

Tras otras seis canciones, las luces se encienden repentinamente. Al principio, los padres creen que los están castigando por bailar demasiado. Pero a través de las puertas abiertas, ven los focos barriendo el prado. Al cabo de unos minutos, los guardias ordenan que se dividan para hacer un recuento.

Frida recorre con la vista la hilera de los padres, buscando a Tucker.

Empiezan a sonar sirenas. La señora Knight dice que todo el mundo conserve la calma. Tucker aparece al lado de Frida, que siente un gran alivio al comprobar que está bien.

—Tendré problemas solo por estar a tu lado —dice ella.

Él la sujeta del brazo.

—Nos veremos cuando salgamos de aquí, ¿no?

Ella no responde. Tucker la atrae hacia sí. Frida apoya la mejilla en su pecho, aspirando el olor mohoso de la tela, y le rodea la cintura con los brazos. Él tiene las manos en su pelo.

—Voy en serio contigo, Frida.

Ella debería estar pensando en su hija, que empieza el parvulario pasado mañana, que es lo bastante mayor para tener su propia mochila y hablar de la luna. Se suelta de Tucker. Se aparta.

Él quiere que se encuentren bajo las gradas.

—Yo iré primero.

—No puedo. Nos pillarán. A mí siempre me pillan.

—¿Cuándo tendremos otra ocasión de estar solos? Nadie nos presta atención.

Las instructoras y todos los guardias salvo uno han salido para emprender la búsqueda. Los padres gritan. Están asustados. Alguien dice que Roxanne, Meryl y Colin han desaparecido.

—¿Qué? —Frida tiene que encontrar a Beth.

Tucker le pide que se reúna con él dentro de cinco minutos.

—Soy una mala madre, pero estoy aprendiendo a ser buena —responde Frida.

—No tenemos mucho tiempo.

—Soy una narcisista. Soy un peligro para mi hija.

Él le pone una mano cálida y confiada en la nuca. Está mirando su boca.

—Sé que has pensado en ello.

Ella aprieta el puño, procurando concentrarse en Harriet, en su pequeña, que está descubriendo la amargura, la añoranza, la decepción; que tiene una madre que aún podría fallarle.

16

Han incluido a Frida en la lista de vigilancia. La escuela cree que lo sabía. Las dos chicas les habían dicho a sus terapeutas que la consideraban una hermana mayor. Si habían hablado de fugarse, estaba obligada a denunciarlas.

Las mujeres de bata rosa la han estado observando todos los días. Vigilan hasta su sueño y sus comidas. Ahora tiene tres sesiones de terapia a la semana. La interrogaron después del baile, de nuevo tras la evaluación y una vez más con su terapeuta. Pusieron patas arriba el lado de la habitación de Roxanne. Registraron las pertenencias de Frida. Revisaron las grabaciones de la clase, de la noche, del fin de semana, de las comidas y el grupo de limpieza, así como las imágenes tomadas por las cámaras de las muñecas de Roxanne y Meryl. Despidieron al guardia de ojos verdes que las ayudó a escapar.

Algunas dicen que aparecerán muertas. Otras creen que las atraparán. Linda piensa que acabarán otra vez embarazadas y que también les quitarán esos bebés. Le echa la culpa a Meryl. Beth responsabiliza a Roxanne. Ninguna de las dos menciona a Colin.

Linda dice que echa de menos el desparpajo de Meryl. Le gustaba que siempre estuviera tragándose sobrecitos de azúcar, que no soportara la cafeína y convirtiera el café de las mañanas en un vaso de leche con unas gotitas de café.

—Recuerda que no está muerta —dice Beth—. No hables de ella como si se hubiese muerto.

Frida les dice que se callen. Bastante pendientes están ya de su mesa. Son la única clase con dos madres menos; primero, Lucretia, y ahora, Meryl.

—¿Lo de ella y Roxanne es cierto? —pregunta Linda—. O sea, ¿eran…? Ya me entiendes. —Cierra los puños y los choca.

Frida no responde. Desvía la pregunta a Beth, que ha estado enfurruñada desde la noche del baile. Al parecer, Meryl nunca le habló de su fantasía de fugarse. El hecho de que Frida no denunciara sus sospechas sobre las dos chicas ha sido consignado en su expediente. No va a arriesgarse a que la castiguen aún más por chismorrear.

Nunca creyó que fueran a hacerlo. Roxanne tenía muchas otras ideas: hablaba de piratear las muñecas de su clase con un imán, de encontrar una hiedra venenosa y dejarla en los coches de las instructoras. Nadie la echará más en falta que Frida. ¿Con quién contará ahora los días? ¿Con quién hablará entre susurros?

Han empezado el tema 8: «Peligros dentro y fuera de casa». Les están enseñando una práctica materna basada en el miedo, pensada para desarrollar sus reflejos de seguridad y poner a prueba su energía. Esta semana, han estado practicando en el patio, esprintando con su muñeca a cuestas como si escaparan de un edificio en llamas.

Frida y Roxanne solían imaginar las pruebas a las que aún tendrían que enfrentarse: correr sobre ascuas ardientes, salir disparadas con un cañón o arrojadas a un pozo de serpientes, tragarse cuchillos. Echa de menos las preguntas ansiosas de Roxanne, su risa en sueños, las conversaciones sobre Isaac.

Roxanne estaría enfadada con ella por acabar tercera en el tema 7. Frida no disfrutará de privilegios telefónicos hasta el mes de octubre, como pronto, quizás hasta que salgan de aquí. El baile se celebró hace solo una semana. Ahora se siente como si estuviera de luto, ridícula porque no llegaron a besarse, ni menos aún se encontraron bajo las gradas. De noche, se ha estado imaginando a Tucker estrechándola entre sus brazos. Ella apoyaría la cabeza en su hombro. Lloraría en el hombro del tipo cuyo hijo se cayó de un árbol. Él la consolaría. Ambos sabrían cómo estaban durmiendo sus hijos.

Principios de septiembre: ha pasado un año desde que se llevaron a Harriet, once meses desde la última vez que la tuvo en brazos, tres semanas desde su última conversación telefónica. Apenas recuerda cómo era su vida hace un año, no se acuerda del artículo que estaba escribiendo, del nombre de ese profesor mayor, de cómo se llamaba el decano, de por qué el plazo de entrega le parecía tan urgente, de cómo se le ocurrió siquiera que salir de casa sin Harriet fuera posible.

En clase, después de abordar la seguridad ante el fuego y el agua, aprenden a poner a salvo a sus muñecas de los coches. Practican en el aparcamiento situado junto al campo de fútbol. Meryl habría disfrutado esta posibilidad de estar al aire libre con su muñeca, piensa Frida. El campus le gustaba más de lo que daba a entender. Meryl solía decir que ella debería haber nacido en la Costa Oeste. Pensaba que habría sido una persona diferente si se hubiera criado cerca de las montañas; creía que el lugar donde crecías determinaba tu destino, que haber crecido en el sur de Filadelfia había sido su perdición.

—¿Por qué crees que llamé Ocean a mi hija? —preguntaba.

El conductor arranca el motor. Emmanuelle quiere saber quién es ese hombre. No se queda satisfecha cuando Frida le asegura que no le va a hacer ningún daño.

La escuela ha contratado a conductores profesionales. Las instructoras han señalizado con una «X» el destino del conductor, dándole espacio para acelerar por el aparcamiento.

—Tienes que hacer como si estuviéramos cruzando la calle —le dice Frida a la muñeca—. Las calles están llenas de coches. Los coches son peligrosos. Pueden matarte. Tienes que cogerme de la mano, ¿vale?

Le explica a Emmanuelle que cruzar la calle con cuidado era una de las grandes obsesiones de su padre.

—Yo tengo un padre. Y tenía abuelos. Mi abuelo murió cuando mi padre era pequeño. En un accidente de coche. Mi padre solo tenía nueve años. ¿A que es triste?

Emmanuelle asiente.

—Todavía se pone nervioso cuando cruzo la calle. Cuando estuvimos viajando por China, me sujetaba del brazo en cada cruce, como si fuera una niña. Los padres siempre piensan que sus hijos son niños pequeños, por mayores que sean.

Frida tenía veintiún años la última vez que su padre hizo eso. Ella fue en su momento una hija que viajaba, cuyo padre se preocupaba por mantenerla a salvo.

Explica a Emmanuelle que al día siguiente su padre cumple setenta años. Emmanuelle quiere saber qué es China, qué es setenta y por qué mami parece triste.

—Porque me gustaría poder verlo —le responde—. Y porque debería haber sido más buena con él. Se supone que hemos de ser buenos con nuestros padres. Setenta es un cumpleaños muy muy grande.

Beth la ha estado escuchando.

—Ten cuidado —le advierte; se supone que no deben abrumar a sus muñecas con demasiada información personal.

Frida le agradece la advertencia y vuelve al tema de la seguridad peatonal. No tendría que haber bajado la guardia. Debe mantener aparte su vida real, mantener alejado su corazón; debe guardarse sus sentimientos para noviembre.

Frida va añadiéndole habitaciones a la casa donde la luz entra de soslayo. En esos cuartos, las madres se trenzarán el pelo y se contarán historias. Tucker les servirá té. Meryl estará allí con Ocean. Será una invitada terrible. Roxanne también estará allí con Isaac. La madre de Roxanne se habrá restablecido. Margaret estará viva. Lucretia las acabará encontrando.

Deberían tener una casa de madres. Una ciudad de madres. Recuerda haber leído que había una isla frente a las costas de Estonia donde solo había mujeres. Las mujeres se encargaban de la labranza y la carpintería. Había pescadoras y electricistas. Llevaban delantales de distinto color dependiendo de su función.

«Espérame», le dijo Tucker en el baile. Después de noviembre, necesitará un nuevo apelativo cariñoso para él. «El hombre que dejó que su hijo se cayera de un árbol» se convertirá en «el hombre que recuperó a su hijo». Y su día nefasto quedará relegado al pasado.

En clase, ven vídeos de muñecos de plástico arrollados por coches. Frida le enseña a Emmanuelle términos opuestos: peligro y seguridad. Seguridad es con mami. Peligro es lejos de mami.

Siguen practicando en el aparcamiento. Una tarde, una tormenta les obliga a volver a Morris. Cambian a las muñecas, poniéndoles ropa seca, pero ellas siguen empapadas. Emmanuelle juega con el pelo húmedo de Frida. Se ríe al ver que sus gafas están empañadas.

Los truenos y relámpagos se prolongan durante horas, asustando a las muñecas. La señora Khoury les dice que una tormenta tropical se está desplazando hacia el norte desde las Carolinas. Esa noche, el sótano de Pierce se inunda. Hay árboles derribados a lo largo de Chapin Walk. El sábado, una vez que la bomba ha retirado el agua, encargan a las integrantes del grupo de limpieza que se ocupen de los restos acumulados ahí abajo. Ellas nunca han estado en este sótano. La zona de almacén es vulgar y decepcionante. Rezongan sobre el hedor mientras retiran cajas húmedas de documentos, uniformes, champú y pasta de dientes.

Ya casi han terminado cuando Charisse se pierde por los vericuetos del sótano; mientras intenta volver con el grupo, encuentra un cuarto cerrado. Las demás la esperan al pie de la escalera. Frida le dice que se apresure. Charisse, desde que se incorporó al grupo de limpieza, las hace ir más despacio.

De pronto, Charisse suelta un grito y las llama a todas. Cuando la encuentran frente al cuarto cerrado, se ponen a atisbar por turnos por el ojo de la cerradura.

Alguien dice que no sabe bien lo que está viendo. Frida es la última en mirar. Espera ver componentes de muñecas, ringleras de cabezas, quizás un montón de bebés rotos, el niño que se arrojó contra la valla y se derritió, la muñeca de Lucretia, incluso la muñeca de Helen, que fue su primera compañera de habitación. Cuando su ojo se adapta a la oscuridad, ve un cuerpo tendido sobre un catre, con la cara vuelta hacia la puerta. Es una de las madres.

Frida guiña el ojo.

—¿Quién es? —pregunta Charisse.

Mientras hablan, la mujer abre los ojos. Se incorpora en el catre, mira hacia la puerta, se levanta y empieza a aporrearla. Frida y Charisse se echan atrás. La mujer grita. Frida reconoce su voz: es Meryl.

Frida se lleva la mano a la boca.

Un guardia oye el alboroto y dice a las madres que vayan arriba. Meryl sigue suplicando y aporreando la puerta.

Hace tres semanas que desapareció.

Frida enumera mentalmente las razones por las que no puede ayudarla: Harriet, Harriet, Harriet; ser la compañera de habitación de una rajada o fugitiva; dos visitas a la charla grupal; la lista de vigilancia; el abrazo.

Pero a Meryl le da miedo la oscuridad. Cuando ya estaba en secundaria, aún dormía con ositos de peluche. Las paredes del sótano son húmedas. Podría enfermar.

Las mujeres del grupo de limpieza se sientan juntas durante la cena. Charisse quiere que tracen un plan.

—Hemos de hablar con la señora Knight. Podemos sacar a Meryl de allí.

Si no lo intentan, dice Charisse, el grupo de limpieza será como los alemanes que hicieron la vista gorda cuando detuvieron a los judíos. Esta línea argumental no es bien recibida. Todas piensan que es injusto sacar a colación el Holocausto.

Charisse quiere llamar a su abogado, y que este llame a la Unión Estadounidense de Derechos Civiles.

Frida le advierte que no ponga en peligro su situación.

—Yo estoy tan preocupada como tú, pero tenemos que dejarlo correr.

Charisse le dirige una larga mirada de reprobación.

—Esa es una actitud muy fría, Frida. Ella era amiga tuya.

—Es mi amiga, pero tenemos que pensar en nuestros hijos. En el registro, ¿recuerdas?

La noticia del confinamiento de Meryl se propaga rápidamente. Todas están preocupadas por lo que le están haciendo. No entienden por qué la han vuelto a traer. Temen que Roxanne esté retenida en otro lugar del campus.

Frida es consciente de que Roxanne querría que ella hiciese algo. Desearía que Meryl estuviera a salvo. A Roxanne le enfurecía pensar que no habían hecho más por Lucretia. Muy a menudo, cuando Frida ve a la señora Gibson o a una de las mujeres de bata rosa, tiene ganas de decir algo, quiere preguntar si no pueden al menos trasladar a Meryl a una habitación normal de alguno de los edificios vacíos. Pero entonces piensa en Harriet y se muerde la lengua.

Charisse continúa su campaña. Le dice a Frida que piense en ella cuando tenía diecinueve años y seguramente era una estudiante universitaria, no una chica encerrada en un sótano húmedo y oscuro. Saca a relucir el caso de Kitty Genovese* y de los espectadores «inocentes». Frida le dice que ese caso ya ha sido desmentido.

En el almuerzo del día siguiente, Charisse se dirige directamente hacia la mesa de Frida. Ella se larga antes de que Charisse pueda avergonzarla más; le dice que hable con Beth. Charisse la sigue de vuelta a Kemp, la persigue hasta su habitación.

—Tenemos que cuidar de ella —dice.

—Vete —contesta Frida—. Vete, o llamo a los guardias.

Ahora que Meryl está en el sótano, todo el mundo vuelve a vigilar la mesa del grupo. Beth se pasa el domingo llorando. Dice que sus padres solían encerrarla en el sótano para castigarla. Le dice a Linda que piense en lo que les sucede a los niños a los que encierran en lugares oscuros. En el efecto que eso tiene en su mente y en su alma. Linda reacciona echando agua en la comida de Beth.

No tienen que preocuparse por Meryl mucho tiempo. La chica aparece el lunes por la mañana en el desayuno. Lleva el pelo teñido de un tono cobrizo oscuro y con un corte desmechado nada

* Joven estadounidense de veintiocho años que en 1964 fue apuñalada repetidamente en Nueva York sin que sus vecinos intervinieran. En principio se dijo que fueron treinta y ocho los vecinos que habían permanecido indiferentes. Más tarde se demostró que solo dos fueron conscientes de que la estaban apuñalando. *(N. del T.)*

favorecedor. Le falta un trecho de pelo por encima de la oreja izquierda. Le tiemblan las manos. Su débil sonrisa parece más bien un *show* dedicado a Charisse, que se sienta a su lado, le acaricia el brazo y parece esperar un agradecimiento continuo por haber obtenido su liberación.

La madre de Meryl la denunció; se negó a dejarle ver a Ocean cuando ella se presentó al fin en el apartamento, tras haber logrado mantenerse alejada de allí durante sus dos primeras semanas de libertad. Meryl oyó llorar a Ocean a través de la puerta. Se instaló en el pasillo y se negó a moverse.

La escuela va a dejarle terminar el adiestramiento. «Claro, se saltan las normas por una chica blanca», dice Linda.

Charisse responde que la cuestión no es que se hayan saltado las normas. Alguien tiene que encargarse de que la escuela respete los derechos humanos más elementales.

—No me vengas con cuentos —dice Linda.

Meryl mira ceñuda a Linda; por un momento, se parece a su antiguo yo.

—Mi madre me dijo que debía terminar, que no me volvería a considerar su hija si no terminaba. ¿Crees que yo quería volver? Me dijo que se avergonzaba de mí por haberlo dejado, que yo era igual que el pringado de mi padre.

La señora Gibson fue a recogerla. La señora Gibson y un guardia. Fue raro de narices ver a la directora adjunta dándole la mano a su madre. La señora Gibson iba con ropa normal: vaqueros, zapatillas. El guardia igual. Parecían gente normal. Le dieron las gracias a su madre por respetar las normas.

—Nuestras madres serían muy afortunadas si procedieran todas de una familia tan comprensiva —dijo la señora Gibson.

—¿Y qué hay del registro? —Frida ha temido abrir la boca hasta ahora y ha evitado mirar a los ojos a Meryl.

Ella dice que no está segura, que prefiere no pensarlo. Todas la incordian para que cuente cosas. Beth quiere saber qué pasa en las noticias. Si se han filtrado datos sobre la escuela.

Meryl no tiene ni idea. Eso no es problema suyo. Linda pregunta si se acostó con Colin, pero ella ignora la pregunta.

—Te he echado de menos, maldita idiota —dice Beth, tratando de abrazarla.

Meryl la aparta.

—Dadme un respiro.

Frida pregunta por Roxanne.

—Nos separamos al llegar a la autopista. Nadie nos quería llevar a los tres. Los uniformes tampoco ayudaban, ¿sabes? Pensábamos encontrarnos en Atlantic City y escondernos en uno de esos edificios abandonados. Colin ya había escogido un sitio. Pero yo quería ver a mi hijo. Soy una idiota.

En el trayecto hacia la clase, Frida pregunta si dejarán volver también a Roxanne. Meryl no lo cree. No sabe adónde puede haber ido.

—Espero que esté con su madre —dice Frida.

—Sí, ya. Como si un pabellón con gente enferma de cáncer fuera el sitio a donde quisieras ir después de estar aquí.

—No es eso lo que pretendía decir. Además, no creo que su madre esté en el hospital. —Frida le pregunta si ocurrió algo en el sótano, si alguien le hizo algo.

—No tienen que hacernos nada. Ya nos han hecho bastante.

—Perdona. —Le cuenta a Meryl que Charisse invocó el Holocausto—. Debería haberme encargado yo, no Charisse... Tú estás en mi expediente, ¿entiendes? Y Roxanne igual. Se suponía que yo debería haberos denunciado.

Le rodea los hombros con el brazo. La chica está diferente ahora. Más delgada, más frágil.

La señora Khoury y la señora Russo parecen decepcionadas por tenerla de nuevo en la clase. Deberá ponerse al día, hacer sesiones extra de adiestramiento. La muñeca de Meryl ha estado congelada durante tres semanas. Cuando sale del cuarto de equipos, tiene las piernas tan inestables como un potrillo.

El tiempo empieza a refrescar. Las madres llevan suéteres sobre el uniforme. Se ponen más mantas en la cama. Dentro de unas semanas, los árboles estarán esplendorosos. El otoño, recuerda Frida, es la estación preferida de Roxanne.

Frida y Beth se mantienen cerca de Meryl durante las comidas, procurando protegerla de Charisse, que se acerca con comida y cumplidos, diciéndole que es muy valiente.

Algunas madres negras llaman a Meryl «la chica que perdió a Colin». De no ser por ella, él hubiera recuperado a su hijo. En varias ocasiones le han puesto la zancadilla en el comedor, le han dado codazos en la cola de la ducha. Pero Meryl va cogiendo confianza a medida que pasan los días. Las historias sobre Colin dan paso a otras sobre su encuentro con el padre de Ocean: cuántas veces se lo folló, cómo disfrutó comiendo pollo frito, pizza, dónuts y chocolatinas, qué bien le sentó dormir en una cama de verdad, poder escoger la comida, fumar. «No eché nada de menos a mi muñeca», dice.

Quedan ocho semanas. Los padres regresan en octubre. Algunas dicen que la escuela quiere prepararlas para reingresar en el mundo real. Otras, que la escuela quiere más confraternización y más expulsiones para poder probar cómo funciona el registro. Otras dicen que la escuela desea mantenerlas distraídas para que haya más madres que fracasen. Quizás alguien está ganando dinero con sus fracasos.

Todos entran en fila en el gimnasio para ver vídeos sobre desconocidos peligrosos. Frida busca a Tucker con la mirada. Lo localiza en la primera fila de las gradas y lo mira fijamente, deseando que vuelva la cabeza.

El tiempo pasa más deprisa ahora que tiene la posibilidad de verlo. Su deseo se cumple el lunes siguiente, cuando Tucker y otro padre se suman a varias cohortes de madres para practicar la lucha cuerpo a cuerpo. Han puesto esterillas en el suelo y viene un experto en autodefensa para hacer una demostración de las técnicas básicas.

Tucker es el primero en interpretar el papel de secuestrador. El experto le muestra a Beth cómo tiene que darle una patada en la parte posterior de la rodilla. Luego ella debe coger a la muñeca y golpear a Tucker en la nariz con la mano abierta. Con un movimiento rápido hacia arriba le provocará un gran dolor.

Se supone que solo deben simular los movimientos, pero Beth golpea de verdad a Tucker, accidentalmente. Las instructoras recuerdan a todos que vayan con cuidado, pero por lo demás no hacen nada para evitar los golpes reales.

Cuando le toca el turno a Frida, suelta un grito y se lanza al ataque. Le da una ligera patada a Tucker por detrás de la rodilla. Emmanuelle se hace un ovillo, fingiendo que es una roca, su método preferido de supervivencia durante cada ejercicio.

Tucker finge caerse, pero sujeta en su caída el mono de Frida, haciendo que tropiece. Ella se incorpora enseguida, pero él la sujeta del tobillo y la vuelve a derribar. Quizá nunca consigan nada más que esto. Frida no le mira a los ojos; no presta atención a la mano que le ha puesto en el tobillo, a su caricia, al hormigueo que siente en el estómago, al deseo de deslizarse debajo de él.

Es mejor que Harriet no pueda verla y que Roxanne no esté aquí. Tras la práctica de evitación de secuestro, Frida tiene la pinta, en palabras de Emmanuelle, de un «monstruo». Todos los días comentan por qué la cara de mami está azul y morada, por qué la tiene hinchada. Hablan de la Pascua, del día que Emmanuelle recibió un golpe de aquel niño tan malo.

—Ahora le toca luchar a mami —le dice Frida—. Ahora le toca recibir un golpe a mami. Yo moriría por ti. Las madres están dispuestas a morir por sus bebés.

Cada noche las madres hacen cola ante la enfermería para pedir aspirinas, bolsas de hielo y vendas. Todas tienen la cara hecha un cromo. Algunas, un diente mellado. Otras, un esguince en la muñeca o en el tobillo. Los privilegios telefónicos quedan anulados para que tengan tiempo de curarse.

Entre ellas, se preguntan cómo es que el personal continúa acudiendo, cuánto les deben pagar, por qué ninguna de las instructoras ha dimitido en protesta, por qué ningún guardia se ha ido de la lengua, por qué ninguna de las personas que hay aquí tiene sentimientos profundos como las muñecas.

Algunas sugieren que las instructoras son mujeres que han

sufrido abortos. Otras creen que son mujeres cuyos hijos han muerto. Beth piensa que son estériles. Lina dice que todas estas ideas proceden de personas que han leído demasiados libros, que han visto demasiada televisión.

—Hay mucha gente fría y despiadada —argumenta—. ¿Quién creéis que trabaja en una cárcel? ¿Quién creéis que trabaja en el corredor de la muerte? Es solo un trabajo.

Aprenden que el miedo es un capital que puede canalizarse y convertirse en fuerza y rapidez. Los padres miran vídeos de desconocidos llevando a un sótano a niños pequeños. Se cierra una puerta; el niño emerge con la ropa revuelta y la mirada vacía. Escuchan las estadísticas. Ven testimonios de supervivientes. Muchos acusan a sus padres, especialmente a las madres. Qué diferente habría sido su vida si hubieran sido queridos de verdad, si alguien los hubiera creído cuando ellos alzaron la voz.

El amor es el primer paso, dicen las instructoras. Durante el adiestramiento de evitación de abusos deshonestos, los padres aprenden que los niños que reciben una amplia atención parental son menos vulnerables a los pedófilos.

Dos madres vomitan durante los testimonios. Algunos padres lloran. La mayoría de ellos se mantienen escépticos. Beth dice que nunca es así como suceden estas cosas. ¿Qué hay de los padres, de los padrastros y de los tíos? También están los abuelos, los amigos de la familia, los primos, los hermanos. ¿Por qué la culpa tiene que ser de la madre?

Cuando vuelven a encender las luces, Frida tiene el cuello y las axilas húmedos. Siente frío por todo el cuerpo. Anoche soñó que Harriet estaba escondida en la escuela, encerrada en un cuarto oscuro, rodeada de brazos. Alguien la sujetaba de la muñeca. Entonces sonaba un timbre. Frida seguía el timbre hasta encontrar el cuarto, pero no lograba abrir la puerta. Se quedaba al otro lado gritando.

Los senderos están salpicados de hojas doradas. Seguro que Gust y Susanna van a llevar a Harriet a ver los colores otoñales. La llevarán a Fairmount Park, a Wissahickon. Irán a coger manzanas. Frida pensaba hacerlo el año pasado. Recuerda que probó la tarta de manzana de Susanna y que sintió envidia, el deseo de ser de esas personas capaces de preparar un postre desde cero.

Practican en el patio frente a Morris. Los columpios sirven como base de operaciones de los pedófilos. Los padres deben impedir que el pedófilo merodee mucho tiempo junto a la muñeca. El pedófilo tiene que elogiarla, decir cosas como: «¡Eres una niña preciosa!» y pedirle que le dé un beso. Los padres deben interceptarlo, reclamar sus derechos, llevarse la muñeca a un lugar seguro y luego procesar la experiencia.

Ahora Meryl habla de su semana en el sótano con tono nostálgico. No sabía que tendría que volver a un puto club de lucha. En el almuerzo, comenta que estas lecciones le parecen particularmente estúpidas, prefabricadas.

—Reduccionistas —dice Frida—. La palabra que estás buscando es «reduccionista».

Una mañana, cuando le toca interpretar el papel de pedófilo, Frida acaba derribada por un golpe de Beth y se da en la cabeza con la base del columpio. No puede moverse. Sus ojos no enfocan bien. Al recibir el golpe, se le han caído las gafas. Frida teme estar paralizada, que habrán de sacarla en camilla. Oye llorar a Emmanuelle. Sus compañeras le preguntan si está bien. Beth se arrodilla a su lado, le acaricia la mejilla, se deshace en disculpas.

—¿Frida? ¿Frida? ¿Me oyes?

Ella mueve los dedos, primero los de las manos, luego los de los pies. Oye decir a las instructoras que hay que llamar a la enfermería y que Linda le echa la bronca a Beth. Frida intenta mover las piernas y comprueba con alivio que aún puede flexionarlas. Tantea el suelo, buscando sus gafas. Oye la voz de Tucker, nota su mano alzándole la cabeza, luego el torso. La incorpora hasta sentarla. La ayuda a ponerse las gafas, con los dedos en su mejilla.

Las manos de ambos prácticamente se tocan. Todo el mundo los está viendo. Ella dice que se encuentra bien.

—No deberías hacer esto.

Tucker la ayuda a ponerse de pie. Frida intenta dar un paso y se tambalea.

—Deja que te ayude.

La sujeta del brazo y la lleva otra vez junto al grupo. Ella apenas nota el dolor. Desea que él la toque y la cuide.

Tucker la deja sobre la hierba como si fuera un tesoro. Luego sienta sobre su regazo a Jeremy y Emmanuelle, y empieza a explicarles lo ocurrido.

—Mami Frida está bien, ¿lo veis? Está bien. Cuando nos caemos, enseguida volvemos a levantarnos. Mami Frida está aprendiendo.

Se siente aturdida, mareada, pero feliz, elegida. Quizá nunca llegue a ver la casa de Tucker. Tal vez nunca conozca a Silas, quizá no se convierta en su madrastra, puede que no tenga otro bebé. Quizá nunca bese al hombre que dejó que su hijo se cayera de un árbol, pero hoy está segura de que le ama. Se lo dice cuando todos los miembros del grupo se dan la mano al final de la jornada. Comprueba que las instructoras estén ocupadas, le tapa los oídos a Emmanuelle y le indica a él que haga lo mismo con Jeremy.

Dice las palabras solo con los labios.

—Sí —dice Tucker—. Yo también. Ya te lo dije: un romance.

Se ponen a rezar nuevamente. En el autobús, Frida y sus compañeras de clase bajan la cabeza y bisbisean. Se dirigen a la evaluación del tema 8. El día anterior, varias cohortes practicaron juntas. Las zonas de peligro estaban montadas en zigzag en el interior de la nave. Una zona representaba un edificio en llamas; otra, unos columpios; otra, una furgoneta con los cristales ahumados.

Ellas tenían que correr con sus muñecas de una zona a otra. Solo había tiempo para que cada padre recorriera todo el trayecto una vez. La escuela había reclutado nuevo personal para interpretar a los secuestradores y los pedófilos, supuestamente instructoras y guardias en prácticas que trabajarán en una escuela para madres de California. Ellos eran más fuertes y más rápidos que los padres. Al ver que nadie era capaz de terminar, las instructoras les dijeron que debían ampliar su noción de lo que es posible.

La señora Khoury dijo:

—No importa si estás luchando con una persona o con doce. Un padre debería ser capaz de levantar un coche, de alzar un árbol caído, de mantener a raya a un oso. —Se dio un golpe en el pecho—. Tienen que encontrar esa energía en su interior.

—No pueden permitir que su propio cuerpo sea un obstáculo —añadió la señora Russo.

Hoy Frida termina pronto, a media tarde, y emerge de la nave con un corte bajo el ojo. Cree que tiene una costilla rota y le cuesta levantar en brazos a Emmanuelle. Cuando salen afuera y el viento le da en la cara, la herida duele más.

Emmanuelle sigue llorando. Le toca la mejilla y luego se restriega la cara, manchándose con la sangre de Frida. Ella intenta limpiarle la mancha. Parece como si la sangre estuviera tiñendo la piel de la muñeca.

La evaluación de hoy quedará consignada en su expediente con un cero. Los padres merecen más de dos oportunidades, le gustaría decirle a la jueza del tribunal de familia. Merecen más que esto. La versión de su futuro que incluye a Harriet requiere ahora un milagro, y ella nunca se ha considerado una persona de suerte.

Lleva a Emmanuelle al corro de padres que están en el aparcamiento. Todo el mundo está terminando pronto. Se mantienen juntos para entrar en calor. Hay escarcha en el suelo. Los muñecos permanecen de pie en el centro, tiritando y abrazándose a las piernas de sus padres.

Frida le preguntó a la terapeuta qué pasará a continuación: si habrá un periodo de libertad condicional, si tendrá que presentarse ante la asistente social, la señora Torres, si Harriet deberá visitar aún a la psicóloga infantil, si habrá restricciones en cuanto a amistades y relaciones, en el tipo de trabajo que podrá realizar, si el SPI la rastreará, si podrá salir del estado, si podrá viajar con Harriet. La terapeuta dijo que eso dependía de si recuperaba a Harriet. En caso afirmativo, habrá más supervisión. En caso negativo, nadie la molestará. Ya no será asunto de ellos.

—Todos esos son problemas que le conviene tener, profesionales que le conviene seguir viendo —dijo la terapeuta.

No aclaró cuándo concluirá esa supervisión adicional.

Ha oscurecido del todo cuando Frida nota que Tucker está a su lado. Jeremy se alegra mucho al ver a Emmanuelle. Ambos se sientan y empiezan a jugar.

—Me han vapuleado en la primera zona —dice Tucker.

—Yo he llegado a la segunda. Tu pronóstico es bueno. Quizá pases de todos modos.

—No es así como funciona este lugar.

Tucker la mira con ternura. Frida no le dio las gracias ayer por ocuparse de ella, por calmar a Emmanuelle.

Sin decir una palabra más, se quitan los guantes y se rozan los dedos. Frida gira la cabeza. Aquí no están seguros. Viene luz de la autopista, hay otros padres, hay guardias.

Tucker repara en el corte que tiene bajo el ojo. Trata de tocarle la cara, pero ella lo aparta.

—Ojalá pudiera protegerte. Cuando salgamos, te protegeré.

Ella quisiera decir que hará lo mismo, le gustaría hacer promesas. Quedan tres semanas. ¿Y luego qué? Se lleva los dedos a los labios y luego los pone sobre la palma de Tucker. Él hace otro tanto. Se envían tres besos de esa manera antes de que Emmanuelle pregunte qué están haciendo.

—Transmitiendo esperanza —responde Tucker.

17

Antes de venir aquí, nunca había pensado mucho en los árboles. Ni en los árboles, ni en la infancia, ni en el clima. Ella solía hacer que su padre la llevara en brazos por encima de las hojas húmedas. De niña, la textura de las hojas mojadas le daba asco. Se quedaba en la acera y alzaba los brazos hacia su padre, aferrándose a su cuerpo para que la levantara, mientras él luchaba con el paraguas. Al final su padre siempre cedía, aunque ella ya fuera demasiado mayor para que la cogiera en brazos; debía tener entonces tres o cuatro años.

¿Cuánto pesará una niña de tres o cuatro años? Afuera, los árboles gotean. Frida tiene un montón de hojas pegadas a las botas. Mientras contempla la lluvia, cae en la cuenta de que ya no podrá estar con Emmanuelle al aire libre; no tiene ni idea de cómo es esta estación. Quizá nunca vuelva a sentir la luz del sol, al menos con ella.

Esta mañana, las instructoras reparten petirrojos de plástico con hilos de sangre pintados en el pico y pinceladas rojas en el pecho. Es el mes de noviembre, y las madres han vuelto a las aulas para empezar el tema 9: «El universo moral». Usando estos accesorios, van a practicar un protocolo de desarrollo de la moralidad. Harán que la muñeca se fije en el pájaro herido y le pedirán que las ayude. Enseñarán a la muñeca a recoger al pájaro para llevarlo con su madre.

Las instructoras observarán la intensidad de su *maternés*, la profundidad de su sabiduría, la calidad de su cultivo del conocimiento, su capacidad para situar este ejercicio en un marco más amplio de responsabilidades morales. Durante estas últimas semanas, enseñarán a las muñecas lo que es el altruismo. El éxito dependerá de su propia aptitud moral, del vínculo entre la madre y la muñeca, de si han sido capaces de transmitirle sus valores, de si estos son correctos y buenos.

Tucker ha sido incluido en el expediente de Frida, igual que la tercera visita a la charla grupal, así como las advertencias por lenguaje corporal insinuante, por tocamientos de cariz sexual, por desobedecer a la terapeuta y por no prestar atención a su muñeca. La terapeuta piensa que se está desmoronando. Aparte del suicidio y las autolesiones, desarrollar vínculos románticos durante el adiestramiento constituye el colmo del egoísmo. Persistir en un vínculo romántico indica un deseo de fracasar.

En las primeras horas de adiestramiento de la moralidad, las muñecas les dan a los pájaros lametones y mordiscos, los arrojan por el aire o se los guardan en el bolsillo. Emmanuelle lanza su pájaro contra la pechera del uniforme de Frida. Ella lo recoge y lo acuna en el hueco de la mano. Le pide a Emmanuelle que observe al pájaro, que repare en las manchas rojas.

—¿Qué significa el color rojo? El rojo para el pájaro es como el azul para ti.

Extiende el brazo por detrás de la muñeca y da unos golpecitos en la rueda azul. Explica que las criaturas más grandes ayudan a las pequeñas, y los humanos, a los animales.

Aunque Frida sonríe, Emmanuelle percibe que algo va mal. No deja de preguntar si mami está bien.

—Estás triste. —Emmanuelle le toca el ojo morado y la mejilla hinchada—. ¿El cuerpo de mami duele? ¿Está triste? ¿Mami mucho triste? ¿Mami poquito triste?

Son muchas las cosas que duelen. Todos los padres suspendieron la evaluación de ayer. Frida, aun así, dice que está bien. Le pide a Emmanuelle que se concentre en el pájaro. El pájaro es más importante que mami.

—Recuerda que hemos visto pájaros fuera. Esto es un pajarito de plástico. Vamos a fingir que es de verdad, ¿vale? ¿Tú crees que el pajarito está asustado? ¿Qué sentimientos crees que tienen los pajaritos? Si tú fueras un pajarito, ¿cómo te sentirías?

Emmanuelle cree que el pajarito se siente un poquito triste. Tiene una pupa en el pecho. Hay que ponerle una tirita. Necesita salir afuera.

—Arriba, pajarito, vuela. ¡Vuela, vuela! —Emmanuelle lanza el pajarito por el aire. Señala la ventana—. ¡Ven, mami!

—Lo siento, cariño. Tenemos que quedarnos aquí. Hemos de practicar.

—¿Con Jeremy?

—A Jeremy le dijimos adiós ayer, ¿recuerdas?

Hablan de que los padres ya no vendrán más, de que Emmanuelle no volverá a ver a Jeremy, al menos hasta el año que viene. Frida quisiera decirle que entonces él será diferente, como ella. Entonces tendrán otros nombres. Otros padres. ¿Cuánto tiempo pasará hasta que los quieran de nuevo?

Emmanuelle ya no parece recordar el arrebato de Jeremy. El aparcamiento estaba lleno de gente en ese momento. Todos los padres habían salido heridos de la evaluación. Los muñecos llevaban un rato jugando apaciblemente cuando Jeremy intentó tirar una piedra. Tucker se la quitó de la mano justo a tiempo. Frida aplicó el abrazo para calmar el disgusto emocional. Tucker aplicó el abrazo para calmar la agresividad. Ambos hablaron de la bondad, elogiaron la reconciliación. Al despedirse, ellos se abrazaron durante demasiado tiempo.

Susurraron: «Te quiero».

Tucker le dio su dirección y su número de teléfono, así como la dirección de correo electrónico. Frida le dio el suyo.

—Ven a buscarme —dijo él—. Cuando todo haya terminado, lo celebraremos.

La escuela no está al tanto de esa conversación. Ella es una mala madre por aferrarse a estas palabras. Es una mala madre por echarle de menos. Es una mala madre por desearlo. Debería haber sido consciente de que la oscuridad no los protegería. Tendría que haber sido consciente de que el abrazo de despedida no parecería inocente. ¿Qué precio tendrá que pagar? De no haber conocido al hombre que dejó que su hijo se cayera del árbol, su pronóstico todavía sería regular.

Y

Hasta ahora, la muñeca de Linda es la única que sostiene el pájaro durante más de unos pocos segundos. La de Beth arroja el suyo a una distancia alarmante. La de Meryl se lo mete entero en la boca. Se supone que deben aleccionar a sus muñecas sobre el espíritu de comunidad, acerca de la necesidad de ayudar a los demás.

—Formar buenos ciudadanos empieza en casa —dice la señora Khoury.

Toda mención al hecho de ser un buen ciudadano enfurece a Frida. Le gustaría decirle a la jueza del tribunal de familia que su padre es el estadounidense más patriota que conoce. Hicieron viajes al pueblo natal de Lincoln, a Lexington y Concord, a Colonial Williamsburg. Siempre que viene a Filadelfia, su padre visita la Campana de la Libertad y el Independence Hall.

«Ustedes han arruinado su idea de Estados Unidos», le gustaría decir. También en el caso de su madre. Quizás ahora ambos se arrepienten de haber venido aquí.

Su padre solía hablarle de los círculos de responsabilidades. Primero, su esposa, su hija y sus padres. Luego, sus hermanos y sus sobrinos. Luego, sus vecinos. Luego, su pueblo. Su ciudad. Sus padres nunca le hablaron del altruismo, no de un modo explícito. Pero ella veía lo que hacían por su familia. Por ella. Lo duro que trabajaron. Lo mucho que dieron.

La escuela les ha devuelto los relojes. Ahora oscurece a las cuatro y media de la tarde. El cielo es de color azul celeste, violeta, lavanda, azul gema, intensamente azul cuando está a punto de llover.

Cuando Harriet cumple treinta y dos meses, Frida lo celebra en soledad; lo habría celebrado con Roxanne, si siguiera aquí. Se habrían imaginado lo mucho que Harriet ha crecido, cuánto pesa, qué debe de estar diciendo, cómo se siente. Modelar una visión del mundo solía parecerle una de las partes más difíciles de su función como madre. ¿Qué le quedará por enseñarle a Harriet cuando regrese a casa? ¿Por qué tendría Harriet que confiar en ella?

Antes, Frida creía que valoraba la lealtad por encima de todo lo demás, pero, durante su tercera visita a la charla grupal, traicionó a su propia madre. La señora Gibson les hizo hablar de su infancia. Quería detalles. La conducta de Frida, dijo la señora Gibson, era la de una persona traumatizada. ¿Qué era lo que la impulsaba a aferrarse a Tucker? Solo una mujer muy ofuscada podría escoger a un hombre que hizo daño a su hijo. La señora Gibson presionó más y más hasta que Frida explicó al grupo lo del aborto de su madre. Ese dolor del que nunca se habló en casa. Dijo que quizá su madre todavía no ha terminado de hacer el duelo. Añadió que a veces apenas le hablaba o la tocaba, que en ocasiones le decía: «Sal de mi vista».

Tras una tensa pausa, la señora Gibson dijo:

—Tal vez usted habría sido distinta si hubiera tenido un hermano. Obviamente, quería algo que su madre no podía darle.

La señora Gibson añadió que su madre debería haber buscado ayuda: ver a un terapeuta, asistir a un grupo de apoyo. Si hubiera sido una madre mejor, habría cuidado mejor de sí misma y, por ende, habría estado más disponible para su hija.

Frida se abstuvo de decir que esas eran soluciones estadounidenses. No soportaba oír cómo analizaban a su madre, que utilizasen un pequeño dato de su vida para explicar su carácter. Ahora la terapeuta lo sabrá. Y la asistente social. Y la jueza de familia. Es algo que ni siquiera le había contado a Gust.

Cuando al fin pudieron hablar del tema, su madre le dijo: «Me lo saqué de la cabeza. Solo las chicas de ahora os dedicáis a pensar y pensar y pensar. Yo no tenía tiempo para pensar. Eso es un lujo. No podía ponerme sentimental. Tenía que trabajar».

En la clase, han hecho treinta intentos de recoger el pájaro. Frida le habla a Emmanuelle del deber. Ella tiene el deber de ser bondadosa y de preocuparse por los demás.

—Las manchas rojas significan que el pájaro está sufriendo, y ¿qué hacemos cuando vemos sufrir a una criatura?

—Ayudar.

—Muy bien. ¿Quién ayuda? ¿Mami ayuda? ¿Emmanuelle ayuda?

Emmanuelle se señala el pecho.

—Yo ayudo. ¡Yo misma! ¡Yo misma! —Salta para subrayar sus palabras.

—Tú misma. Muy bien. ¿Puedes recoger ese pajarito y traérselo a mami?

Emmanuelle se acerca al pájaro y se agacha. Saluda con la mano, diciendo: «¡Hola, pajarito! ¡Hola! ¡Hola!». Coge el pájaro y se lo lanza a Frida. Es la primera muñeca en terminar el ejercicio.

Queda una semana. Incluso las madres que han sacado solo ceros, las que se han pasado meses en la charla grupal, creen que su juez les concederá una segunda oportunidad. Supuestamente, tendrán su citación definitiva en el tribunal al cabo de una semana o dos de salir de aquí. La última mañana recibirán sus ropas personales, sus bolsos y sus teléfonos. La escuela le dará a cada una sesenta dólares. Las dejarán en autobuses en diferentes puntos del condado. También se encargarán de avisar a sus asistentes sociales y a los tutores de sus hijos. Enviarán sus expedientes y otros materiales de valoración.

Las familias han cambiado. Algunos maridos han presentado una demanda de divorcio. Los novios y novias y papás de los bebés han iniciado nuevas relaciones. Ha habido compromisos de matrimonio, embarazos. En ese momento, las llamadas dominicales se centran exclusivamente en cuestiones logísticas: quién se alojará con quién, quién pagará los gastos legales, cuánto queda todavía en el banco (si es que queda algo), qué hay que decirles a los niños. Las madres se ilusionan con largas duchas y cortes de pelo, con la idea de dormir en su propia cama, llevar su propia ropa, conducir, ganar dinero, así como con la posibilidad de navegar por Internet, salir de compras, hacerse la manicura; también con la perspectiva de hablar sin un guion y de ver a sus hijos.

Tucker dijo que a los padres no les daban instrucciones de conversación, que las llamadas del domingo nunca se anulaban por problemas técnicos. Frida quiere saber si la exmujer de Tucker le permitirá vivir cerca de su hijo, si Gust dejará que Tucker se acerque a Harriet. Debe ser paciente. Pronto será libre de tener sus propios pensamientos y sentimientos. Tiene guardado dentro un año entero de llanto. A veces nota ese peso en su cuerpo.

En el gimnasio, las madres ven vídeos sobre la pobreza. Hay secuencias de la crisis global de refugiados, de la indigencia en Estados Unidos, de desastres naturales. Deben aprender a hablar con sus hijas de los acontecimientos mundiales, de si han experimentado personalmente la pobreza, y las animan a contarle a su muñeca esas experiencias.

De vuelta en Morris, las instructoras distribuyen tabletas cargadas con imágenes que incitan a tomar conciencia: campamentos de indigentes, refugiados llegando a la costa en un bote de goma, niños en barrios de chabolas del tercer mundo. Las madres les enseñan palabras y conceptos nuevos a las muñecas: «Crisis humanitaria; migración; fronteras; derechos humanos».

Frida comenta las imágenes como si fueran un libro ilustrado: «¿Por qué está sucio ese hombre? ¿Por qué no tiene zapatos? ¿Por qué duerme bajo un montón de basura?».

—Es malo —dice Emmanuelle.

—No. Es porque su vida dio un mal giro, y a veces la gente, cuando no tiene a nadie que la ayude, acaba en la calle.

—Triste, triste.

—Sí, triste como el pajarito. Pero muy triste porque es una persona.

La señora Khoury elogia a Frida por conectar conceptos; el elogio es tan insólito que a ella le parece que se lo ha imaginado.

Frida le habla a Emmanuelle de refugios y comedores sociales, de centros de reinserción y de programas de rehabilitación. «Imagínate lo que es ser un sintecho en invierno, cuando está lloviendo», dice. Le explica lo que es el derecho universal a comida y casa.

Emmanuelle señala la puerta del cuarto de equipos.

—Casa.

—No todo el mundo tiene tanta suerte —dice ella.

Frida está pensando en corazones y mentes, en ciudades y casas; en la luz que entra de soslayo y en la que no entra en absoluto. Otra casa en otra ciudad. Seattle o Santa Fe. Denver. Chicago. Canadá, que siempre fue una fantasía suya. Si Gust y Susanna estuvieran de acuerdo en trasladarse. Si la ex de Tucker y su nueva pareja estuvieran de acuerdo. Y también la ex de ese hombre y su nueva pareja.

Se añaden nuevos datos familiares al expediente de Frida. El bebé de Susanna llegó ayer. Nacido a las treinta y cinco semanas. Un niño. Susanna precisó una cesárea de urgencia. Sufrió una ruptura de placenta. Perdió una cantidad considerable de sangre. Frida se entera de todo a través de su terapeuta, quien está impresionada por el hecho de que Gust se haya tomado la molestia de informarlos.

—No me ha preguntado el nombre del bebé —dice.

—Ah, perdón. ¿Cómo lo han llamado? No sabía que fuera a ser un niño.

El bebé se llama Henry Joseph. Pesó dos kilos y trescientos gramos. Tenía ictericia; seguramente pasará un mes en la UCI neonatal. Susanna quizá tenga que seguir ingresada en el hospital varias semanas.

—Pero ¿se encuentra bien?

—Está recuperándose. Le sugiero que piense en maneras de hacer que su retorno sea lo más fácil posible para ellos.

Frida dice que así lo hará. Querría preguntar quién está cuidando de Harriet. Gust debe de pasarse todo el tiempo en el hospital. ¿Han viajado sus padres para estar con ellos? Gust ha arreglado las cosas para que Frida se aloje en casa de Will al salir de aquí; así se lo ha transmitido a la terapeuta.

Frida quisiera contarle a Roxanne lo del bebé. Susanna tal vez esté abotargada por la transfusión de sangre. ¿Puede ver a Henry? ¿Estará en condiciones de darle el pecho?

A Frida, durante su primera semana en el hospital, las enfermeras le insistieron para que le diera a Harriet leche en polvo. A ella le salía la leche demasiado despacio tras la cesárea. Harriet había perdido más del diez por ciento de su peso al nacer. Las enfermeras le decían que tendrían que mandarla a casa sin Harriet, si la niña no empezaba a ganar peso.

—Sería desolador —decían— que tuviera que volverse a casa sin ella.

No es eso lo que le desea a Susanna.

Para ejercitar la conciencia sobre la pobreza, han vestido a una de las mujeres de bata rosa como si fuera un mendigo, con ropas andrajosas y las mejillas embadurnadas de sombra de ojos. Cada pareja madre-muñeca debe pasar por delante de la supuesta mendiga, que les pedirá unas monedas. Habrá que adiestrar a la muñeca para que se fije en ella y tire de la mano de su madre, mostrando un impulso altruista. La madre le dará una moneda a la muñeca, que ella debe entregar diciendo: «Que todo vaya bien» o «Cuídese».

Lo que viene a continuación es un día de confusión, negociaciones y lágrimas. No aparecen impulsos altruistas. Nadie da monedas. Las madres no pueden deshacer en un día los dos meses de lecciones sobre desconocidos peligrosos.

Cuando la mendiga pide ayuda, Emmanuelle grita: «¡Vete!».

Frida la corrige, pero la muñeca se empeña en que la mendiga es mala. Ella le explica la diferencia entre maldad y adversidad, entre maldad y sufrimiento.

—¿Qué hemos aprendido del sufrimiento?

Emmanuelle baja la cabeza.

—Que ayudamos. Yo ayudo. Ayudo al pajarito. Ayudo a la señora.

Frida le explica el concepto de caridad. Para Emmanuelle, la caridad es como una cesta. Como Caperucita Roja, esa historia que aprendió hace meses. A Frida le sorprende que la recuerde. La muñeca finge caminar a saltitos por el bosque con su cesta.

—La pequeña Caperucita Roja —dice—. Comida, comida. Cesta.

La moneda es una cesta que le dará a la señora.

Emmanuelle escucha la súplica de la mendiga y dice:

—Cestas. ¡Adiós!

Frida pregunta si pueden cambiar una palabra por otra. La señora Khoury le dice que siga intentando usar el lenguaje correcto. Emmanuelle tira la moneda cerca de la mendiga y grita: «¡Yo fui!».

La señora Khoury dice que no es momento para atajos. Si la niña entiende la caridad, le dará la moneda a la mendiga y dirá una palabra amable. Tienen que percibir claramente la humanidad de la muñeca.

—Debes hacer esto como una niña mayor —dice Frida.

Es el último día de adiestramiento y han montado en la clase dos zonas de moralidad: el pájaro herido y la mendiga. La muñeca debe completar cada ejercicio sin ninguna orientación.

La señora Russo ha dicho que el comportamiento de Emmanuelle refleja todo lo que ha aprendido este año: si se siente segura y querida; si tiene el potencial necesario para convertirse en un miembro solidario y productivo de la sociedad. Ella es el indicador más claro del éxito o del fracaso de Frida.

—¿Puedes actuar para mami como una niña lista, buena y valiente?

Emmanuelle dice que sí.

—Gracias, cariño. Te quiero.

Practican la frase: «Que vaya todo bien». Frida pasa las manos por el pelo de la muñeca. Le gustaría saber cuándo la borrarán de la memoria de Emmanuelle, si la llevarán a un almacén hasta que haya otra madre asiática y quién será esa mujer, cuánto tiempo tendrá que esperar Emmanuelle para que aparezca, qué nombre le pondrá a la muñeca y qué tipo de relación tendrán. La próxima madre debe de ser cuidadosa. A Emmanuelle, mientras se le cambia el líquido azul, hay que masajearle la espalda.

Solo las muñecas de Frida y Linda están a punto de acabar la secuencia. La de Linda comete errores, pero acaba al cabo de cinco minutos. Emmanuelle tarda seis. Con las prisas, aparece una cierta ambigüedad moral. Las muñecas sujetan al pájaro toscamente. Las de Beth y Meryl ni siquiera cogen la moneda.

La señora Knight hace una visita a las madres en la cena.

—Sé que algunas pensaban que nunca llegarían hasta aquí, pero estoy segura de que han acabado entendiendo que una madre es capaz de todo. Una vez que se vayan, ustedes mismas tendrán que evaluar todos los días la calidad de sus dotes como madres. Nuestras voces deben resonar en su interior.

Les pide a las madres que se cojan de las manos y las dirige en la repetición del mantra. Su última evaluación será mañana. Sus escáneres cerebrales definitivos se harán el miércoles.

—Estamos ansiosas por ver lo que han aprendido.

En la evaluación del tema 9, la muñeca de Meryl tira el pájaro al suelo. La de Beth ve a la mendiga y se pone a llorar. La de Linda se mete la moneda en el bolsillo.

Frida tiene la oportunidad de conseguir el primer puesto. En la zona uno, Emmanuelle toca el pájaro con el dedo, diciendo: «Yo ayudo, vale. Estás bien, estás bien». Luego lo coge y se lo entrega a Frida.

Ella desea darle un beso. En su día, Emmanuelle fue como una enemiga, pero hoy sus actos son decididos y bondadosos.

Frida la lleva a la segunda zona, donde la mendiga gime dolorida. La jueza debería saber que Emmanuelle es suya, que no deberían dársela a otra mujer, que no deberían borrar su memoria ni ponerle otro nombre.

Emmanuelle repara finalmente en la mendiga y dice:

—Cestas.

Frida le da la moneda y ella la deja caer cerca de la mendiga.

—Que vaya todo bien —dice.

Las manos de los técnicos están frías. Frida cierra los ojos y empieza una cuenta atrás desde cien. Sus pensamientos se centran en Emmanuelle. La niña-muñeca ha aprendido a confiar y a querer. Ayer terminó los dos ejercicios. Hubo algunos errores, pero, estrictamente hablando, Frida acabó en primer lugar.

La terapeuta dijo que, a veces, los jueces hacían excepciones. Y ahora una excepción es su mayor esperanza. Se disculpará por no denunciar a Roxanne y a Meryl. Admitirá que conocía sus planes, aunque no sea cierto. Acusará a Tucker de perseguirla. Reconocerá el estrés que le ha provocado a Susanna durante su embarazo. Solo ha sacado dos ceros. Emmanuelle no ha resultado herida tan seriamente como otras muñecas. La han mandado tres veces a la charla grupal, no docenas. La sorprendieron haciendo manitas, no besándose.

En la pantalla es el mes de julio. Emmanuelle está recogiendo sus juguetes y aprendiendo a jugar. A Frida le sorprende observar que haya adoptado muchos de sus gestos: su tendencia a fruncir el ceño, el hábito de asentir cuando escucha, el parpadeo nervioso. Desde fuera parecen estar muy unidas.

Ella se siente esperanzada, pero en la siguiente secuencia aparece un factor nefasto. Se ve a sí misma encontrándose con Tucker en el pícnic y trata de ignorar el sudor que le resbala por la espalda, la temperatura que ahora la delatará como culpable. Se le humedece la frente. Mientras ve filmaciones del verano, la vergüenza la sofoca. En el baile, ambos permanecen juntos susurrando; obviamente, una pareja. Es muy fácil descifrar el deseo.

Lo han presentado todo como si ella y Tucker hubieran estado siempre juntos. El día de evaluación del tema de los peligros, parece indefensa, una mujer que no es capaz de salvar a su hija, que no puede salvarse a sí misma. Hay primeros planos de Emmanuelle gritando. Una toma de Emmanuelle manchada con la sangre de Frida. Hay imágenes de ella y Tucker en el aparcamiento, haciendo manitas. Han mostrado más escenas de confraternización que de cuidados parentales.

Reciben sus pronósticos al día siguiente. Frida ha sacado una nota alta por ternura, empatía y atención. Sus instintos maternales han mejorado extraordinariamente, pero había indicios de culpa y vergüenza, ciertos picos de deseo mientras veía las imágenes en las que aparecía con Tucker.

—Ni siquiera llegamos a besarnos. No crucé esa línea.

—Pero lo deseaba —dice la terapeuta—, y el deseo la distraía del adiestramiento. Ya le dije que se mantuviera alejada de ese hombre, pero usted propiciaba sus atenciones, claramente. Las disfrutaba. ¿Cómo podemos saber que no continuará esa relación cuando se vaya? ¿Es consciente de que no puede salir con él?

—Prometo no hacerlo. Usted dijo que si terminaba primera, la jueza tal vez hiciera una excepción.

¿Acaso no terminó el ejercicio más arduo? ¿No le ha enseñado a Emmanuelle a ser humana?

—La jueza considerará todos los datos. Recuerde, Frida, que su escáner debía salir completamente limpio y maternal.

—Mi familia me necesita.

Frida defiende su causa una vez más. Ella puede cuidar de Harriet mientras Susanna se recupera. Alguien ha de ayudarlos con la niña. Gust y Susanna estarán muy ocupados. Harriet puede vivir con ella mientras ellos se organizan con el nuevo bebé. Ella les cocinará, hará de niñera. Harriet necesita a su madre. Ella puede darle una buena vida. Siempre seguirá las enseñanzas de la escuela.

—Mis padres solo tienen una nieta.

—Eso debería haberlo pensado antes de salir de casa aquel día —replica la terapeuta—. Hemos invertido mucho en usted, Frida. Hemos hecho todo lo que hemos podido.

El pronóstico de Frida es entre regular y malo. La terapeuta no es capaz de predecir lo que hará la jueza.

La terapeuta le tiende la mano y le da las gracias por participar en el programa.

Frida nunca le ha preguntado si tiene hijos, aunque desde luego ha especulado al respecto. Pero la terapeuta jamás ha mencionado a hijo ninguno. ¿Qué haría ella si estuviera en su lugar? Frida le estrecha la mano y le agradece sus consejos. Se disculpa una última vez por sus fallos.

La terapeuta la incita a repetir la letanía.

—Es usted una mala madre por desear.

—Soy una mala madre porque deseé. Soy una mala madre porque fui débil.

Hoy es Acción de Gracias. Su madre debe estar comprando un regalo navideño para Harriet. Comprará ropa, como siempre. Cuando ella estaba embarazada, su madre le dijo que tener una hija sería como tener su propia muñeca de verdad.

—Tu hija será hermosa —le prometió—. Aún más hermosa que tú. Así como tú eres más hermosa que yo.

Durante el resto de la mañana, Frida deambula por el patio de piedra. Piensa en Harriet en invierno, en la casa con la luz entrando de soslayo, y se ve a sí misma cerrando la puerta principal y alejándose con el coche. Piensa en el hijo de Tucker cayéndose de la casita del árbol. La escuela tiene que ver que ella ha cambiado, pero ¿la supervivencia cuenta como un progreso? Harriet merece más que una madre cuyo mayor logro consiste en haberse mantenido con vida.

Una vez, rascó sin querer la mejilla de Harriet y le hizo sangre. Una vez, le cortó demasiado la uña del pulgar.

«Eres mala», dijo Harriet, y cuando sea mayor dirá: «¿Por qué lo hiciste? ¿Por qué me dejaste allí?».

Frida oye unos gritos que vienen de Pierce. Suenan portazos. Ve a unas madres bajando por la cuesta. Continúan por el prado y pasan junto al anfiteatro. Al llegar a la línea de árboles, empiezan a aullar. Están empezando a comprender. Comenzando a lamentarse. Suenan como Lucretia el día del desastre del muñeco de nieve o como las muñecas el día que las golpearon. La única palabra que puede pronunciar Frida es «no». Aguarda, escuchando, y luego decide unirse a ellas.

La alarma suena a medianoche. Las madres se alinean en el pasillo para un recuento. En cuanto el guardia se va y se apagan las luces, todas se ponen a cuchichear. Meryl ha vuelto a desaparecer.

—No.

Frida intenta gritar, pero está ronca. Se abre paso entre el corrillo para buscar a la compañera de habitación de Meryl; esta le dice que había una nota, pero que no ha podido leerla antes de que la confiscaran. La señora Gibson sube y les ordena a todas que vuelvan a sus habitaciones.

Esa noche, Frida permanece despierta en la cama rezando para que no llegue una ambulancia. Quizá Meryl esté escondida en alguna parte. Tal vez haya encontrado a otro guardia que la ha ayudado.

Cuando hoy ha ido a la línea de árboles donde estaban las madres desoladas, no debería haberle pedido a Meryl que fuera también ella. El pronóstico de Meryl era malo. Su asistente social no consideraba apta a la madre de Meryl, no creía que estuviera cuidando bien de Ocean, y ya había rechazado al padre de la niña como posible tutor. Tras la vista definitiva del tribunal, probablemente darán a Ocean en adopción.

Meryl gritaba con tanta fuerza que se le reventaron varias venas del cuello. Muchas madres gritaron hasta quedarse sin voz. Estaban todas abrazadas. Algunas se arrodillaban y rezaban. Otras se mordían las manos.

Frida pensaba en su padre. Él y su tío debieron de gritar así aquella noche, cuando estuvieron a punto de pegarle un tiro a su *ahma*. Un cuerpo puede producir puro miedo. Puro sonido. Un sonido que eclipse el pensamiento. Meryl todavía gritaba con más fuerza. Frida la sujetó del brazo para que no se cayera de bruces sobre la nieve y, mientras aullaba, sintió que algo se alzaba de ella, como si estuviera saliendo de su propio cuerpo.

Debería haber ido a ver cómo estaba Meryl después de la cena, tendría que haber preguntado si Meryl podía dormir en la cama de Roxanne, solo por esa noche. Meryl quería enseñarle a Ocean a montar en bicicleta el próximo año. No en triciclo. En bicicleta. Decía que el lenguaje amoroso de Ocean era puro movimiento. Se la imaginaba creciendo hasta tener la misma estatura que su padre, convirtiéndose en una corredora de vallas o una saltadora de altura, arrojando una jabalina. Si su hija era atleta, conseguiría una beca. Si conseguía una beca, no se quedaría embarazada.

—Puedo romper el puto ciclo —decía.

ϒ

Dejan su asiento vacío durante el desayuno. Las madres pasan por la mesa y depositan *bagels, muffins* y paquetes de galletitas saladas frente a la silla vacía. Construyen un santuario de pan. Frida apila un montón de sobres de azúcar en honor de Meryl. Beth se niega a comer. Se ha arrancado una costra de la mejilla, y sigue rascando durante todo el desayuno.

Linda le sujeta la mano a Beth. Humedece su servilleta en un vaso de agua y le limpia la cara. La señora Gibson se planta ante el micrófono y dice que hay disponibles sesiones de terapia de duelo. Pide a las madres que inclinen la cabeza y guarden un minuto de silencio. Alguien solloza ruidosamente. Frida alza la mirada y ve a Charisse en el rincón del fondo. Incluso desde esa distancia, nota que esas lágrimas son falsas.

En clase, es el «Día del adiós», una última jornada de juego y mimos antes de que desconecten las muñecas. Frida y Beth se llevan una reprimenda por llorar y afligir a sus muñecas. La de Meryl se queda en el cuarto de equipos; parecía desolada mientras las otras salían sin ella.

—¿Por qué está allí? —pregunta Emmanuelle—. ¿Dónde ha ido mami Meryl?

Frida le habla a Emmanuelle del tiempo, de la madurez y de los impulsos. Mami Meryl era muy joven. Aún estaba aprendiendo a tomar buenas decisiones. No pensaba en lo tristes que las dejaría a todas. A veces, la gente hace cosas porque eso hará que se sientan bien en ese momento. Simplemente porque quieren sentirse mejor.

En el desayuno, se han enterado de que Meryl saltó desde el campanario. Emmanuelle presiona el ceño de Frida y dice:

—No triste, mami. Tú feliz.

Hablan de por qué mami tiene la voz ronca. Frida le explica que ayer experimentó grandes emociones. A veces, cuando las mamis experimentan grandes emociones, gritan mucho.

Se tienden juntas boca abajo, deslizando una serpiente multicolor por una carretera imaginaria. Mientras juegan, Frida pregunta:

—¿Tú me quieres?

Emmanuelle asiente.

—¿He sido una buena madre para ti?

Emmanuelle le pincha la mejilla con un dedo.

—Sí, estás bien.

Debería darle las gracias a Emmanuelle por su sufrimiento, por haberse vuelto lo bastante real. Le recoge el pelo detrás de las orejas mientras graba en su memoria la curva de esas cejas, sus pecas. La siguiente madre debe mantenerla a salvo, ha de protegerla de las instructoras y de las demás muñecas. No puede permitir que le peguen. Tendría que saber que prefiere las zanahorias a los guisantes. Debería buscar a Jeremy y dejar que pasen tiempo los dos juntos.

Juegan toda la mañana, paran durante el almuerzo y luego continúan. A media tarde, fotografían a las madres con sus muñecas. Posan frente a la pizarra, junto a la ventana, delante de la puerta del cuarto de equipos.

La señora Khoury le da a Frida un montón de polaroids.

—Enséñeselas. Le gustarán.

Esparcen las fotos sobre la alfombra y observan cómo emergen sus caras. Frida no había visto una foto suya desde hace un año. Quizá para Emmanuelle sea la primera vez. Hay seis polaroids. Frida sale parpadeando en cinco de ellas. Su cara parece diminuta. Su pelo se ve más gris que negro. Sus rasgos están desdibujados, mientras que los de Emmanuelle son vívidos; su expresión, radiante. Salta a la vista lo mucho que se quieren.

—Déjame ver —dice Emmanuelle—. ¡Otra vez! ¡Otra vez! —Va dejando huellas dactilares sobre las fotografías.

Al final de la jornada, las muñecas notan que pasa algo raro. Ya es hora de devolver las fotos. Hora de decir adiós. La muñeca de Linda se tira al suelo. La de Beth tiene un accidente.

Frida ve que Linda se esconde una foto en la manga mientras la señora Khoury busca unas toallitas para Beth.

La señora Russo está ocupada tecleando en su tableta. La señora Khoury recoge las fotografías de Linda sin contarlas. Cuando se le acerca, Frida le devuelve cinco fotos; se mete en el bolsillo esa en la que aparece con los ojos abiertos.

La señora Russo dice a las madres que les den los últimos abrazos.

Frida rodea los hombros de Emmanuelle, apoyando la barbilla en su frente. Conservará en la memoria el aroma de Emmanuelle. Recordará sus clics.

Emmanuelle se mete la mano en el bolsillo, donde aún tiene la moneda del día de la evaluación.

—Mami cesta —dice—. Cesta pequeña.

Pone la moneda en la mano de Frida y dice:

—Que te vaya todo bien.

Frida empieza a llorar. Vuelve a abrazar a Emmanuelle y le da las gracias. Le dice que el cuarto de equipos no es un cuarto de equipos, sino un bosque con un castillo. Ahora va a dormir un sueño especial. Como en esa historia de la princesa bajo el cristal.

Emmanuelle hace un mohín.

—No quiero dormir, mami. No cansada.

Las muñecas de Linda y Beth ya están dentro, con la de Meryl.

Frida no dice: «Adiós». Le da a Emmanuelle un último beso y dice:

—Te quiero, pequeña. Te echaré de menos.

La señora Russo se la lleva. En la puerta del cuarto de equipos, Emmanuelle se vuelve hacia Frida. Agita la mano y grita:

—¡Te quiero, mami! ¡Cuídate! ¡Cuídate!

18

La oficina de la asistente social ahora está pintada de azul, con un matiz huevo de petirrojo que en tiempos fue el color preferido de Frida. Hay nuevos dibujos en las paredes: árboles hechos de manos, monstruos, monigotes, una foto enmarcada tamaño póster de una niña pequeña rubia derramando una sola lágrima.

Esa lágrima ofende a Frida, igual que la margarita que la cría tiene en la mano, tanto como el hecho de que sea una imagen de archivo en blanco y negro. Quienquiera que tomara esa foto no pretendía que se utilizara de ese modo. La temperatura de Frida sube. Sus parpadeos son rápidos. Sus latidos, una palpitación seca y acelerada. Nunca había estado aquí por la mañana. Mientras espera, responde a unas preguntas sobre su transición, reconoce que está viviendo con lo que tiene en un par de maletas. Ha recogido alguna ropa del guardamuebles, ha reabierto sus cuentas bancarias y ha recuperado el coche. Se ha empezado a acostumbrar a conducir de nuevo y tiene la suerte de alojarse en casa de su amigo Will. Aún no ha empezado a buscar trabajo, ni ha mirado ningún apartamento, pues no ha tenido tiempo: estaba ocupada preparándose para la vista del tribunal. Tiene que superar este día. No sabe lo que sucederá después.

Es el primer martes de diciembre. Han pasado quince meses desde que se llevaron a Harriet, catorce desde que la tuvo en brazos por última vez, cuatro meses desde la última llamada. Están a punto de tener su último encuentro. Ayer, la jueza anuló sus derechos parentales.

No la han añadido al registro; no hace falta si no tiene hija.

La jueza le prometió treinta minutos esta mañana. Frida revisa su móvil. Gust no ha mandado ningún mensaje. Son las 10.07. No se le había ocurrido que él pudiera retrasarse. Pregunta si esa circunstancia hará que tenga menos tiempo. Veintitrés minutos no son suficientes.

—No se preocupe —dice la señora Torres.

Pasar cinco o diez minutos más no constituirá un problema, añade con una sonrisa. Parece haberse ablandado y mira a Frida con lástima. Dice que entiende que hoy es un día importante. Entre tanto, pueden ocuparse del papeleo. Le pasa un sujetapapeles. Al firmar los impresos, Frida otorga permiso al Estado para entregar toda la información sobre ella cuando Harriet cumpla dieciocho años.

La decisión de la jueza es definitiva. Los padres no pueden apelar. Frida pregunta si podrá contactar con Harriet cuando esta sea mayor de edad, o si deberá esperar a que Harriet contacte con ella.

—Tendrá que buscarla Harriet. Pero descuide, señora Liu: la mayoría de los niños quieren encontrar a sus madres biológicas.

Frida asiente. Espera que el próximo padre que se siente en esta silla se ponga violento. Alguien debería lanzar a la asistente social contra la pared, estrangularla, tirarla por la ventana. El número de víctimas debería ser equivalente. Tantas mujeres de bata rosa, instructoras, terapeutas, asistentes sociales y juezas de familia muertas como madres que han fallecido o fallecerán en la próxima tanda, en la siguiente escuela.

Como información de contacto permanente, anota la dirección y el número de sus padres, añadiendo su propio número de móvil y su correo electrónico. Firma el impreso. Cuando Harriet cumpla dieciocho, ella tendrá cincuenta y cinco. No sabe dónde estará viviendo, si será capaz de sobrevivir hasta entonces. Ahora mismo, parece un error estar viva, estar sentada aquí de punta en blanco y con maquillaje. Le han teñido el pelo de negro y se lo han arreglado con un discreto corte bob con flequillo, un estilo que recomendó Renee. Le han hecho la manicura y le han blanqueado los dientes. Lleva el mismo conjunto de suéter y falda de tubo que se puso para la primera visita supervisada. Ahora esa ropa le queda holgada. Tiene un aspecto pulcro y conservador: ya no de la madre que era antes, ni de la madre en la que se convirtió, sino de una madre de manual, inexpresiva e intercambiable.

La vista en el tribunal duró dos horas. La jueza ya había revisado imágenes de las clases, las evaluaciones y las llamadas de los domingos; había estudiado los datos de los escáneres cerebrales de Frida y los datos extraídos de Emmanuelle; también había leído las recomendaciones de la señora Khoury y la señora Russo y de la terapeuta de Frida, la señora Thompson.

La jueza dijo: «He aprendido mucho sobre usted, señora Liu. Es una mujer complicada». Lo que hacía que el programa fuese tan especial era el hecho de tener la perspectiva de la niña. Aunque Emmanuelle no contara con todo el lenguaje necesario para describir la atención maternal de Frida, a pesar de que las instructoras no pudieran observarla a cada momento, mediante los datos restantes y la tecnología, el tribunal disponía de una imagen completa de sus capacidades y de su carácter.

—Así podemos extrapolar —dijo la jueza.

Frida pensó que iba a enloquecer. Hablaron Renee y los abogados del Estado. Testificaron la asistente social, la psicóloga infantil designada por el tribunal, Gust y Susanna, que llevaba solo dos días fuera del hospital. Gust y Susanna no pudieron oír nada sobre el programa y solo hablaron unos minutos cada uno antes de abandonar la sala para volver a la UCI neonatal y estar con Henry.

—Todos hemos perdonado a Frida —dijo Gust—. Mantenerlas separadas traumatizaría a nuestra hija. Harriet ya ha sufrido mucho. Yo quiero que tenga una infancia normal. Una vida normal. Está en su mano que tal cosa sea posible para nuestra familia.

Susanna dijo:

—Harriet pregunta por Frida constantemente. Dice cosas como: «Mami, vuelve. Mami, échame de menos». Para nosotros, no es una cuestión de confianza. Me consta que Frida puede hacerlo. Es una buena persona.

Cuando le llegó a ella el turno de testificar, se excusó por su falta de juicio en relación con las fugadas y con Tucker. Respondió a las preguntas de la jueza sobre sus tres visitas a la charla grupal, el incidente del pellizco, sus ceros, sus discusiones con la terapeuta. Calificó de enriquecedora y preciosa su relación con Emmanuelle. Ella aprendió tanto de la muñeca como la muñeca de ella. «Éramos un equipo», dijo.

Le explicó a la jueza que la maternidad le daba propósito y sentido a su vida. «Nunca me imaginé lo que me estaba perdiendo hasta que tuve un bebé», dijo.

Frida vuelve a mirar la hora. ¿Dónde está Gust? Devuelve el sujetapapeles, saca una caja de su bolso y pide permiso para darle a Harriet algunas reliquias familiares.

—Señora Liu, no puede hacerle…

—No son regalos. Mire, ya verá. Son cosas para cuando sea mayor. Quiero que las tenga ella…, en caso…, en caso de que no vaya a buscarme.

La asistente social inspecciona el contenido de la caja. Hay fotos y joyas: los pendientes de perlas y la pulsera de jade de la abuela de Frida, su propio anillo de boda, fotos familiares, un medallón de oro en el que ha engarzado mechones de su pelo. Esta mañana se ha quedado sin aliento cuando se los ha arrancado y se ha imaginado a Harriet a los cinco, a los siete años, de adolescente, convertida en una mujer joven: quiere que su hija tenga un trozo de su madre mientras crece.

La señora Torres accede a hacer una excepción. Frida le da las gracias. Mientras vuelve a guardar las joyas, oye voces. Gust y Harriet están al otro lado de la puerta.

—Venga, tú sabes caminar. Camina como una niña mayor. Ahora vamos a ver a mami. Venga, cariño. Que nos está esperando. Mami está ahí dentro. Tenemos que entrar ahora.

Frida saca un espejito del bolso y se mira el carmín de los labios; luego se lo quita rápidamente. Intenta respirar.

Cuando entran, la asistente social pone en marcha el cronómetro de su teléfono. La despedida empieza a las 10.18. Frida y Gust se abrazan mientras Harriet se agarra del marco de la puerta. La gente de la sala de espera estira el cuello. Frida se agacha junto a Harriet, pero la niña no la mira.

«Date la vuelta», piensa Frida.

Gust le pregunta cómo regresará a casa. Ayer, él y Renee temían que se arrojara bajo un autobús. Gust llamó a cada hora, hizo que Will volviera a casa más temprano para cuidar de ella.

Hoy Will no volverá hasta las cinco. Gust le pregunta si no puede esperarlo en algún lugar público. ¿Qué planes tiene para hoy? ¿Pudo dormir algo ayer?

—He de asegurarme de que estarás a salvo —dice.

—Ahora no podemos hablar de eso.

Ya han consumido tres minutos. Frida se acuerda de preguntar por Henry. Gust le explica que su nivel de bilirrubina está mejorando.

Ella desearía decirle que lo quiere; quisiera darle indicaciones para los próximos dieciséis años, decirle cómo habría que criar a Harriet. Hoy también se está despidiendo de Gust.

Acaricia la espalda de Harriet, tocando por pura costumbre el lugar donde Emmanuelle tenía la rueda azul. Harriet le aparta la mano.

—Es mi cuerpo —dice, pasando del marco de la puerta a la pierna de Gust.

Frida cierra la puerta y vuelve a intentarlo.

—Veo que dices que es tu cuerpo. Cierto. ¿Me puedes mirar? Soy mami. Mami Frida. No puedo creer lo alta que estás. ¿Te puedo dar un abrazo? Estoy contentísima de verte, peque. Estaba deseando verte. ¿Me dejas que te vea?

Harriet levanta la vista. Sigue siendo la niña más preciosa que Frida ha visto en su vida. La belleza de su hija la aturde y la hace enmudecer. Se cogen de las manos y se miran. Frida nota la mirada de la asistente social sobre ellas, el peso de la cámara y el reloj; un año entero de expectativas.

Harriet es alta y esbelta; mide unos veinte centímetros más que Emmanuelle. Ahora su cara tiene forma de corazón. Sus ojos parecen más chinos. Le han mantenido el pelo corto y se le riza alrededor de las orejas. Lleva una muñeca negra de plástico con su propio biberón. Gust la ha vestido con colores tierra: una chaqueta de punto gris antracita con flores blancas, un jersey marrón, medias de color verde loden y unas diminutas botas marrones.

—Hola, mami. —Harriet señala su flequillo—. ¿Qué le ha pasado a tu pelo?

Gust y la asistente social se ríen. Frida no puede creer la claridad con la que habla Harriet. Si tuvieran más tiempo, si estuvieran solas, podrían mantener una conversación de verdad.

—¿Te gusta? —pregunta.

Harriet asiente y da un paso hacia ella, extendiendo los brazos. Cuando se abrazan, Frida se siente vacilante, mareada. Besa las manos de Harriet, le sujeta la cara y mira esos ojos reales, acaricia esa piel de verdad.

Gust hace un amago de salir de la oficina, pero Harriet le suplica que se quede. Las negociaciones consumen otros cinco minutos. Gust le recuerda a la niña lo que va a ocurrir. No verá a mami durante mucho tiempo. Mami sigue castigada. Hoy tienen que decirse adiós.

—¡No, castigada, no! ¡Yo no quiero!

Gust le da un beso a Frida en la frente, besa a Harriet en la mejilla y dice que aguardará en la sala de espera. La asistente social pide a Frida y a Harriet que se aparten de la puerta y les indica el sofá. Frida sienta a Harriet sobre su regazo, removiéndose bajo su peso. Pesa bastante más que Emmanuelle. Entre sollozos, Harriet pregunta por qué hoy «es» adiós.

—¿Por qué mami está castigada? ¿Por qué mucho tiempo?

Frida le habla del año pasado, le explica que mami tuvo un día muy malo, que por culpa de ese día tan malo ha ido a una escuela donde había un montón de mamis y muchas clases. Había exámenes que se suponía que mami debía aprobar.

Masajea las manos de Harriet.

—Me esforcé mucho. Quiero que sepas que hice todo lo que pude. Esto no lo he decidido yo. Sigo siendo tu madre. Siempre seré tu madre. Esos abogados me llamaban tu madre biológica, pero yo no soy tu madre biológica, soy tu madre y punto. No es justo...

—Señora Liu, por favor, absténgase de criticar el programa.

—Mis críticas ya no importan, ¿no? —le suelta Frida.

—Señora Liu...

—Mami, me siento mal. Me duele la barriga. Quiero bolsita.

La asistente social dice que en el colegio de Harriet les dan bolsitas de hielo cuando les duele algo. Frida empieza a llorar. Es su última oportunidad para pedir cosas, para contar secretos, pero ¿con qué secretos, con qué historia puede explicarle su vida entera a su hija?

Las instructoras le dirían que hable con un tono más agudo, que está abrazando a la niña demasiado tiempo, que está dándole demasiados besos. Ella dice: «Te quiero» una y otra y otra vez.

—Yo también te quiero mami —responde Harriet. Es la frase que Frida ha estado esperando—. Te quiero mucho.

La niña hunde la cara en su cuello. Hablan de lo que significa decirse adiós hoy, de que el adiós de hoy no es un adiós para siempre. Harriet crecerá y será alta y fuerte, inteligente y valiente, y aunque mami no pueda ir a verla, estará pensando en ella continuamente. Cada día. Cada segundo.

Harriet se escurre de su regazo y da una palmada sobre el espacio que hay a su lado en el sofá.

—Mami, tú siéntate aquí. Siéntate aquí y déjame hablar contigo. —Le muestra la muñeca—. Dile adiós a Baby Betty también.

Ella sonríe y dice:

—Adiós, Baby Betty. Te quiero galaxias enteras, Baby Betty. Te quiero hasta la luna y las estrellas.

—Hasta Júpiter. Tienes que quererla hasta Júpiter.

—Te acuerdas. Gracias por recordarlo. Te quiero hasta Júpiter. Quiero a Baby Betty hasta Júpiter.

Alza el puño y le recuerda a Harriet lo de los corazones estrujados. Practican ese gesto y se lo enseñan a Baby Betty. Siempre que Harriet eche de menos a mami, tiene que estrujarse el corazón.

—Diez minutos más —dice la asistente social.

Frida baja a la niña del sofá y coge la caja de reliquias familiares. Le muestra las fotos de sus abuelos y de sus bisabuelos. Miran una hoja de caligrafía escrita por el padre de Frida cuando Harriet era una recién nacida; los trazos están numerados uno a uno para que la niña pueda aprender a escribir su nombre chino: Liu Tong Yun. Nubes rojas antes de nevar. De color bermellón. Fue su abuela quien le puso el nombre. Frida le enseña cómo se pronuncia.

Abren la caja que contiene el medallón. Frida le muestra su mechón de pelo entrelazado.

—Esto es un trozo de mami. No lo pierdas, por favor. Quiero que lo tengas cuando seas una persona mayor.

—Yo no soy una persona mayor. Tengo dos años. Casi tres. —Harriet muestra tres dedos—. Soy una niña mayor. Mami, ven a mi cumple. ¡Mañana es mi cumple!

—No, no lo es, peque. No seas tonta. Lo siento mucho, mami no podrá ir, pero estará allí en tu corazón.

—¿En el collar también?

—Sí, en el collar también.

Quedan seis minutos. Ha llegado el momento de sacar fotos. La asistente social las hace posar junto a un árbol navideño en miniatura; luego carga su cámara Polaroid y les dice que sonrían. Harriet llora. Frida le pide que sea buena con papi y Susanna, que sea una buena hermanita para Henry.

—Vamos a sacar otras junto a la ventana —dice la asistente social.

Frida apoya a Harriet en su cadera.

—Recuerda que tú nunca hiciste nada malo. Eres perfecta. Mami te quiere muchísimo. Mami te quiere galaxias enteras. Acuérdate de *gonggong* y *popo*. Ellos siempre te querrán. Te echarán de menos todos los días.

Le susurra al oído:

—Sé feliz, por favor. Quiero que seas muy muy feliz. Quiero que vengas a buscarme cuando seas mayor. Por favor, ven a buscarme. Te estaré esperando.

—Vale, mami. Buscaré.

Entrelazan los meñiques.

Queda un minuto. Frida abraza estrechamente a Harriet, tratando de aplicar todos los tipos de abrazo: no variedades de afecto, sino un mundo entero. Finge ante sí misma que está abrazando a Emmanuelle, que es solo un ejercicio.

La jueza dijo que no está preparada para asumir la responsabilidad. A lo mejor no volvería a dejar sola a Harriet, pero haría otra cosa. Si pellizcó a su muñeca, ¿qué podría hacerle a Harriet? Si no fue capaz de proteger a su muñeca del peligro, ¿cómo puede esperarse que proteja a su hija? Si no pudo tomar decisiones correctas sobre amistades y relaciones en un entorno controlado, cuando había tanto en juego, ¿cómo va a ser capaz de hacerlo en el mundo real?

—Sencillamente, no confío en usted —dijo la jueza—. Una persona como usted debería actuar con más sensatez.

El teléfono de la asistente social empieza a sonar.

—¡No! —grita Frida—. Necesitamos más tiempo.

—Lo siento, señora Liu. Ha tenido media hora entera. Harriet, Harriet, cielo, tienes que decirle adiós a mami Frida. Ahora papá te llevará a casa.

—¡Por favor! No puede hacer esto.

—¡Mami! —chilla Harriet—. ¡Yo quiero quedarme contigo! ¡Quiero quedarme contigo!

La asistente social sale a buscar a Gust. Frida está de rodillas. Ella y Harriet se abrazan llorando. La niña se agarra con fuerza del cuello de su suéter. Continúa gritando. Frida huyó de estos gritos en su día nefasto, pero ahora los acoge en su cuerpo, sintiendo su vibración, todo el anhelo. Debe recordar este sonido. Tiene que recordar la voz de Harriet, su olor, el contacto de su piel, lo mucho que Harriet la necesita ahora, lo mucho que la quiere. Besa las húmedas mejillas de la niña, vuelve a mirarla. Juntan las frentes, como solían hacer. Frida dice: «Te quiero» en inglés y en mandarín, llama a Harriet «su tesoro», «su pequeña belleza». Cuando Gust y la asistente social vuelven, se niega a soltarla.

Desde la ventana de la sala de estar, Frida observa que los vecinos de la casa contigua a la de Will vuelven a su hogar con sus hijos. Es una familia blanca con un niño y una niña, ambos en primaria. El chico discute con sus padres porque le toca cambiarse de ropa; la niña, porque tiene que cepillarse los dientes. Al otro lado de la calle, un hombre blanco fuma en pijama en el porche delantero. Hay una mujer negra, también enfrente, que toca la guitarra por las tardes. Otra familia negra, un poco más abajo, tiene dos bebés varones gemelos. Frida ha visto a la madre cargada con dos sillitas de coche, una colgada de cada brazo.

Ella nunca se imaginó que viviría en una ciudad llena de niños, pero quizá cualquier ciudad y cualquier barrio esté lleno de niños cuando tú has perdido al tuyo. El oeste de Filadelfia ofrece su propio tipo de tormento, un entorno simpático y saludable, una ciudad pequeña dentro de la ciudad, con anchas calles flanqueadas por árboles y casas adornadas para las fiestas. En cierta ocasión, Gust y ella consideraron este barrio. Visitaron casas victorianas de cinco habitaciones que no entraban en la zona de la única escuela pública buena de la ciudad. Ojalá hubieran comprado una de esas casas, piensa ahora. Ojalá hubieran vivido en una comunidad diferente.

Si se animara a salir, iría a comprar medicinas: Benadryl en la farmacia de Baltimore; Unisom en la CVS de la Cuarenta y Tres; NyQuil en la Rite Aid de la Cincuenta y Uno. Demasiadas medicinas en una sola farmacia provocarían preguntas. No quiere volver a responder preguntas de extraños nunca más.

Cuando se lo imagina, es siempre con pastillas. Pastillas y *bourbon*. Nunca una cuchilla y una bañera. Tiene la sensación de que su cuerpo está cargado de electricidad. Nota un hormigueo en las manos. Es viernes por la tarde. En los tres días transcurridos desde la última visita, ha consumido todo el alcohol del apartamento de Will. Ha agotado el Unisom, y él no le comprará más.

Will hoy tenía que hacer horas de oficina. Si no, se habría quedado en casa para corregir exámenes. Él ha estado cocinando para ella. Le ha oído hablar con Gust. Han analizado si deben reclutar a otros amigos para vigilarla. Will ha escondido los cuchillos. Le ha cedido su dormitorio. Durante las primeras noches, él durmió en el sofá, pero ahora, a instancias de Frida, duerme a su lado. Aún mantiene el apartamento limpio, cosa más fácil ahora que el perro vive con su ex. La chica con la que aparecía en el vídeo del cumpleaños de Harriet, según dijo, no era nada serio.

Frida se siente culpable por compararlo constantemente con Tucker, pero le gusta notar su mano en la cintura cada noche y escucharle dormir. Le da las gracias demasiado a menudo, pero, por lo demás, no habla gran cosa. Will cree que ya no confía en él. Quiere que se sienta en libertad para llorar en su presencia. Ha dejado de preguntarle por la escuela. Mantienen las mismas conversaciones cada día: si se ha duchado, qué ha comido, si tiene hambre, si es consciente de los peligros de mezclar las pastillas con el alcohol.

Las polaroids de la última visita aún siguen en su bolso. No está preparada para mirarlas. Tampoco ha mirado la foto de Emmanuelle que tiene guardada en el mismo sitio. No ha leído las noticias. Se pasa la mayor parte de las horas de vigilia mirando viejas fotos y antiguos vídeos de Harriet: la primera vez que aplaudió, sus primeros pasos, aquella vez en que el padre de Frida le recitó el discurso de Gettysburg a Harriet cuando la niña apenas era una recién nacida.

Will le deja mirar el Instagram de Susanna en su móvil. Ha mirado cómo ha ido creciendo Harriet; ha visto fotos de sus amigos y profesoras, de la barriga de Susanna, de la primera visita de Harriet al dentista, del adiestramiento para ir al baño, selfis familiares. No se le permite seguirlos en las redes sociales. No está autorizada a acosarlos allí. Si ve a Harriet en la calle, no está autorizada a acercarse. Legalmente, es una extraña.

Faltan menos de tres semanas para Navidad. Ella no ha respondido a las llamadas de sus padres; dejó que Gust les diera la noticia. Renee dijo que las antiguas normas permitían que los abuelos se mantuvieran en contacto. Bajo el antiguo sistema, Gust habría podido permitirle ver a Harriet, aun cuando la niña no pudiera vivir con ella. Pero las cosas han cambiado.

Sus padres se despidieron de Harriet por Zoom. Le han enviado dinero a Frida, pero quieren que considere la idea de mudarse. Quizá no sea sano quedarse allí. Esa ciudad tiene demasiados recuerdos, le escribió su madre.

Frida regresa al dormitorio y se mete bajo las sábanas. Necesita que todo sea suave a su alrededor. Quisiera saber qué es capaz de recordar Harriet; si recuerda cómo la asistente social las separó, si recuerda cómo mordió la mano de su padre.

«¡Mami, vuelve! —gritaba—. ¡Quiero a mi mami! ¡Te quiero a ti! ¡Te quiero a ti!»

Al final, se meó encima. Había un charco en la alfombra de la asistente social. Cuando ellos se marcharon, Frida gritó como aquel día en la línea de árboles. La asistente social llamó a seguridad para que la sacaran del edificio. Ella continuó gritando en el ascensor, se desmoronó al llegar a la acera, se despertó notando las palmadas en la mejilla de un desconocido. La gente se congregó a su alrededor preguntando qué ocurría. Alguien la ayudó a levantarse. Alguien la metió en un taxi.

Debería haber tratado de hacer reír a Harriet. Le habría gustado oírla reír, ver más su sonrisa. En la escuela, había una valla electrificada, había guardias y mujeres de bata rosa. Es peligroso estar en la misma ciudad, a cinco kilómetros de tu hija.

Will la obliga a vestirse. Van a pie al mercadillo agrícola de los sábados en Clark Park y llegan cuando acaba de abrir. Frida quiere volverse a casa. Hay demasiada gente. Will la tranquiliza, mantiene un brazo alrededor de sus hombros y la guía a través de la multitud.

La gente compra guirnaldas. Algunos encargan pavos y pasteles. Will le dice que escoja unas manzanas. Hacen cola para comprar pan. Will se encuentra con amigos de la universidad, que saludan a Frida como si fuese su nueva novia.

Ella no quiere encontrarse a nadie ni ver a nadie con sus hijos. Se apartan de los padres con cochecitos. Están a una manzana de un parque infantil. Frida tiene la sensación de que todo el mundo la observa, de que saben dónde ha estado y lo que ha hecho.

La jueza del tribunal de familia debería saber que está resistiendo. Tucker ha llamado cuatro veces. Ha enviado mensajes de texto y correos electrónicos. Él sí que ganó en el tribunal. Silas está ahora en su casa. Su exmujer les está dejando pasar juntos un tiempo extra durante las fiestas.

Germantown queda solo a treinta minutos. Tucker ha dado por supuesto que le han devuelto a Harriet. Le ha pedido que escoja una fecha para que puedan verse todos; propuso la pista de patinaje sobre hielo de Dilworth Park. Las ha invitado a que vayan a cenar temprano una noche.

Si los dos hubieran perdido, ella habría ido a su encuentro; no obstante, jamás debería haber existido aquella casa con la luz entrando de soslayo: ni en su mente ni en su corazón. Harriet nunca debe saber nada de Tucker. Gust y Susanna tampoco. Ni Will ni sus padres. La jueza dijo que tiene un problema de fuerza de voluntad, que es sensible a la tentación, una persona fantasiosa, inestable. Es una mala madre porque aún piensa en él. Es una mala madre porque todavía lo desea. Es una mala madre porque no soporta la idea de verlo con su hijo.

De vuelta en el apartamento de Will, finalmente llama a casa. Se pone su padre y ella accede a usar FaceTime para que puedan verla. Los tres lloran. Frida empieza a disculparse: ha sido una cobarde al hacer que Gust les diera la noticia.

—Estás muy delgada —dice su madre.

Ellos también lo están. Le dicen que llame al médico, que coma más. Hablan en inglés. Frida se resiste a preguntar qué aspecto tenía Harriet cuando llamaron, qué aspecto tenía Gust.

Sus padres quieren que vaya a casa, así podrán cuidarla.

—Cocinaré para ti —dice su padre.

No tiene por qué buscar trabajo enseguida. Podría encontrar algo en Chicago. Vivir con ellos. Ahorrar dinero. Qué estupendo sería volver a estar otra vez juntos. Si no le apetece viajar sola ahora mismo, pueden ir a buscarla.

Ellos querían tomar un vuelo para asistir a la vista definitiva. Frida piensa que debería haberles dejado, que debería haber llevado más a menudo a Harriet a verlos o haberles invitado a venir con más frecuencia. ¿Cuántas veces han venido, en realidad? ¿Cuántos días, de hecho, ha pasado Harriet con ellos? Sus padres deseaban que hubiera más ramas en el árbol genealógico de la familia, pero solo está Harriet para absorber toda su alegría y sus expectativas. Frida solía pensar que esa presión haría que estallase el corazón de su bebé.

Les da las gracias por enviar dinero. Debería decirles que no tienen que perdonarla: no merece su perdón ni tener una familia.

—Echo de menos tener un nieto en mis brazos —dijo una vez su padre.

Cuando Harriet cumpla dieciocho, la madre de Frida tendrá ochenta y cuatro, y su padre, ochenta y cinco. Ella cuidará de ambos. Vivirán con ella. Antes pensaba que sus padres acabarían trasladándose aquí. Tres generaciones viviendo en una sola casa, tal como ella se crio.

Tras unos días más de discusión, accede a viajar en avión a Chicago con solo el billete de ida. Se quedará un mes o dos, quizá más tiempo. Su padre se ofrece para venir Filadelfia, alquilar una camioneta y llevarla a casa con todas sus pertenencias, pero Frida no está decidida a mudarse de forma permanente. Aún no sabe dónde debería vivir, puede que desee seguir cerca de su hija.

Sus padres quieren reunir a toda la familia para darle la bienvenida. Su padre preparará langosta con salsa de alubias negras, el plato preferido de Frida. Irá a Chinatown a buscar los ingredientes; también comprará hojaldres, tartas de coco y bollos de cerdo.

Ella se muere de ganas de probar esos sabores, de comer cosas saladas. Su padre dice que beberán champán. Las pasadas Navidades les regalaron una botella que han guardado para ella.

La felicidad con la que sus padres hablan la pone nerviosa. Se pregunta cuánto tardará en decepcionarlos, si serán días o solo unas horas. Ha pasado una semana desde la última visita. Ayer, buscó la dirección del colegio de Harriet. Pensó en pasar con el coche frente al edificio de Gust y Susanna, consideró la idea de esperar allí y estudiar sus rutinas.

Después de colgar, llama a Renee y deja un mensaje diciendo que se traslada a casa de sus padres temporalmente. Se acurruca en el sofá y se queda dormida unas horas; solo despierta cuando Will regresa. Él deja que apoye la cabeza en su regazo. Juega con su pelo.

Frida se imagina a Tucker tocándola, piensa en el baile, en cómo la cuidó cuando se golpeó la cabeza contra el tobogán.

Le explica su plan a Will.

—Te echaré de menos —dice él—. Pero es lógico. Luego volverás, ¿no?

—Creo que sí. No sé lo que estoy haciendo. No sé lo que quiero. Esto es más bien lo que quieren mis padres.

Pensando en su regreso a Evanston, se levanta abruptamente y se encierra en el dormitorio. Si está en la otra punta del país, no podrá buscar a Harriet en cada parque, en cada campo de juegos. Harriet no podrá captar su señal. ¿Qué puede hacer ella durante los próximos dieciséis años para que Harriet se sienta orgullosa, para hacerle señales, para decirle que su madre sigue pensando en ella?

Sus padres quieren que tome un vuelo inmediatamente, pero Frida necesita más tiempo. Saca un billete para el 22 de diciembre. Va en coche al guardamuebles y recoge más ropa y papeles, un contenedor con las prendas de bebé de Harriet, el libro de memoria de recién nacida, álbumes de fotos. Cuando llegue a casa de sus padres, construirá un santuario para Harriet. Lo tendrá junto a su cama para poder mirar la foto de su hija mientras se duerme. Si mantiene vivo el recuerdo de Harriet, quizá sea capaz de soportarlo. Contará los meses, tal como hacía en la escuela.

Le sorprende lo mucho que echa de menos a las madres y a las muñecas. Quiere contarle a Roxanne lo que le sucedió a Meryl. Ojalá pudiera saber si están cuidando de las muñecas en el almacén. Emmanuelle debe sentirse sola. Debe necesitar que le cambien el líquido azul. Si no la han borrado todavía, ¿estará pensando en su madre? ¿Espera que ella vuelva?

Hasta ahora, no se había dado cuenta de hasta qué punto dependía de Emmanuelle para recibir una dosis diaria de afecto. En el futuro, quizá les den muñecos a los padres si pierden a sus hijos reales. Algunas madres decían que querían llevarse sus muñecas a casa.

Es una pena, piensa, que no se hayan inventado injertos o trasplantes maternales. La escuela podría haber reemplazado sus partes defectuosas con instintos maternales, con una mente maternal, con un corazón maternal.

Ahora empieza a salir más. Ya no se pasa el día en pijama. Pasea por Baltimore Avenue, mirando a las madres con sus hijos, el desfile de las familias en dirección a Clark Park. Pero nada resulta verdadero sin su hija, ni el espacio ni el tiempo ni su propio cuerpo.

Lleva tres semanas en libertad cuando se produce la llamada. Es un sábado por la mañana de mediados de diciembre. Will atiende una llamada de Gust. Frida reconstruye la información a partir de lo que Will dice: Gust y Harriet acaban de volver de urgencias; Susanna sigue allí con Henry, al que han ingresado porque no consigue retener nada. Se ha pasado toda la noche vomitando. Los médicos le han hecho una ecografía del estómago hace unas horas: estenosis del píloro. Lo operarán esta misma tarde. Gust tiene que volver al hospital y quedarse por la noche con Susanna. Le pide a Will si puede cuidar de Harriet. Aunque él no haya acostado nunca a la niña, Gust cree que se las arreglará. Le dejará instrucciones detalladas. Harriet está acostumbrada a verle. No pueden contratar a una persona nueva para cuidarla. La madre de Gust ya se ha vuelto a California, y la de Susanna, a Virginia. Jamás han tenido motivo para buscar una niñera.

Will dice que sí, y Frida empieza a soñar. Cuando cuelga el teléfono, le pregunta si puede sacarle unas fotos a Harriet. Will piensa que las fotos harán que se sienta peor.

—Necesito verla.

—Eso lo entiendo, pero creía que tú no podías…

—Solo una foto o dos. Quizás un vídeo. Por favor. No le digas que es para mí.

Durante la mayor parte de la mañana, Frida se mantiene ocupada. Will sale a hacer recados, tiene que llegar a casa de Gust a mediodía. Frida llama a Renee para despedirse, disculpándose por molestarla en fin de semana. Renee aplaude su decisión de irse a casa.

—Quizá cuando Harriet sea mayor... —Su voz se apaga a media frase, dejando que Frida llene ese silencio de esperanzas y fantasías.

La abogada le pregunta si quiere el vídeo de la última visita; la asistente social se lo envió el otro día. Frida no se siente preparada. Acuerdan volver a contactar en enero, se desean felices fiestas por anticipado. Renee le sugiere que adopte algún *hobby* relajante, como tejer o hacer pasteles.

—Ahora mismo no puedo pensar en ningún *hobby*.

—Ya verás cómo te las arreglas, Frida. Eres más dura de lo que crees.

Frida musita un «gracias» casi inaudible. No puede creer que haya logrado engañar a nadie para que crea que es buena. No debe haber ni una parte suya que se conserve pura, desinteresada y maternal. Si escanearan su cerebro en ese momento, solo encontrarían pensamientos peligrosos. El primero, que Harriet duerme profundamente. El segundo, que Will puede dejarla entrar.

Antes de que Will salga, Frida le pide otro favor: esta noche, cuando Harriet se haya dormido, quiere ir a la casa.

—No la despertaré. No la tocaré. No le hablaré. Solo quiero verla.

—Frida, por favor.

Él quiere ayudarla, no cree que sea de justicia lo que ha pasado, no piensa que el programa, sea lo que sea, fuese justo ni con ella ni con nadie. No obstante, podrían detenerla y crearle un problema a Gust.

—Ahora mismo bastante tienen con lo suyo.

—Te enviaré un mensaje, y tú me abres desde arriba. El edificio está lleno de viejos. No despertaremos a nadie. Nunca volveré a tener una ocasión como esta. Nadie más podría hacerme este favor. Necesito verla. No pude despedirme como es debido. Sabes que solo nos dieron media hora.

—Frida, no deberías ponerme en esta situación. Ya sabes que me cuesta decirte que no. —Will la abraza y le susurra al oído—. ¿Estarás bien tú sola? Tengo que irme.

Ella le pide que se lo piense: si finalmente accede a su petición, puede escribirle «sí» en un mensaje, nada más.

Esa tarde, mientras espera la respuesta de Will, intenta limpiar su mente. Piensa en el día en el que encontraron a Meryl en el sótano, en qué aspecto tenía después. Meryl dijo que nunca se había dormido allá abajo. Pensaba que, si se dormía, iría alguien y la atacaría. Se sentía como un animal, se sobresaltaba al menor ruido; estaba verdaderamente asustada. Aquello era peor que los escáneres cerebrales, peor que cualquiera de las evaluaciones. El pánico no se iba nunca. Dijo que no había nada por lo que valiera la pena pasarse aquella semana en el sótano: ni comida, ni sexo, ni libertad. Pero la noción de Frida sobre las cosas que aún valen la pena es muy endeble.

Su banco todavía está abierto. Conduce hasta la sucursal de la calle Treinta y Seis y retira ocho mil dólares, aunque debe responder a unas preguntas del gerente, que quiere saber para qué necesita una suma tan grande de dinero. Le dice que debería haber avisado con antelación. Ella asiente. Sabe que cualquier transacción por encima de los diez mil dólares será notificada; lo ha buscado en Internet antes de venir y luego ha borrado el historial.

Se disculpa, dice que va a una boda familiar esta noche, que es una costumbre china dar sobres rojos con dinero en efectivo. Su primo se casa, y los padres le han pedido que se encargue de los *hong baos*.

Recibe el dinero en billetes de cien y se guarda el sobre en el fondo del bolso. Va a Target y usa el dinero para comprar una sillita para coche, recordando escoger un modelo que mire hacia delante para una Harriet con más estatura y más peso. Compra comida, chucherías que puedan gustarle a la niña, productos no perecederos, cartones de zumo, bolsitas de puré de frutas y verduras, agua embotellada. Tal vez Will tome la decisión por ella. Quizá se niegue. Aunque le diga que sí, quizás ella acabe perdiendo el valor. En todo caso, la otra noche él le dijo que la amaba, que siempre la ha amado, que haría cualquier cosa por ella. Le dijo que cuando esté lista, si siente lo mismo, quizá puedan empezar de cero.

En el apartamento de Will, recoge ropa y papeles y carga las maletas en el coche. Llama a sus padres, esperando que el sonido de sus voces la disuada. Imprime una lista de hoteles de Nueva Jersey y luego empaqueta el ordenador. Habrá una Alerta Amber de menores desaparecidos. Su nombre saldrá en las noticias. También su fotografía. Y la de Harriet. Rastrearán todos sus movimientos. Ella no sabe robar un coche ni cambiar una matrícula, ni asumir una nueva identidad. No tiene una pistola. No podrá tomar un avión. No puede poner a la niña en peligro. Y no hay en todo el país un lugar donde una madre y una hija que tengan su aspecto puedan pasar desapercibidas. No sabe muy bien si está dispuesta a pasar años en el sótano, pero ¿qué importa el castigo si la alternativa es nada?

Se pasa la tarde limpiando el apartamento. Pone a lavar la ropa de Will y cambia sus sábanas y sus toallas. A las 22.23, él le envía el mensaje: «Sí».

A Frida le tiemblan las manos mientras se pone el abrigo, apaga las luces y cierra la puerta. Durante el trayecto, se dice a sí misma que aún podría evitarse el sótano. Meryl dijo que, en la oscuridad, pensaba en Ocean, en sobrevivir por su hija. «Sabía que ella querría que lo intentara», dijo.

Quizá la presencia de Will la haga cambiar de idea. Puede que Harriet se despierte. Pero ella aceptaría el sótano a cambio de unas horas, de una noche, de unos días, de una semana con su hija.

En cada semáforo, considera la idea de volver atrás.

Esta noche resulta fácil encontrar aparcamiento en la calle. Deja el coche a unos pasos de la puerta del edificio de Gust y Susanna. Le envía un mensaje a Will pidiéndole que le abra. Tal vez era así como se sintió Meryl cuando llegó a lo alto del campanario. Pase lo que pase, habrá consuelo y placer. Un momento con su hija en el que ella establecerá las reglas. Un final distinto.

Mientras sube las escaleras hasta el segundo piso, piensa en sus padres, que arden en deseos de verla. Nunca han pasado tanto tiempo separados. Su padre todavía la llama su «pequeña». Han preparado su habitación. Han estado acondicionando la casa. Ella podría limitarse a echarle un vistazo a Harriet y tomar el avión, según lo previsto. Pese a sus errores, todo el mundo tiene ganas de verla en la celebración familiar de Nochebuena.

Will ha dejado la puerta entornada. En el suelo de la sala de estar hay un montón de juguetes de Harriet. Ve fotografías nuevas de los tres en las paredes; han fijado las acuarelas de Harriet con cinta adhesiva roja; hay fotos de Henry en la nevera, un moisés en el pasillo, montones de pañales de tela, una serie de mamelucos colgados de unas perchas.

Frida nunca había visto el apartamento tan desordenado. Se niega a pensar en el nuevo bebé, en su operación, en Gust y Susanna en el hospital. Se sienta junto a Will y le coge la mano. Necesita que le haga un favor más. Le gustaría pasar una hora a solas con Harriet. Hay un bar a solo unas manzanas. Él puede esperar ahí. Le mandará un mensaje cuando termine.

—No creo que debas hacerlo. ¿Y si se despierta?

—No se va a despertar. Gust dice que ahora duerme bien. Subrayaron mucho ese detalle en la vista del tribunal. Destacaron lo bien que duerme. Solo le cuesta dormirse cuando está enferma. Por favor. Lo necesito. Es solo una hora. No estoy pidiendo quedarme toda la noche. Nunca más volveré a pedirte algo así.

Promete no hacer ruido. Promete no encender las luces. Solo quiere mirar dormir a su bebé.

—Nadie se enterará.

Le explica que la asistente social las cronometró, que las hizo posar para sacar fotografías, que la sacaron a rastras del edificio. ¿Acaso no dijo él mismo que lo que le ha pasado es una salvajada? ¿Acaso no dijo también que tendrían que haberles dado más tiempo? Solo tuvieron treinta minutos tras un año de separación.

—Tú no sabes lo que nos han hecho. En ese lugar. Si te lo contara, no me creerías.

Discuten durante otros diez minutos. Frida mira el reloj mientras Will vuelve a preguntarle qué les pasó. A ella, a las otras madres. ¿Por qué no se lo puede explicar?

—Te lo explicaré más tarde, te lo prometo. Pero necesito que hagas esto por mí. Por favor. Dijiste que harías cualquier cosa por mí. Esto es lo que quiero. Para despedirme de ella necesito un poco de intimidad. A mí no me dieron ninguna. Solo deseo un poco más de tiempo.

Will acaba cediendo.

—De acuerdo. —Va a buscar su chaqueta.

Frida le sigue. Se pone de puntillas y le da un beso en los labios. El beso que le habría dado a Tucker. Will es una buena persona. Algún día será un buen marido. Un buen padre.

—¿A qué ha venido eso? —Él intenta besarla a su vez.

—Nada. —Ella se aparta—. Te quiero. Gracias.

—Yo también te quiero. Vete con cuidado, ¿eh? Llámame si necesitas algo.

Una vez que se va, Frida se mueve con rapidez. Encuentra una bolsa de lona en el armario de delante. Da con el abrigo de Harriet, su gorro, sus mitones y sus zapatos. Va al baño y coge el cepillo de su hija, pasta de dientes, un frasco de champú para bebé, una de sus toallas con capucha y varias toallitas. Entra en la habitación y abre los cajones de la cómoda; coge suéteres, pantalones, camisetas, calcetines y ropa interior, pijamas, unas mantas.

Harriet está durmiendo el sueño de los justos. Frida coge algunos animales de peluche de la mecedora. Todavía no le ha echado una buena mirada a la niña; sabe que si se para a pensar lo que está haciendo, vaciará la bolsa y volverá a dejar las cosas como estaban, se pondrá a pensar en sus padres y en Will, en Gust y Susanna, en Henry, en todas las personas a las que va a hacerles daño.

Dentro de una hora, estará al menos a cien kilómetros de la ciudad. No sabe lo que pasará después, solo sabe que tiene que sacar a Harriet de la cama deprisa y en silencio. Se sienta en el suelo y baja la vista hacia la moqueta. Susurra: «Lo siento».

Las instructoras estarían orgullosas. Esta noche se mueve más deprisa de lo que lo hizo nunca en la escuela. Controla su miedo para adquirir energía y celeridad. Resiste el impulso de besar a Harriet cuando la levanta en brazos. Mete a Baby Betty en su bolso, cubre a Harriet con el abrigo y se echa al hombro la bolsa de lona.

Todavía dispone de treinta minutos para echarse atrás, para respetar las normas del Estado, para salvarse del sótano, para evitar que sus padres también pierdan a su hija. Sin embargo, mientras baja las escaleras procurando no despertar a Harriet, tiene una sensación de felicidad y plenitud. Ahora están juntas, como debe ser.

Nadie las ve abandonar el edificio. Nadie la ve atar a Harriet en la nueva sillita y cubrirla de mantas hasta la barbilla. Enciende la calefacción y arranca con cuidado. Ya está en la autopista en dirección norte cuando Harriet se despierta.

—Mami.

La voz de la niña la sobresalta. Harriet no solía despertarse diciendo ninguna palabra. Durante un segundo, Frida se siente orgullosa; luego cae en la cuenta de que Harriet está llamando a Susanna.

Para en el arcén de la autopista, pone las luces de emergencia y pasa al asiento trasero junto a Harriet. «Soy yo», dice. Le da a Harriet su muñeca. La besa en la frente y le habla en perfecto *maternés*.

—No te asustes, peque. Estoy aquí. Mami está aquí.

Los ojos de Harriet están aún medio cerrados.

—¿Por qué? ¿Por qué estás aquí?

—He vuelto a buscarte. Nos vamos de viaje. De vacaciones.

Hacen falta unos minutos para calmarla, para decirle que no se preocupe por papi y mami Sue-Sue, por el tío Will y por el bebé Henry, para explicarle que ahora pasará un breve periodo de tiempo con mami, que ese tiempo nunca será suficiente.

—No podía dejar que te fueras de ese modo. No con esa señora tan mala. No en esa oficina. No voy a dejar que te vayas.

Harriet se restriega los ojos y mira por la ventanilla.

—Está oscuro, mami. Tengo miedo. ¿Adónde vamos, mami?

Frida sujeta las manos de la niña y le besa los nudillos y las yemas de los dedos.

—Aún no lo sé.

—¿Podemos ver la luna?

Frida se ríe.

—Podemos mirarla luego, claro. Quizás incluso veamos algunas estrellas esta noche. Tú nunca estás despierta a estas horas, ¿verdad? Vamos a pasar un tiempo muy bonito, peque. Tanto tiempo como podamos. Vuelve a dormirte, ¿vale? No te asustes. Yo cuidaré de ti. Te quiero mucho. He vuelto, ¿lo ves? Voy a quedarme contigo.

Empieza a tararear. Le acaricia la mejilla. Harriet le coge la mano y se la lleva a la cara, apoyándose en ella como si fuera una almohada.

—Mami, quédate conmigo. ¿Vas a meterme en la cama?

—Sí. Vamos a buscar un sitio bonito y comodísimo para dormir. Tú puedes dormir a mi lado, ¿vale? Recuerda que solíamos dormir así. Podemos hacerlo así cada noche. Yo te abrazaré.

Frida piensa en Emmanuelle sobre la hierba; la muñeca mirando el sol; su otra hija, un recipiente de su esperanza, de su amor.

—Podemos darnos un achuchón.

Espera hasta que los ojos de la niña se cierran. Ojalá hubiera sabido reconfortar así a Harriet el pasado otoño. Ojalá hubiera sido una madre mejor.

Vuelve al asiento del conductor, recordando las lecciones en la nave de la escuela, cuando miraba el vídeo del cumpleaños de Harriet mientras Emmanuelle gritaba. Al volver a entrar en la autopista, echa un vistazo por el retrovisor. Harriet está totalmente inmóvil. Pronto, al cabo de unas horas, o de unos días si tiene suerte, sonarán sirenas. Habrá más guardias, más mujeres, un tipo de uniforme distinto.

Frida lleva las fotos en el bolso. Cuando lleguen a la primera área de descanso, deslizará la polaroid de ella y Emmanuelle en el bolsillo interior del abrigo de Harriet, donde solo mirarán Gust y Susanna. Cuando la encuentren, harán preguntas. Le llevarán la foto a Renee. Ella hará preguntas. Cuando Harriet sea mayor, hará preguntas. Frida también le dará una foto de la última visita.

Harriet descubrirá una historia diferente. Un día, Frida le contará la historia ella misma. Le hablará de Emmanuelle y del líquido azul. Le explicará a Harriet que en el pasado tuvo una hermanita; que su madre quería salvar a esa hermanita, que su madre las quería mucho a las dos. Le hablará a Harriet de Roxanne y de Meryl. Le hablará de la madre que fue en su momento, de los errores que cometió. Le hablará de cómo crear a una nueva persona en su propio cuerpo, de cómo la creación de esa persona desafía la lógica y el lenguaje. Ese vínculo, le explicará a Harriet, no puede medirse. Es un amor sin medida. Le gustaría saber si Harriet creará algún día a una nueva persona, si ella estará otra vez en la vida de Harriet para entonces. Le gustaría decirle a Harriet que ella puede ayudarla a criar a esa persona. Ella sabe ser cuidadosa. Convencerá a su hija de que puede confiar en ella. «Soy una mala madre —dirá—, pero he aprendido a ser buena.»

Agradecimientos

Durante el tiempo que he estado trabajando en esta novela y soñando con su publicación, he deseado que llegara el momento de dar las gracias. Mi más profunda gratitud a las personas e instituciones que han sido decisivas en la creación de este libro y que han sostenido mi vida de escritora.

El equipo Frida. A Meredith Kaffel Simonoff, mi férrea y brillante agente, por nuestra colaboración y asociación literaria. A mis magníficos editores, que captaron el núcleo y el propósito de este libro y me mostraron cómo llegar allí. A Dawn Davis, por su amor, su orientación y su elegante forma de solucionar problemas, por volver mi manuscrito más delgado y más perverso, y por asesorarme en el libro, en mi carrera y en la maternidad. A Jocasta Hamilton, por su abundante sabiduría, magia y humor. A Marysue Rucci y a Charlotte Cray, por tomar las riendas con tanto calor y tanta gracia: trabajar con vosotras ha sido como un sueño hecho realidad.

El equipo de Simon & Schuster. Jonathan Karp, Dana Canedy y Richard Rhorer defendieron este libro. Brittany Adames, Hana Park y Chelcee Johns llevaron el timón del barco. Morgan Hart, Erica Ferguson y Andrea Monagle corrigieron mis plazos de entrega y arreglaron muchas cosas. Jackie Seow y Carly Loman diseñaron la casa más bella posible para mis palabras. Julia Prosser, Anne Pearce, Heidi Meier y Elizabeth Breeden conectaron este libro con los lectores.

El equipo Hutchinson Heinemann. Gracias a Laura Brooke, Claire Bush, Rose Waddilove, Emma Grey Gelder, Mat Watterson y Cara Conquest, por vuestra pasión y vuestra visión.

En CAA y DeFiore & Company, mi mayor gratitud a las intrépidas Michelle Weiner y Jiah Shin; a sus ayudantes Zachary Roberge y Kellyn Morris; Jacey Mitziga; Emma Haviland-Blunk; y Linda Kaplan, por su incansable trabajo en mi beneficio.

A Diane Cook y Catherine Chung, mis mentoras en la escritura y queridas amigas, por su lectura de borradores y palabras de aliento. El relato de Diane, «Moving on», de su aclamada recopilación *Man V. Nature* fue también una primera inspiración para la escuela de la novela.

A Keith S. Wilson e Yvonne Woon, por leer con entusiasmo y analizar cada capítulo revisado y pedir siempre una nueva entrega. Gracias adicionales a Keith por ejercer como asesor informático informal.

Amigas que generosamente leyeron el manuscrito entero o algunas partes: Naomi Jackson, Annie Liontas, Sarah Marshall, Lizzy Seitel, Chaney Kwak, Sean Casey y Lindsay Sproul. Gracias especiales a Lydia Conklin y a Hilary Leichter por leer y dar ánimos en todas las etapas.

Por regalos de tiempo, espacio y apoyo financiero que me cambiaron la vida: la Elizabeth George Foundation, el Anderson Center, la Jentel Foundation, el Kimmel Harding Nelson Center, la Helene Wurlitzer Foundation y el Virginia Center for the Creative Arts. Gracias especiales a la Ragdale Foundation por ser la primera en arriesgarse conmigo en 2007.

La Bread Loaf Writers' Conference ha significado mucho para mí. Este proyecto habría seguido siendo un complicado relato de no ser por el empujón crucial de Percival Everett. Gracias, Percival, por ver una novela en las páginas que presenté en tu taller. A Lan Samantha Chang y Helena María Viramontes, por sus excelentes consejos y grandes sueños. A Michael Collier, Jennifer Grotz y Noreen Cargill, por su temprano voto de confianza.

Mis profesores en Brown y Columbia: Robert Coover, Robert Arellano, Ben Marcus, Rebecca Curtis, Victor LaValle, David Ebershoff (¡alegría y admiración!), Sam Lipsyte, Stacey D'Erasmo y Gary Shteyngart. Gracias por enseñarme técnica, literatura y perseverancia. Escribí mis primeras historias en el taller de iniciación de ficción de Jane Unrue en Brown, en 1997. Gracias, Jane, por ponerme en camino.

A Thomas Ross y Rob Spillman de *Tin House*, y a Michael Koch y sus colegas de *Epoch*, por publicar mis primeras historias.

A mi familia de *Publishers Weekly*, por la oportunidad de aprender sobre la industria mientras trabajaba con los ratones de biblioteca más amables que quepa imaginar.

A Beowulf Sheehan, por tu bondad y tu talento artístico.

A Carmen Maria Machado, Diane Cook (de nuevo), Robert Jones, Jr., Leni Zumas y Liz Moore por vuestras palabras.

A Erin Hadley por el apoyo emocional y la historia de fondo. A Erin O'Brien, Brieanna Wheeland, Samuel Loren y Bridget Sullivan por sus consejos sobre tribunales de familia y medicina pediátrica.

A los periodistas y académicos cuyo trabajo influyó en el desarrollo de este mundo de ficción de modos tangibles e intangibles. Del *New Yorker*, «Where is your mother», de Rachel Aviv, y «The talking cure», de Margaret Talbot, avivaron mi interés en los comienzos. El artículo de la señora Talbot también inspiró los recuentos de palabras de las muñecas y me introdujo en el *maternés*. Otras lecturas destacadas incluyen: «Foster care as punishment: the new reality of "Jane Crow"», de Stephanie Clifford y Jessica Silver-Greenberg, en *The New York Times*; *What's Wrong with Children's rights*, de Martin Guggenheim; *Nobody's children*, de Elizabeth Bartholet; *Beyond the best interests of the child*, de Joseph Goldstein, Anna Freud y Albert J. Solnit; *Small animals*, de Kim Brooks; *To the end of June*, de Cris Beam; *Perfect madness*, de Judith Warner, y *All joy and no fun*, de Jennifer Senior.

A los profesores y al personal de la Children's Community School of West Philadelphia y a las cariñosas niñeras de mi hija —Pica, Alex, Madeleine, Daniella y la profesora Alex—, cuyo duro trabajo me permitió terminar este libro.

A mi querida amiga Bridget Potter en cuya idílica Log House empecé a escribir la historia de Frida en febrero de 2014.

A los amigos que escucharon y alentaron: Sara Faye Green,

Emma Copley Eisenberg, Jamey Hatley, Meghan Dunn, Crystal Hana Kim, Vanessa Hartmann, Steven Kleinman, Gabrielle Mandel, Shane Scott, Rui Dong-Scott, los camaradas de CLAW y GPP, los compañeros de residencia y los camareros y personal de Bread Loaf de 2013-2015. A la difunta Jane Juska. A Dorit Avganim, Ellen Moscoe y Jordan Foley, mi pandilla de mamás del oeste de Filadelfia. A Muriel Jean-Jacques, Kristin Awsumb Liu, Maya Bradstreet, Nellie Hermann y Jenny Tromski, creyentes durante más de dos décadas.

A mi madrina, Joyce Fecske, y a las familias Chan, Soong, Wang, Kao, Diller, Hodges y Sethbhakdi, gracias por vuestro amor y apoyo. A mi querida hermana, Audrey Chan y a mi cuñado Jason Pierre, por la solidaridad y la fábrica de vapor Chan. A la entrañable memoria de mis abuelos, en especial de mis abuelas, Chin-Li Soong y Soolsin Chan-Ling.

A mis padres, James y Susy Chan, por su amor sin límites, por una infancia llena de libros y arte, de paciencia, generosidad y devotos cuidados como padres y abuelos, y por vuestro ejemplo. Nunca podré daros las gracias lo bastante por todo lo que habéis hecho para que este libro, mi escritura y mi familia fueran posibles. Gracias por creer siempre en mí.

A mi marido, Adam Diller, por tu amor y tus cuidados, por las tareas más duras de la casa, por esta felicidad, nuestra familia y nuestro pájaro. Le doy las gracias a la vida que hemos construido juntos.

A mi hija, Lulu. Cuando tenías tres años y medio, me pediste que incluyera tu nombre en mi libro. Aquí está. Me encanta ser tu madre, y procuraré ser buena.

Este libro utiliza el tipo Aldus, que toma su nombre
del vanguardista impresor del Renacimiento
italiano, Aldus Manutius. Hermann Zapf
diseñó el tipo Aldus para la imprenta
Stempel en 1954, como una réplica
más ligera y elegante del
popular tipo
Palatino

La escuela de las buenas madres
se acabó de imprimir en un día
de verano de 2022,
en los talleres gráficos
de Liberdúplex, S. L.
Crta. BV 2241, km 7,4
Polígono Torrentfondo
08791 Sant Llorenç d'Hortons
(Barcelona)